呪いの城の伯爵

ヘザー・グレアム
風音さやか　訳

MIRA®

Wicked

by Heather Graham

Published by Harlequin K.K., Tokyo, 2006

フランキ・ノウリンに愛と感謝と心からの祝福をこめて

呪いの城の伯爵

■主要登場人物

カミール（カミー）・モンゴメリー……大英博物館の準学芸員。

ブライアン・スターリング……カーライル伯爵。

トリスタン・モンゴメリー……カミールの後見人。

ラルフ……トリスタンの従者。

デーヴィッド・ウィンブリー……大英博物館の古代エジプト・アッシリア遺物部統括者。

サー・ジョン・マシューズ……大英博物館の古代エジプト・アッシリア遺物部責任者。

ハンター・マクドナルド……カミールの同僚。大英博物館の学芸員。

アレックス・ミットルマン……カミールの同僚。大英博物館の学芸員。

オーブリー・サイズモア……カミールの同僚。大英博物館の学芸員。

イーヴリン・プライアー……カーライル伯爵家のメイド。

コーウィン……カーライル伯爵家の警備係。

シェルビー……ブライアンの従者。

アリー……孤児。

ヴィクトリア女王……英国女王。

クランシー刑事……ロンドン警視庁の刑事。

アンリ・ラクロワス……フランスの外交官。

プロローグ

脱ぎ捨てられた仮面

駆けるしかない。そして祈るしか。それ以外に助かる道はないのだ。

きっと警察が来る。人殺しが行われたんだもの。ええ、そうよ。警察が来るに違いないわ。

いいえ、わたしは一縷《いちる》の望みにすがろうとしているだけだ。人殺しがあったのはここではないのだから、たぶん警察は城へは来ないだろう。でも、その事実を認めてしまったら、わたしはパニックに陥ってしまう。今はなんとしても正気を保っていなければならない。逃げなければならないのだから。そのうえ、追いかけてくるよこしまな人間の顔すら知らないのだから。

広大なカーライル城から遠くまで逃げてきたカミールの耳に、自分の苦しそうな息づかいが聞こえた。彼女を追いたてる激しい風の音のようだった。ついにカミールは駆け続けることができなくなった。足を止めたとき、さっき聞いた音をたてているのは、空気を求めてあえぐ自分の肺だけではないことに気づいた。風が起こって、木々のあいだを吹き抜け、頭上を覆う大きな枝や葉を揺らしているのだ。荒れ狂う風が、森のなかや荒れ野のやせた低木の上に絶えず立ちこめている霧を吹き払ってくれるだろうと思うと、ありがたかった。

今夜は満月も出ている。霧が晴れたら、あたりがもっとはっきり見えるだろう。しかし、それは彼女を追いかけてくる者にとっても同じだ。

そうよ、わたしの姿も見られてしまうということなんだわ。

カミールは深呼吸を繰り返し、再び先へ進む体力が戻ったところで、方角を確かめるために、その場でゆっくり一回転した。腰あて《バッスル》をドレスに留めている繊細なレースの結び目が小枝に引っかかったので、ぐいと引きちぎった。優雅なドレスが傷むことなどおかまいなしだ。今は無事に逃げのびたいという思いしかない。

道路は東のほうにある。ロンドンへ、文明へ、正気の世界へ通じる道路は、東へ行けばたどり着ける。その道路を、城への訪問客たちを乗せた四輪馬車がロンドンめざして進んでいるはずだ。その道路へ出られさえしたら……殺人者に追いつかれる前に。

この陰謀はだいぶ前からめぐらされていたに違いないと、カミールは確信していた。男が追いかけてきているのは、彼女を亡き者にするためだということも。彼女の口を封じるために。カーライル城の秘密を彼女がもらさないようにするために。

闇《やみ》と、吹きすさぶ風にあおられて猛烈な勢いで渦巻く霧のなかで、カミールは不気味な遠吠《とおぼ》えを聞いた。彼女と同じく落ち着きをなくした狼《おおかみ》どもが、天に向かって吠えているのだ。しかし、そのときの彼女はカーライルの狼どもを少しも怖いと思わなかった。真の危険が迫っているのを知っていたからだ。獣と呼ばれるものが人間の姿をして追いかけてきつつある。

かさかさ鳴る葉の音で、誰かが近くにいるのがカミールにはわかった。身をこわばらせて、直感が逃げるべき方角を教えてくれますようにと祈った。だが、葉の音はすぐそばでする。

走れ！

心のなかで命じる声がした。けれども力を奮い起こしたときはすでに遅かった。藪《やぶ》のなかから男が飛びでてきたのだ。

「カミール！」

彼女のよく知っている声だった。カミールはその場に凍りついた。息がつまり、心臓が止まりそうになった。彼女は男の顔をじっと見つめた。仮面の下の顔を。

それまでカミールは彼の感触しか知らず、われを忘れて身を任せた短い時間にしかその素顔を見たことがなかった。彼はいかついけれど美しい魅力的な顔をしている。力強い顎、形のいいまっすぐな鼻。そして目は……。

その目だけはいつも、カミールに対して隠されてはこなかった。挑むように、さげすむように、そして値踏みするように彼女を見つめた目。やさしいまなざしを彼女に注いだ、驚くほど青い目。

時間が長いあいだ歩みを止め、森も風も鳴りをひそめたかのようだった。カミールはあらわになった彼の顔をまじまじと見た。それにしても、いったいどちらが仮面なのだろうか？　獣に似せてつくられた異様な革製の顔のほうか。それとも今見ている、想像していたよりもはるかに印象深い人間の顔のほうか。のみで彫ったようにいかつく魅力的で、太古の神のものともいえるほど端整な顔。

なにが現実なのだろうか？　今にも襲いかからんばかりの残忍な獣のほうか。それとも頼りがいのある高潔な人間のほうか。

「カミール、頼む。どうか一緒に来てくれ。さあ、ぼくと一緒に来てくれ」

その言葉が終わらないうちに、背後から別の足音が近づいてきた。誰？　わたしを救ってくれる人だろうか。それとも、もっと端整で洗練された外見をした人だろうか。わたしを守ってくれると申しでてくれた者たちのひとりだろうか。でも、彼らはみんな過去の謎《なぞ》や財宝と深くかかわっているのでは？　ウィンブリー卿《きょう》、ハンター、オーブリー、アレックス……そして、ああ、サー・ジョンは……。

カミールはくるりと振り返り、木々や藪のあいだに続いている草の生い茂った小道から飛びだしてきた男を見つめた。

「カミール！　ああ、よかった」

男は彼女のほうへ近づいてきた。

「彼女にふれてみろ、生かしてはおかんぞ」カミールが〝獣〟として知っている男が怒鳴った。

「こいつはきみを殺すつもりだ、カミール」もうひとりの男が静かに言った。

「そんなことをするものか」獣が穏やかな声で反論した。

「きみも知ってのとおり、こいつは人殺しだ！」もうひとりの男が非難した。

「いいかい、ぼくらのどちらかが人殺しなんだ」獣が落ち着いた声で言った。

「誓ってもいい、カミール、その男は怪物だ。そのことはすでに証明されている」

彼女は心のなかの苦悩を隠しきれず、一方の男からもう一方の男へ視線を移した。そう、ふたりのうちどちらかが人殺しなのだ。

そしてもうひとりはわたしの救い主なのだ。でも、どちらがどちらなのだろう。

「カミール、さあ早く。気をつけて……ぼくのところへ来るんだ」一方の男が言った。

カミールが〝獣〟として知っている男が彼女の目を見て言った。「よく考えてごらん、カミール。きみがこれまでに見聞きしたことを……そして感じたことを。思いだすんだ。

そしてふたりのうちどちらが怪物なのか、自分に尋ねてごらん」

思いだせですって？　いつのことを思いだせというの？　噂《うわさ》や嘘《うそ》を？　それとも、はじめてこの森へ来て、はじめて狼の遠吠えを……彼の声を耳にした日のこと？

わたしが獣に出会った日のことを？

1

「まったくあの人ったら、今度はなにをしでかしたの？」カミールはトリスタンの従者のラルフを見つめ、困惑した声で尋ねた。ラルフは男気に富んだ人間ではあるけれど、困ったことにしばしばトリスタンの共犯者として悪事に手を出している。

「なにも！」ラルフがむきになって言った。

「なにも？　だったら、なぜあなたは息を切らせてわたしのところへ駆けてきたの？　その様子を見たら、今度もまた頼みに来たとしか思えないじゃない！　わたしの後見人を留置場なりどこかの売春宿なりから救いだしてくれと言うんでしょう」

　憤慨のあまり、カミールの声は知らず知らず高くなった。トリスタンときたら、しょっちゅう厄介ごとを起こしている。自業自得だから、このままほうっておこうかしら。そうは思ったものの、彼女にそんなことはできっこない。ラルフにはそれがわかっていたし、カミール自身にもわかっていた。

　爵位がその人間の身の処し方や人格よりもはるかに大きな意味を持つ時代にあって、トリスタン・モンゴメリーは運命の力によってある程度の地位を獲得できたとはいえ、後見人としてはあまり尊敬できる人物ではなかった。

けれども、そんな彼が十二年前にカミールを救貧院行きから、あるいはもっと悪い運命に陥る状況から、救ってくれたのだ。ひとりで生きていかなければならない状況に捨て置かれたほかの貧しい孤児たちを思い浮かべて、彼女は身震いした。世間の目から見ればトリスタンの扶養手段は好ましいものではなかったかもしれないが、カミールがまだ温かい母親の死体にすがって泣いているのを見た日から、彼は愛情と生活の糧を――それがどのようにして得られたものであるかはさておき――与えてくれた。その恩をあだで返すことなど彼女にはできなかった。

それどころかカミールは与えられたものよりも多くをトリスタンに与えようと、何年も前から奮闘してきた。安定を。誰にはばかることもない生き方を。家庭を。もっと慎み深い生活を。

幸い、ラルフは大英博物館のなかへは入ってこないで、用心深く通りの角でカミールと会った。あんなだらしない格好で入ってこられて不安そうにひそひそ話をされでもしたら、やっと手に入れた仕事を失ってしまうかもしれない。カミールは発掘調査の経験がある男性たちの誰よりも古代エジプトに詳しいものの、あのサー・ジョン・マシューズでさえ女性を雇い入れることには躊躇《ちゅうちょ》したのだ。しかもハンター・マクドナルドが採用の決定にかかわっていたので、彼女が博物館に職を得るのは容易ではなかった。ハンターはカミールをとても気に入っているが、彼の好意はひいきの引き倒しになる可能性があった。というのも、ハンターは自分のことを熟練の学芸員にして冒険家だと思っていて、婦人参政権論を唱える新時代の女性たちをまったく信用しておらず、女は家庭にいるべきだと本気で考えているような男なのだ。少なくともアレックス・ミットルマンやオーブリー・サイズモアやウィンブリー卿《きょう》は、彼女を雇うことに異存はなさそうだった。ありがたいことに、ウィンブリー卿とサー・ジョンの意見がものを言った。

けれども今は、カミールがいかに大変な思いをして職についたかなどどうでもいい。なにしろトリスタンが窮地に立たされているのだ。それにしてもまだ月曜の夕方だ。一週間が始まったばかりだというのに。

「誓ってもいい、トリスタンはなにもしちゃいないよ」ラルフは気色ばんで言った。彼は身長百六十五センチそこそこの小柄な男性だが、動きはすばしこい。山猫みたいに敏捷《びんしょう》で足が速く、音をたてずに動きまわることができる。

トリスタンはまだなにもしていないかもしれないが、違法なことを計画していたのに違いない、とカミールは思った。だからこそ彼は困った状況に置かれているのだ。それがどんな状況なのかは知らないけれど。

カミールは後ろを振り返った。大英博物館の壮麗な建物から学芸員たちが出てくる。このままではいつ彼らに見つかるかわからない。突然、サー・ジョンの直属の部下であるアレックス・ミットルマンが姿を現した。カミールを見たら、アレックスは話をしにやってきて、駅まで送ろうと言いだすに決まっている。この場を離れなければ、それも今すぐに。

カミールはラルフの肘をとって通りを先へ急いだ。そのとき、身を切るような寒風が吹き寄せて、彼女は震えあがった。震えたのは、冷たい風のせいばかりではなかった。おそらく恐怖の予感が彼女の背筋を伝ったこともあるに違いない。

「歩きながら話して。さあ、早く」カミールは促した。すでに彼女は不安にさいなまれていた。トリスタンは信じられないほど博識で、すごく頭が切れる。若いころ何人もの教師によって教育を受け、さらに世間の荒波にもまれて豊富な知識を身につけている。カミールは彼から語学、本の読み方、芸術、歴史、演劇など、さまざまな事柄を学んだ。また、社会のルールの九割を占めるのは見た目だという事実も教わった。つまり、たとえカミールが貧しくても、淑女らしい上品な言葉づかいをし、淑女らしい服装をしていれば、人々は彼女を上流階級の人間だと信じるということだ。

トリスタンは身のまわりで起こるあらゆる事柄に対して信じられないほどの洞察力を備えている。それでいて、ときにはまるきり分別がないかのような行動をとる。

「この先に〈ダグレイ〉があるよ」ラルフが一軒のパブを指さして言った。

「ジンを飲もうとしたってだめですからね」カミールは警告した。

「ああ、だけど飲まずにはいられないんだ」ラルフが小声で不平をもらした。

彼女はため息をついた。〈ダグレイ〉は組合運動の拠点として知られており、ラルフやトリスタンが行きつけにしている店よりも評判がいい。〈ダグレイ〉はまた女性、とりわけ国内の事務職員のあいだで力を増しつつある女性解放運動家たちを敬遠したりはしない。

カミールは躍進著しい古代エジプト遺物部の準学芸員として、サー・ジョンの助手にふさわしい服装をするよう常に心がけていた。小さな腰あて《バッスル》のついたスカートは地味なグレーだし、首まわりをきっちり覆う仕立てのいいブラウスもやはりグレーだが、スカートよりはいくらか明るい色をしている。外套《がいとう》の生地は上等で、いかにも高価に見える。おそらくかつては上流階級の女性が所有していて、最新流行の外套を買ったので古いほうを救世軍に寄付したのだろう。カミールが長所のひとつと考えているふさふさした黒褐色の髪は、頭のてっぺんできちんとまとめられている。装飾品といえば、トリスタンがカミールの母親の指から抜きとったシンプルな金の指輪以外はいっさい身につけていない。その指輪を、少女のころは鎖に通して首にかけ、今は指にはめて、肌身離さず持ち歩いている。

パブへ入ったとき、カミールはそれほど人目を引いたとは思わなかった。

「こそこそする必要があるのかな?」ラルフがささやいた。

「お願い、あの奥の席へ行きましょう」

「注目を浴びないようにしようったってもう遅いよ、カミー。気づいたかどうか知らないが、ここへ入ったときに全員が振り返ってきみを見たからね」

「ばかなことを言わないで」

「きみのその目のせいだ」ラルフが指摘した。

「どうってことない、はしばみ色の目じゃない」カミールはいらいらして応じた。

「いいや、きみの目は金色をしている。純粋な金色だ。ときにはエメラルド色に見えることもある。そんじょそこらにはない目だ。どんな礼儀正しい男だって、振り返ってきみを見ずにはいられない。それに、ここにいるのはあんまり礼儀正しい連中じゃないからな」

ラルフは目に怒りをたぎらせて周囲をねめまわした。

「わたしを襲ったわけじゃないんだから。ねえ、奥へ進んで」

カミールはラルフをせきたてて煙の立ちこめた奥の席へ行き、ラルフにジンを、自分には紅茶を注文した。それから命令する。

「さあ、話しなさい！」

そこでラルフは口を切った。

「トリスタンはきみを愛しているんだ、お嬢ちゃん。わかっているだろうね」

「わたしだって彼を愛しているわ。それに、もう子供じゃないんだから、お嬢ちゃんなんて呼ぶのはやめてちょうだい」カミールは言い返した。「さあ、さっさと話しなさいよ。トリスタンを今度はどんな苦境から救いだしてあげなくちゃいけないの？」

ラルフがジンのグラスのなかに向かってぼそぼそつぶやいた。

「ラルフ！」カミールはしびれを切らし、強い語調でとがめた。

「トリスタンはカーライル伯爵につかまっちまった」

カミールは息をのんだ。さまざまな悪いシナリオを予想していたけれど、それだけはちらりとも考えなかった。詳しい話を聞かないうちから、不安で胸がいっぱいになる。

カーライル伯爵は怪物として知られている。職人や召使いや社交界への態度が極悪非道であるだけでなく、外見が怪物じみているのだそうだ。彼の両親がそれぞれの家の財産を相続したので、考えられないほどの金持ちだった。彼らは自分たちを偉大な古物収集家にして考古学者であると考えており、古代エジプトへの並々ならぬ情熱ゆえに、成人してからは主としてカイロを生活の拠点にしていた。ひとり息子は、きちんとした教育を受けるためにイングランドへ帰されたが、大学を出るとすぐに両親のもとへ戻った。

新聞記事によれば、そのあと一家は恐ろしい呪《のろ》いの犠牲になったという。彼らは貴重な工芸品でいっぱいの古代の聖職者の墓を発見した。その工芸品のなかに、カノープスの壺《つぼ》と呼ばれる、聖職者の愛妾《あいしょう》の心臓をおさめたものがあった。その愛妾は魔女であったといわれる。当然、カノープスの壺を盗んだ一家には呪いがかけられた。記事によると、発掘作業員のエジプト人のひとりが天を指さして、他人の心臓を盗むような身勝手で冷酷な人間には恐ろしい災難が降りかかるとわめきだしたそうだ。伯爵夫妻はその男を笑い飛ばしたが、どうやら大変な間違いだった。というのも、それから数日後に伯爵夫妻は謎《なぞ》の死を遂げたのだ。身の毛もよだつ死に方だった。

現在の伯爵である彼らの息子は、当時、大英帝国軍の一軍人としてインドで反乱の鎮圧にあたっていた。両親の死を知らされた彼は、まるで狂気に陥ったように獅子《しし》奮迅《ふんじん》の働きをし、局地戦において形勢を一変させて、数で圧倒されていた大英帝国軍を勝利へと導いた。戦いには勝ったものの、彼はのちのちまで傷跡が残る大きな怪我《けが》を負った。心は憎しみや憤りの感情に染まっていた。そのうえ一家にかけられた呪いまで背負った彼は、莫大《ばくだい》な財産を相続したにもかかわらず、ロンドンの社交シーズンがめぐってきても結婚相手を探そうとはしなかった。

噂《うわさ》によると、カーライル伯爵は非道きわまりない男で、容貌《ようぼう》や体つきが醜怪なだけでなく、心もカノープスの壺に入ってカーライル城へやってきた心臓と同じくらいどす黒く、邪悪で、ひねくれているそうだ。

その後、カノープスの壺は消えてしまったといわれ、多くの者たちは魔女の心臓が現在の邪悪なカーライル伯爵の心臓と一体化したのだと信じている。彼は人々をことごとく憎み、草木の生い茂る広大な領地に隠棲《いんせい》して、不法侵入者があれば撃ち殺すか、警察に引き渡して最も重い刑罰が科されるようにする。

カミールの知っているのはそれぐらいだった。たとえ新聞を読まなかったとしても、そうした話はいずれ彼女の耳に入っただろう。それもそうとうな潤色を施されて。というのは、大英博物館の古代エジプト遺物部では、その話題がしばしば人々の口の端にのぼっていたからだ。

ラルフからそれ以上聞くまでもなく、カミールの胸は恐怖で満たされていた。

彼女は平静を装い、できるだけ落ち着いた口調で尋ねた。「いったいどうしてトリスタンはカーライル伯爵とひと悶着《もんちゃく》起こしたの？」

ラルフはジンを飲み干してぶるっと体を震わせ、椅子の背にもたれてカミールを見た。

「トリスタンが思いついた計画は……その、北から来る馬車を待ち伏せするというものだったんだ」

カミールは息をのんでラルフをしげしげと見た。「あの人、見ず知らずの人から金品を奪う気だったの？　それじゃあ、ただの辻《つじ》強盗と同じじゃないの。下手をしたら撃ち殺されたかもしれないわ。さもなければ絞首刑よ」

ラルフはきまり悪そうに体をもぞもぞさせた。「まあね。だけど、そうはならなかったんじゃないかな。だっておれたち、そこまでいかなかったから」

ふいに苦痛が、恐怖とともにカミールの胸を満たした。今の彼女には仕事がある。誰に対しても自慢できる立派な仕事が。とても魅力的な仕事で、給料だってたっぷりもらえる。トリスタンが悪事に手を染めて金を稼いでこなくても、彼女が自分たちふたりを、それとラルフを、養っていくことは充分可能だ。もちろん贅沢三昧《ぜいたくざんまい》とはいかないが。

「とにかく話して、そんなばかなまねをしでかしておきながら、どうして殺されずにすんだの？」カミールはきいた。

ラルフは座り心地の悪い椅子の上でまたもぞもぞした。「カーライル城の……」彼は目を伏せたまま言った。

「先を続けて」彼女は促した。

ラルフはまばたきをしてから言い訳がましく言った。「なあ、トリスタンがあんな行動に出たのは、きみを愛しているからなんだよ。彼はきみをなんとか社交界へデビューさせようとしているんだ」

カミールはラルフをじっと見た。胸のなかで怒りがふくれあがり、そして消えた。わたしは〝社交界〟にデビューなどしたくないのだと説明しても、ラルフには絶対に理解できないだろう。カミールの父親は貴族だったと思われる。彼はカミールの母親と秘密裏に結婚さえしていたのかもしれない。カミールの指にはまっている指輪は、父親が少なくとも高価な宝石を買い与える程度には、母親を愛していたという証拠になるだろう。

世間の人々はカミールを、スーダンでの軍功によってナイト爵に叙せられたトリスタンの、遠い親戚《しんせき》の子供だと信じている。だが、それは真実ではない。だから、カミールが社交界入りすることなどありえないし、上流社会の男性と結婚する可能性も限りなく低い。

彼女が無理にそんなことをしようとすれば、真実が明らかになってしまうだろう。

　真実は魅力的なものとはほど遠い。カミールの母親は売春婦で、ホワイトチャペルで死んだ。かつては母親も違った生き方を夢見ていたはずだ。しかし、恋に落ちたあげくに捨てられて、ロンドンのイーストエンドに身ひとつでほうりだされた。父親が誰であったにせよ、カミールが九歳になったときには、とっくにどこかへ姿を消していた。そして母親のテス・ジャーディネルは路上で死んだ。売春をしていた通りで。あの日、たまたまトリスタンが通りかからなかったら……。

「ラルフ」カミールは重苦しいため息をついた。「説明してちょうだい」

「門が開いていたんだ」ラルフはそれだけ言った。

「門が開いていた？」カミールはきき返した。

「いいよ、わかった……門には鍵《かぎ》がかかっていたよ。だけど塀に割れ目があってね、それがトリスタンみたいな冒険家にはすごく誘惑的に見えたんだ」

「冒険家ですって！」

　ラルフは顔を赤くしたが、言いなおしたりはしなかった。「犬は一匹も見あたらず、まだ夕方になったばかりだった。森には狼《おおかみ》がいるという噂を耳にしていたが、きみも知ってのとおりトリスタンは勇敢な男だからね。なかへ入ろうと言いだしたんだ」

「まあ。城内で月夜の散歩を楽しむつもりだったの？」

ラルフは気まずそうに肩をすくめた。「わかったよ。トリスタンはこう考えたんだ。ちょっとした装身具かなにかがあるかもしれない。うん、下に落ちているかもしれないから、そいつを拾ってきて、専門の業者に売れば、ひと財産できるだろうって。それだけさ。ちっとも悪いことじゃないだろ。カーライル伯爵みたいな大金持ちは、ひとつふたつ物がなくなっても気づきゃしない。彼にとっては価値のないものでも、適切なルートでうまく売りさばけば大金を手にできるんだ」

「闇市《やみいち》でしょ！」

「トリスタンはきみにできるだけのことをしてあげたいんだよ。それに博物館には、きみにずいぶん関心を持っている若い男がいるじゃないか」

カミールは思わず目をくるりとまわした。ラルフが言ったのは、ウィンブリー卿の〝相談役〟であるサー・ハンター・マクドナルドのことだ。ハンターが今の地位についているのは、エジプトでの発掘調査の経験があるからなのと、博物館に大金を寄付したからにほかならない。

ハンターは魅力的な男性だ。見るからに颯爽《さっそう》としている。彼もまた軍功によってナイトの爵位を獲得した。背が高くて肩幅も広く、言葉づかいが洗練されていて、愛想がいい。しかしカミールは、いくら彼と一緒にいるのが楽しくても、用心だけは怠らなかった。ハンターは魅力を振りまきながら甘い言葉でしきりに彼女をくどいてくるが、カミールは自分の生まれを決して忘れなかった。何度となく美しかった母親を思い浮かべるのだ。孤独だった母親は、ちょうどハンターのような男性に信頼を寄せ、ものの道理や現実を無視して心の赴くままに身を任せたのだろう。

カミールはハンターに関心を寄せられているのを知ってはいたものの、ふたりに未来はないと考えていた。たしかにハンターはお世辞を並べ、親切な言葉をかけてくる。だが、彼女を自宅へ連れていって母親に紹介しようとは絶対に思わないだろう。

結婚を前提にしたつきあいならともかく、そうではないのに男性と深い関係になる気はない。恋愛にうつつを抜かしたり、情熱に駆られて分別を失ったりするようなことがあってはならない。カミールはどのような代償を払ってでも自尊心や品位を、そして現在の地位を守りとおす覚悟だった。準学芸員の職を失うなんて考えただけでぞっとする。だからこそ、今はあくまでも慎重に振る舞う必要があるのだ。

「若い男性のことなんかどうだっていいわ。どうせわたし自身に関心を持っているんじゃないもの」

「それならそれでかまわないさ。でも、おれたちが住んでいるのは家柄や財産がものをいう世界なんだよ」

カミールは大きなうめき声をあげそうになった。「わたしの後見人が前科者になったり、ニューゲートの監獄で暮らすことになったりしたら、家柄や財産になんの意味があるっていうの？」

「なあ、そんなことを言わないでくれ。おれたちがやろうとしたのは、それほど悪いことじゃない。伝説の無法者や盗賊は、金持ちから金品を盗んでは貧乏人に与え、それで有名になってみんなから尊敬されたっていうぜ。おれたちはたまたま貧乏に生まれついただけなんだ」

「そうした無法者や盗賊は、たいてい縛り首になったのよ」カミールは目に怒りをみなぎらせてラルフをにらんだ。「忘れたわけじゃないでしょうね。あなたたちふたりには口が酸っぱくなるほど説明したじゃない。他人のものを盗むのは悪い行為と見なされているだけでなく、違法な行為でもあるんだって」

「やめてくれ、カミー」ラルフが哀れっぽい声を出した。彼の視線が再びテーブルへ落ちた。「ジンのお代わりを頼んでもいいかい？」

「いいえ、絶対にだめ！」カミールは言った。「まだ酔っ払ってもらっては困るもの。頭がしゃきっとしているうちに最後まで話してしまいなさい。そうでないと、これからどうしていいのかわからないじゃない。トリスタンは今どこにいるの？　治安判事のところへ連れていかれちゃった？　トリスタンがつかまったとなると……いったいわたしになにができるのかしら？」

「トリスタンはおれを木の陰へ隠れさせておいて、自分だけあえてつかまったんだ」ラルフが言った。

「じゃあ彼は逮捕されたのね？」カミールはきいた。

ラルフはかぶりを振って唇を噛《か》み、彼女を見た。「トリスタンはカーライル城にいる。少なくともおれの考えでは、まだそこにいるんじゃないかな。できるだけ急いで知らせに来たからね」

「まあ、なんてこと！　きっと今ごろはどこかの留置場へほうりこまれているわ」カミールは声をあげた。

驚いたことに、ラルフは再びかぶりを振った。「いいや、それはないよ。〝獣〟の声を聞いたから」

「なんのこと？」

「やつがそこにいた。カーライル伯爵が。見るからに邪悪そうな真っ黒で大きな馬にまたがっていた。ほんとにでかい馬だった。伯爵は家来たちに大声で命じていた、侵入者をつかまえろって。それから……」

「それからどうしたの？」

「見たことを絶対に口外するなって、伯爵がトリスタンに言った」

カミールはわけがわからなくなってラルフを見つめた。さっきまで首筋を伝っていた冷たいものが、今や鋭いつららとなって肌に突き刺さっている気がした。

「あなたはなにを見たの？」彼女はきいた。

ラルフは首を横に振った。「なにも。嘘《うそ》じゃない。なにも見なかった。だけど伯爵と一緒にいた男たちがトリスタンを城へ引きずっていっちまった」

「どうしてカーライル伯爵だと、獣だと、わかったの？」カミールは尋ねた。

ラルフは身震いした。「仮面だ」彼は小声で言った。

「伯爵は仮面をつけているの？」

「ああ、そうさ。あの男は怪物だ。きみも聞いたことがあるだろう」

「彼は足が不自由で、背中が曲がっていて、そのうえ仮面をつけているの？」

「違う、違う、伯爵の背中は曲がっちゃいない。ものすごく大きな男だ。そして仮面をつけている。革でできているようだが、獣の顔だった。ライオンみたいだったよ。それとも狼のほうが近いかな。竜かもしれない。とにかく恐ろしい顔をしていた。おれに言えるのはそれだけだ。声がまた雷鳴みたいにでかくて、低くて……あれを聞いたら、本当に悪魔の呪いがかけられているんだとしか思えなかった。でも、たしかに伯爵だった。ああ、間違いなかったよ」

カミールはじっとラルフを見つめた。

ラルフは困ったように首を振った。「おれがこうしてきみに心配をかけていると知ったら、トリスタンはおれを絞め殺すだろうな。せっかく自分が犠牲になっておれを逃がしたっていうのにさ。だけど、彼をあのままほうっておくわけにもいかないし。いっそのこと警察に盗みの罪でつかまったのなら……」

ええ、そうよ、そのほうがずっとましだわ。トリスタンがロンドンの警察に引き渡されて裁判にかけられるなら、カミールとしても、なんとか金を工面して弁護士をつけてあげることができるだろう。彼女自身が治安判事のところへ行って、トリスタンは頭がどうかしている、年をとっているせいで思慮が足りなくなっているのだ、と泣きついてもいい。それから……今は思い浮かばないけれど、打つ手はいろいろあるだろう。

しかしラルフによれば、トリスタンはまだカーライル城にいるという。それも残忍な怪物という評判の男につかまって。カミールは立ちあがった。

「どうしようというんだい?」ラルフがきいた。

「ほかに方法がある?」彼女はうんざりしたようにため息をついて問い返した。「これからカーライル城へ行くわ」

ラルフは身震いした。「話したのは間違いだった。トリスタンはきみが危険なまねをするのを望んではいない」

カミールは急にラルフがかわいそうになった。とはいえ、彼はいったいなにを期待してこの話をしたのだろう?

「ちっとも危険じゃないわ」彼女はラルフを安心させようとしてほほえんだ。「実を言うとね、トリスタンから詐欺師の手管を教わったことがあるの。わたしはなにも知らない純真な娘を装って城を訪ねるわ。そうすればトリスタンを返してもらえるでしょう。まあ見ていてちょうだい」

ラルフが慌てて立ちあがった。「ひとりで行くなんて無茶だ！」

「ひとりで行くつもりなんかないわ」カミールはそっけなく言った。「まず家に帰って服を着替えなくては。あなたも着替えるのよ」

「おれも？」

「決まってるじゃない」

「着替えるって？」

「見た目がすべてなのよ、ラルフ」カミールはとり澄まして言った。ラルフがけげんそうな表情になった。「いいの、気にしないで。さあ、行きましょう。そうと決まったら一刻でも早いほうがいいわ」彼女はいきなり動きを止めてラルフを振り返った。「誰にも知られていないでしょうね？　トリスタンがカーライル伯爵につかまっていること、誰も知らないわよね？」

「おれ以外は誰も。もちろん今はきみも知っているが」

骨張った冷たい指が喉の奥へ入ってきて、カミールの心臓をわしづかみにしているようだ。だがいくら獣と呼ばれていたって、いちおうは伯爵なのだ。そんな地位にある人間が、そう簡単に人を殺したりしないだろう。

「さあ、行きましょう。急ぐのよ」カミールはラルフの腕をつかんで引っ張っていった。

「あの男はぐっすり眠っています」イーヴリン・プライアーが書斎へ入ってきて言った。彼女は暖炉の前の大きな安楽椅子にぐったりと身を沈めた。その隣のそろいの安楽椅子にはこの城の主人が座り、アイリッシュウルフハウンドのエージャックスの巨大な頭を撫《な》でながら、暖炉の火をぼんやり眺めていた。

カーライル伯ブライアン・スターリングは深い物思いから覚め、眉間《みけん》にしわを寄せてイーヴリンを見やった。しばらくして言う。「あの男の怪我は?」

「たいしたことはなさそうです。医者の話では、単に気が動転しているだけですって。塀によじのぼって落ちたときに、すり傷や打ち身をいくつかつくっただけで、骨はどこも折れていないみたいだし。二、三日もすればよくなるでしょう」

「夜中に城のなかを歩きまわるようなことはないだろうね?」

イーヴリンはほほえんだ。「その心配はありません。コーウィンが廊下で見張っています。それに、ほら、地下室へのドアにはいつも鍵がかかっていますもの。その鍵を持っているのは、あなたとわたしだけ。たとえ彼がうろつきまわっても、なにも見つけられはしないでしょう。それに、そんなことはしませんよ。かなり苦痛を訴えたので、阿片《あへん》チンキを大量にのませておきました」

「そうか、コーウィンが見張っているなら大丈夫だな」ブライアンは確信に満ちた声で言った。カーライル城で働いている人間はほんのわずかで、これだけ大きな城を維持していくにはとうてい人手が足りない。ブライアンは彼らひとりひとりを使用人ではなく、友人と見なしている。一方、使われている者たちも皆、彼に対して心の底から忠誠心を抱いていた。

「もちろんですとも。コーウィンに任せておけば安心です。なにしろ仕事熱心な人だから」イーヴリンが同意した。

「なぜあの男はあんなことをする気になったのだろう?」ブライアンはそう言って、再び暖炉の火からイーヴリンに視線を移した。「地所は草がのび放題で、まさにジャングルのようになっている。そんなところを通ろうとするなんて、まったく信じられないよ」

「あなたのご両親が生きていらしたころは、ここの土地もきちんと手入れをされていたのに」イーヴリンがつぶやいた。

「イングランドの雨は、たった一年で奇跡をもたらすことができるのさ」ブライアンは言った。「とにかくあそこはジャングルそのものだし、野生の生き物だっている。そんな危険な場所へ足を踏み入れようなどと、なぜ考えたのだろう?」

「金目のものを盗むつもりだったんじゃないかしら」イーヴリンが言った。

「あの男は誰かほかの人間のために働いているんだと思うかい？」ブライアンは鋭い口調できいた。

イーヴリンは困ったように両手をあげた。「いいえ、たぶん高く売れそうなものを盗みに来ただけでしょう。もっとも、あなたの言うように、誰かほかの人間に雇われていて、あなたが持っているものや知っていることについて探りに来た可能性がまったくないとは言えませんが」

「明日になったら調べてみよう」ブライアンは言った。冷たい声になっているのが自分でもわかった。意図的にそうしているわけではないが、カーライル城や今の自分の行為に関係することとなると、ある程度冷酷にならざるをえない。憎しみや憤りの感情に染まる権利が自分にはある、と彼は感じていた。解決しなければならないのは過去の問題だけではない。将来の問題もあるのだ。

イーヴリンはブライアンの口調にとまどって、心配そうに彼を見た。「あの男はトリスタン・モンゴメリーと名乗りました。単独行動だったと主張しています。もっとも彼を発見したとき、あなたはコーウィンやシェルビーとその場にいたから、すでに知っているでしょうけど」

「ああ。あの男は、城内へ入りこんだのは偶然だったとも主張している。三メートル近い塀を乗り越えなければならないのに、どうやったら偶然入ってこられるのかわからないがね。とにかく彼は、なんら悪意はなかった、誰かと共謀しているなどということは絶対にないと言い張っている。まあ、真相はいずれわかるだろう。シェルビーに、明日ロンドンへ行ってトリスタンについて調べてくるよう命じておいた。本当の意図が判明するまで、当然ながら彼には客としてこの城にとどまってもらう」

「わたしも買い物がてら一緒にロンドンへ行って調べてきましょうか?」イーヴリンが申しでた。

「ああ、そのほうがいいかもしれない」ブライアンは思案しながら言った。そして深々とため息をついた。「ぼくもそろそろ世間に顔を出したほうがいいのかな。このところ招待状がいくつも届いているんだ」

イーヴリンは笑った。「そうですとも。招待に応じるべきだと、前々から申しあげているじゃありませんか。でも、社交界デビューを控えている娘を持つ母親たちの不安を考えると……」

「そう、そこが問題だ」

「一緒に出席する婚約者なり奥様なりがいさえすれば問題はないのに。そうすれば、もちろんこの城に呪いなどかかっていないし、あなたは獣なんかじゃなくて、ご両親の痛ましい死によって傷ついたひとりの男性にすぎないということが証明されますもの」

「たしかにそのとおりだ」ブライアンはイーヴリンの言葉について考えながら、彼女をじっと見てつぶやいた。

「あら、いやだ。わたしをそんな目で見ないで」イーヴリンが笑った。「わたしは年をとりすぎています」

それを聞いてブライアンはにやりとした。イーヴリンはきれいな女性だ。緑色の目には深い知性が宿っていて、四十歳近いとはいえ、いまだに若々しい容貌を保っている。このぶんでは、たとえ百歳になっても美しいのではないだろうか。

「ああ、イーヴリン、きみほどぼくの気持ちを理解してくれる女性はどこにもいない。しかし、きみの言うとおりだ」ブライアンの表情が険しくなった。「それに、たとえ結婚相手としてふさわしい若い女性とめぐりあえたとしても、この偽りの生活に引っ張りこむ気はない。どんな危険が待ち構えているかわからないからね」

「もちろん、純真な若い女性を邪悪な陰謀の世界に引っ張りこもうとする人なんていませんよ」イーヴリンが小声で言った。「でも、その女性が危険な目に遭うことはないんじゃないかしら」

「だが、ぼくの母は死んだ。そうだろう?」ブライアンは厳しい口調で問いかけた。

「あなたも知ってのとおり、お母様はたぐいまれな方でした。知識においても、研究においても、そして勇気においても」イーヴリンが言った。「あの方のような女性はふたりといません」

「ああ、そうだね」ブライアンは同意した。「しかし、仮に悪人どもによって愛する女性が殺されでもしたら、ぼくの心は石と化してしまうだろう。もっとも殺されたのが父だけだったとしても、ぼくは同じように固い決意で事件の解明に努めたに違いないが」彼はしばらくためらったあとで続けた。「なあ、イーヴリン、きみを巻きこんでしまったことを本当に申し訳なく思っているんだ」

イーヴリンがほほえんだ。「わたしはあなたよりも先に巻きこまれていたんですよ」彼女は穏やかに言った。「事件を解明できるなら、わたしの命ぐらい進んで投げだす覚悟でいます。でも、わたしが危険にさらされるとは思えません。わたしにはあなたのお母様ほどの知識や技術がありませんもの。それに、あなたの結婚相手にふさわしい若い女性が危険に直面するとも思えません。危険があるとしても、ねらわれるのはあなたです。ご両親の魂が安らぎを得られないのに、あなたがふたりの死の謎をほうっておくわけがないことを、敵は知っているでしょうから」

「ぼくは呪われているんだ」ブライアンは言った。

「呪いなんてものを信じているのですか?」イーヴリンが少し愉快そうに尋ねた。

「呪いというものをどう解釈するかによるな。呪われているか? ああ。ぼくが住んでいるのは地獄だ。呪いを解けるか? ああ。しかし、それには魂の救済が必要だ」彼はまじめな口調で言った。

イーヴリンは首を振った。「いいですか、恐ろしい容貌や過去の出来事におじけづくことなくあなたを愛する若い女性が現れたら、カーライル城に対する世間の人々の見方が一変するんです。どこかにうってつけの女性がいて、雇うことができれば……」

「冗談だろう?」ブライアンは言った。

「本気ですとも。あなたに必要なのは、伴侶《はんりょ》になってくれる美しい女性です。社交の場へつき添って、あなたが人間であることを証明してくれる女性です」

「大いに気前のいい親切な男というイメージをつくりあげようと、ぼくはこれまで懸命に努力してきた」ブライアンは自分をあざ笑うように言った。

「ええ、それが必要だったんです」イーヴリンが同意した。「この城に侵入した者はただのひとりもいませんでした。今までは」

「そんなこと、わかりゃしないさ」ブライアンは鋭い口調で言った。

「ブライアン!　そろそろ変わるべきときです」

「最後までやり遂げない限り、生き方を変えられはしない」

「最後までやり遂げられないかもしれません」

「そんなことはない。きっとやり遂げるよ」

イーヴリンはため息をついた。「いいですとも。ただ、わたしの考えも聞いてください。あなたの偽りの生活にもうひとつ仮面をつけるんです。今まであなたは陰に隠れて事を運んできたし、これからもそうする気でいる。でも、社交界へ復帰しなければいけません。ちょうど資金集めのパーティーの招待状が来ています。わたしたちの敵は学問の世界に身を置く人たちだと、あなたは確信していますよね。わたしもそうではないかと考えています。だって、あなたのご両親と同じように古代世界の驚異に魅了され、心を奪われている人間でなければ、あんなことをしでかすはずがありませんもの。あなたはこの前、すでに容疑者をしぼりこんでいると言いました」

ブライアンはそわそわと立ちあがって暖炉の前を行ったり来たりした。主人の気分を感じとったエージャックスが不安そうに鳴いた。ブライアンは犬を安心させようと声をかけた。「大丈夫だ、エージャックス」それからイーヴリンに注意を戻した。「ああ、古代エジプト世界に精通している者たちに、すでに目星をつけている。それは事実だ。しかしさらに、人殺しができるような冷酷な人間、ぼくの両親を殺す計略を練ることができるような狡猾《こうかつ》な人間を探しださなければならない」

イーヴリンはしばらく黙っていた。伯爵夫妻が亡くなって一年になるが、そのときのことを思い出すたびに、彼女は恐怖と苦痛を感じないではいられなかった。

ブライアンは椅子の後ろの補助テーブルへ歩いていってグラスにブランデーを注《つ》ぎ、一気に飲み干してからイーヴリンを見た。「失礼。きみも一杯飲むかい？」

「ええ、いただきます」イーヴリンはにっこりした。ブライアンはまず彼女のグラスに注ぎ、次いで自分のグラスにもう一杯注いだ。

そしてイーヴリンに向かってグラスを掲げ、そっけない口調で言った。「夜に。闇と陰に」

「いいえ。昼と光に」彼女がきっぱりと訂正した。

ブライアンは顔をしかめた。

「さっきから言っているように、もう潮時です」イーヴリンは言い張った。「あなたにふさわしい快活な若い女性を見つけなければなりません。莫大な財産や称号を持っている必要はないんです。あまりにばかげていますもの。なぜって……ええ、あなたの評判からして、誰もそんなものを信用しないでしょう。とにかく、なんらかのきっかけがあって、あなたにふさわしい女性にめぐりあえればいいのですが。若くて美しく、思いやりがあって、魅力あふれる女性に。そういう女性をかたわらに従えていれば、カーライルの財産のためなら自分の娘を獣のいけにえにしてもいいと考えている強欲な母親たちにわずらわされることなく、あなたは犯人の捜査を続けられるでしょう」

「そんな美しい女性を、どこで見つけたらいいんだ?」ブライアンはにやりと笑って尋ねた。「ある程度の知性を備えている必要があるし、きみの言うような魅力にも富んでいなければいけない。さもなければ、かたわらに従えていたってなんの意味もないからね。町でそういう女性を見つけようと思っても、うまくいかないだろう。断言してもいい、町で美しくて思いやりのある若い女性に出会えるはずがないんだ。だから望みなんかないのさ。ましてや、完璧《かんぺき》な花嫁候補が向こうから訪ねてくる可能性などあるわけがない」

そのとき、書斎のドアをノックする音がした。

どうぞと応じると、馬丁の服装をしたシェルビーがドアを細めに開けた。少々風変わりな服装ではあるけれど、彼のような大柄でたくましい男性が着ると実に堂々として見える。

「若い女性がお見えになって、ブライアン様にお会いしたいとおっしゃっています」シェルビーは困ったような顔をしていた。

「若い女性が？」ブライアンは眉根を寄せてきき返した。

シェルビーがうなずいた。「ええ、とても若い女性が門の前でお待ちになっています」

「若い女性ですってよ！」イーヴリンがブライアンを見て大声をあげた。

「わかっているよ。その問題はもう結論が出たじゃないか」ブライアンは言った。「なんという名の女性だ？　どんな目的で来たんだ？」

「そんなの、どうでもいいじゃありませんか」イーヴリンが反論した。「すぐになかへ招じ入れて、彼女の望みがなんなのかをききましょう」

「どうでもよくはない。こんなところへ来るなんて、愚かな人間に違いない。あるいは誰かに雇われているかだ」ブライアンは言った。

イーヴリンが手を振って彼の言葉を否定した。「シェルビー、その女性をここへお連れして。今すぐに。ねえ、ブライアン、いつも疑ってばかりいてはだめですよ」

彼は眉をつりあげた。

「ブライアン、お願いです！　ここに客が訪ねてくるなんて、もう何年もなかったことなんです」イーヴリンは顔を紅潮させて言い添えた。「わたしがおいしい食事を用意しましょう。ああ、考えただけでわくわくしてくるわ」

「わくわくだって？」ブライアンは冷ややかに言って、両手をあげた。「シェルビー、その若い女性を連れてきなさい」彼はイーヴリンを見た。「それにしても驚いた。本当に若い女性が向こうから訪ねてくるとは」

2

カミールは乗り物や外見をはじめとして、自分たちの一挙手一投足に気を配った。ラルフにはトリスタンのスーツと帽子を貸し与えてめかしこませ、主人に仕える従者ではあるが清潔で品位のある人間だという印象を与えるようにした。彼女自身は濃い紫色をした一張羅のドレスで着飾った。襟もとはほどよい開き具合で、控えめな大きさの腰あて《バッスル》、サテンのオーバースカート、その優美な扇形の裾《すそ》からアンダースカートのレースの縁どりがのぞいている。上品な若い女性にふさわしい服装だ。これなら、それほど財産はなくてもまともな職業で生計を立てている女性として見てもらえるだろう。

ロンドンから目的地まで乗っていく幌《ほろ》つきの二輪馬車に金を払わなければならないのがカミールは大いに不満だったが、御者は親切な男で、彼女の払った金額に感激し、カーライルで待っていてロンドンまで乗せて戻ってやろうと申しでた。そうして今、彼女はカーライル城の大きな門の前に立ち、訪問者を阻んでいる巨大な錬鉄製の門扉を見つめているのだった。彼女は信じがたい思いでラルフを振り返った。

「あなたたちふたりはこの塀をよじのぼろうと思ったの？」カミールは尋ねた。

ラルフは困ったように肩をすくめた。「まあね。この塀に沿って少し行くと崩れかけた箇所があるんだ。足をかけるところがあったんで、そう難しくはなかったよ……おれがトリスタンを押しあげて、それから彼に引っ張りあげてもらったんだ。だけど逃げるときに骨を折っちまいそうになった。同じようにして塀を越えなきゃならなかったが、そのときはでかい猟犬に追いかけられていたからね。伯爵が狼《おおかみ》を飼っているという噂《うわさ》は本当に違いない……でも、そんなことはどうでもいいや。とにかく無事に逃げだせたんだ。それに誓ってもいい、誰にも姿を見られなかったよ」

ラルフは自分の話にカミールが少しも感心していないのに気づいて顔を赤らめた。

彼女はすでに城内の呼び鈴につながっていると思われる太い紐《ひも》を引いたあとだった。

「トリスタンはこのなかにいるのね」カミールはつぶやいた。

「なあ、カミー、おれはトリスタンを見捨てて逃げたんじゃないよ。嘘《うそ》じゃない」ラルフが言った。「ほかにどうしようもなかったんだ。それで、きみのところへ知らせに行ったわけさ」

「あなたがトリスタンを見捨てたのでないことはわかっているわ」カミールは穏やかに言ったあとで、つけ加えた。「しっ！　誰か来る」

ひづめの音がして、馬にまたがった男が門の向こうに姿を現した。カミールは地面におり立った男を見て、乗り手がこんなに大きいのだから馬が大きいのも納得した。その男は優に百九十センチ以上はあり、ドア枠をふさいでしまいそうなほど肩幅が広い。若くはないが、かといってそう年をとっているようにも見えない。おそらく三十代半ばくらいだろう。筋骨たくましいその男性は緊張した面持ちで門へ歩いてきて、隙間《すきま》からのぞいた。

「どんなご用で？」

「こんばんは」カミールは男の体格と険悪な口調に思わずたじろいで言った。「夜分に突然訪ねてきてすみません。緊急の要件で、どうしてもカーライル伯爵にお会いしなければならないのです」

彼女はなにか質問されるだろうと思っていたが、なにも問いかけられなかった。男は濃い茶色の太い眉の下から彼女をじっと見つめ、やがて背を向けた。

「待ってください！」カミールは叫んだ。

「主人が会うかどうかきいてくる」男は肩越しに言って、巨馬にひらりとまたがり、ひづめの音を響かせて城へと続く道を闇《やみ》のなかに消えた。

「会ってくれないに決まってる」ラルフが悲観的な意見を述べた。

「絶対に会ってもらうわ。会ってもらえるまで、ここを動かないつもりよ」カミールは断言した。

「夜中に女性が門の前で待っていたりしたら、たいていの男はびっくりして駆けつけてくるもんだ。でも、相手はカーライルの獣だからな」ラルフが言った。

「きっと会ってくれるわ」カミールは言い張った。

彼女は門の前で所在なげに歩きまわった。

「誰も戻ってきそうにないよ」ラルフがしびれを切らし始めた。

「馬車が待っていても、トリスタンを助けだすまで帰りませんからね。もう少し待ってみて誰も来ないようなら、あの紐を引いて、我慢できないほどしつこく呼び鈴を鳴らしてやるわ」

カミールは歩くのをやめて腕組みをした。

今度はラルフが右往左往し始めた。「誰も来そうにないな」彼は繰り返した。

「城まではけっこう距離があるのよ。さっきの人は城へ行って主人を見つけ、それからまたここへ戻ってこなければならないんだもの。時間がかかるのは当然だわ」

「おれたち、ここで野宿するはめになるよ」ラルフが警告した。

「あのね、あなたは敷地内への入り方を知っているんでしょ」

「入るんだったら、今すぐとりかからないと」

「やっぱり待ちましょう」カミールはきっぱりと言った。

ラルフの言うとおりかもしれないと、カミールはだんだん不安になってきた。あれっきり無視されて、なかへ入る許可を得られず、かといって帰れという返事もないまま、門の前で待ちぼうけをくわされるのではないかしら。だが、彼女が絶望的な気分になりかけたころ、ひづめの音とがらがらという車輪の音が聞こえた。

きれいな革の屋根と房飾りのついた小型の四輪馬車が現れた。手綱を握っているのは、さっきの巨漢だった。彼は御者席から飛びおりて門のところへ歩いてくると、大きな鍵《かぎ》で南京錠を外し、門をいっぱいに開けた。

「一緒に来ていただけますか?」男の口調は相変わらずむっつりしていたが、言葉づかいは丁寧だった。

カミールは勇気づけるようにラルフに笑いかけ、男のあとに従った。ラルフが彼女のあとをついてくる。大男がカミールを抱えて馬車の後部座席に乗せ、そのあとにラルフがひょいと飛び乗った。

三人を乗せた小型の四輪馬車は、曲がりくねった長い道を進んでいった。道の両側には果てしなく深い闇が広がっている。これが昼間なら、枝葉を茂らせた巨木がずっと続いているのが見えただろう。カーライル城の主人は周囲に鬱蒼《うつそう》とした森を配して近づきがたくし、いかにも神に見捨てられた土地という雰囲気を醸しだそうとしているのだ。馬車に揺られて進んでいくにつれ、カミールには森の息づかいが感じられた。今にも魂を吸いとろうと待ち構えている威圧的な存在が、どこかにひそんでいるような気がする。

「あなたたちはこんなところで宝物を見つけられると思ったの?」彼女はラルフにささや

きかけた。

「きみはまだ城を見ちゃいないだろう」ラルフがささやき返した。

「ふたりとも頭がどうかしているわ。トリスタンをここへ置き去りにしたほうがいいのかもしれないわね。こんなばかげた話、今までに聞いたことがないもの」

やがて前方に城が姿を現した。その巨大なこと。周囲には今も堀が残っていて、大きな跳ね橋がかかっている。現在では敵の軍勢に襲撃されることはないから、きっとこの橋はおろされたままなのだわ、とカミールは思った。それでも城の内部へ侵入するのは不可能に見える。それほど城壁は頑丈にできており、かなり高いところに縦長の小窓がついているきりで、下のほうには窓ひとつない。

カミールはラルフをにらんだ。城へ近づくにつれて、彼女の内部で怒りと恐怖がふくれあがった。トリスタンとラルフはいったいなにを考えていたのだろう。

馬車はがらがらと橋を渡って広い中庭へ入った。そのときになってようやく、カミールはトリスタンの意図を理解した。そこは魅力的な像や工芸品など、数多くの古代遺物であふれていた。ギリシア・ローマ風とおぼしき古代の浴槽が巧みに改造されて、現代的な家畜用の水桶《みずおけ》として用いられている。外壁の周辺にはさまざまな形の石棺が並べられ、大扉へ続く通路の両側にも無数の宝物が配置されていた。城そのものには、十九世紀になるまでに改修された跡があちこちに見てとれる。入口には美しい装飾が施されて、てっぺんの尖塔《せんとう》からは絡みあった蔓《つる》植物が垂れさがり、訪れる者を歓迎しているかのようだった。

カミールが中庭を見まわしていると、手綱を握っていた巨漢が歩み寄ってきて、彼女を馬車から助けおろした。これらの工芸品は本来なら博物館にあるべきものだわと考えて、彼女は腹立たしくなった。けれども、自分にとっては貴重品と映るものの多くが、世界を股にかける金持ちの旅行者には単なる土産ものにすぎないことはわかっている。ミイラなどはあまりにたくさんあるので、しばしば暖炉の薪《まき》代わりに売られているという話さえ聞いた。とはいえ、ここにある古代エジプトのすばらしい工芸品の数々には目を見張らずにいられなかった。二羽の巨大なこうのとり、数体のイシス像、おそらくそれほど偉大ではない王《ファラオ》たちの像。

「こちらへ」巨漢が言った。

その男について、カミールとラルフは通路を大扉へと歩いていった。入ったところは円形の接見室だった。もともとは敵がここに侵入した場合に、彼らを閉じこめる場所としてつくられたのだろう。現在は衣服や履物を脱ぐ部屋になっている。

「お預かりしましょう」

カミールは外套《がいとう》を巨漢に渡した。ラルフは絶対に渡そうとしなかった。男は肩をすくめた。

「こちらへ」

　彼らはふたつめのドアを通って立派な大広間に出た。そこは近代化のための改装が功を奏し、見るからに壮麗に仕上がっていた。ゆったりと弧を描いて上階のバルコニーへ続いている石の階段には、ふかふかした紺青色の絨毯《じゆうたん》が敷かれている。天井や壁の一部には武器が並べられているが、それ以外の壁のあちこちに肖像画や中世の田園風景画などの美しい油絵が飾ってあった。

　大きな暖炉のなかで火がぱちぱち燃えている。暖炉の周囲に置かれた椅子は濃い茶色の革張りでありながら、少しも重苦しい雰囲気を与えない。むしろ豪奢《ごうしや》でいかにも座り心地がよさそうだった。

「あなたはここでお待ちください」男がラルフに言った。「あなたはどうぞこちらへ」カミールを促した。

　ラルフはどぶに置き去りにされそうになっている子犬そっくりのおびえた目でカミールを見た。彼女はうなずいて大丈夫だとラルフを安心させると、男について階段をあがっていった。

　案内されて入った部屋には、大きな机がひとつあって、壁際に数知れない本棚が並んでいた。それらを見て、カミールの胸は高鳴った。なんてたくさんあるのかしら。ひとつの壁の本棚に、彼女が専門とする分野に関する本があった。『アレクサンドロス大王の道』とその隣に並んだ『古代エジプト』という大著が目に入る。

「主人はすぐに参ります」巨漢はそう言うと、ドアを閉めて去った。

広い部屋にひとり残されたカミールは、はじめて静寂を意識した。そのうちに夜のかすかな物音が少しずつ意識にのぼりだした。どこからか背筋を凍らせる狼の悲しそうな遠吠《とおぼ》えが聞こえた。それを打ち消すように、入口の左手の暖炉で赤々と燃える炎のはじける音がする。

繊細なグラスにまじってブランデーの入ったクリスタルガラス製のデカンタがひとつ、茶色の小テーブルにのっていた。カミールはテーブルに駆け寄り、グラスにブランデーを注《つ》いで飲み干したい誘惑に駆られた。

振り返った彼女は机の後ろの壁に大きな美しい絵がかかっているのに気づいた。絵のなかの女性の服装は十年ほど前に流行したものだ。きれいな明るい色の髪をしたその女性は、輝くようなほほえみをたたえていた。なかでもいちばん魅力的なのは、サファイアのような深みのある青い目だ。カミールは魅了されて近づいていった。

「ぼくの母、故カーライル伯爵夫人のレディ・アビゲイルだ」朗々とした男性的な声が響いた。どことなく厳しく威嚇的な調子が感じられる声だ。

ドアの開く音がしなかったので、カミールはびっくりして振り向き、思わず口をあんぐり開けた。部屋へ入ってきた人物の顔が獣の顔をしていたからだ。

この人は顔にぴったり合うようにつくられた革製の仮面をつけているのだ、と彼女は気づいた。その仮面はまったく魅力がないわけではなく、それどころか芸術的でさえあるけれど、やはりどことなく恐ろしかった。カミールは心の底で、この仮面は人を怖がらせる目的でつくられたのではないかしらと思った。

それに、カーライル伯爵は声をかける前にどのくらいのあいだわたしを見つめていたのだろう。

「すばらしい絵ですこと」カミールはようやくそれだけ言った。わたしが口を開けてこの人を見ていた時間が思ったほど長くなかったのならいいけれど。声が震えないよう懸命に努力したが、成功したかどうかわからなかった。

「ありがとう」

「とても美しい女性ですね」カミールは心からそう思って言い添えた。

彼女は仮面の下の目が自分を見つめているのを意識した。そしてまた仮面の下の端から見える口もとに、そんなお世辞は聞き慣れていると言わんばかりの嘲笑《ちょうしょう》が浮かんでいることに気づいた。

「彼女は本当に美しかった」カーライル伯爵はそう言うと、背中へまわした一方の手首をもう一方の手でつかんで、大股でカミールのほうへ歩いてきた。「それで、きみは何者だ？　なんの用でここへ来た？」

カミールはほほえみ、淑女ぶりたくないと思いながらも優雅な仕草で片手を差しだした。

彼女は断じて淑女ではないし、これからもそうなるつもりはない。

「カミール・モンゴメリーです」彼女は言った。「お願いしたいことがあって、ここへ来ました。わたしのおじ……いえ、後見人が行方不明になったのですが、最後に姿を目撃されたのが、この城の前の道路なのです」

カーライル伯爵は長々とカミールの手を見つめたあとで、ようやく口づけをする決心をしたと見え、身をかがめて彼女の手をとった。仮面の下の唇がふれたとたん、カミールは肌に焼けるような熱さを覚えた。だが、彼のほうもまるで真っ赤な石炭にさわったかのように急いで彼女の手を放した。

「ほう」カーライル伯爵はそれだけ言ってカミールの前を通り過ぎた。

彼は城に案内した男ほど巨漢ではないものの、身長は百八十五センチを超えていて、上等な室内用上着《スモーキングジャケット》の下の肩幅はとても広い。ウエストのしまった、すらりとした体格で、脚は長くてたくましい。とにかく力強く、しかも敏捷《びんしょう》そうに見えるが、顔だけはどうなっているのかわからない。獣？　おそらく。というのも、手にキスをされたときの熱さをすぐに思いだしたからだ。それにあの長い指、力強い手。

カーライル伯爵はなにも言わずにカミールに背を向けたまま、机の後ろの壁にかかっている絵をじっと眺めた。

とうとう彼女は咳払《せきばら》いをして言った。「スターリング卿《きょう》、ご都合もうかがわずに、このような時刻に訪ねてきたことをまことに申し訳なく思っています。ですが、わたしがひどく心配していることをご理解ください。わたしを育ててくれた大切な人が行方不明になりました。このあたりの森には危険がいっぱいです。人殺し、狼……夜はどんな生き物がいるかわかったものではありません。そのため気が気ではなく、あなたのように身分の高い方のお力にすがろうとやってまいりました」

彼は愉快そうに振り返った。

「ほう、それは驚きだ。ぼくの噂はロンドンじゅうの人間が耳にしているはずだが」

「噂ですか？」カミールはなにも知らないふりをして言った。それが間違いだった。

「ああ、そうとも、ぼくが軽蔑《けいべつ》すべき獣だという噂だ。このカーライル伯爵を恐ろしい人間と見なすことなく、多少なりとも尊敬の念をもって思い浮かべていたのなら、きみは快く迎え入れてもらえるはずだと考えて門の前へやってきたはずだ」

彼の口調は断固としていて、とぼけるようなら容赦しないぞと言わんばかりの厳しさがこもっていた。実際、カミールは後ずさりしそうになったが、なんとかその場に踏みとどまった。ひとえにトリスタンのためだった。

「トリスタン・モンゴメリーはこの城のどこかにいます。彼は連れと一緒にこの近くを歩いていて、門のそばで姿を消しました。お願いします。今すぐ彼を引きとらせてください」

「すると、きみが言っているのは、今夜、下等な盗人よろしく塀によじのぼって忍びこんだ、卑しいごろつきのことだな」カーライル伯爵は冷淡な口調で言った。

「トリスタンは卑しいごろつきなんかじゃありません」カミールはむきになって否定したが、盗人ではないと断言するのは差し控えた。「彼がこの城にいるのはたしかなんです。返してもらうまでは帰りません」

「だったら、きみもここにとどまる覚悟をしたほうがいい」カーライル伯爵はそっけなく言った。

「じゃあ、やっぱりトリスタンはここにいるんだわ!」カミールは叫んだ。

「ああ、いる。彼はぼくの所有物を失敬しようとして塀から落ちた」

カミールは息をのみ、必死で落ち着きを失うまいとした。これほど冷淡にあしらわれるとは予想もしていなかったし、これほど無慈悲な言葉を聞かされるとは考えてもいなかった。心のなかに新たな恐怖が芽生えた。

「トリスタンは怪我《けが》をしたのですか？　ひどく？」カミールは尋ねた。

「死にはしない」カーライル伯爵の返事は冷たかった。

「でも、彼のところへ連れていってもらわないと。お願いします!」

「そのうちに」カーライル伯爵はにべもなく言った。「ちょっと失礼させてもらっていいかな?」それは問いかけではなかった。無作法な態度をカミールが許すかどうかなど少しも気にせずに、彼は彼女を残して部屋を出ていくつもりなのだ。事実、大股でドアへ向かって歩きだした。

「待って！」カミールは叫んだ。「トリスタンに会わせてください。今すぐに」

「さっきも言ったように、そのうち会える」

　カミールをひとりきりにして、カーライル伯爵は出ていこうとしている。混乱した彼女は怒りのこもった目で彼の背中を見送った。たった数分間、激論を闘わせただけで去ってしまうなら、どうしてわたしに会う気になったのかしら。

　カミールは気持ちを静めようと室内を歩きまわり、どうせ待たされるなら本の題名をじっくり見ながら過ごそうと思った。だが、題名はふわふわと目の前をよぎっていくだけなので、彼女は暖炉の前の椅子に腰をおろした。

　カーライル伯爵はトリスタンがここにいることを認めた。しかもトリスタンは怪我をしている。泥棒に入ってつかまったのだ。

　なんてこと！　わたしの後見人がどこかで苦しんでいるかもしれないのに、こんなところでのんびり座ってなどいられない。きっと彼は大怪我を負ったのだ。

　カミールはそわそわと立ちあがってドアのところまで行き、さっと開けたところで凍りついた。一匹の犬がいた。巨大な犬。座っているのに頭の位置がカミールの腰よりも高い。

　やがて犬が威嚇するように低いうなり声をあげた。

カミールはドアを閉めて暖炉の前へ戻った。胸に怒りと恐怖が渦巻いていた。あの犬は勝手に城内をうろつく人間を噛《か》み殺すよう訓練されているのだろうか。彼女は怒りに駆られて再びドアへ歩いていったが、そこへたどり着く前にドアが開いた。

予想に反して姿を現したのはカーライル伯爵ではなかった。室内へ入ってきたのは女性だった。中年に差しかかっている魅力的な女性は、瞳をきらめかせてさっとほほえんだ。銀色を帯びた美しい灰色のガウンをまとい、この緊迫した状況には場違いともいえる温かな笑みを口もとに浮かべていた。

「こんばんは、ミス・モンゴメリー」女性が愛想のいい声で言った。

「こんばんは」カミールは応じた。「このような不機嫌な顔をお見せしてすみません。実はわたしの後見人がここにとらわれていて、そのうえわたしまでもがこの部屋に閉じこめられてしまったようなのです」

「閉じこめられたですって！」女性が大声を出した。

「犬がいるんです。牙《きば》をむきだした怪物が。そのドアの向こうに」カミールは言った。

女性の笑みが大きくなった。「エージャックスね。あの犬のことなら気にしなくていいのよ。とてもやさしい性格だから。いったん親しくなれば、あなたにもわかるわ。本当よ」

「あの犬と親しくなんてなれそうにありません」カミールは小声で言った。「奥様、お願いです。わたしの後見人に会わせていただけないでしょうか?」

「ええ、いずれ会えるでしょう。でも、まずはすべきことをしなくては。あなたはブランデーをお飲みになる? あなたと伯爵のために、軽い夕食をつくったの。すぐに用意できるわ。わたしは伯爵のメイドのイーヴリン・プライアー。伯爵からはあなたをお泊めする部屋を用意するようにと言いつかっているの」

「部屋を?」カミールは困惑して言った。「ミセス・プライアー、わたしはトリスタンを引きとりに来たのです。怪我をしているのなら、わたしが手あてをします」

「でも、ミス・モンゴメリー」イーヴリンが悲しそうな口調で言った。「お気の毒だけど、伯爵はあなたの後見人を告訴しようと考えておいでなのよ」

カミールはたじろいで目を伏せた。「トリスタンが悪事を働こうとしたなんて、わたしにはどうしても信じられません」

「そうはいっても、彼が塀から落ちただけだとは、伯爵も信じないでしょうね」イーヴリンが明るく言った。「でも……そうね、あなた方ふたりで話しあう必要があるわ」

イーヴリン・プライアーがまわりの雰囲気にそぐわないほど愛らしく、理性的で、健全な精神の持ち主であるのはたしかだ。城にまつわるなにもかもが陰気でおどろおどろしいのに対し、彼女は夏の空気のようにさわやかで感じがいい。とはいえイーヴリンもまた、カミールがトリスタンを引きとって帰ることには断固反対のようだった。

カミールはごくりとつばをのみこんで言った。「賠償ならわたしがいくらでも……」

「ミス・モンゴメリー、あなたの後見人が有罪か無罪か、賠償をどうするかについて話さなければならない相手は、わたしではないわ。さあ、一緒にいらっしゃい、正餐室《せいさん》へご案内するわ。そのあとで後見人に会えるかもしれないわよ。それから今夜泊まる部屋へお連れするわ」

「いいえ、ここには泊まれません」カミールは抗議した。

「お気の毒だけど、そうしてもらわないことには。今夜いっぱいはあなたの後見人を動かしてはいけないと、医者から命じられているんですもの。ええ、彼はずいぶん痛がっていたのよ」

「わたしが看病します」カミールはきっぱりと言った。

「今夜、彼に旅をさせるわけにはいきません。もちろん、あなたを無理やりここに引き止めることはできないけれど、わかってちょうだい、あなたの後見人を今帰らせるわけにはいかないの」

イーヴリンの丁寧な対応とにこやかな笑みにもかかわらず、カミールは背筋に冷たい戦《せん》慄《りつ》が走るのを感じた。ここにとどまる？　これまで見たこともないほど深くて暗い森に囲まれた場所に？　仮面をつけた男性のところに？　横柄で、陰気で、粗野で、頑としてあとへ引きそうにないこの城の獣と一緒に？

「わたしは……その……」

「まあ、いやだ！」イーヴリンは笑った。「わたしたちはこの人里離れた場所での生活を楽しんでいるとはいえ、あなたが想像しているほど田舎者でも礼儀知らずでもないのよ。ここに泊まることに、なんの心配もいらないわ。この城の主人についてどんな噂がささやかれていようと、彼はカーライル伯爵ですもの、女王や祖国に対して責任があるわ。それに、彼はヴィクトリア女王陛下からとても信頼されているのよ」

カミールは赤く染まった頬を隠すためにうつむいた。イーヴリンにはわたしの考えがお見通しなんだわ。

「わたしは従者を連れてきました。彼を大広間に待たせてあります」カミールは言った。

「だったら、彼にもひと晩心地よく眠れる場所を用意しましょう。さあ、一緒にいらっしゃい」

カミールは弱々しい笑みを浮かべ、ほかにどうしようもないのでイーヴリンの言葉に従った。

廊下で犬が待っていた。犬は主人と同じように疑い深そうな目でカミールを見た。その目もまた仮面に半ば隠されているかのようだった。

「いい子ね」イーヴリンはそう言って犬の大きな頭を撫《な》でた。恐ろしげな猟犬はしっぽを振った。

カミールはイーヴリンのすぐ後ろをついていった。ふたりは長い廊下を歩いて、城の東翼の突きあたりまで来た。その中央のドアを、イーヴリンが押し開ける。すると、城の主人がカミールを待っていた。

カーライル伯爵の居住部分の一部であるその正餐室には大きな引き戸がついていて、それを開けると、黒々とした深い森を見渡すことができる。その森で今なにかが起こっているかのように、彼は両脚を開いて立ち、肩をいからせて背中で両手を握りあわせ、眼前に広がる夜の景色を眺めていた。イーヴリンがカミールを伴って入っていっても、彼は振り向こうとしなかった。

白い布をかけたテーブルが用意され、高級な磁器や磨きこまれた銀器、柄がクリスタル製のグラスが並べられていて、メインの料理には銀でできた保温用の覆いがかぶせてある。椅子は二脚置かれていた。

イーヴリンが咳払いをしたが、カーライル伯爵はふたりがいるのを知っているに違いないとカミールは確信した。彼はわざと振り向かないでいるのだ。

「ミス・モンゴメリーをお連れしました」イーヴリンが言った。「わたしはこれで失礼します」

カミールは前へ押しやられ、背後でドアが閉まった。やっとカーライル伯爵がこちらを向いた。

彼は手でテーブルを指し示し、それから近づいてきてカミールのために椅子を引いた。彼女はためらった。

「おっと失礼。傷跡のある顔に仮面をつけている男と一緒に食事をするのは、きみにとって耐えられないほど恐ろしいことなのかな？」

穏やかな口調ではあったけれど、思いやりの感じられない話し方だった。わたしへの挑戦なのかもしれない。それともわたしを試そうとしているのかしら。

「たいそう奇怪な仮面だとは思いますが、どんな仮面を選ぼうとそれはあなたの自由ですもの。そんなことで食欲は損なわれませんし、見た目でその人の内面を判断しようとも思いません」

カミールはまたもや、革製の口もとにあざけりとおかしさの入りまじった笑みがかすかに浮かぶのを見た気がした。

「見あげた心構えだ。しかし、それは本心なのか？　それともぼくを喜ばせようとして言ったのか？」

「どんな答え方をしても、あなたの耳には疑わしく聞こえるようですわね。それなら、ただこう言っておきましょう。わたしは空腹だということに、たった今気づきました。ですからご一緒にお食事をいただきながら、わたしの後見人について話しあうというのはいかがでしょう？」

「それならば、どうぞ……」彼は引いた椅子のほうへ彼女を招いた。

カミールは座った。

カーライル伯爵はテーブルをまわってもうひとつの椅子に座り、皿にかぶせてある銀製の覆いをとった。それまで夜の大気中に漂っていたかすかな香りが、食欲をそそる濃密なにおいとなって彼女の鼻孔を襲った。皿に盛られているのは湯気をあげているポテト、おいしそうなローストビーフ、きれいな形に切られた小さなにんじん。カミールは今朝の十時の休憩時間にマフィンにジャムを塗って食べたきり、なにも口にしていなかった。

「きみの口に合うといいのだが。ありきたりの料理で申し訳ない。なにしろ急いで用意させたものだから」

「すばらしいごちそうですわ。わたしのほうから押しかけてきたのに、お食事まで用意していただくなんて申し訳なくて」カミールは丁寧に言った。

カーライル伯爵が待っているのに気づいた彼女はナイフとフォークをとりあげ、上品な手つきで肉を切りとった。かぐわしいにおいから期待されたとおり、料理は美味だった。

「とてもおいしいです」カミールは言った。

「口に合ってよかった」カーライル伯爵がぼそりとつぶやいた。

「わたしの後見人のことですが」彼女は切りだした。

「ああ、あの泥棒のことか」

カミールはため息をついた。「トリスタンは泥棒ではありません。あの人がなぜこの城のなかへ入ろうとしたのか、わたしにはまったくわかりませんが、彼が盗みを働かなければならない理由はなにひとつないのです」

「するときみたちは、たいそう裕福ということかな?」カーライル伯爵が尋ねた。

「かなり余裕のある生活をしているといえるでしょうね」彼女は答えた。

「だとしたら、彼はちょっとしたものを盗みに来たのではなく、そうとう金目のものを盗むつもりで来たことになるわけだ」

「違います!」カミールは大声で否定した。

自分たちには金など必要ないとほのめかしたために、かえって彼の怒りと疑惑をかきたててしまったようだ。

「スターリング卿」カミールはいらだちと自信の入りまじった態度を装って言った。「わたしの後見人が盗みを働くためにここへ忍びこんだなどと決めつけてもらっては困ります。彼は——」

「城内へ入ったのは偶然だったと彼は言っている。門や塀を見ただろう。あれらを偶然乗り越えるのは至難の業だ。きみだってそう思うだろう?」

仮面をつけているにもかかわらず、カーライル伯爵の食事のマナーは非の打ちどころがなかった。頬や鼻梁《びりょう》は仮面で隠れているが、口の部分は切りとられている。ふいにカミールは、仮面の奥にはどんな顔がひそんでいるのだろう、仮面で隠すからには顔にどれほど醜い傷跡があるのだろうと考えた。

カーライル伯爵の話し方があまりにも気さくなので、彼女は危うく警戒心を解きそうになった。

「わたしはまだトリスタンに会っていません。あなたが会わせてくださらないからです」カミールは彼に指摘した。「わたしの後見人がなぜここへ入ろうとしたのか、皆目見当がつきません。とにかくできるだけ早く彼を引きとらせていただけませんか？　先ほども申しあげたように、彼には人様のものを盗まなければならない理由はなにひとつないのです」

「きみたちは財産家だというんだね？」

「それが驚くようなことなのですか？」

カーライル伯爵はナイフとフォークを置いて値踏みするように彼女を見た。「ああ、そうだ。そのドレスは上等なもので、きみはそれを上手に着こなしてはいるが、見たところ数年前に流行したものだ。それにきみは自家用の馬車ではなく、辻《つじ》馬車でやってきた。そうそう、その馬車だが、ロンドンへ帰しておいたよ」

カミールは愕然《がくぜん》とした。早くトリスタンを引きとって家へ帰らなければならなかったのに。さもないと明日の朝、出勤できずに大事な職を失ってしまうかもしれない。

彼女もナイフとフォークを置いた。「たしかにわたしは財産家とはいえないでしょう。あなたから見たら全然違います。でも幸い、こう見えてけっこう有能なんですよ。仕事についていて、毎週お給料をいただいています」

カーライル伯爵が青い目を細めた。彼がどんな職業を想像しているのかに気づいて、カミールは息をのんだ。

「まあ、よくもそんなことを！」カミールは早口で言った。

「よくもなんだというんだい？」

「そんなことはしていません」

「なにをしていないというんだ？」

「あなたが考えているようなことをです」

「じゃあ、きみはなにをしているんだ？」

「あなたは謎《なぞ》めいた人物でもなんでもなく、ただのげすな人間です」カミールはカーライル伯爵に向かってそう言うと、ナプキンをテーブルにたたきつけて立ちあがろうとした。興奮のあまり、その瞬間はトリスタンのことをすっかり忘れていた。

カーライル伯爵が自分の手をカミールの手の上に置き、立ちあがろうとする彼女を制した。彼女はテーブル越しに彼の緊張を、奇妙な熱を、手の力強さを感じた。

「ミス・モンゴメリー、我々は今、きみの後見人を逮捕させるべきかどうかという重要な問題を話しあっているんだ。真実を探られるのがそれほど不愉快なら、いくらでも気分を害すればいい。もう一度きこう、きみはなにをしているんだ?」

カミールは胸の底に怒りがわきあがるのを覚えたが、カーライル伯爵をにらみつけるだけにとどめ、手を引き抜こうとはしなかった。怒って帰ってしまったら、ここへ来た意味がない。

「大英博物館の古代エジプト遺物部で働いています」彼女は唇のあいだから息をもらすようにして言った。

わたしは売春婦です、ときっぱり答えたとしても、これほど驚きと怒りに満ちた反応が返ってくることはなかっただろう。

「なんだって?」

カーライル伯爵の口から出たのは怒鳴り声だった。カミールは彼の反応にびっくりし、顔をしかめて繰り返した。「はっきり申しあげたじゃありませんか。大英博物館の古代エジプト遺物部で働いていると」

彼が突然立ちあがったので、椅子が後ろに倒れた。

「なんらやましいところのない合法的な仕事です。断っておきますが、わたしはその仕事につくための資格を持っています」カミールは断言した。

彼女が驚いたことに、カーライル伯爵は立ちあがったときと同じくらい荒々しい足どりでテーブルをまわってこちらへやってきた。

「スターリング卿！」カミールは立ちあがって抗議した。だが、彼が両手を彼女の肩に置いて、さも忌まわしげに見つめてくるので、なにかされるのではないかと恐ろしくなった。

「それでもきみは、後見人のためにここへ来ただけだと言い張るんだな！」

カミールはあえいだ。「わたしが愛する人を返してもらう以外になにか目的があってここへ来たと、考えているんですね？　こう言ってはなんですが、いくらあなたが地位の高い方であろうと、このような失礼な態度をとったり暴力を振るったりすることは、とうてい許されるものではありません」

カーライル伯爵はカミールの肩から手をどけて後ろへさがった。だが、強烈な青い炎を燃えたたせた目は、魂のなかまで貫くように彼女を見つめたままだった。

「きみの今の言葉が嘘だとわかったときのことを覚悟しておきたまえ。ぼくの失礼な態度や暴力がどこまで高じるか、きみには想像もつかないだろう」

それ以上カミールを見ているのは我慢ならないとばかりに、彼は向きを変えてすたすたとドアのほうへ歩いていった。そして部屋を出ると、城全体が揺れるのではないかと思えるほど音高くドアを閉めた。

カミールは震えながらその場に立ちつくし、カーライル伯爵が去ったあとも長いあいだドアを見つめていた。

「あなたって、まったく見さげ果てた人ね！」カミールは叫んだ。彼の耳には届かないことを確信していた。

そのときドアが開いたので、彼女はどきっとした。

イーヴリンだった。「かわいそうに、大変だったわね。伯爵はとても気性が激しい方で、今もずいぶん怒っていらしたわ。いつも道理を説いてさしあげているんだけど……でも、その気になれば、あの方は愛想がよくも親切にもなれるのよ」

「トリスタンに会わせてください。彼をここから連れ帰らなければなりません」カミールはありったけの自尊心を奮い起こして言った。「あの怪物から遠ざけなくては」

「まあ、なんてことを！」イーヴリンが言った。「いい、あの方は怪物なんかじゃないのよ。ただちょっと……ええ、あなたが大英博物館の仕事をしていると聞いて、伯爵はすごくショックを受けたの」

「きちんとした仕事ですわ」カミールは言った。

「ええ、そうですとも。ただ……」イーヴリンは首をかしげてカミールをつくづくと見た。少なくともその目にカミールの姿は好ましく映ったようだ。イーヴリンは声を低めて言った。「あなたを雇っている人たち、そう、あなたの所属する部門にいる人たちは、全員があのとき、あそこにいたから……」

「あのときって、いつのことです？」

「伯爵のご両親が殺されたときのことよ」イーヴリンは答えた。「あなたにはなんの責任もないわ。だけど、そうはいっても……。ええ、いいでしょう、一緒にいらっしゃい。あなたの後見人のところへ連れていってあげましょう」彼女は立ち止まって振り返った。「聞いてちょうだい、たしかにあの方は少々獣じみて見えるだろうし、振る舞いもかなり不気味に映るでしょう。でも、ご両親を殺されるという恐ろしい出来事が、伯爵の人生を根底から変えてしまったのよ」

カミールは急ぎ足でイーヴリンについていった。「待ってください。その噂《うわさ》なら、もちろん耳にしたことがあります。ロンドンじゅうの人が知っています。なにがあったのか詳しく話してもらえれば、たぶんわたしも少しは――」

役に立てると言うつもりだったが、その暇がなかった。カミールの前を早足に歩いていたイーヴリンが、急に立ち止まってドアを開けたからだ。遅れないよう懸命に足を運んでいたカミールは、危うくイーヴリンの背中にぶつかるところだった。カミールの言葉などひとことも聞いていなかったかのように、イーヴリンが言った。「さあ、ここよ。この部屋にあなたの後見人がいるわ」

3

それを聞いて、この城の主人や彼の卑劣な振る舞いのことはカミールの頭のなかから消えてしまった。彼女は暗い室内をのぞきこんで目をしばたたいた。暖炉で火が燃えているものの、部屋は闇《やみ》に閉ざされている。やっとベッドの上に人が横たわっているのに気づいたとたん、彼女の心臓は激しく打った。その人物はじっとしたまま身動きひとつしない。

「まあ、なんてこと！」カミールは叫んだ。体が震え、膝ががくがくした。

イーヴリンがくるりと振り返ってカミールの腕をつかみ、倒れかかった彼女を支えた。

「しっかりして。心配はいらないわ。彼があまりに痛がって騒ぐから、阿片《あへん》チンキをのませたの。大丈夫、ちゃんと生きているわ。そうですとも、あんな程度で死んだりするものですか。もっと気をしっかり持たなくてはだめ。彼なら平気よ。意識がぼんやりしていて、とりとめのないことを口にするかもしれないけれど、阿片チンキのせいだから不安になる必要はないのよ」イーヴリンはいかにも冷静沈着そうに見えるが、実は思いやりの深い女性らしく、動転したカミールを見てすっかり狼狽《ろうばい》していた。「さあ、あなた」イーヴリンは続けた。「あそこへ行って、彼を抱きしめてあげなさい。頭がぼうっとしていても、あなたが誰かはわかるでしょう」

死んではいない、死んではいない、死んではいない！　カミールの頭にあるのはそれだけだった。やがてイーヴリンの言葉が意識のなかへ入ってきた。カミールは力を奮い起こして室内へ駆けこみ、ベッドへ向かった。そばまで来た彼女は、トリスタンの顔に赤みが差しているのと、彼が深く呼吸しているのに気づいた。

カミールがふれるのをためらって、しばらく上からのぞきこんでいると、トリスタンがものすごく大きく鼻を鳴らした。カミールは顔を赤くして、イーヴリンのいるドアを振り返った。

「ほら、ちゃんと生きているでしょう」イーヴリンが穏やかに言った。

カミールはうなずいてトリスタンを見おろした。彼は上等なリンネルのナイトガウンを着ていた。こんなに立派なナイトガウンを着るのはこれがはじめてではないかしら。心のこもった世話と手厚い看護を受けているのは明らかだった。カーライルの怪物は捕虜に見苦しくない格好をさせて監獄送りにしたいのだろう。

カミールはベッドのかたわらにひざまずき、トリスタンの肩をやさしく抱いて胸に頭をのせた。「トリスタン……」

彼女は涙ぐんでそっとささやきかけた。生まれてからどれだけ罪を重ねてきたのかわからないけれど、わたしを救ってくれたときに、そして大勢の浮浪児を飢えから救うために私財を――たとえそれがどのような手段で得られたものであろうと――なげうったときに、彼の罪はあがなわれたのだ。それにしても、なぜ今になって？　わたしがようやく一人前になり、生活費を稼げるようになったときに、なぜこんなことを？

「ほんとにひどい人！」カミールはささやいて顔をあげ、腹立たしそうに頬の涙をぬぐった。「あなたはいったいなにをしようとしていたの？」彼女は激した声で問いかけた。

トリスタンがまた鼻を鳴らしてまばたきし、彼女の目を見た。彼の目がやさしい光をたたえた。思いやりの深さが彼のいちばんの取り柄なのだ。「カミール、おちびちゃん！カミール……」彼はカミールがここにいるのはまずいとでもいうように顔をしかめた。だが、そうするだけでもつらいらしく、再びまばたきをして目を閉じた。そして深い呼吸の音しか聞こえなくなった。

「ほら、わかったでしょう?」イーヴリンが入口から声をかけた。「その人はきちんと看護を受けているの。さあ、いらっしゃい。あなたが泊まる部屋へ案内するわ」

カミールは立ちあがってトリスタンの額にキスをし、上掛けをしっかりかけてから出口へ向かった。イーヴリンはカミールを部屋から出してドアを静かに閉め、さっきと同じようにきびきびとした足どりで廊下を歩きだした。

「ミセス・プライアー」カミールは急ぎ足であとに従いながら呼びかけた。「トリスタンの世話をしてもらっているのはわかりました。でも、ご理解ください。どうしても彼を家へ連れて帰りたいのです」

「お気の毒だけど、ブライアンはあの人を告訴する気でいるみたいなの」

「ブライアン?」誰のことだろうと思い、カミールは小声で尋ねた。

「カーライル伯爵のことですよ」イーヴリンが辛抱強く言った。

「ああ、でも、それはだめ!　告訴なんていけません」

「明日の朝になったら、あの方を説得して思いとどまらせることができるかもしれないわ。ああ、なんということでしょう!　あなたが大英博物館で働いてさえいなければよかったのに」

「ミセス・プライアー、わたしの知る限り、たしかに多くの人々がエジプトコブラの犠牲になっています。砂漠にそうした危険はつきものなんです」

イーヴリンが、あなたを今の今まで聡明《そうめい》なお嬢さんだとばかり思っていたのに、と言わんばかりの目で見つめるので、カミールは気づまりになった。

「ここがあなたの部屋よ、ミス・モンゴメリー。この城が建てられたのはノルマン人がイングランドを征服したころで、それ以来、何度も建て増しされてきたわ。でも、いつも最高の建築技術が用いられたわけではないの。だから廊下が迷路みたいに入り組んでいるのよ。迷子になると大変だから、夜中は部屋の外をうろうろしないほうがいいわ。自慢するわけではないけれど、この部屋にはとても近代的な浴室があるのよ。寝間着や洗面用具は備えつけのものを自由に使ってちょうだい。明日の朝になれば、どちらにしても今の状況を打開できるでしょう」

「ええ……ありがとう。でも、ちょっと待って。もっと詳しい話を聞かせてもらえれば、わたしが――」

「伯爵がわたしを待っているの。おやすみなさい」

「ああ！　でも、従者のラルフが――」

「ちゃんとお世話をしているわ」イーヴリンは肩越しに応じ、廊下の角を曲がって姿を消した。

カミールはなんだか見捨てられたような気がして腹が立ち、廊下へ出た。イーヴリンを追いかけていって、もっといろいろききだそうかしら。

だが、イーヴリンが去るとすぐに、またもやあの地獄の番犬が現れた。犬は廊下に座りこんでカミールを見つめた。彼女はそれまで犬が人間をあざ笑ったり小ばかにしたりできるとは知らなかった。しかし、現に目の前の犬はそれをしているのだ。

彼女は犬に指を突きつけた。「いいこと、いつかきっとこの報いを受けるわよ！」

犬がうなった。

カミールは慌ててあてがわれた部屋へ入ってドアを閉めた。心臓をどきどきさせながらドアに寄りかかって目をつぶり、高ぶる気持ちを静めようとする。やがて目を開けると息をのんだ。

信じられないほどすばらしい部屋だった。ベッドは立派な天蓋《てんがい》つきで、刺繍《ししゅう》が施された高価そうな乳白色の上掛けがかかっていて、枕《まくら》がいくつものっている。それ以外の家具も……ほとんどがエジプトのものだ。

化粧台のところへ歩いていったカミールは、さまざまな古代遺物の複製品が装飾に使われていることや、それらが現代的なヴィクトリア朝風の装飾品とあいまって幻想的な雰囲気をかもしだしていることに気づいた。化粧台には翼を広げた天空神ホルスが彫りこまれていて、上に三面鏡がついている。大きな円柱と背の高い衣装棚の表面は象形文字《ヒエログリフ》で覆われ、カーテンの前に置かれた椅子にもまたホルスの大きな翼が彫刻されていた。

振り返ったカミールは、大きなファラオの像を見て驚いた。彼女は像に歩み寄って目を凝らした。その像は本物だった。ハトシェプスト女王だ。ファラオであった彼女は、女とはいえ男の力を持っていることを示すために、人前に出るときはいつも顎ひげをつけていた。

途方もなく貴重な像だ。それを個人の家の、しかも客室へ置いておくなんて。本来なら博物館にあるべきものだ。カミールはそう考えて憤慨した。

ドアの反対側にもう一体の等身大の像があった。そちらは戦の女神アナトの像だった。アナトは戦闘におけるファラオの守護神とされ、彫刻や絵画ではたいてい盾や槍《やり》や戦斧《せんぷ》を手にした姿で描かれる。この像は少し傷があるけれど、それでもすばらしい宝であることに変わりはない。貴重な遺物。それがこの客室に置かれているとは！

カミールは後ずさりし、わたしにこの部屋があてがわれたのは意図があってのことかしらと首をひねった。こういう像を前にしたら、たいていの女性はおじけづく。実際、社交界デビューを控えている上流階級の若い女性たちが、夜中に目覚めてこれらの像を目にしたら、すっかり震えあがって悲鳴をあげ、城にかけられた呪《のろ》いで像たちが生き返って追いかけてきたとわめきたてるかもしれない。暖炉の火の明かりで見ると、たしかに不気味だわ。

「でも、わたしは怖くない」カミールはそう口にしたあとで怖くなった。大昔に死んだ人間や伝説上の存在に向かって、わたしはおまえたちの支配力を超越しているのよ、と言い放ってしまった気がしたのだ。「ばかばかしい」彼女は自分につぶやいた。

ベッドの両側にある簡素な小テーブルの上に、それぞれランプがともされている。そのふたつのランプの図柄もエジプトのものだ。ぎょっとすることに、どちらのランプにも巨大な男根を屹立《きつりつ》させて二枚の羽根がついた冠をかぶっている豊饒《ほうじょう》神ミンが描かれていた。カミールは自分を上品ぶった女とは思っていなかったが、それにしてもこれは……。

彼女は首を振りながら考えをめぐらせた。わたしがこの部屋をあてがわれたのは、うっかり大英博物館で働いていると本当のことを話して、ブライアンの怒りを買ったからに違いない。きっと彼は仕返しのために、わたしをこんな部屋に寝かせることにしたんだわ。彼女はほほえんだ。上等じゃない。

彼女はさらに大胆になり、室内を見てまわった。椅子の奥のカーテンを開けると窓がついていた。おそらく昔はガラスがはまっておらず、これほど大きくなかったのではないだろうか。窓の奥行きで石づくりの城壁の厚みがわかったが、そちらのほうがエジプトの工芸品よりはるかに驚くべきものだった。こうした城壁は敵の攻撃に備えてつくられたのだから、厚いのは当然といえる。かつてはカーライル城も何度となく敵の矢玉を跳ね返し、なかの人間を守ってきたことだろう。ちょうど当主のブライアンが頑丈な石の要塞《ようさい》にこもって、英国社会から自分の身を守っているように。

カミールはため息をつき、トリスタンの部屋へ駆け戻ろうかと考えた。たとえわたしの声が聞こえなくたっていい、彼にさんざん文句を言ってやろうかしら。だけど、あのドアの向こうには地獄の番犬がいて、わたしを見張っている。彼女は首を振ってベッドへ行き、用意してあったリンネルのナイトガウンをとりあげて浴室を探した。

イーヴリンの言ったとおり、浴室のなかは浴槽も便器も水道も皆、近代的にできていて、洗面用具も用意されていた。ブライアンは古代の遺物や工芸品で宿泊客の眠りを妨げてやろうというゆがんだ心の持ち主かもしれないが、少なくとも部屋の調度品はカミールが使ったこともないほど立派なものをそろえてある。

浴室のなかでろうそくが燃えていて、そのかたわらにブランデーとグラスがのったトレイが置かれていた。カミールはためらうことなく大きな浴槽に湯を満たしてから裸になると、グラスにブランデーを注《つ》いで、ゆったりと湯に身を沈めた。

なんて奇妙なのかしら。惨憺《さんたん》たる夜だったのに、今はこうしてブランデーをすすりながらのんびり湯につかっているなんて。だけどものすごく不利な状況ね。そう思いながら、カミールは顔をしかめた。

自分が緊張しているのを感じ、なぜだろうと首をかしげた。なにか不吉なことが起こっていると第六感が警告したのだ。物音を聞いたような気がして、カミールは身動きもせずじっと息をひそめた。動く音。きぬずれの音ではない。足音とも違う。そう、まるで石と石とがこすれるような音。

カミールは耳を澄ませていたが、音は二度としなかった。空耳だったのだろうか。そのとき突然、ドアの外ですさまじい吠《ほ》え声があがった。彼女の感覚のなかへ忍びこんできたものを、犬もまた聞いたのだ。

彼女はブランデーをこぼしそうになりながらも、なんとか床の小さなラグの上にグラスを置いた。そして浴槽から飛びでると、浴室のドアにかかっている厚い綾《あや》織のローブを羽織った。部屋のドアに鍵《かぎ》をかけて閉じこもっているべきではないかと頭の片隅で思ったものの、本能的な恐怖に駆られていたので、音の原因を突き止めない限り安心できなかった。

浴室から寝室へ駆けこんだカミールは、自分の名前を呼ばれているのに気づいた。

「ミス・モンゴメリー！」彼女の名前を呼んでいるのは、ブライアンその人だった。

彼女が戸口に駆け寄った瞬間、ドアがさっと開いた。ふたりはその場に立ちつくして見つめあった。獣の仮面の下で青い目をらんらんと光らせている男。無防備な自分の弱さを感じながら、髪を振り乱し、仰天して目を見開いている女。

カミールはローブをきちんと着ていないことに気づき、襟もとをかきあわせて紐《ひも》を探った。

犬が部屋へ駆けこんできた。もう吠えてはいなかったが、主人のかたわらに立って体をこわばらせ、空気のにおいをかいでいた。

獣が咳払《せきばら》いをした。「大丈夫かい?」

カミールは返事をしようとしたが、声が出なかったので、うなずいた。

「なにか音が聞こえたか?」ブライアンがきいた。

「さあ……どうかしら」

ブライアンはいらだたしげに声を荒らげた。「聞こえたのか聞こえなかったのか、はっきりしたまえ。ひょっとして、ここに誰かいたのかね?」彼は眉間《みけん》にしわを寄せた。この部屋に誰かがいたはずはないが、いちおうはきいておく必要があると言わんばかりの顔つきだ。

「いいえ」

「なにも聞こえなかったんだな?」

「ええ……そう思います」

「そう思うだって? だったら、なぜそんな格好をしているんだ? きみときたら、まるで悪鬼かなにかに追いかけられて浴室から逃げだしてきたみたいじゃないか」

「実は……その、なんて言ったらいいかしら」カミールは顎をつんとあげた。「どこかでなにかがこすれるような音がしたんです」彼女は肩をいからせた。「でも、見ておわかりのとおり、ここには誰もいません。きっとこういう古い建造物はよくきしるから、それであんな音がしたのでしょう」

「ふうむ」ブライアンはつぶやいた。

カミールは男の仮面がいまいましかった。その仮面が目以外の顔の部分をほとんど隠しているので、彼女は絶えず素手で相手に闘いを挑んでいるような気がした。彼女は威厳をとり戻そうと背筋をのばした。「よろしいでしょうか、スターリング卿《きょう》？　わたしは心ならずも客として宿泊しています。ですから、このような時間に部屋を訪ねてくるのはご遠慮ください」

驚いたことに、ブライアンは出ていきたくなさそうな様子だった。

「きみはこの部屋にいて……不安を覚えないのか？」

「はい。わたしを不安にさせるおつもりだったのですか？」

彼は片手を振って否定した。「装飾品のことを言っているのではない」

「だったら？」

「きみが、そしてぼくの犬が聞いたと思われる、なにかがこすれるような音のことだ」

カミールはかぶりを振りながら、自分はなんてばかなのだろうと考えていた。〝そうよ、わたしはこの部屋から出たいのよ！〟と内心の声が叫んでいる。だが、おびえていることを目の前にいる男に悟られたくなかった。そう簡単に怖がってたまるものですか。

「この部屋に満足しています」カミールは答えた。

ブライアンがあまりにまじまじと見つめているので、カミールは彼が〝では、この部屋にいるがいい〟と言うのではないかと思った。しかし、彼はそう言わなかった。「では、この犬を置いていこう」

「なんですって?」

「断言してもいい、エージャックスがついていれば、なにかがこすれるような音がしようと、うめき声が聞こえようと、きみが危険にさらされることはないだろう」

「エージャックスはわたしを嫌っています」カミールは言った。

「くだらないことを言ってはいけない。さあ、近づいて頭を撫《な》でてごらん」

カミールは疑わしげな目でブライアンを見つめた。驚いたことに、彼がほほえんでいるのがわかった。

「犬が怖いのか?」

「ばかなことをおっしゃらないでください。わたしはこうした生き物には心から敬意を抱いているんです」

「だったら、撫でてごらん。少しも怖がる必要はない。こいつにはぼくがきみを守らせようとしているのがわかるんだ」

怖がっていることを態度に出すまいと再び決意し、カミールは犬に近寄った。しかし、いくら平静を装っても鼓動は抑えられなかった。もっとも、心臓が激しく打っているのは犬のせいではなかった。ブライアンがすぐそばにいるせいだ。

カミールが近づくと、ブライアンはじれったそうに彼女の手首をつかんで、その手をエージャックスの頭にのせた。犬は小さく鳴いて尾を振った。

彼女はブライアンの立派な体格や背の高さ、力強い手を意識した。彼はとぐろを巻いた蛇のように今にも飛びかかりそうな勢いで、爆発的なエネルギーを内に秘めているように見える。カミールは真っ赤に燃える熱い炎に焼かれた気がして、彼に視線を据えたまま後ずさりした。「ここにひとりでいても怖くありません。きっとあなたの犬は——」

「こいつはきみが気に入ったようだ」

「それはうれしいんですけど」彼女はつぶやいた。

「エージャックスはいい人間と悪い人間を見分けるのが得意なんだ。どうやらきみの後見人には大いに警戒心を抱いているらしい」

カミールは努めて冷ややかな笑みを浮かべた。「わたしたちは捕虜なのだと思いださせるためにおっしゃったのですか？　わたしたちが……あなたの手中に落ちたのだと」

ブライアンは怒りだすだろうと思ったが、予想に反して返ってきたのは愉快そうな笑い声だった。「そうかもしれない。エージャックスを残していけば、ぼくも安心して眠れる。こいつがついていれば、暗闇のなかでもきみが危険にさらされることは絶対にないからね。じゃあ、おやすみ、ミス・モンゴメリー」

「待ってください！」カミールは言った。

「おやすみ」ブライアンは繰り返した。向きを変えて部屋を出ると、反論を許さない断固とした態度でドアを閉めた。

カミールは怒りに駆られ、信じられない思いでドアを見つめた。彼が犬を置いていったのは、わたしがなにかをたくらんでいるのではないかと考えたからかしら？　それとも、わたしが危険にさらされるかもしれないと心配したから？　わたしは見張られているの？　守られているの？

エージャックスがカミールを見て小さく鳴き、しっぽを振りながらぶらぶら近づいてきた。彼女は犬の頭をそっと撫でた。大きな目が彼女を見あげる。今ではその目に愛情がこもっているように見えた。

「ほんとはとてもおりこうさんなのね」カミールは犬に話しかけた。「それなのに、あんなふうに歯をむきだしてうなったりして、いったいどうしたというの？　あれは見せかけ？」見せかけ。主人がつけている仮面みたいなものかしら。

奇妙というしかなかった。そよとも風は吹いていないのに、突然ランプの炎が揺らめいたのだ。エージャックスが喉の奥で警戒するような音を出した。

「どうしたの？」カミールはささやいた。なぜか彼女は不安を覚えた。

だが、例の像は動いていない。部屋のなかには誰もいない。

「ねえ、ブランデーを飲んでしまいたいんだけど、いいかしら？　それに正直なところ、おまえにいてもらえてよかったわ」

エージャックスはカミールの言葉を信じたようだ。いよいよ寝るときになって、彼女がベッド脇《わき》のランプひとつを残して明かりを全部消すと、犬はベッドの足もとのほうに飛びのった。ありがたいことにベッドは大きかった。彼女はエージャックスがそばで夜通し番をしていてくれることに感謝した。


朝にはカミールとエージャックスはすっかり仲よくなっていた。これなら自由に城のなかを歩きまわれると思い、彼女はうれしくなった。

まずトリスタンの部屋へ行って話をし、そのあとで再び城の主人と対決するつもりだった。トリスタンがこんな事態に陥った理由が詳しくわかれば、彼の弁護もしようがある。しかし、カミールがドアを開けて廊下へ出たとたん、昨夜、彼女を城へ案内した巨漢が挨《あい》拶《さつ》した。この人は朝からずっと廊下に立って、わたしを待っていたのかしら。どうやらそうらしい。

「伯爵がサンルームでお待ちです」男は重々しい口調で言った。

「ああ、びっくりした」カミールはつぶやいた。「わかりました」

カミールのかたわらをエージャックスがついてくる。巨漢は廊下をずんずん進んで階段の上り口を過ぎ、城の次なる翼に入っていく。大きな部屋を抜けて、その奥にある部屋へカミールを案内した。そこの天井はガラス張りになっていて、さんさんと差しこむ朝日が大理石の床や趣味のいい壁紙を照らしているさまは、なんともいえず美しかった。

その部屋にブライアンがいた。背中で両手を握りあわせて窓辺に立ち、中庭を見おろしている。

「おはよう、ミス・モンゴメリー」彼は振り返って挨拶をした。仮面のせいで、カミールは彼の目の青さと貫くような視線の鋭さをいっそう強く意識した。

「おはようございます」

「あんな騒ぎのあとで、よく眠れたかね?」カミールを歓迎すべき客として扱っているかのように、ブライアンは丁寧な口調で尋ねた。

「ええ、とても」

「エージャックスは迷惑をかけなかっただろうね?」

「ミセス・プライアーがおっしゃったとおり、エージャックスはとてもやさしい犬ですね」

「まあ、たいていはね」ブライアンは楽しそうな声で同意した。「さてと、一緒に朝食をとろう、ミス・モンゴメリー。用意したもののなかに、きみの口に合うものがあればいいが。オムレツ、オートミール、トースト、ジャム、ベーコン、魚……」

「せっかくご親切に朝食を用意していただきましたが、わたしは朝は少ししか食べないんです。それに、ご厚意に甘えるのは心苦しくて」

カミールはブライアンが仮面の奥で不気味な笑みを浮かべたような気がした。

「ここでは客人を手厚くもてなすのが習わしでね」

「まったくそのとおりでしたわ」彼女は鋭い口調で言った。

「ゆうべの振る舞いについては謝るよ。許してくれ。それというのも、きみが驚かすからだ。本当に大英博物館で働いているんだね？」

カミールは深々とため息をついた。「わたしはけっこう博識なんですよ。ええ、たしかに大英博物館で働いています」

ブライアンは真っ白なテーブルクロスに磨きあげられた銀器と保温器のついた皿がのっているテーブルへ歩み寄った。そしてポットからカップにコーヒーを注いだ。「きみは紅茶がいいかね、ミス・モンゴメリー？　それともコーヒーのほうがいいかな？」

「紅茶をいただきます」カミールは小声で答えた。

「博物館で働きだしたのはいつからだい？」ブライアンが尋ねた。

「半年ほど前からです」

「きみが博物館で働いていることと、きみの後見人がここへやってきたことには、なんの関係もないと？」

言葉づかいは丁寧だが、中身は辛辣《しんらつ》そのものだった。怒っているときのブライアンのほうがずっとましだと、カミールは思った。リラックスした態度で愛想のいい話し方をしている彼を見ていると、癇《かん》にさわる。

カミールはブライアンがカップに注いでくれた紅茶を受けとり、ほかにどうしようもなかったので、彼が引いてくれた椅子に腰をおろした。彼が隣の椅子をカミールのほうに向けて座ったので、ふたりの膝がふれそうになった。

「スターリング卿、はっきり申しあげておきます。トリスタンはわたしの仕事となんのかかわりもありません」カミールは常に後見人を博物館からできるだけ遠ざけていることまでは話さなかった。「わたしが知識と勤勉と固い決意によって今の仕事を獲得したことはたしかです。ですから、その仕事を失うような目には絶対に遭いたくありません」彼女は苦々しそうにつけ加えた。「サー・ジョンは遅刻にとても厳しいんです」

「サー・ジョン?」

「サー・ジョン・マシューズ。わたしの直属の上司です」

「その部署はデーヴィッド・ウィンブリー卿が管理しているはずだが」ブライアンが鋭い口調で言った。

「ええ、そうです。でもウィンブリー卿はめったに――」仕事をしません。カミールはそう言おうとしてやめた。「ウィンブリー卿はあちこちの行事に出席しなければならないので、博物館内で仕事をすることはめったにありません。そのため、展示物の管理や研究の責任を負っているのは実質的にはサー・ジョンなのです。彼には、手足となって働き、これまでの発掘調査に何度となく同行した、アレックス・ミットルマンとオーブリー・サイズモアというふたりの部下がいます。特別展を開催するときは、ウィンブリー卿が顔を出しますすし、サー・ハンター・マクドナルドも手伝ってくれます。展示用に購入するものを決めるのも彼らですし、研究や発掘調査の助成金取得者を決めるのも彼らなのです」

「きみはどんな仕事をしているんだい？」ブライアンが尋ねた。

カミールはかすかに顔を赤らめた。「ヒエログリフの解読です。もちろん、この仕事は大好きですし、古い工芸品を慎重に扱う忍耐強さも備えているつもりです」

「どんないきさつでその仕事についたんだ？」

「ある日、たまたまサー・ジョンがひとりで仕事をしているところに、わたしが居あわせたのです。新王国の工芸品の特別展が開かれていたので、わたしは博物館を訪れていました。そのとき箱がひとつ届いたんです。サー・ジョンが眼鏡を見つけられなかったので、わたしが箱のなかの石に書かれていたことを解読しました。助手を必要としていた彼は、会議を開いてわたしを雇うことに決めたのです」

カミールが話しているあいだじゅう、ブライアンは彼女の顔を見つめていた。今までそんなに真剣に見つめられたことがなかったので、彼女は気づまりだった。

カミールはカップを置いた。「あなたはなぜ、わたしが嘘《うそ》をついているとか、話をでっちあげているとか思うのかしら。信じられないなら、博物館の誰かにきいてみればいいじゃありませんか。そうすれば、わたしが本当のことを話しているとわかるでしょう。でも、今の仕事はわたしにとってとても大切なものなのです」彼女はためらった。「わたしの後見人は……ええ、たしかに彼の過去は潔白そのものとはいえません。それでもわたしは、後見人ともども敬意を抱かれる人間になれるよう懸命に努力しています。トリスタンがあなたの城の塀から落ちたのは――」

ブライアンは喉のつまったような笑い声をあげてカミールの言葉を遮った。「まいったな！　危うくきみの話をうのみにするところだった」彼は大声で言った。

カミールは怒りがわきあがるのを覚えると同時に、ブライアンには笑う権利があるのだと思って悔しさに顔を赤らめた。彼女は立ちあがった。「残念ながら、あなたにはわたしやトリスタンに仕返しをしようというお考えしかないようですね。なにを言っても信じてもらえないのでは、疑いを晴らしようがありません。でも、これだけは申しあげておきます。博物館の仕事はわたしにとって非常に大切なものですし、トリスタンはときどき愚かな行為に走りはしても、決して悪人ではありません。どうしても告訴しなければ気がすまないというなら、やむをえません。告訴なさったらいいわ。すぐに出勤しなければ、わたしはきっと解雇されるでしょう。でも、そんなことは問題ではありません。トリスタンとの関係を否定する気はまったくありませんし、あなたが告訴すれば、すぐに噂が広まって、どのみちわたしは仕事を失うでしょうから」

「まあ、座りたまえ、ミス・モンゴメリー」ブライアンが急にうんざりしたような声で言った。「たしかに、ぼくはいまだに少し……警戒心を抱いていると言っていいだろう。きみたちふたりに対してだ。しかしさしあたって、きみにチャンスをあげてもいいと思っている。そのためには、ぼくに協力してもらわなくてはならない。支度ができ次第、きみを博物館へ送っていこう。遅刻したことをとがめられないよう、ぼくが直接かけあってあげるよ」

　カミールは意表を突かれて黙ったまま座った。

「さあ、紅茶を飲んでしまいなさい」

　彼女は額にしわを寄せた。「でも――」

「ぼくはもう長いこと博物館には行っていないんだ。きみがいる部署の序列がどうなっているのかも知らなかった。そろそろ顔を出してもいいころだろう」ブライアンは立ちあがった。「きみに五分後に玄関へ来る気さえあれば……」

「ですが、トリスタンは?」

「彼は今日一日、横になっていなければならない」

「トリスタンとはほんの少し顔を合わせただけです。彼を自宅へ連れて帰らないと」

「今日は無理だよ、ミス・モンゴメリー。仕事が終わるころになったら、シェルビーに馬車できみを博物館へ迎えに行かせよう」

「でも――」

「まだなにか言いたいことがあるのかな?」

「わたし……家へ帰らなければ。それに、ほら、ラルフもいるし」

「ラルフにきみの後見人の世話をしてもらおう。ラルフにはここにいてもらう。中庭の金属細工師の小屋に、彼が寝泊まりする場所を用意させた」

「いくらあなたでも、人を捕虜にしておくことはできませんわ」

「それができるんだな。留置場よりもここのほうが彼らにとってはるかに快適だろう。きみはそう思わないか?」

「あなたはわたしを意のままに操るつもりなんだわ。脅して言いなりにしようとしているのよ」カミールは声をつまらせた。「わたしのことを利用して、なにかしようとたくらんでいるのね!」

「そうとも。しかし、きみは聡明な女性だから、ぼくのたくらみに協力したほうが身のためだと理解できるはずだ」

ブライアンは立ち去ろうと向きを変えた。カミールが彼の指示どおりにするのはわかりきっていると言わんばかりの態度だった。エージャックスは彼女のことを気に入ったようだが、やはり主人のほうが好きなのだろう。大きな猟犬はブライアンのあとをついていった。

彼らが姿を消すと、カミールはぱっと立ちあがった。「人質になるつもりなどありませんからね！」彼女は大声で叫んだ。けれどもまた椅子にぐったりと座りこみ、広々とした部屋の反対側の壁を見つめた。そう、わたしは人質なんだわ。そして今は人質でいるしかない。

カミールは憤慨したまま紅茶を飲み終えた。それから立ちあがってサンルームのある棟から大階段へ歩いていった。階段の下でブライアンが待っていた。

彼女は彼の前に立って顎をあげ、肩をそびやかした。「ひとつ約束していただけませんか、スターリング卿？　そうでなければ、あなたの言うとおりにはできません」

「なにをだ？」

「トリスタンを告訴しないと約束してほしいのです」

「きみを大英博物館に連れていこうとしているから？」ブライアンは尋ねた。

「あなたはなんらかの目的にわたしを利用なさろうとしているんだわ」

「だったら、どれだけきみが役に立つか試してみようじゃないか、いいだろう？」

ブライアンはドアを開けた。

「きみはぐずぐずといつまでも時間稼ぎをしようとしている。遅れるのは困ると言ったのはきみだよ。それにきみはゆうべ自分の意思でここへ来た。そのきみを職場まで送っていって、首を切られないようにかけあってやると言っているんだ。ぼくに感謝してもらいたいね」

カミールは目を伏せてブライアンの前を通り過ぎた。

ドアを出たところに四輪馬車が待っていて、シェルビーが御者席に座っていた。怒りが頂点に達していたカミールは、馬車に乗るのに手を貸そうとブライアンが腕をつかんだとき、ぐいと離した。その拍子に踏み段から足を滑らせて転びかけたが、なんとか踏みとどまる。彼女は前の座席に体をぶつけはしたものの、ブライアンが乗りこんできて向かい側の席へ座る前に、体勢を立てなおすことができた。彼が銀の握りのついたステッキで馬車の天井を軽くたたいた。

馬車が動きだしたあと、カミールは外の景色を眺めていた。

「そのかわいらしい頭で、いったいなにを考えているのかね、ミス・モンゴメリー?」ブライアンは尋ねた。

カミールは彼のほうを向いた。「この城には新しい庭師が必要だということを考えていたんです、スターリング卿」

彼は奇妙なほど愉快そうな笑い声をあげた。「ああ、なるほど。だが、ぼくの好みは蔦《つた》の絡まった深くて暗い森なんだ」

彼女はなにも言わずに再び窓の外へ目をやった。

「賛成ではないんだね？」

カミールはブライアンに視線を戻した。「つらい経験をなさったことは、お気の毒に思います」彼女は言った。「でもそれと同時に、そのことが原因で世間から隠れて暮らしていらっしゃるのを残念に思います。あなたのような高い地位にある方なら、多くの人々のためにいろいろなことができるはずなのに」

「世間の人々が悲惨な生活をしているのはぼくの責任ではない」

「ひとりの生活を楽にすることができるなら、それだけ世の中がよくなるんです」

ブライアンがわずかにうつむいた。冷笑を浮かべた口もとも強烈な光を放つ青い目も、一瞬カミールからは見えなくなった。

「ぼくにどうしろと？」

「あなたにできることはたくさんあります」カミールは答えた。「これだけの地所があるんですもの」

「土地を分割して人々に分け与えればいいのか？」ブライアンはきいた。

カミールはじれったそうにかぶりを振った。「いいえ。でも、孤児院の子供たちをここへ連れてきて、一日だけでも楽しいピクニックをさせてあげることができます。それからここを整備するのにもっと多くの人を雇えば、仕事が必要な人々に働く場所を与えてあげられるじゃありませんか。それで社会の不幸を全部なくすことはできなくても……」

ふいにブライアンが身を乗りだしたので、カミールは話すのをやめた。「ぼくが他人の幸福のためになんの貢献もしていないと、どうしてきみにわかるんだ?」

仮面がカミールの顔にふれそうなほど近づいた。彼の目ほど威圧的で、糾弾と非難の色を強烈にたたえているものを見たことがあっただろうか。彼女は自分が呼吸すらしていなかったのに気づいた。

「わかりません」カミールはやっとそれだけ言った。

ブライアンが席に座りなおした。

「でも、あなたの噂はいろいろと耳にしています。それにあなたは英国で最も権力のある人間のひとりです。女王陛下とあなたのご両親は昵懇《じっこん》の間柄だったそうですね。わたしが聞いた話によると、あなたは——」

「なんだというんだ?」

カミールはまた窓の外へ視線をやった。あまりに無神経な言葉を口にしているのではないかと不安だった。けれどそれを言うなら、どうせわたしはイーストエンドの売春婦の娘なのだ。

「あなたはこの国でいちばん裕福な人間のひとりです。生まれつき幸運に恵まれていたのですもの、それを感謝しなくては。ほかの人々は、たとえ家族を亡くしても、それをいつまでも嘆いてはいられません」

「本当に？」

　どうやら彼を怒らせたようだ。

「教えてくれ、ミス・モンゴメリー。人殺しを野放しにしておいていいのか？」

「もちろんいけません。でも、わたしの聞いた話が正しければ、あなたのご両親は蛇に噛《か》まれて亡くなったとか。エジプトコブラに。本当にお気の毒ではあるけど、それを人のせいにすることはできません」

　ブライアンはなにも言わずに窓の外に目を向けた。その様子を見て、彼が仮面よりも頑丈な感情の壁を自分の周囲に築いたのをカミールは悟った。この人にはもうこれ以上わたしと話をする気はないんだわ、と思った。彼女のほうも、これ以上その問題を論じるのにためらいを覚えた。

　カミールも同じように口をつぐんで窓の外を見つめた。やがて馬車はロンドンの雑踏に乗り入れ、まもなく大英博物館に到着した。ブライアンは有無を言わせずカミールを馬車からおろし、そのまま肘をつかんで建物の入口へ向かった。だが、途中で急に立ち止まって彼女のほうを向いた。

「信じてくれ、ミス・モンゴメリー、ぼくの両親を殺した犯人がいるのはたしかなんだ。しかも犯人は、ぼくもきみも知っている誰かに違いない。ひょっとしたらきみが毎日顔を合わせている人間かもしれないんだ」

カミールの胸は冷たくなった。ブライアンの言葉は信じられなかったが、彼の目の熱っぽい表情は信じないわけにいかない。

「さあ、行こう」ブライアンはそう言って再び歩きだした。そして何気ない口調でつけ加えた。「ぼくの言動に調子を合わせてくれ。いいね、ミス・モンゴメリー」

「スターリング卿、たぶんわたしには無理――」

「無理でもなんでも、そうしてもらう」彼が断固として言った。カミールは口を閉ざした。彼女の勤め先である博物館の大きなドアに達したからだ。

4

ブライアンは館内の様子に明るかった。

職員も見学者も彼を知っていると見えて、すれ違うときにたいてい敬意と畏怖《いふ》のこもった挨拶《あいさつ》をしたが、皆、仮面からは目をそらしていた。おそらく彼の背の高さや肩幅の広さ、そして上等な服を何気なく着こなしている洗練された様子が、人々に敬意と畏怖の念を抱かせるのだろう。それとも颯爽《さっそう》とした身のこなしのせいだろうか。あるいは単に彼の地位の高さのせいだろうか。

「わたしが働いている部屋は――」

「二階の奥の部屋だろう」ブライアンがささやいた。

ふたりは階段で二階へあがり、一般の見学者は立ち入ることができない部屋が並んでいるほうへ歩きだした。カミールはつかまれていた腕を離し、せかせかとブライアンの前を歩いていった。執務室へ入ったとたん、ふたりはサー・ジョン・マシューズと対面するはめになった。彼は机の後ろに座って、雑然と積まれた書類と格闘していた。

「やれやれ、ずいぶん遅いじゃないか、ミス・モンゴメリー！　出勤時間も守れないような人間をわたしがどう考えているか、知っているだろう。いいかね――」サー・ジョンはカミールの後ろから入ってきたブライアンを見て急に話すのをやめた。「スターリング卿《きょう》！」彼は驚いて大声を出した。

「ジョン、久しぶり。元気かい？」

「そりゃ……まあ……元気だが」サー・ジョンはいまだにショックの色を隠しきれずに答えた。「ブライアン、驚いたよ。それよりなにより、うれしいな。きみがここへ顔を出したということは、今後また……」

ブライアンは愉快そうに笑った。「古代エジプト遺物部への寄付を再開するつもりなのか、と？」

サー・ジョンの顔が真っ赤に染まった。頬ひげも髪も白いので、紅潮した様子がいっそう際立った。「まさか、そんなことを言うつもりはなかったよ。きみは家族みたいなものだし……きみは……その、この分野に精通している。そんなきみが熱意をもって再び参加してくれたら、こんなにうれしいことはない」

カミールはブライアンの唇がうれしそうにゆがむのを見た。ブライアンはかつてサー・ジョンのことが多少は好きだったのではないかしら。

「ありがとう、ジョン。実は今度の週末にきみたちが催す資金集めのパーティーに、ぼくも出席するつもりでいるんだ」

「それはすばらしい！」サー・ジョンが叫んだ。「本当だろうね？」

サー・ジョンは困惑の表情でカミールからブライアンへ、そしてまたカミールへ視線を移した。そして、ふたりが一緒にやってきたのにはなにか理由があるに違いない、できればその理由を知りたいものだというように首を振った。

ブライアンがカミールを見た。「きみもパーティーに出席するのだろう、ミス・モンゴメリー？」

「いいえ、とんでもない」カミールは慌てて否定した。彼女は自分の頬が赤く染まるのを感じた。「わたしはここの上級職員ではありませんから」

「ミス・モンゴメリーが我々のところで働くようになって、まだそれほどたっていないんだ」サー・ジョンが小声で言った。

「だが、もちろんきみにも出席してもらうよ、ミス・モンゴメリー。久しぶりに世の中に出るぼくのエスコート役としてね。きみがいなかったら、ぼくは途方に暮れてしまうだろうから」

ブライアンは頼んでいるのではなかった。その口調が気にさわったカミールは即座に断りたかったが、すでに彼女は彼の計略に加担させられてしまっていた。あるいは、脅されて言いなりにさせられようとしていた。この場合、どちらの言葉がふさわしいのかわからなかったけれど。

サー・ジョンはカミールが伯爵のように地位の高い男性と一緒に来た理由がいまだに理解できず、目を細めて彼女を見つめていた。

「カミール、カーライル伯爵がきみと一緒のほうが心強いとおっしゃっているんだ。きみもパーティーに出席しなさい」

ブライアンがカミールの前へ歩みでて彼女の両手をとった。「ジョン！」彼はカミールを見つめたまま言った。「頼む、そんな言い方はしないでくれ。まるでこのお嬢さんを脅しているように聞こえるじゃないか」

鋭いふたつの青い目が愉快そうにカミールに据えられていた。今さらサー・ジョンが彼女を脅すまでもない。彼女は自分が脅迫されていることをすでに知っていた。とはいえ、ブライアンが長年にわたって獲得したさまざまな技術のなかには、見事な演技力もあるのだろう。陰では脅しながらも、高い地位の人間にふさわしい礼儀正しさや快活さを装うことができるのだ。

カミールは両手を引っこめようとしたが、ブライアンが放さなかった。彼女はつくり笑いを浮かべた。「なんてご親切なお申し出でしょう、スターリング卿。でも、そのようなパーティーの同伴者に、わたしのような卑しい身分の者を選んでいいのでしょうか？」

「ばかなことを言ってはいけない。我々は啓蒙《けいもう》思想の時代に生きているんだ。美しいだけでなく、聡明《そうめい》で、しかもそのパーティーの主題に精通している若い女性ほど、同伴者にふさわしい人間はいないよ」

「カミール」サー・ジョンが彼女に出席を同意させようと小声で促した。

ブライアンの口もとには不気味であると同時に楽しそうな笑みが浮かんでいる。カミールはつかまれている両手を力任せにもぎ離したかった。そればかりか、あなたとパーティーに出席するくらいなら、人殺しや泥棒たちと阿片窟《あへんくつ》で過ごすほうがまだましだと言ってやりたかった。

「まさか……仮面のせいではないだろうね？」ブライアンが尋ねた。

まあ、なんて言いぐさかしら。この人ときたら、今度は同情心に訴えようとしているのね。「いいえ」カミールはすらすらと答えた。「スターリング卿、あなたがおっしゃったように、今は啓蒙思想の時代ですもの。どんな人間も外見で判断されるべきではありません」

「よく言った」サー・ジョンがほめた。

どうやらブライアンには、カミールが同意するのを待つ気などないようだ。「では、これで決まりだ。ジョン、ぼくは今週末の資金集めのパーティーに出席する。それから、我々の学術教育の発展のために、以前と同じようにそれなりの資金援助をさせてもらうよ。さてと、きみには仕事があるようだし、もう失礼しよう。ミス・モンゴメリーが遅刻したのはぼくのせいだから、とがめないであげてくれないか？　久しぶりに会えてよかった。例によって仕事のほうは少し混乱しているようだが、元気そうでなによりだよ。ミス・モンゴメリー、シェルビーに馬車できみを迎えに来させるが……六時でよかったかな？」

「終わるのはたいてい六時半過ぎです」カミールはサー・ジョンが口をあんぐり開けて自分たちふたりを見つめているのを意識しながらささやいた。

ブライアンはサー・ジョンの好奇心を満足させてやることにした。このままほうっておいたら、サー・ジョンは頭がどうにかなってしまうかもしれない。「ゆうべ、この若い女性の後見人が公道で、なんならぼくの敷地内と考えてもらってもいいが、事故に遭ってね。当然ながら彼をわが家にお泊めした。それで、これまた当然ながら、ミス・モンゴメリーが彼の世話をしに駆けつけたというわけだ。喜ばしいことにカーライル城は再び客をもてなすことができるようになった。それじゃ、ふたりとも、失礼するよ」

「ど、どうも、ブライアン」サー・ジョンは相変わらずブライアンを見つめたまま口ごもりながら言った。伯爵はきびすを返し、高貴な生まれの人間にふさわしい威厳ある足どりで出ていった。

ブライアンの姿が見えなくなったあとも、サー・ジョンは長いあいだぼんやりと戸口を見つめていたが、やがて驚きの表情でカミールを振り返った。

「いやはや！」サー・ジョンは言った。

カミールは顔をしかめて肩をすくめるほかなかった。

「まったく驚いたとしか言いようがない」

「わたしもなんと言ったらいいのか」カミールはささやいた。「その……後見人の世話をしに行っただけなんです」

「事故だって？」サー・ジョンが眉根を寄せて尋ねた。「よくなりそうかね？」

サー・ジョンは礼儀正しい人間だ。カミールがブライアンと一緒にやってきた事実に仰天するあまり、事故に遭った人間の安否を尋ね忘れたことを恥じているようだった。

「ええ、ありがとうございます。打撲傷をいくつかこしらえたのですが、それほど重傷ではなさそうです」

「まったく近ごろの御者どもときたら！」サー・ジョンが鼻を鳴らした。「馬車を走らせるときは慎重を期すべきなのに、無謀な走らせ方ばかりする。そもそも彼らにちゃんとした訓練を受けさせないのがいかんのだ」彼は御者を養成するための訓練が義務づけられていないのを本気で怒っているようだった。金持ちの多くは、そしてまたサー・ジョンの知人の何人かは、自分が所有する馬車にはいくらでも金をかけるくせに、それを扱う御者の技量には無頓着《むとんちゃく》なのだ。

カミールはほほえんだだけで、〝事故〟には馬車もほかの乗り物もいっさい関係がないことは黙っていた。

サー・ジョンはいつまでも不審そうにカミールを見つめている。「ほんとに驚いたよ」

「ええ、まあ」彼女は目を伏せてささやいた。「もしよろしければ、仕事に……」

「待ちたまえ！」サー・ジョンが大声で引き止めた。「きみは知らないだろうが、スターリング卿のご両親はこの博物館の後援者だったのだ。それだけではない。ふたりはエジプトの人々を心から気にかけていて、大国が援助をして彼らを惨めな生活から抜けだささせるべきだと考えていた」彼はしばらくカミールを見つめたあとで決心をしたようだった。

「一緒に来なさい。きみに彼らの遺産の一部を見せてあげよう」

カミールは仰天した。それまでの彼女の仕事はサー・ジョンたちから与えられるものだけで、たいていは末端の現場仕事と決まっていた。ところが今、サー・ジョンは彼女を博物館の地下の保管室へ連れていこうとしている。

このような機会に恵まれたのは、ひとえにあの威圧的な城主のおかげなのだ。ブライアンに借りができるのはいやだったが、カミールはこの機会をふいにしたくなかった。

「ありがとうございます、サー・ジョン」彼女は礼を述べた。

サー・ジョンは机から鍵《かぎ》束をとりあげ、カミールを従えて執務室を出ると、階段をおりて廊下を歩き、もう一度階段をおりた。地下通路は暗く、どの部屋も未開封や開けかけの木箱でいっぱいだった。ふたりはトルコやギリシアから送られてきた多数の箱のかたわらを過ぎ、さらに進んで、闇《やみ》に包まれた一画へ来た。そこにあった木箱のいくつかは開けられていた。小さめの木箱はすでに片づけられ、ずらりと並んだ棺《ひつぎ》の形の大きな木箱のなかには、梱包《こんぽう》用資材にくるまれた石棺が未開封のままおさまっていた。

「ここだ」サー・ジョンが両腕を大きく広げて無数の宝物を示した。

カミールはゆっくりと見まわした。たしかにそこは財宝の山だった。

「もちろんここにあるのは遺産の半分にすぎない。工芸品の多くは城へ運ばれた」サー・ジョンが言った。彼の額にしわが刻まれた。「そのあと、いくつかの箱が行方知れずになった」

「今も城にあるのではないでしょうか？」

「そうは思えないね」サー・ジョンはつぶやいた。「しかし、これらの品物を移送するには当然……いや、わかるものか。とにかくスターリング卿夫妻は仕事に対してものすごく几帳面《きちょうめん》だった。ひとつ残らずきちんと記録をとって……」サー・ジョンは言葉を切って、当惑したような顔をした。「箱が着いたのは間違いないが、それはどうでもいいことだ。夫妻が最後に発見したものがあまりにも貴重だったので、我々はまだそれらの研究を始めていないし、入手した品の目録作成にも着手していない」

「それらを発見した直後に、スターリング卿夫妻はお亡くなりになったのですね」カミールは言った。

サー・ジョンはうなずいた。「きみが解読している小さな破片やレリーフは、そのときに発見されたものだ。まさに驚くべき発見としか言いようがない」彼は悲しそうに首を振った。「すばらしいご夫婦だったのに。ふたりとも女王陛下への責任を充分にわきまえておられたが、同時に心から研究に打ちこまれていた。故スターリング卿があのようにすぐれた女性とめぐりあえたのは実に運がいい。ああ、レディ・アビゲイル！　彼女のことは今でもよく覚えている。あれほど気品があって、やさしく、古い友人も新しい友人も分け隔てなくもてなすことができた女性はほかにいない。しかも、まばゆいほどに美しかった。それでいてシャベルやブラシを手に土の穴へもぐりこむことができたし、原典を研究して謎《なぞ》の解明に努めることもできた……」サー・ジョンの声が小さくなった。「なんという損失か……」

サー・ジョンが再び首を振ったとき、博物館の地下を照らす電球の淡い光を受けて白髪が輝いた。彼の顔が悲しそうにゆがんだ。

「ブライアンが両親は殺されたのだと思いこんだまま、鬱蒼《うっそう》とした暗い不気味な森に囲まれたあの城に閉じこもって一生を送るのではないかと、わたしは心配だった。しかし、どうやら彼はようやく過去と折りあいをつけ、悲しみを克服する気になったらしい。なあ、カミール、ブライアンが世間やこの博物館への関心をとり戻すのに、きみがいくらかでも役に立ったのだとしたら、きみはわたしが今まで博物館に雇い入れたなかで最高の人材だ」

「まあ、サー・ジョン、ありがとうございます。でも、わたしがあの人に影響を与えたとは、とても思えません。まだお互いのこともよく知らないんですもの」

「しかし、ブライアンは今度の資金集めのパーティーにきみと出席したがっているじゃないか」

「ええ」カミールは小声で答えた。彼女はサー・ジョンに、ブライアンはわたしを同伴者にしたがっているのではなく、パーティーに出席するための口実として、わたしを利用しているのだと言いたかったが、黙っていることにした。

サー・ジョンが眉をひそめて言った。「ブライアンがカーライル伯爵であることを、きみはわきまえているだろうね？　正直なところ、あのように高貴な家柄の男性がきみを同伴者として選んだことに、わたしは面食らっている。いや、きみを侮辱しているわけではない。ただ……うむ、なにしろわが国は階級社会だからね」

「そうはおっしゃいますが、わたしたちは啓蒙思想の時代を生きているんじゃありませんか？」

「相手は伯爵だよ。いくら顔に醜い傷跡があるとしても、こんな話は聞いたことがない」

サー・ジョンはわざと残酷なことを言っているのではなかったが、いつまでも不審そうに見つめるので、カミールは自分の顔になにかついているのではないかと気になりだした。

彼女はサー・ジョンに説明する立場ではないと考えて黙っていたが、ブライアンが博物館への関心をとり戻したなどとは少しも思っていなかった。ブライアンはただ両親を殺した犯人を突き止めようとしているだけだ。その目的を達成するのに役立つなら、カミールが貴族の生まれだろうと卑しい身分の出だろうと、ちっともかまわないのだ。

「あの男が怖いかね？　なにしろ顔には醜い傷跡があるし、彼にまつわる忌まわしい噂《うわさ》もあるからな」サー・ジョンが尋ねた。

「いいえ」

「顔の傷跡など、どうでもいいと？」

「醜いかどうかは、顔なんかではなくて、その人の生き方や信念によって決まるのです」

「よくぞ言った」サー・ジョンはぱっと顔を輝かせた。「では、ついてきなさい。しなければならない仕事がある。きみが解読しているあいだ、スターリング卿夫妻が発見したものについて、もっと詳しく話してあげよう。ファラオの墓が最もすばらしいものだと考えられてきたことは、当然きみも知っているだろう。しかし残念ながら、それらの多くはとっくの昔に盗掘された。ところが夫妻の発見したネフェルシュトの墓は、高位の聖職者のものでありながら、まだ盗掘されていなかった。ネフェルシュトはミダスよりも金持ちで、人々からあがめられると同時に恐れられていたらしく、大勢の人間が一緒に生きながら埋められた。昔のエジプト人たちは偉人が死んだからといって、必ずしも妻や愛人を一緒に埋葬したわけではない。とはいえここにずらりと並んでいる石棺を見るがいい。そのうえ、呪《のろ》いの件もあった」彼はもどかしそうに片手を振った。「一般に信じられているところでは、発見された墓にはどれも呪いがかけられているという。おそらく神秘的なものを好むあまり、そういう話が生まれたのだろう。我々は多くの墓を発掘したが、実際に深刻な警告が掲げられているものはひとつもなかった。しかし、ネフェルシュトの墓だけは、入口のすぐ内側に呪いの言葉が書かれていたんだ。〝祝福された新たな命の眠りを妨げる者は、この地上にて呪われよ〟というものだ。そして悲しいことに、スターリング卿夫妻は死んだ」

「その発掘にかかわった人で、ほかに亡くなった人がいるのですか?」カミールは尋ねた。

サー・ジョンはゆっくりと眉をつりあげて苦悩に満ちた表情を浮かべた。「さあ……どうかな。少なくともスターリング卿夫妻ほど有名な人は死んでいない」

そのときカミールは振り返ろうとした。背後の、ミイラやそれらをおさめてある石棺があるあたりから、なにかがこすれる音が聞こえた気がしたのだ。

「わたしの話を聞いているのかね?」サー・ジョンが尋ねた。

カミールは自分がこんなふうに気を散らしてしまったことに驚いた。サー・ジョンにはきっとあの音が聞こえなかったのだ。幻聴だったのかしら、と彼女は不安になった。自分でも気づかないうちに、心が神話や伝説に支配されていたのだろうか? 彼女は古代エジプトの歴史やそれにまつわる物語が好きだったが、これまでのところ、ばかげた空想のとりこになったことはない。ミイラが墓から起きあがって生きている人間を脅かすなどとは思っていなかった。

「すみません。なにか聞こえたような気がしたものですから」

「ここは博物館だ。この上を大勢の人間が歩きまわっているんだよ」

彼女はほほえんだ。「いいえ、地下に誰かいるような気配がしたんです」

サー・ジョンはやれやれとばかりにため息をついた。「その目で見たのかね?」

「いいえ。ただ――」

「地下室の鍵を持っている者はほかにもいるんだ。この博物館には我々以外の部署もあるからね」

サー・ジョンは憤慨しているようだった。重要な話をしているのに、わたしがきちんと聞いていなかったからだわ。

「エジプトコブラは危険な生き物だ。エジプトへ冒険旅行に出かける者は、そうした危険は覚悟のうえだ。ところが最近は、一般の観光客が平気でナイル川沿いを旅してまわっている」

カミールは笑みを浮かべた。誰にでも旅行したり、古代世界を研究したり、その驚異に目を見張ったりする権利はある。それは貴族だけでなく一般庶民も同じだ。そう思ったけれど黙っていた。

「でも」彼女は指摘した。「何者かがスターリング卿夫妻の住まいにエジプトコブラをしのばせておいたとしたら、それは殺人じゃありません？」

サー・ジョンはぎょっとしたようだった。顔をしかめ、誰かにつけられていたら大変だとばかりに、慌ててあたりを見まわした。「そんなことを考えてはいけない」彼は警告した。

「ですが、現在の伯爵はそう信じているのではないかしら」

サー・ジョンは激しくかぶりを振った。「違う！　それに、そんな話を広めないように。二度とそのような恐ろしい考えを口にしてはいけない。二度とだぞ」彼は見るからに不安そうだった。向きを変えて戸口へ歩きかけたが、カミールがついてこないのに気づいて振り返った。「来なさい。さあ、早く。ずいぶん時間を費やしてしまった」

カミールは自分の考えを述べたことを後悔しながらついていった。だが、ひとつだけ確信できたことがあった。ブライアンや呪いやエジプトで発見されたものについて詳しく知ってしまった以上、これからはもっと献身的に、そして慎重に仕事をしなければならない。

「急ぎたまえ」彼女がすぐ後ろをついてきているかどうか確かめようと、サー・ジョンはじれったそうに振り返った。

「ええ、わかっています」カミールはそう応じて足を急がせた。

博物館はすでに見学者であふれていた。イングランドやアイルランドをはじめとして、さまざまな訛《なまり》が耳に飛びこんでくる。あちこちから大勢の人々が博物館を訪れることが、カミールにはうれしかった。

カミールはこの博物館を愛していた。彼女に言わせれば、大英博物館は英国のいちばん貴重な宝なのだ。一般公開されるようになったのは一七五九年一月十五日で、当時はまったく新しい種類の組織だった。運営しているのは英国議会が選んだ理事の一団であり、膨大な収蔵品は国民の財産とされた。入場料が無料だったので、カミールは幼いころよく、やさしかった母親の手に引かれてここへ来ては何時間も過ごしたものだ。カミールが所属する部署は現在の正式名を〝古代エジプト・アッシリア遺物部〟といい、そこに収蔵されている逸品のいくつかはナポレオン・ボナパルトの功績に帰する。世界を征服するにあたって最初にエジプトへ学者や歴史家を連れていったのはナポレオンだったのだ。その後、ナポレオンの軍隊を打ち破った英国軍は、彼が集めた品の多くを持ち帰って大英博物館へおさめた。

ふたりはロゼッタ・ストーンのかたわらを通りかかった。古代エジプトのヒエログリフを解読する手がかりとなった、まれに見る貴重な発見物だ。

エジプトの工芸品を展示してある部屋を通っているとき、父親に質問をする少年の声がカミールの耳に入った。「パパ、どうしてこんなことをするの？　ぼくにはちっともわからないよ。どうしてお墓を掘り返すの？　大昔に死んだ人ならかまわないの？　ミイラを掘りだす人たちは怖くないのかなあ」

「そうよね、どうして死んだ人を掘り返してもいいのかしらね？」少年の母親がきいた。上等なモスリンのドレスを着て、流行の粋《いき》なボンネットをかぶった、かわいらしい女性だった。

「そうは言うが、我々はもっと最近の死体を掘り返したり、祖先の墓を移したりしているんだよ」彼女の夫が答えた。彼もまたグレーの帽子にジャケットというしゃれた身なりをしていた。「嘘《うそ》じゃないさ。ぼくに言わせれば、わが国の教会墓地が至るところで冒涜《ぼうとく》されている。修復。その計画はそう呼ばれている。そうさ、ソールズベリー大聖堂の墓石は、〝修復〟の名においてすべて移動させられたんだよ。なんとあさましいことだろう。修復だって？　くだらない。しかし、ここにあるのは……ミイラたちは、教会に属する人たちではなかったから、かまわないんだ」父親が少年に言った。

現在、各地で行われている歴史的遺跡の〝修復〟が、悲しむべきことに自国の祖先をないがしろにして進められているという点では、カミールもこの父親の考えに賛成だった。しかし、教会に属さない人の墓は暴いてもかまわないという彼の意見には同意できない。彼女はその場にとどまって、あらゆる国のあらゆる信仰の人々を同じように敬うべきだという考えを、その少年に話してあげたかった。そして古代エジプト人の工学技術のすばらしさを教えてあげたかった。けれども観光案内は彼女の仕事に含まれていない。残念だわ。

わたしは自分が仕事としてとり組んでいる古代エジプトの遺物が大好きで、許されるならそれらのことを博物館へ来る人々に話してあげたい。でも、わたしは学者ではないし、発掘調査の経験もないのだから、今の仕事をさせてもらえるだけでも運がいいと思わなければ。

サー・ジョンが警告の視線を向けたので、彼女は弱々しくほほえみ返して歩き続けた。

「さあ、仕事にかかろう」執務室へ戻ると、サー・ジョンが言った。彼は机に向かって座り、すぐに書類の上へ頭を傾けた。カミールが見たところ、彼にはなにか悩みごとがあるのだが、それを彼女には悟られまいとしているらしい。

カミールは部屋の奥のフックにかけてあるエプロンをとりに行き、現在作業を進めているレリーフの破片がある小部屋へ入った。長い作業台の上にのっているのは、高さ九十センチ、幅六十センチ、厚さ八センチほどの石だ。重たいその石のてっぺんにはエジプトコブラが彫られている。コブラは、ここに書かれている警告の言葉がファラオに是認されたものであることを意味する。丹念に刻まれた美しい文字は、ひとつひとつが非常に小さい。だからこそ根気を要する仕事がカミールに与えられたのだ。いちばん下っ端の自分に任せられたということは、この石板には墓の周辺に残されていたほかの警告が繰り返されているにすぎないのだ、と彼女は確信していた。

この墓に埋められていたのは愛と尊敬を一身に集めていた男だ。彼と一緒に埋葬された人間の多さを知った今、カミールはその理由にかつてない興味を覚えた。彼とともに来世へ旅立たせるために、大勢の妻や愛人が殺されたのだろうか。

カミールは椅子に座って、文字の刻まれた石板をじっと見つめた。ネフェルシュトが高位の聖職者であったことは知っているが、彼女がこれまで解読した情報からすると、彼は魔術師でもあったようだ。カミールは解読し終えた文章に視線を走らせた。〝ここへ来たりし者は、神聖なる地へ足を踏み入れしことを悟れ。聖職者の眠りを妨げてはならぬ。彼はここにあるものすべてを携え、地上の栄華とともに来世へと旅立つ者なれば。彼に敬意を払い、その眠りを妨げるなかれ。ネフェルシュトは大気と水の支配者なり。その手は人々に神々のささやきを伝う。彼と食卓をともにするはヘスレ。彼の生はこの世の生より恵まれたものなり。強大な力を振るう彼の右隣に彼女は座す〟

「ヘスレ」カミールはつぶやいた。「ヘスレ……あなたは何者だったの？　ここにあなたの名前が記されているのに、なぜ彼の妻とは書かれていないの？」

「その男は強大な魔力を有していたに違いない。そうだろう？」

カミールは驚いて目をあげた。サー・ハンター・マクドナルドの足音は聞こえなかった。背筋をのばした彼女は、エプロンをつけ、額に髪が垂れかかっている自分の姿を意識した。きっとひどい格好に違いない。

ハンターは人目を引く男性だ。背が高くて身なりがよく、濃い茶色の豊かな髪と同じ色の目をしている。名士たちのあいだで彼が勇気と冒険心と魅力に富む男性だと評されていることを、カミールは知っていた。また女性に非常に人気があることも。かなりの放蕩者《ほうとう》だという噂もあったが、結婚も婚約もしていなかったので、それが彼にとって不利に働くことはなかった。年ごろの娘を持つ裕福な上流階級の親たちは、彼のような若者は放蕩をつくしたあとで、いずれ落ち着くと考えていた。そのため彼は相変わらず望ましい結婚相手と見なされていた。

カミールもハンターが魅力的であることは認めていた。彼は彼女に対していつも親切で、愛想よく振る舞ったからだ。けれどもカミールは愚かではなかったし、悲惨な最期を迎えた母親と同じ道を歩むつもりもなかった。ハンターが自分に魅力を感じていると知っていたが、カミールの気持ちはいつも醒《さ》めていた。カミールは彼の結婚相手としてふさわしい階級には属していない。かといって、単なる楽しみの相手として誘惑できるような女でもない。男の慰み者になる気はないことを、彼女は日ごろから態度で示してきた。それにもかかわらずハンターは、性懲りもなくカミールを誘惑しようと甘い言葉をかけてくる。うぬぼれの強い男なので、自分が選んだ女性はいつか必ず手に入れられると信じているのだ。

「やあ、元気そうだね、ミス・モンゴメリー」ハンターはそう言いながら部屋へ入ってきた。「前途有望な学者にして、たぐいまれなる美人が、かびくさいよれよれの仕事着を着て、こんな小部屋に閉じこもっているとは」彼は作業台に寄りかかり、目をきらめかせた。

「ああ、嘆かわしい！　気をつけなくちゃいけないよ、カミール。月日のたつのは早い。そんな仕事に打ちこんでいたらどんどん近眼になるし、ぼんやりしていたらあっというまに老人になってしまう。現実の世界にはすばらしいものがいくらでもあるのに、それを知ることもなく」

カミールはそっと笑った。「あら、すばらしいものって、あなた自身のことを言っているの？」

ハンターはにやりと笑った。「できるものなら、きみを連れてロンドンじゅうを歩きまわりたい」

「きっと大変なスキャンダルになるわ」カミールは応じた。

「他人がどう言おうとかまわない。人生はやりたいように生きなくては」

「あなたならそんな生き方もできるでしょうね」カミールは澄まして言った。「わたしはこの仕事が好きなの。たとえ白髪の老婆になろうと近眼になろうと、わたしにとってここよりいい場所なんてないわ」

「だけど、その若さと美貌《びぼう》を無駄にするのは罪というものだよ」ハンターが言った。

「あなたはすごく魅力的だわ。自分でもわかっているんでしょう」

ハンターの顔から笑みが消えて真剣な表情になった。「ぼくは心配でならないんだ」

「心配ですって？　どうして？」カミールは尋ねた。

ハンターは作業台をまわって彼女のそばへ来ると、額に垂れているカミールの髪をやさしくかきあげた。「さっき聞いたけど、きみは大変な夜を過ごしたらしいね。それと朝を」

「ああ、事故のことね」彼女は小声で言った。

「きみはゆうべカーライル城に泊まったんだって?」

「わたしの後見人が怪我《けが》をしたの。だから、そうするしかなかったのよ」

「率直に言わせてもらっていいかい?」ハンターはやさしく真剣な目できいた。

「ええ、どうぞ」

「きみのことが心配でたまらないんだ。いいかい、だまされてはいけないよ。ブライアンは怪物だ。あんな仮面をつけているのは、顔と同じく心も醜いからだ。サー・ジョンの話によれば、今朝、彼はきみを博物館へ送ってきて、今度の資金集めのパーティーにきみを同伴して出席すると言い張ったそうじゃないか。カミール、彼は危険な男だ」

彼女は眉をつりあげた。「間違っていたらごめんなさい。でも、あなただって絶えずわたしを誘惑しようとしているんだから、危険な男性といえるんじゃないかしら?」

ハンターはまじめな顔でかぶりを振った。「ぼくはきみの貞操を汚すかもしれないというだけだ。ブライアンは頭がどうかしている。きみの命や健康を心配しているんだ。どうやら彼はきみにねらいを定めたらしい。それというのも、人づきあいの悪い伯爵の世界に、きみが入っていったからだ」ハンターは咳払《せきばら》いをした。「こんなことを言ってきみの気持ちを傷つけたくはないが、ぼくらはいまだに階級意識の強い社会に生きている。ブライアンは夜な夜なロンドンの裏通りをうろついては、さまざまな楽しみに興じ、女をあさっているという噂がある。顔に醜い傷跡があるので、上流階級のまともな女性を相手にできないかららしい。残酷にも、彼はきみをもてあそぼうとしているに違いない。ぼくはそう考えているんだ」

たしかにブライアンはわたしをもてあそんでいるけれど、サー・ハンターが想像しているのとはやり方が違うわ。

「わたしのことはどうか心配しないで」カミールは言った。「自分の面倒ぐらい自分で見られるわ」彼女はハンターに向かって悲しそうにほほえんだ。「たぶんあなたは気づいているわよね。わたしの誤解でなければ、わたしがここへ来たときから、あなたはなんとかして……そう、すばらしい現代の世の中へ、わたしを引っ張りこもうとしてきたわ」

「下心があったわけじゃない」ハンターが抗議した。

「いいの。だって、わたしは自分の面倒を自分で見られるんですもの」

「パーティーの件だが、いちばん礼儀にかなった解決方法を知っているよ！」ハンターが大声で言った。「きみはぼくと一緒に出席する約束になっていたと言えばいいんだ」

「あなたってほんとに親切ね」カミールはそう言ってハンターの肩に腕をまわした。彼が本気で心配してくれていると信じたからだ。「でも、どんな噂が立つか考えてごらんなさい。それに、そんなことをしたら、わたしは恐ろしい危険にさらされるわ。だって、わたしみたいな女があなたをねらっているとわかったら、上流階級の女性たちがわたしを殺そうとつけねらうに決まっているもの」冗談で言ったのだが、彼女の言葉に真実がまじっているのもたしかだった。

ハンターはカミールの両手をとり、情熱的なまなざしで彼女の目を見つめた。「ねえ、カミール、ぼくたちは真剣につきあっているとブライアンに思わせるのも悪くはないんじゃないかな。それに、ぼくは〝サー〟と呼ばれてはいても低い爵位だが、彼は伯爵だ。そのところがまったく違う」

「それってプロポーズのつもり?」カミールはからかった。

ハンターは返事をためらった。彼女は手を引っこめた。

「信じてちょうだい。あなたはいつも親切にしてくれたし、わたしだってほかの女性たちと同じように、心を動かされないわけではなかったわ。でもね、わたしがあなたと婚約しようものなら、庶民のくせにとわたしが悪口をたたかれるだけでなく、わたしの名前が出るたびにあなたまであしざまに言われるのよ」

「ああ、きみの魅力を前にしたら、ほかのことなんかどうでもいい……」

「ばかなことを言わないで」カミールはきっぱりとたしなめた。「わたしなら大丈夫よ。あなただって知っているでしょう。わたしが自分の生まれや地位をわきまえていて、身分の高い資産家の男性と深刻な関係になるのを避けているということを」

それでもハンターはまじめな表情をしたまま顔をしかめた。「いいかい、きみはどんな男も夢中にさせる。そればかりか――」

「あなたが夢中になっているのは、わたしを手に入れることができないからでしょう」

ハンターは首を振った。「違う。きみもわかっているはずだ、きみは男の心をまどわす雌虎《めすとら》のような緑と金色の目をしている。そして、この博物館を訪れる男たちを魅了してやまない、ギリシアやローマの像のような均整のとれた体つきをしている。そのうえ、はつらつとしていて聡明だ。そうとも、きみの魅力のとりこになってしまったら、あの男はきみを手に入れるためにどんなことでもするだろう」

カミールはハンターの熱っぽい口調に驚いた。「わたしが地位の高い男性と交際することを避けておきながら結婚はできると思いこんでいる。あなたはそう言いたいの？」彼女は信じがたい思いで言った。さっきまでハンターの思いやりに感銘を受けていたのに、ふいに怒りがわいてきた。

「わかってくれ。きみを愛しているから言っているんだ。ぼくは心底きみを大切に思っているんだよ。本当だ」

カミールは首を振った。「ハンター――」

「そういうことなのか？　きみは結婚を望んでいるのか？　カミール……よし、わかった。

きみに結婚を申しこむ」

彼女はまた首を振った。「そんなことをしたら、あとでわたしを恨むようになるわ。そしてスキャンダルを嘆かわしく思うようになる。仮に分別をかなぐり捨ててわたしと結婚したとしましょう。すぐにあなたはわたしを魅力的だと思わなくなるわ。だって、もう手に入らないものではなくなってしまうから」

「傷つくことを言わないでくれ」

「あなたは無用な心配をしているのよ」

「きみはブライアンを適当にあしらえると考えているのかい？　結局のところ彼は伯爵にすぎないのだし、国王でさえ庶民と結婚したんだ。だが、国王と結婚した庶民がどんな運命をたどったか忘れてはいけないよ」

「ハンター――」

「史実なんだよ！　アン・ブリンを思いだしてごらん。彼女は手に入れることのできない女性だったので、ヘンリー八世はとりこになった。しかしヘンリー八世が別の女性と結婚したくなったら、彼女は首を切られてしまった」

カミールは思わず笑い声をあげた。「ずいぶんひどいことを言うのね。いいこと、わたしが教養学校を出ているような上流階級の女だったら、あなたの頬を思いきり引っぱたいているところよ。でも残念ながらわたしは早くに両親を亡くして、そういう立派な学校にも行っていないし、知識を求めてここで働かせてもらっているただの庶民にすぎないから、暴力には訴えないわ」

「ぼくを笑いものにしているんだね。まじめに話しているのに」

「まあ、あなたってやさしいのね。でも、絶対にあなたとは結婚しないわ。あなたはハンサムで魅力的だし、プロポーズをしてくれるほどやさしい人よ。でも、だからといって結婚しようとは思わないわ」

「ぼくには少しも惹《ひ》かれないというのかい？」ハンターがきいた。

「いいえ。すごく惹かれるし、プロポーズもとてもうれしいわ。だけど、あなたが本気でないことはわかっているの」ハンターが反論しかけたので、カミールは手をあげて押しとどめ、先を続けた。「お願いよ、ハンター。いったん結婚を申しこんだからにはとり消すのは名誉にかかわる、なんて考えないでちょうだい。まじめな話、わたしがプロポーズを受けたりしたら、いずれあなたはわたしを憎むようになる。それと同じ理由で、わたしがカーライル伯爵に誘惑されることもありえないわ。なぜって、さっきあなたが言ったように、わたしは聡明な女だから。わたしなら大丈夫。城に泊まるのは、わたしの後見人が回復するまでのあいだだけよ。わたしが資金集めのパーティーに出席するのは、博物館の職員を同伴していれば、顔の傷を隠す仮面をしていても、そうした催しに臆《おく》することなく出席できると伯爵が考えているみたいだから。パーティーはここで、この博物館で催されるのよ。あなたもいれば、アレックスやサー・ジョンもいる。それにもちろん、カーライル伯爵と同じ階級に属するウィンブリー卿だっているんですもの」

　ハンターがなにか言おうと口を開きかけたとき、ドアが開いた。

「カミール！　たった今聞いたけど――」顔をのぞかせたのはアレックス・ミットルマンだった。彼はカミールの部屋に先客がいたので言葉を止めた。「ハンター」彼は言った。

「アレックス」

　アレックスはカミールに向かって顔をしかめてみせた。彼はほっそりとした体つきで、亜麻色の髪に淡い青色の目をしているせいか、成熟した男性というよりはハンサムな若者という印象だ。アレックスとハンターは尊敬しあってはいる。とはいえアレックスは常々ハンターのことを、金持ちの伊達《だて》男ではあっても本当の学者とはとうてい言えないとこぼしていた。彼はまた、ハンターなんかよりもまじめに仕事をしている自分のほうが、やはりまじめに仕事をしているカミールの親友にふさわしいと考えていた。

　アレックスは咳払いをして小さく頭を振り、閉じた口を再び開いた。自分がなんの話をしようとしているのか、どうせハンターには知られているのだから、黙っていても仕方がないと考えたらしい。ハンターはアレックスを出し抜いたのだ。

「きみは今朝ここへブライアン・スターリングと一緒に来たんだろう？　あのカーライル伯爵と」

カミールはそっとため息をもらした。「ゆうべ、トリスタンがカーライル城の近くで事故に遭ったの。彼は怪我をしてしまって、城へ運びこまれたのよ。トリスタンは打撲傷を負って気が動転していたけれど、それほど重傷ではないわ。もちろんわたしは彼のところへ駆けつけた。そして……ええ、そういうことになったというわけ」

ハンターとアレックスは彼女を見つめ、それから互いに顔を見交わした。

「カミールに言ってやっただろうね、彼は――」アレックスが言いかけた。

「危険な男で、たぶん頭が少々おかしいのだって」ハンターがあとを引きとった。「はっきり言ったのは今がはじめてだが、うん、それを彼女にわからせようとしていたんだ」

「カミール、カーライル伯爵がそばにいるときは用心しなくちゃいけないよ」アレックスが顔をしかめて言った。彼は心配で仕方がないようだ。「それにしてもショックだよ。サー・ジョンときたら……そう、すごく喜んでいるんだから」

「ブライアンは大金持ちだ」ハンターが厳しい口調で言った。「城のなかには、サー・ジョンが博物館へおさめたがっている財宝がごまんとある」

アレックスがごくりとつばをのみこんだ。「ぼくも一緒に行くよ、カミール。仕事が終わったら、きみと一緒に行く。馬車を雇って、きみの後見人を無事に家へ連れて――」

「アレックス、馬車のことならぼくに任せたまえ。なにしろぼくは馬車を持っているんだからね」ハンターが断固として口を挟んだ。「しかし、きみの言うとおりだ。できるだけ早くカミールと彼女の後見人を無事に家へ連れ帰らないと。あんな恐ろしい城にいつまでも置いておけやしない」

カミールは驚いてふたりを見つめた。これまで彼らが思いやりや友情を示してこなかったわけではない。だが、今のふたりは彼女の注意を引こうと必死で張りあっている。そしてふたりとも、彼女をなにがなんでもカーライル城から遠ざけようと躍起になっていた。

カミールのためなら進んで身を引こうとばかりに、アレックスがわずかに顎をあげた。

「わかった。ハンターには馬車がある。きみがあの忌まわしい場所から救いだされるなら、誰が助けたかは問題ではないさ」

「アレックス、ハンター」カミールは穏やかに言ったが、先を続ける前にドアが勢いよく開いた。

入ってきたのはオーブリー・サイズモアだった。カミールたちの部署の主な職員は、この場にいる四人で全部だ。オーブリーはそれほど博識でもなければ、この分野において高等教育を受けているわけでもないが、エジプト学に対する情熱と勤勉さにおいては右に出る者がいない。年齢は三十代で、筋骨たくましい大柄な体格に、ビリヤードの玉みたいにつるりとはげあがった頭をしている。重い箱を楽々と運んでみせるかと思えば、慎重さを要する細かな発掘作業になると、信じられないほどの手先の器用さを発揮する。

オーブリーはカミールを、世紀の大発見であることが証明された珍しい工芸品を見るような目で見た。

「きみは今朝、カーライル伯爵とここへ来たんだって？」彼がきいた。

カミールは説明を繰り返すのにうんざりし、ため息をついた。「ええ」

「すると、伯爵は再び城から出ることにしたんだ」

「そのようね」

「よかった」オーブリーは言った。「ほんとによかった。伯爵さえその気になれば、我々はまた資金を提供してもらえるんだ。そうとも！　彼は新しい発掘調査を計画するかもしれない。わくわくしてきたぞ。砂漠での仕事ほど楽しいものはないからな」

「ブライアンは今のところ調査旅行の計画などまったく立ててはいないよ」ハンターが鋭い声で言った。

「しかし……」オーブリーはつぶやいてカミールを見た。

「ほかになにか用事があるのか、オーブリー？」ハンターが尋ねた。

オーブリーは顔をしかめた。「あの腰の曲がった老人、古代アジア遺物部から移ってきたばかりの白髪まじりの頬ひげをたくわえた老人を見かけたかい？」

三人はぼんやりとオーブリーを見た。

「あの男、数時間前から我々のところで働いていたんだ。アーボック、そうそう、それが彼の名前だ。老ジム・アーボック。彼を見なかったかな？」

「いや、見なかった」ハンターがいらだたしそうに答えた。彼はオーブリーが嫌いだったが、たくましい筋肉を備えていて力仕事をいやがらないオーブリーは、彼らの部署にとって欠かせない人物だった。

「ぜひとも常勤の人間がひとり必要だと、今まで口が酸っぱくなるほどサー・ジョンに言ってきたんだ」オーブリーは言った。「肉体労働がいやというわけではないが、部署内を清掃してまわっていたら、時間をとられてしまうからね」

「だったら、こんなところで油を売っていないほうがいいんじゃないか?」ハンターが嫌味を言った。

オーブリーはハンターに向かってうなり声を発しかけたが、カミールにほほえみかけた。

「よくやったね、カミール。あの高名な後援者を連れ戻すなんて。そりゃ、彼については悪い噂があるかもしれないけどさ。たぶん彼は呪われているんだ」そう言ってから彼女にウインクをして出ていった。

オーブリーと入れ違いにサー・ジョンが入ってきた。「ここでなにをしているのかね?」声にはいらだたしげな響きがこもっていた。「アレックス、カミールはレリーフに書かれている言葉を解読するのに忙しいんだから、ひとりにしてやってくれ。ハンター、きみは理事のひとりかもしれないが、わたしの部下の邪魔をするのが仕事ではないはずだ。まもなくウィンブリー卿がお見えになる。わたしの部署の職員は茶飲み話にばかり精を出しているなどと思われたくはない」

アレックスが身をこわばらせた。ハンターはそっけなく肩をすくめた。

「カミール、またあとで話しあおう」ハンターはそう言って、大股で戸口へ向かった。そしてドアを開け、出ていこうとしてためらった。振り返って濃い茶色の目をさっと男性陣に走らせてから、カミールに視線を据えて言う。「もうひとり来るみたいだ……午後のお茶に」

「誰だ？」アレックスがきいた。

「カーライル伯ブライアン・スターリングさ」ハンターはカミールを見つめたまま言った。

「我々は大いに用心しなくちゃいけない。あの怪物がやってくるんだから」

5

彼らは押し殺した声で話していたが、驚きと警戒の響きがブライアンには聞きとれた。

「帰ったとばかり思っていたのに」興奮した声でそう言ったのはアレックス・ミットルマンだ。

「それが帰ってはいなかったんだ。だからきみたちに警告しようと……」サー・ジョンは最後まで言い終わらないうちに廊下へ出て、快活さを装った力強い声で歓迎するように言った。「ブライアン！　我々みんな心から喜んでいる。ずいぶん長いあいだ姿を見せなかったのに、今日になって……ああ、訪ねてきてもらえるとは、まったく光栄なことだ！」

「やめてくれ、サー・ジョン。そんなことを言われたら、きまりが悪いじゃないか」ブライアンはそう言ってサー・ジョンの手をとった。

「やっぱり……彼は帰っていなかったんだ」ハンター・マクドナルドがカミールの耳もとにささやいた。

ブライアンはカミールの目を見た。彼女もハンターと同じことを考えていたらしく、不安そうな表情をしていた。

一同が集まっていた狭い部屋はカミールの仕事部屋らしい。彼女はハンターに身を寄せて立っていた。アレックスの落ち着かない様子ときたら、なんとかして自分の縄張りを守ろうと必死になっているおびえた雄鶏《おんどり》みたいだ。サー・ジョンさえもが身構えているように見える。とはいえサー・ジョンは、ブライアンをもう一度仲間に引っ張りこめるなら、しぶしぶではあれ、愛らしく若い女性を差しだしてもいいと考えているようだ。そう思ってブライアンは愉快になった。

ハンターが前へ進みでた。「ブライアン、久しぶりだな。会いたかったぞ」

彼の言葉にも、もっともらしい熱意と快活さがこめられていた。ハンターとブライアンは軍隊で一緒だったので互いによく知っている。それどころか一緒にパブをはしごした仲だ。友達といってもいいだろう。ハンターは自分のことを、世界を股にかける旅行者にして命知らずの冒険家と思われたがっていて、女にもてる男という評判を後生大事にしている。彼は女でありさえすれば――小さかろうが大きかろうが、太っていようがやせていようが、階級が高かろうが低かろうが――一緒にいて楽しいようだった。

ブライアンが今、ハンターを疑いの目で見ずにいられないのは、殺人者かもしれない男に対して抱いて当然の疑惑のせいだろうか？　それともハンターがあんなふうにカミールのそばに立っているせいだろうか？　ブライアンの胸のなかで好奇心がむくむくと頭をもたげ、ついに抑えがたいほど大きくなった。その好奇心をかきたてたのは、疑惑よりもはるかに本能的ななにかだ。カミールをハンターのかたわらから引き離したい。彼女はハンターの評判を知っているのだろうか？　女たらしだという評判を。ふたりはすでに恋人同士なのだろうか？

ブライアンがカミールと知りあったのは、つい昨晩のことだ。彼女に対する疑惑はいまだに根強く残っている。なんといっても彼女は自分から彼の城へやってきたのだ。しかも、彼女は大英博物館で働いている。だが、この胸騒ぎは単なる疑惑なのだろうか？　それとも、ほかの感情なのだろうか？　ブライアンは進むべき道を定め、決意を固めてやってきた。カミールは彼にとって手段にすぎない。けれどもそこに立ってカミールを見ているうちに、ブライアンは彼女のたぐいまれな美しさ、その髪の色、澄んだ目の輝きに今さらながら気づいた。事実、作業用のエプロンをつけ、額に乱れ髪を垂らしていても、彼女は並外れた優雅さと気品を……そして性的魅力さえ漂わせている。

ブライアンはカミールをハンターのそばに置いておくのが不安だった。もっと悪いことに、彼女がハンターのそばにいるのが……気に食わなかった。

「スターリング卿《きょう》！」アレックスが大声で言って進みでた。

アレックスは一見控えめでやさしい性格に見えるが、容疑者のひとりであることに変わりはない。

「スターリング卿！」アレックスは繰り返し、おずおずと手を差しだした。

ブライアンはその手を握った。「アレックス、久しぶり。元気そうでなによりだ」彼は視線をカミールに向けた。「きみたちサボり屋のなかに、ひとりだけ勤勉な人間がいるようだな」彼はからかった。

それを聞いてもカミールは全然うれしそうではなかった。彼女の顔につくり笑いが浮かんだ。「スターリング卿、あなたが博物館への関心をとり戻されたことをとてもうれしく思います」

「ぼくはあまりに長いあいだ閉じこもっていた」ブライアンは静かに言った。「本当に不思議だと思う。一日一日が過ぎて、ひと月が過ぎ、そうして一年が過ぎる。そのあいだ霧のなかであてどなく生きているうちに、ふとした偶然で出会いが生じる。たとえば、ぼくの城の前で事故が起こったと思ったら、事故に遭った男には美しい被後見人がいて、彼女はこの博物館の古代エジプト遺物部に勤めていたんだ。まるで……再び目覚めたような気分だよ」

ブライアンは大声で笑いだしそうになった。古代遺産のためなら美しい部下をいけにえにしてもいいと考えているらしいサー・ジョンでさえ、カミールを守ろうと一歩歩み寄った。

「たしかにカミールは我々がここで発見した最高の美の化身だろうな」ハンターが慎重に

言った。「だから大切に扱っているよ」

ブライアンはカミールの目に奇妙な光がひらめいたのを見て、彼女の考えを読みとった。ふむ。大切に扱っているときたか。ここは紳士クラブなわけだ。彼女は幸運にも博物館の仕事につくことができてここにいる。知識によってこの職を得たのではなく、その美しさと魅力によって得たのだとしたら……。

ブライアンの胸に怒りがわきあがった。怒る理由がないではないかと、いくら自分に言い聞かせても、抑えることができなかった。突然、その場に緊張がみなぎったように感じた。カミールを脅して自分の計画に抱きこんだものの、彼女の弱みはなにひとつ握っていない。彼女は本当のことを話したのかもしれないが、反対にぬけぬけと嘘《うそ》をついた可能性もある。だが、ふいにわきあがった彼女への独占欲に、ブライアンは圧倒されそうだった。彼らはボールを挟んで向かいあっているラグビー選手のように、カミールを挟んで対峙《たいじ》していた。

サー・ジョンがいきなり咳払《せきばら》いをした。「もしよかったら、現在どんな仕事が行われているか見てみないかね？」

「午後になったら、お願いしようかな。さっき下でウィンブリー卿に会ってね。あとで一緒にランチをとることになった。彼は今、今度の資金集めのパーティーに備えてケータリング業者と打ちあわせをしている」

「ああ、ウィンブリー卿はこうした催しの手配を自分でしたがるんだ」

「ほう、昔とあまり変わっていないんだな」ブライアンはそう言ったあと、顔をしかめた。

「オーブリーの姿が見えないが」

「彼のことだ、もちろん仕事をしているのさ」サー・ジョンが言った。

「そうか。じゃあ、よろしく伝えてくれ」ブライアンは再びカミールを見た。「すると、ミス・モンゴメリー、きみがとり組んでいるのは、ぼくの両親が発見して博物館へ贈った品物なんだね」

ブライアンは非難の言葉として言ったつもりはなかったが、彼女の目が見開かれて冷たい色をたたえた。

「はい。サー・ジョンがご説明なさると思いますけれど」

「そうだったね」ブライアンがつぶやくと、カミールの顔は赤らんだ。彼がその気になれば自分のほうから仕事を見せるよう要求できることに、彼女は思い至ったのだろう。「ウィンブリー卿とは新たに展示されたペルセウス像の前で会う約束になっているから、また戻ってくる。それじゃ」

向きを変えて去りかけたブライアンは、背中に一同の視線を感じて笑いだしそうになった。

「ミス・モンゴメリー、六時半になったらうちの馬車が迎えに来るからね」ブライアンは言った。

「おやおや」低くて重々しい声がして、全員が振り返った。

やってきたのはウィンブリー卿その人だった。

「わたしの部署の全職員がこんなところでサボっているとは」言葉とは裏腹に、彼の顔には笑みが浮かんでいた。年齢不詳のウィンブリー卿はブライアンが子供だったころと少しも変わっておらず、白髪は豊かで灰色の目は鋭い。背が高くてほっそりしており、どこから見ても貴族らしい。

「ぼくがいけないんです」ブライアンは言った。「長いあいだ顔も見せずに失礼しておきながら、突然やってきて仕事の邪魔をしてしまって」

「しかし、わたしたちはきみの突然の来訪を大いに喜んでいるよ」サー・ジョンが言った。

「そうとも」ハンターがそっけなくつぶやいた。彼の濃い茶色の目がブライアンの目と合った。その目にはいくぶん親しみのこもったライバル意識が宿っているように見えた。

「きみはぼくたちのところへ戻る潮時だったんだ。なんといっても、きみはカーライル伯爵だ。ぼくらの仕事にとって非常に重要な人物なんだから」

「ありがとう」

ウィンブリー卿がブライアンの背中を思いきりたたいた。「そのとおりだ、ブライアン。きみは顔に負傷したと聞くが、それにしてもそのひどい仮面は――」

「ウィンブリー卿！」サー・ジョンがぎょっとして口を挟んだ。

ブライアンは笑い声をあげた。「ぼくはこの仮面が気に入っているんです」

「しかし、ブライアン、みんなはきみのことを〝獣〟と呼んでいるぞ」ウィンブリー卿が反論した。

ここにいるのは皆、疑わしい男たちだ。サー・ジョン、ハンター、アレックス、そしてウィンブリー卿。この四人はエジプトでぼくの両親と一緒に仕事をした。発掘調査に携わり、両親の死に立ち会った連中だ。そして、ぼくが博物館への関心をとり戻したことを喜んでいるように見える。いかにも熱意と理解と友情を持ちあわせているかのような態度をとる学者たちだ。だが、彼らのなかに殺人者がいるのだ。

「〝獣〟と呼ばれるのを楽しんでいるんです」ブライアンはカミールを見つめて言った。「しかし、みんなの言うとおり、両親の思い出を大切にするためにも、ここの仕事に戻らなければなりません」

「そうだとも」サー・ジョンが言った。「きみは過去の苦しみや孤独と決別して、社会に復帰しなければいかん。これからは知識の追求と教育の普及のために、仲間の先頭に立って活躍すべきなのだ」

「それと貧しい人々の救済のために」カミールはそうささやいて慌てて目を伏せ、虎《とら》のような色をした目の輝きを隠した。

一同が当惑して彼女を見つめた。ブライアンの見たところ、ここにいる男たちは誰ひとり、ロンドンにはびこる貧困を気にかけていない。最近起こった切り裂きジャック殺人事件に、全員が頬を思いきり張られたようなショックを受けはしたものの、彼らはしょせん学者にすぎない。知識の追求、とりわけ古代エジプトに関する知識の追求こそが、彼らの人生の推進力であり、最終目標なのだ。

あるいは、その研究がもたらしてくれる名声と富が。

「そう、そのとおり。わが国の貧しい大衆の悲惨な状態をなんとかしないと」ウィンブリー卿がささやいた。「すべきことはたくさんある。そうだろう、ブライアン？」彼はまたブライアンの背中をたたいた。「さてと、そろそろ行こうか？」

ブライアンはうなずき、仮面の下でにやりとしながら一同を見まわした。「じゃあ、みんな、またすぐに会おう。カミール、今晩また会えるのを心待ちにしているよ」

「こちらこそ。いろいろとありがとうございます」彼女は小声で言った。「でも、運がよければ、わたしの後見人は自宅へ帰れるほどに回復しているかもしれません。そうなれば、これ以上あなたの手厚いおもてなしを受ける理由はなくなります」

「まあ、彼をそんなにせかさなくても」ブライアンは言った。

「ご親切ですこと」

「そんなことはない。前にも言ったと思うが、カーライル城はきみに滞在してもらえるのを光栄に思っているんだからね。ウィンブリー卿、お待たせしました」

「サー・ジョン、手配がどこまで進んでいるかについては明日の朝早くに話す。ああ、すばらしいパーティーになるだろう。実に華やかなパーティーに。立派な目的のために催すんだ。きっとカーナーヴォン卿も出席するだろうし、あの男……カーヴァーとか言ったかな。彼もずいぶん興味を持っているようだから出てくれるに違いない」

「カーター。ハワード・カーターです」アレックスが教えた。

「そう、その男！　今度のパーティーには、資金調達の趣旨に心から賛同している支援者のみならず、投資という形でかかわっている遠方の人々も大勢出席する。ところで忘れないでくれよ。パーティーの際に内輪の見学会を催すんだからね。この場所を完璧《かんぺき》な状態にしておかなければならない。そうだろう、サー・ジョン？」

「完璧な状態にしておきます」サー・ジョンが少しぼんやりした様子で応じた。

「じゃあ、わたしはこれで失礼する。みんな、今の件を肝に銘じておくように」ウィンブリー卿は言った。

　ブライアンは会釈をし、ウィンブリー卿に従おうと向きを変えた。彼はまたもや突き刺さるような視線を背中に感じた。ふたりが見えなくなったとたん、残された者たちはいっせいにしゃべりだすに違いない。ああ、彼らをひそかに観察できたらいいのに。もっともそれについては首尾よくことを運べているのだが。

「さあ、みんな仕事に戻りたまえ」サー・ジョンがおしゃべりをしている暇はないぞと言わんばかりに職員たちをせきたてた。

カミールはハンターやアレックスにいろいろ詮索《せんさく》されるのがいやで、早く仕事部屋にこもりたかったので、サー・ジョンの言葉は好都合だった。

「それにしても――」

なにか言いかけたアレックスを、サー・ジョンが遮った。

「仕事だ！　ぐずぐずしている暇はないぞ。アレックス、保管室が開けかけの箱やらなにやらで散らかっているから、あそこへ行って整理にかかってくれ。工芸品を傷めないよう気をつけてな。ハンター、きみはわたしの部屋へ来てくれないか？」

サー・ジョンの頭には仕事のことしかない。アレックスとハンターはますます心配そうにカミールを見た。彼女のそばを離れたくない気持ちがふたりの目にありありと浮かんでいる。カミールはふたりにちらりとほほえみかけ、仕事部屋へ入ってドアを閉めた。

カミールの心臓はどきどきしていた。彼女がサー・ジョンと一緒に地下の保管室へ行ったとき、そこに誰かがいた。その人物は彼女とサー・ジョンの会話を盗み聞きしていたのではないだろうか？　ふたりをこっそり見張ろうとしていたのではないだろうか？

あれはブライアン・スターリングだったのかしら。カーライルの獣が地下までこっそりつけてきて、彼の両親の死に関する、わたしとサー・ジョンの会話に聞き耳を立てていたのかもしれない。

カミールは作業台に向かって仕事にかかろうとしたが、気味が悪くて仕事どころではなかった。それに、ああ、あの呪《のろ》いのこともある！

呪いを信じてはいないが、人間がしばしば嫉妬《しっと》や貪欲《どんよく》な心にとりつかれることは知っている。それが今回の件にあてはまるとしたら、ブライアンにはよこしまな心にとりつかれた人間を探しだす権利があるのでは？

カミールは目をつぶった。頭のなかをさまざまな考えが駆けめぐる。いいえ、ブライアンは頭がどうかしているんだわ。彼女はさっき集まった友人たち、というか、少なくとも仕事上の知人たちについて考えをめぐらせた。ウィンブリー卿は？　まさか、ありえない。サー・ジョンは？　絶対に違う。ハンター？　女たらしではあるけれど、殺人となると……。いいえ、考えられないわ。それからアレックス。やさしいアレックスは……。

こんなことを考えるのはばかげている。カミールは自分に腹を立てて首を振り、仕事に戻った。今朝、啓蒙《けいもう》思想の時代の博学な人々から聞かされたことよりも、古代エジプト人たちの信念のほうがはるかに正常で合理的な気がしてきた。

トリスタンは豪奢《ごうしゃ》なベッドの上で目を覚ました。ベッドは大きくてやわらかく、シーツは清潔で、高級な上掛けは暖かだった。

それから彼は自分たちがあの怪物の客になっていることを思いだして身震いした。あの男は人食い鬼だ、間違いない。やつはスペインの異端審問時代と同じように、このわたしを拷問にかけて真実をききだそうとしている。あの伯爵がその気になれば、わたしを一生監獄に閉じこめることもできるだろう。

ドアをノックする音がした。

「はい？」トリスタンはおずおずと言った。

ドアが開いた。顔をのぞかせたのは家事全般をとり仕切っているらしい女性で、彼女の言葉の端々にカーライル伯爵への敬意が感じられた。

トリスタンは上掛けを引っ張りあげながら、なぜこの女性を前にすると気まずさを覚えるのだろうといぶかしんだ。やましさ！　そうだ、これは気まずさではなくてやましさだ。あんなことをしたのだから、やましさを覚えるのは当然だろう。だが、長い年月を才覚ひとつで生き抜いてこなければならなかったのだ。しばしば裕福な人間の金を少しばかり失敬しては、それを生活費にあててきた。しかし、まったく身勝手な理由やよこしまな考えで人様のものを失敬したのではない。母親の死体にとりすがって泣いているカミールを見つけてからは、育てなければならない子供ができた。食いぶちをあてがわなければならないラルフもいる。それからまた路上で客引きをしている疲れきった哀れな売春婦たち。老いぼれのげす男が背後からでさえ性交する気にならない、歯の欠けた醜い売春婦たち。切り裂きジャックが跳梁《ちょうりょう》していたときも、運を天に任せて男に体を売らなければならなかった売春婦たち。トリスタンはそうした年寄りの売春婦を見かけるたびに、彼女たちが安宿に泊まれるだけの金を恵んできた。だから、彼は言わば現代のロビン・フッドなのだ。金持ちから盗んでは貧乏人に与える。ただしトリスタンは、ロビン・フッドが受けたのと同じ感謝を誰からも受けていない。そう、まったく感謝されていなかった。

「ミスター・モンゴメリー」女性がなめらかな口調で言った。プライアー、たしか彼女はそんな名前だった。彼女が動くたびにさらさらときぬずれの音がし、香水のにおいがほのかに漂う。堂々とした態度で、本当にトリスタンの容態が悪いかのように気づかわしそうなまなざしを注ぐ。

「なにか?」トリスタンは上掛けを顎の下まで引きあげて尋ねた。

「具合はいかがです?」

もうなんともない、とトリスタンは思った。だが、とにかくうめき声をあげた。「痛くてたまらんよ、骨にひびでも入っているんじゃないかな」彼は口をつぐんだ。「あの子が、カミールが……ここへ来た」突然、彼は起きあがった。急に恐ろしいほどの不安に襲われて、痛くてたまらないふりをしようという考えを忘れた。「彼女がここへ来たんだ！　カミールが。あの怪物が彼女にちょっとでも変なことをしたら、いいか……心臓をえぐりとってやるからな、覚悟しておけ！」彼は威勢のいい言葉でしめくくった。

　女性が慌ててうつむいた。トリスタンは彼女が自分をあざ笑っていると確信してかっとなった。

「あの男がカミールをちょっとでも傷つけたら――」

「まあ、ばかなことをおっしゃらないで、ミスター・モンゴメリー。どんな噂《うわさ》が流れているか知りませんけど、カーライル伯爵は獣ではありません」

「本当に？　じゃあ、あの男はわたしをだましたのだ」トリスタンはつぶやいた。「カミールは今どこに？」

「まだお仕事をしているのではないかしら」

　トリスタンは顔をしかめた。「彼女はここへ来たのだろう？」

「ええ、来ましたよ。また戻ってきます」

「ここへ？」トリスタンは再び顔をしかめた。

「ええ、もちろん。あなたがここにいる限り、ミス・モンゴメリーは戻ってきますよ、ミスター・モンゴメリー。あなたはとても運のいい方ですね。彼女にあれほど大切に思われているんですもの」

　ミセス・プライアーが室内へ入ってきてカーテンを開けたので、部屋に明るい陽光が満ちた。トリスタンはさらに上掛けを引きあげてもぐりこんだ。頬ひげをそっていないせいで、飲んだくれの老いぼれに見えるのではないかと気になったのだ。もちろん、たまには飲んだくれることもあるが。

「ミス・モンゴメリーがあれほどまでにあなたを大切に思っている理由が、わたしにはわかりませんけど」ミセス・プライアーはそう言いながら近づいてきて、明るい光のなかでトリスタンを見た。

トリスタンは眉をつりあげた。「カーライル伯爵はほかに用事があるから、代わりにあなたをよこしたのかね？　わたしを巧妙なやり方で尋問するために」

ミセス・プライアーがそっと笑った。不思議なほど快い笑い声だった。「お忘れかしら。あなたは卑しい盗人よろしく、あの方の塀によじのぼったんですよ」

「誓ってもいい、わたしはつまずいて転んだんだ」

「まあ、驚いた。お見受けしたところ、とても敏捷《びんしょう》そうですのに」

トリスタンは急に自信をとり戻してほほえんだ。「敏捷だとも、猫みたいにね。本当だ。いろんな意味で」

「でも、まだ痛むのでしょう？」

「痛いし、頭が混乱している」トリスタンはふいにため息をついた。「伯爵に警察を呼ぶ気があるのなら、早くそうしてもらいたい。あんな男にあとひと晩でも尋問されるくらいなら、留置場で寝るほうがはるかにましだ。なあ、あなたたちはわたしが宝石を盗みに来たと思っているんじゃないかね？」

「あなたが宝石を盗みに来たのなら、伯爵もあれほど怒りはしなかったでしょう」ミセス・プライアーが考えこみながら答えた。

「ああ、なんたることだ！　わたしはたまたまここに高価なエジプトの工芸品があることを知った。それもこれもわたしの被後見人のおかげだ。あの子はエジプトの古代王朝についてなんでも知っている。もっともわたしから見れば、ミイラになって残っている当時の王様やら聖職者なんてのは、死んだあとまで黄金にしがみついていた哀れな人間にすぎないがね。正直に打ち明けると、わたしはちょっとした工芸品をひとつかふたつ失敬して、それを金に替えようとしただけだ。ところがあなたたちときたら、わたしが殺人をたくらんでいたと疑っているのだろう」

「そんなところです」ミセス・プライアーはささやいて離れていった。「わたしが思うに、あなたがこんなに痛がっていては、伯爵も告訴なさらないんじゃないかしら。痛いんでしょう？」

トリスタンは顔をしかめた。彼女は尋ねているのではない。痛くなくてはいけないと告げているのだ。それにこの場所はとても居心地がいい。トリスタンは生まれてこのかた、これほど寝心地のいいベッドで寝たことはなかった。若いころにスーダンで大英帝国軍の軍人として活躍し、その勲功によってナイト爵を叙せられたときでさえも。それにここの食事ときたら……。

彼はミセス・プライアーをじっと眺めた。彼女が聡明《そうめい》な女性であるのは見てわかる。単なるメイドではなさそうだ。怪我《けが》が癒《い》えたことになるまでは、彼はこの城にとどまることができる。そして彼女はそれを望んでいる。

速まる胸の鼓動を、トリスタンは理性的な思考力で懸命に抑えようとした。若いころだったら、こういう女性をものにすることもできただろう。だが、それははるか昔の話だ。今の彼を、この女性はどぶ鼠《ねずみ》くらいにしか思っていないのではないだろうか。とはいえ……。

トリスタンは誇り高く背筋をまっすぐにして座りなおした。「わたしはあの子のためなら死んでもいい。わたしの代わりにあの子を獣の前に立たせることは断じてしない！」彼は断言した。

驚いたことに、ミセス・プライアーは近づいてきてベッドの足もとのほうに腰をおろした。そして真剣な表情で言った。「カーライル伯爵が激しやすい方であることは否定しません。でも、伯爵はあなたの被後見人を傷つけたりはしないでしょう、それは断言できます。彼は獣ではありません。ただある人物をあぶりだそうとしているだけなんです。こんなことを言うのはおかしいけれど、あなたが高さ三メートル近い塀から落ちてくれたことは、わたしたちにとって好都合だったんです」

「断じてあの子を危険な目に遭わせはしない」

「美しいお嬢さんですね。やさしくて、そのうえ強い心をお持ちだわ。彼女を美しく着飾らせて、わが国で最も権力のある男性のひとりとパーティーに出席させることが、危険な目に遭わせることになるのでしょうか？」

「あの男が獣なら、権力があろうと金持ちだろうと関係ない」

「人は見かけによらないものです」

「しかし、彼は虎のように吠《ほ》えたてる」

ミセス・プライアーは再びほほえんだ。それから驚いたことに、懇願するような口調で言った。「二、三日、時間をください。ほんの二、三日だけ」

トリスタンは眉間《みけん》にしわを寄せて彼女をまじまじと見た。

「誓って、ミス・モンゴメリーを危険にさらすようなまねはしません」ミセス・プライアーが強い調子で言った。

かすかな空気の流れに乗って、女性のいい香りがほのかに漂ってくる。彼女の視線はトリスタンの目に据えられていた。

「じゃあ……カミールはここへ戻ってくるのか」彼は慎重に言った。「わたしの従者のラルフは？　彼は城内にある中世の地下牢《ろう》に閉じこめられているのかね？」

「ばかなことを言わないで」

「中世の地下牢などないとでも？」

「もちろんありますよ。ここはとても古い城ですもの。でも、あなたの従者は閉じこめられてなどいません。今ごろ彼は、伯爵の従者たちと一緒に城内で楽しく働いているのではないかしら」

「強制労働をさせているのかね？」

「彼はなにもすることがなくて退屈していたから、気分転換に頼んだんです。わたしたちは今どき鞭《むち》や鎖を持ちだしたりはしません。わたしたちに必要なのは時間なのです。ほんの数日間だけ」

「数日間か」トリスタンは用心深く言った。

彼女は立ちあがった。「あなたがひげをそれるよう湯を持ってこさせましょう。あなたに合う清潔な服がどこかにあったはずだわ。あなたは背が高くほっそりしていて、伯爵のお父様に背格好が似ている。そうだ、さぞかしおなかがすいているでしょうね」

「うむ、そう言われたら、急に腹の虫が鳴きだした」

ミセス・プライアーはまたほほえんで、ベッドから腰をあげた。

トリスタンは頭の後ろで手を組んで仰向けになった。彼は卑劣にも盗みに入ってつかまり、怒り狂った伯爵の前に引きずりだされた。それが今では城にとどまるよう懇願されている。彼は思わずにやりとした。

「ミセス・プライアー」

彼女は部屋を出かかっていたが、足を止めて振り返った。

「食事を選ぶ権利はあるのかな?」

「ローストビーフと魚料理のどちらがよろしいですか」

「ふむ。では両方いただこう」

ミセス・プライアーはうなずいた。「お望みどおりに」

ドアが閉まり、彼女はきぬずれの音をさせて歩み去った。トリスタンの笑みが顔じゅうに広がったが、やがてまじめな顔に戻った。たしかグリム兄弟の童話のなかに似たような話があったのではないだろうか。魔女が親切を装って幼いヘンゼルとグレーテルにごちそうを腹いっぱい食べさせる。ごちそうを振る舞ったのは、ふたりを太らせてから殺して食べるためだった。


ウィンブリー卿が自分の所属する紳士クラブで食事をしようと主張した。ブライアンの両親がしばしば利用していたところで、彼自身もまだそこの会員に名を連ねていた。だがそこへ行くと、どうしても立派なソファーや椅子に座っていた両親を思い浮かべずにはいられないので、ふたりが死んでからは足を踏み入れないようにしていた。

あれから長い時間がたった。イーヴリンに背中を押され、また、偶然からか悪巧みからか、カミール・モンゴメリーが掌中に飛びこんできたことも刺激になり、ブライアンは再び公衆の前に姿を現すべき時期が到来したと思い至った。

ブライアンが入っていくと、古い友人や知人、ウエイターや支配人、それから両親を知っていた人々が挨拶《あいさつ》をしてきた。仮面をじろじろ見る者もいれば、見ないふりをしようとする者もいる。体に傷跡を持つ老兵や手足を失った退役軍人たちは、たちまち彼に同情を示した。偏屈な老人たちのなかにはウィンブリー卿と同じように、もう少し品のいい仮面にすればいいのにとか、きみは〝獣〟と呼ばれ始めているぞ、などとお節介な忠告をしてくる者たちがいた。

ブライアンは鷹揚《おうよう》に構えて、あなた方の忠告は肝に銘じておきましょう、しかし孤独な暮らしにもいろいろといい点はあるのです、と応じておいた。

「ふん」老騎兵のレッジャー子爵がブライアンに言った。「現代の世にあっては、我々はいかなる難局にも恐れずに敢然と立ち向かわねばならん。今ほど英国が強大な帝国を誇っている時代はかつてなかった。それなのに、きみは過去を追い求めて日々を過ごしている。わたしとて、きみが女王陛下の命令に従ってわが国のためにつくしたことは知っているさ。陛下はきみをたいそう買っておられ、きみが世捨て人になってしまったと嘆く者がいると、ほうっておいてやりなさいとおっしゃる。それというのも、夫君がお亡くなりになったときは、陛下ご自身も非常に長いあいだ喪に服しておられたからだ。しかし、そのために陛下は服喪の暮らしを社交界における新たな生活様式にしてしまわれた。ブライアン・スターリング、きみはまだ若い。それなのに顔を隠して生きていこうとは、どういうつもりかね？　自分を見てみるがいい。背が高くて均整のとれた立派な体格をしているではないか」

「それに大変な金持ちだし」サー・バーソロミュー・グリーアが横でつけ加えた。

「そう、金持ちだ。金があればなにも怖いものはない、そうだろう？」ウィンブリー卿がいくらか愉快そうに小声で言った。

「わたしには年ごろの娘がひとりいるんだ」サー・バーソロミューが言った。

「ものすごく不器量な娘だよ」レッジャー子爵がブライアンの耳もとでささやいた。

それがサー・バーソロミューに聞こえたのだろう。彼は姿勢を正した。「こう言ってはなんだが、スターリング卿が仮面をつけているのには、それなりの理由があるんじゃないのかね」

「幸いなことに」ウィンブリー卿が慌ててブライアンの擁護にまわった。「ブライアンはカーライル伯爵だ」

「ああ……きみには貴族の称号がある」サー・バーソロミューが言った。相変わらず体をこわばらせて立っていたものの、彼は貴族の称号を持っていなかった。「許してくれ、ブライアン。きみが仮面をつけているものだから」

「とにかく、きみは伯爵だ。それも大金持ちの」レッジャー子爵が口ひげをひねりながらため息をついた。「率直に言って、たとえきみがよれよれの老いぼれで、見るも忌まわしい醜悪な顔をしていたとしても、立派な妻をめとることはできるだろう」

ブライアンはほがらかな笑い声をあげ、ブランデーを注《つ》いでくれたウエイターにうなずいて謝意を表した。「人間的にどうであれ、ぼくは伯爵です。それも大金持ちの」自嘲《じちょう》気味につぶやく。「残念ながら、これまでは自分にふさわしい妻を探そうとしていませんでした。結婚しようという気にならなかったからです。しかし、花嫁を見つける場合には、屋敷や財産が目あてではなく、ひとりの人間としてぼくを愛してくれる女性を探します」

「やれやれ、社交界のことも考慮しなくちゃいけないよ！」レッジャー子爵が言った。

「社交界も大切ですが、生活も大事です。そうじゃありませんか？」ブライアンは穏やかに尋ねた。「しかし、今こんな話をしても意味がありません。ぼくはまだ、自分の檻《おり》を出てロンドンやイングランドのことをもっと知ろうと決心したばかりです。それに皆さんがおっしゃるとおりぼくは大変な金持ちだから、どうしたらもっと有益な社会の一員になることができるかを模索していかなければなりません」

そこへクラブの支配人がやってきて、慇懃《いんぎん》な口調でテーブルが用意できたと告げたので、ブライアンはほっとした。彼とウィンブリー卿は失礼をわびて一同と別れた。

席に着くと、またもやウィンブリー卿は、ブライアンが再び博物館に顔を出すことを決意したのを大いに喜んでいると述べた。

「いいかね、呪われているというのが仮に真実だとしても、きみほどの財力と責任を有する人間が中世の城にこもって人生を送っているのはよくない」ウィンブリー卿がしかった。「ブライアン、わが大英帝国は現在、かつてないほど繁栄を誇っている。フランス人と支配権を争っているとはいえ、エジプトにおける我々の存在は非常に大きいのだからね」

ブライアンは高級な赤ワインをひと口すすってから言った。「フランス人がいなかったら、今日、我々のところにロゼッタ・ストーンはなかったし、現在のような知識も財源も得られなかったんです」

「わかっている、わかっているとも……しかし、すべては大英帝国のためだ。大英帝国に乾杯！」ウィンブリー卿はグラスを掲げた。

彼はブライアンの両親がエジプトで行った数々の業績や、知識を求め、庶民にまじって生活するすべを学ぼうとした態度について話し続けた。

「そして宝物を発見したんですね」ブライアンはつぶやいた。

「そうとも。しかし悲しいことに、人の命ほど尊い宝物はない。ご両親は美しく、聡明で、夜空に燦然《さんぜん》と輝く星のような存在だった。志半ばに倒れたおふたりの遺志を継ぐことが、きみに託された任務ではないのかな」

ブライアンはほほえんだ。彼は過去を思いださせられたり、自分がこれからどうすべきかを忠告されたりするためにウィンブリー卿と昼食をともにしたのではない。もっとなにかききだせるかもしれないと期待していたのだ。勘定書が届いたとき、ブライアンが払うと言うと、ウィンブリー卿は拒まなかった。

クロークでふたりは別れた。少し後ろを歩いていたブライアンは、誰かが低い声で借金がどうのこうのとウィンブリー卿に話しかけるのを小耳に挟んだ。

ウィンブリー卿が同じように低い声で応じた声のほうがはっきり聞こえた。「わかっているよ、きみ。うっかりしていた。あのときは持ちあわせがなかったんだ。だが、勝負のことは忘れちゃいない」彼はすばやく周囲に視線を走らせた。

ブライアンは美しい細工が施された窓から外を眺めているふりをした。

「今度またひと勝負しよう。賭《か》け金を二倍にするというのはどうかね？」ウィンブリー卿はそう言って陽気な笑い声をあげた。

ウィンブリー卿の横をすり抜けて去っていく男を、ブライアンはよく見ようとした。血色の悪い顔をした男で、片方の足を引きずっていた。中東で服役していた軍人に違いない。顔が日焼けしているし、戦傷のせいで足が不自由なのだろう。ブライアンの知らない男だった。

それでも紳士クラブを出るときは、目に見える以上のものを発見したという奇妙な感覚に陥っていた。ウィンブリー卿との昼食も、まったく時間の無駄だったわけでもなかったのだ。

カミールは体を動かさずにはいられなくなって椅子の上で背筋をのばした。肩や首筋が凝っている。まだそんな年ではないのに。彼女は立ちあがってのびをし、狭い室内を見まわした。これまでのところ古いレリーフは、すでに彼女が知っている以上のことをなにひとつ教えてくれていない。

「呪いなんて信じていないわ！」カミールは声に出して言った。

それから小部屋を出た。サー・ジョンが机のところにいなかったので、彼女はエプロンを外し、館内を散歩してからまた仕事にかかろうと決めた。そのとき、わたしはここの寵児《ちょうじ》なのだという考えが浮かんで苦笑した。ブライアンがわたしに興味を抱いている限り、寵児であり続けるだろう。でも、わたしは彼がやっているチェスの駒《こま》のひとつにすぎない。それはよくわかっている。

カミールはオフィスを出てエジプト展示室へ行った。例によって大勢の見学者が魅入られたようにミイラを眺めていた。ミイラは常に人々を引きつける。大英博物館は見学者が理解しやすいように、古代エジプトの発掘品を王朝ごとに展示して、当時の人々がどのような信仰を持っていたのかをわかりやすく説明している。ミイラのなかにはむきだしで展示されているものもあれば、半分だけ包みを解かれたもの、完全に包まれたもの、まだ石棺に入ったままのものなどがあった。

　カミールのお気に入りのロゼッタ・ストーンも見学者を魅了する展示品のひとつだ。だが、人々はそれを一瞥《いちべつ》しただけで離れていく。結局のところ、ロゼッタ・ストーンはひとつの石、生命のない物体にすぎない。歩いたり、笑ったり、泣いたり、人を愛したりしたことはない。だからこそ人はミイラに引きつけられる。

　常設展示と並んで、クレオパトラの人生をたどった特別展示が行われていた。激しい情熱と旺盛《おうせい》な支配欲の持ち主で、絶世の美女として有名なクレオパトラも多くの見学者の興味を引きつける。残念ながら彼女のミイラはないが、今まさに最期を迎えようとしている伝説のナイルの女王の見事な蝋《ろう》人形が飾られていた。しめくくりとして、蝋人形のそばには、女王に死をもたらしたエジプトコブラが生きたまま展示されていた。

　カミールはガラスの容器に入れられているコブラに吸い寄せられるように近づいていった。周囲にはすでに男子生徒らが集まって得意そうにしゃべりあっていた。

「こんなの、ただの蛇じゃないか。なんて細長いんだ！」ひとりの少年が言った。

「ぼくはこいつを手でつかまえて、首をへし折ってやれるぜ」別の少年が偉そうに自慢した。

「こいつに首なんかあるの？」三人目の少年がきいた。

　ひとりがガラスをたたいた。それまでおとなしかった蛇が急に鎌首《かまくび》をもたげて頭の付け根を三角形に広げ、少年たちめがけて突進した。そしてガラスにぶつかる。少年たちはわっと飛びすさった。

「あっちへ行こう！」蛇に首があるのかどうか知りたがった少年が叫んだ。

「からかったりしないで静かに見ているだけなら大丈夫よ」カミールは少年たちのかたわらを通るときに言った。コブラは実に美しかった。彼女は少年たちのほうへ向きなおった。

「知っているかしら。伝説によれば、クレオパトラはいちじくの入った籠《かご》にコブラを忍ばせて持ってこさせたそうよ。自殺という形はとりたくなかったのね。コブラは王権の象徴なの。彼女はコブラに嚙《か》まれて死ねば不死の存在になれると信じていたんですって」

「本当に不死身になれるの？」少年のひとりが目を見開いて尋ねた。

「彼女は伝説になったわけだから、不死の存在になったといえるんじゃないかしら。でも、コブラに嚙まれたときは、きっと死んだんでしょうね」カミールはにっこりした。「博物館は静かに見学するところなの。ふざけたり工芸品を壊したりしてはだめよ」彼女は少年たちに背を向けて歩きかけたが、立ち止まって言い添えた。「それと、蛇にも首はあるわ」

「どこが首なの？」例の少年がきいた。

「頭の後ろよ」カミールはほほえんで答えた。

「だったら、体全部が首みたいだな」別の少年が眉根を寄せた。

「頭のすぐ後ろのところよ」カミールは言いなおした。

「この博物館にはほかにも蛇がいるの？」興味をそそられた少年がきいた。

「ううん、これだけ」カミールは答えた。「クレオパトラの展示が終わったら、このコブラもよそへ移されることになっているの」

「残念！　このなかで蛇がいちばんかっこいいのに」また別の少年が言った。

「この博物館にはもっといろいろなものがあるのよ。説明文を読んで、想像力を働かせるといいわ」カミールが助言した。

　少年たちは顔をしかめた。

「ぼくたちを案内してもらえないかな？」探究心旺盛な少年が頼んだ。「お願いします」

彼は急いでつけ加えた。

「それはできないの。仕事に戻らなければならないから」カミールは説明した。

「どんな仕事をしているの？」案内を頼んだ少年が尋ねた。

「ヒエログリフの解読よ」

「お墓に書かれている記号が読めるんだね？」蛇がいちばんかっこいいと言った少年でさえ興味を抱いたようだった。

　カミールはほほえんでうなずいた。「さあ、なかを見てまわって、それぞれの展示物についている説明文を読むといいわ。いろいろ空想してみると楽しいから。本当よ」

「ロゼッタ・ストーンを見に行こう」年上の少年が言った。

少年たちは離れていった。そのなかのひとりがカミールを畏敬《いけい》のまなざしで見て礼を述べたので、彼女は笑いかけて手を振った。

カミールはもう一度、蛇を振り返った。大勢の人間がコブラに噛まれて死んだのは知っている。だが、コブラは刺激されない限り、めったに人間を襲わない。見ているうちに、そのコブラがかわいそうになった。ガラスにぶつかったときは、さぞかし痛かっただろう。とはいえ……そこに自分とコブラとを隔てるガラスがなかったら、わたしはこの生き物に対してどう感じるかしら。

スターリング卿夫妻はどう感じたのだろう。彼らは自分たちに苦悶《くもん》の死をもたらした蛇を目にしたのかしら。そしてそれは、悲しい偶然の事故にすぎなかったのだろうか……それとも本当は殺人だったのか。だとしたらそれは、最も卑劣な殺人だ。

6

昨日はあれほどすんなり帰れたのに、とカミールは今さらながら不思議に感じた。今日の夕方は、みんなが彼女にぞろぞろつき添ってくる。いつもはさっさと帰ってしまうハンターがカミールの一方の側にいて、もう一方の側にはアレックスがいる。そして数歩後ろをサー・ジョンがついてくる。

彼らが通りへ出ると、ブライアンの大きな四輪馬車が待っていた。

「行ってはだめだ！」アレックスが最後の懇願とばかりにカミールに小声で言った。

「カミール……」ハンターがぎこちなくささやいた。それから彼はカミールの耳もとに口を寄せた。「ぼくはきみと結婚してもいい。本当だ」

「彼女を行かせてはだめです！」アレックスがサー・ジョンに大声で訴えた。「若い女性をひとりであんな……あんな獣のところへやるなんて」彼は力なく言い終えた。

「やれやれ」サー・ジョンがアレックスとハンターに向かって首を振った。「彼はカーライル伯爵なんだぞ。尊敬されている戦争の英雄で、かつては我々の友人だった男だ」彼は憤慨した口調でふたりに指摘した。

「ブライアンは戦争で負傷し、世の中に恨みを抱いている」ハンターが言った。「そんな男のところへカミールを行かせてはいけない」

「彼女は行かなければならん」サー・ジョンが反論した。

「自分のことは自分で決めます」カミールはきっぱりと言った。シェルビーが御者席からおりて、やさしい巨人のようにほほえんだ。それからお辞儀をし、彼女のために馬車の扉を開けた。

一瞬カミールは動揺した。たった今ハンター・マクドナルドから結婚してもいいと言われたのだ。その言葉を真に受けて、彼に結婚を迫ってやろうかしら、と心の片隅で思った。ハンターは魅力と名声と、そしてなにより女性を惹《ひ》きつける力を備えている。カミールもしばしば彼に魅了されることがあった。

でも、トリスタンがブライアンにつかまっている。伯爵は卑劣にもわたしを脅して利用しようとしているのだ。だが不思議なことに、彼の人間性と情熱には魅力を感じる。彼はわたしが若い女だからといって、ちやほやしたりはしない。怒っているときや策略をめぐらせているときでさえ率直さが感じられ、それがなによりも好ましい。だからだろうか、わたしはあの人のために真実を明らかにしてあげたい。たとえその結果、彼の両親の死はまったくの偶然によるものだった……あるいは何者かの邪悪な意思によるものだったと判明するとしても。

カミールはまわりの男性たちを見て言った。「皆さん、ありがとう。わたしの後見人がカーライル伯爵のお世話になっているんです。だから行かなければなりません」

馬車に乗りこんで博物館を離れるとき、同僚たちの言葉の奥に本当はどんな考えが隠されているのだろう、と彼女は首をかしげずにはいられなかった。

イーヴリンが入っていったとき、例によってブライアンは、母親が最後のエジプト旅行の際につけていた日記を丹念に読み返しているところだった。

「そんなことばかりしていたら、ほんとに頭がどうにかなってしまいますよ」彼女はやさしく注意した。

ブライアンは顔をあげてイーヴリンを見た。自分の私的な領域へ入る許可を彼女に与えたのか、それとも彼女が勝手に入ってきたのかわからないという表情だ。エージャックスが甘えた声を出してイーヴリンにしっぽを振った。いつものようにエージャックスは主人の足もとに寝そべってうとうとしながら、仕事に没頭しているときは身のまわりでなにが起ころうと気づかない主人に代わって世の中を見張っていた。

ブライアンはイーヴリンの言葉の意味を推し量るかのように彼女を見た。ここに〝客〟たちを泊めることになってから、彼は城のなかでも四六時中、仮面をつけるようにしていた。

ブライアンは首を振った。「あと少しなんだ。ぼくにはわかる。あと少しで手がかりが得られそうなんだ」

「そうね」イーヴリンが穏やかに言った。「でも、その日記はもう何百回もお読みになっているじゃありませんか」

ブライアンは眉をつりあげた。「きみの喜びそうなことを教えてやろう。今日、紳士クラブへ行ってウィンブリー卿《きょう》と一緒に昼食をとった。それと、今週末の資金集めのパーティーに出席する約束もしてきた」

「本当ですか?」

「ああ、本当だとも」ブライアンはじれったそうに答えた。「ミス・モンゴメリーを同伴することにした。それはそうと、あの女性には不可解なところがある。彼女の後見人は女王陛下のために戦ってナイト爵に叙せられたとはいえ、単なるこそ泥にすぎない。だとすれば、あれほどのエジプト学に関する知識を、彼女はいったいどこで身につけたのだろう?」

「それを調べる方法について、わたしに考えがあります」イーヴリンがささやいた。

「そうか。ぼくはさっそく部下に命じて彼女の過去を調べさせるつもりだ」ブライアンは言った。

「わたしのやり方のほうが簡単です」イーヴリンが言った。

「本当か？　よし、きみの考えを教えてくれ」

「ミス・モンゴメリーに直接きいてみるんです」イーヴリンは答えた。

ブライアンは悲しそうにほほえんだ。「なるほど。しかし、彼女がぼくに本当のことを話すだろうか？」

「まずそこから始めるんですよ」イーヴリンが言った。「まもなくシェルビーがミス・モンゴメリーを乗せて帰ってくるでしょう。ここで八時におふたりだけでディナーをとれるよう準備しておきます」

「彼女を無理やりここに引き止めることはできないよ」ブライアンは言った。

イーヴリンは笑みを浮かべた。「あら、でも、彼女の後見人は具合が悪いんですよ」

「彼は打ち身をつくっただけじゃなかったかな」

「打ち身がまだ痛むように、とり計らっておきました」

「まさか、彼に怪我《けが》をさせたのではないだろうね？」

イーヴリンは笑った。「いいえ。あの人とちょっと話しあっただけですよ」

ブライアンは彼女を見て首を振った。「まったくきみには驚かされるよ」

「あなたのお役に立とうと最善をつくしているだけです」イーヴリンはにこやかにほほえむと、真剣な顔になって続けた。「まじめな話、知りたいことがあったら、ミス・モンゴメリーに直接きいてごらんなさい。たぶん彼女は本当のことを話してくれるでしょう。嘘《うそ》をついても、調べればすぐにわかりますよ、きっと」

「おそらく。しかし……」

「しかし、なんです?」

「はじめて話をしたとき、彼女は必死で真実を隠そうとしていた。ぼくが普段そうしている以上にね」

「あなたに対する陰謀にミス・モンゴメリーが加担しているなどと、本気で考えているんじゃないでしょうね?」イーヴリンが言った。

「ぼくにわかっているのは、誰も彼もが芝居を演じているように見えるということだけだ。それに、あのミス・モンゴメリーには絶対になにか秘密がある」


ドアを開けたカミールは低いうめき声を聞いた。胸が恐怖で満たされる。

「トリスタン?」

「カミー、おまえなのか?」

彼の声はかすれていて弱々しかった。カミールはベッドへ駆け寄ってトリスタンのかたわらに座り、気づかわしげに彼を見おろした。「大丈夫?」彼女は尋ねた。

「おまえの顔を見てすっかり元気になった」言葉とは裏腹に、トリスタンは話すのもつらそうに顔をしかめた。

「どこが痛いの？　ひょっとしたら骨が折れているのかもしれないわ。ここから出て入院しなくては」カミールは心配になって言った。

「いいや、だめだ」トリスタンは彼女の手を握った。いかにも苦しそうで、体が弱っているように見えるのに、握力は驚くほど強い。「骨はどこも折れていない。それはわかっている。体を動かしても、どこかがものすごく痛むわけじゃないからな。ああ、ただちょっと苦しいだけなんだ。わかったね？」

カミールは体を起こしてトリスタンを見つめた。心配したほうがいいのか、怒ったほうがいいのかわからなかった。彼女は空いているほうの手を彼の額に置いた。「熱はなさそうね」

「そうだろう？　ただちょっと……弱っているんだ。それと打ったところがずきずきする。もう少しこのまま寝ていたら、よくなるだろう」トリスタンはカミールに弱々しくほほえみかけた。「命にかかわるような怪我ではない。ほんとだよ」

「でも、命にかかわっていたかもしれないわ」彼女はとがめた。「ここを出たら、いやというほどおしおきをしてあげますからね」

「やめてくれ――」

「あなたのせいでわたしは仕事を失うところだったのよ」

「若い娘は仕事なんかするものじゃない」トリスタンは哀れっぽい口調で言った。

カミールはため息をついた。「ひとつだけ約束してくれたら、許してあげてもいいわ」

「どんな約束だ？」

「もう二度とこんな愚かなまねはしないという約束よ。この城の主人は怪物だわ。あなたを縛り首にはできなくても、一生、監獄へ閉じこめておくことくらいはさせるかもしれない」カミールは警告した。

「そうは言うが……あの男はなにも失ってはいない」

「そして、これからもなにひとつ失う気はないの。あの人が正気なのかどうか、わたしには確信が持てないわ」

突然トリスタンの体に新しい力がみなぎったようだった。上半身を起こして思いきり顔をしかめる。「いいかい、あの男がおまえに指一本でもふれたら――」

「トリスタン！　そんなことが起きるはずないわ。ただ……いいえ、気にしないで。あなたも知ってのとおり、カーライル伯爵のご両親が古代エジプトに深い関心を寄せていた関係で、彼には大英博物館とのつながりがあるの。そして両親は殺されたんだと、彼は思いこんでいるのよ」

トリスタンは眉をひそめた。「伯爵の両親はエジプトコブラに嚙《か》まれて死んだんじゃないのか？　てっきりそうだと思っていたが」

「ええ。でも、彼にはその事実が受け入れられないみたい。それが事実としての話だけれど」

「どういう意味だ?」トリスタンがきいた。

カミールはふいにしゃべりすぎた気がして、トリスタンの肩に両手を置いた。「気にしないでちょうだい。早くよくなってね。わたしは本気で怒っているのよ。まったくあなたという人は、どうしてこんなまねをしでかしたのかしら」

「すまないと思っているよ。だが、わたしにはおまえたちを扶養する義務があるんだ。おまえのような若い娘が生活のために外へ働きに出なければならないなんて……こんな惨めなことはない!」

「わたしは好きで働いているのよ。今の仕事がとても気に入っているわ。ちっとも惨めなんかじゃない。わたしが幼くてまだ働けなかったときは、あなたに面倒を見てもらったわ。でも、これからはわたしがあなたの面倒を見るつもりよ。わたしを養わなければならない義務があるなどともう考えないで。わたしを助ける必要はないの、わかった? あなたのしていることは少しも助けになっていないのよ」

「まいったな」トリスタンはつぶやいた。「これでもかなり腕のいい泥棒なんだが」

「トリスタン! 今、ここで、わたしに誓ってちょうだい。今後は二度と人様のものを盗むようなことはしませんって」

「おいおい、カミー……」

「トリスタン！」

彼はすねた子供のようにベッドの上で仰向けになった。「わたしは腕がいいんだ」

「トリスタン！」

「なあ、これまでたいした不自由もなく暮らしてこられたのは、わたしが稼いできた金のおかげじゃないか」

「これからはもうそんなことをする必要はないの。いいわね、わたしたちはもうあなたが稼いできたお金に頼って生活する必要はないのよ。だから誓ってちょうだい。二度とこういう愚かな犯罪には手を出さないって」

トリスタンは口のなかでもごもごとなにか言った。

「誓って！」カミールは迫った。

トリスタンは彼女を見あげた。「わかった、誓うよ。二度と今回みたいな愚かな犯罪には手を染めません。さあ、これで満足かい？」

カミールは首をかしげた。「まだ充分じゃないわ」

「なんだって？」

「あなたはきっとまた別の愚かなことをしでかして、今回のこととは違うと言い張るに決まっているもの。わたしの言いたいこと、わかるわよね。さあ、こう誓うのよ。今後は二度と盗みや詐欺などの犯罪行為に手を出しません。それから、いっさいの違法行為を働きません」

「カミール」トリスタンが怒って抗議した。

「さあ！」カミールは厳しい声で促した。

トリスタンは枕《まくら》に寄りかかって胸の上で両腕を交差させ、彼女の言葉を繰り返した。疲れ果てた様子で、むくれた子供のようだった。「おまえは仕事なんかすべきじゃないのに」彼はため息まじりに繰り返した。「立派な男を見つけて結婚しなくちゃいけない。気楽で豊かな生活をさせてくれる男と」

「気楽で豊かな生活なんか望んでいないわ」カミールは穏やかに主張した。「わたしはあなたやラルフのことが大好きなの。あなたたちの面倒が見られるなら、それで幸せ……」

カミールはまずいことを言ったのに気づいて顔をしかめた。トリスタンにだって自尊心はある。だからこそ彼は、カミールがまじめに働いて得た金で面倒を見てもらうよりも、自分が泥棒をしてでも彼女の面倒を見るほうを選んだのだ。

「カミール！」トリスタンが憤然として言った。「若い娘が男を養うなんて間違っているんだ」

「わたしたちは暗黒時代に生きているんじゃないのよ。知っているでしょう？」彼女は反論した。「あなたのおかげで、わたしは学問がますます好きになったし――」

ドアをノックする音が聞こえたので、カミールは口をつぐんだ。返事を待たずに、イーヴリン・プライアーがドアを開けた。「ミス・モンゴメリー、お帰りになっていたのね」彼女は愛想よく言った。

カミールは身をこわばらせた。「ええ。シェルビーが城の入口まで送ってくれました。それで、すぐにトリスタンの様子を見に来たのです」

「そうだったの」イーヴリンは言った。「正餐室《せいさん》で伯爵がお待ちになっているわ。そちらにディナーが用意できているの」

カミールはにこやかにほほえんだ。「トリスタンと静かに夕食をとるつもりです。伯爵のご厚意に甘えてばかりいては申し訳ありませんもの」

「あら、でも伯爵はあなたをお待ちになっているのよ」

「わたしはもう夕食をすませたよ」トリスタンがカミールに言った。

カミールは彼を見て顔をしかめた。「わたしたちは図らずもここに泊まらせてもらっているだけなのよ」彼女はトリスタンに言い聞かせた。

「ミス・モンゴメリー、なんとかお願いできないかしら……」イーヴリンが食いさがった。

カミールは深呼吸をしてトリスタンを見つめた。

彼はにこっと笑った。「行かなくてはだめだ、カミー。カーライル伯爵がそうおっしゃっているのだから」

カミールは無理にほほえんで立ちあがった。「ここにいても本当に大丈夫なのね？　病院へ入らなければならないほどひどい怪我ではないのね？」

トリスタンが部屋の反対側にいるイーヴリンにちらりと不安そうな視線を投げかけたように、カミールは感じた。

「カミー、大丈夫だ。病院へ行く必要なんか全然ないよ。ここで休んでいれば、すぐに怪我も治って体力も戻るだろう」

カミールはぱっとイーヴリンを振り返った。メイドがこっそりトリスタンに警告の合図を送った様子はない。ただ礼儀正しくカミールを待っているだけのように見えた。

「お食事をいただきます」カミールは小声で言った。そしてトリスタンの額にキスをし、イーヴリンについて部屋を出た。

「あの人はずいぶん元気になったように見えるわ」イーヴリンはそう言って、心からほっとしているような笑みを浮かべた。

「ええ」カミールは同意した。今日という日がうんざりするほど長くてつらい一日に思え、心身ともに疲れているのを感じた。そのせいだろう、ずうずうしくも自分の目的のために彼女を利用しているブライアンと夜を過ごすのは気が進まない。

どうやらイーヴリンはカミールがおしゃべりをする気分ではないのを察したらしく、話しかけてこなかった。ふたりは黙ったまま長い廊下を正餐室へ向かった。

昨晩と同じようにブライアン・スターリングは窓辺に立って背中で両手を握りあわせ、夜の光景を眺めていた。

暖炉の前にエージャックスが寝そべっていた。けれども昨晩と違って犬はカミールを歓迎するような低い声をもらし、しっぽで床をたたいた。犬は起きあがらなかった。主人に命令されない限り、彼女のそばへ行ってはいけないことをわきまえているのだろう。

「ミス・モンゴメリーをお連れしました、伯爵」イーヴリンがささやいた。

向きを変えて部屋を出ていこうとした彼女を、ブライアンは振り返って呼び止めた。

「イーヴリン！」

彼女は引き返して指示を待った。

ブライアンはカミールのほうを向き、彼女を頭のてっぺんから爪先まで値踏みするようにしげしげと見た。彼の青い目が今夜は緑色を帯びている。

「ミス・モンゴメリーにふさわしい服を探さなければならないな」ブライアンはようやく言った。

「きっと彼女に合う服がどこかにあるでしょう」イーヴリンが応じた。「さっそく探してみます」

ブライアンは手を振って否定した。「仕事用の服だったら、探せば彼女に合うものが見つかるだろう。しかし、ぼくと一緒に資金集めのパーティーに出席するとなれば、それなりの格好をしてもらわなければならない」

「ミス・モンゴメリーはとてもほっそりしていますね」イーヴリンが考えこみながら言った。

カミールは頰が赤くなるのを感じた。なんて失礼なのかしら。たとえブライアンが伯爵であろうと、皇太子であろうと、こんな扱いをされて黙ってはいられない。

「あの、すみませんが、わたしはここにいるんですよ」カミールはふたりに教えた。「それに、勝手にわたしの服の相談をなさっていますけど、家へ戻らせていただけるなら、自分にふさわしい服をとってきます」

「きみがそこにいることはわかっているよ。気にさわったのなら許してもらいたい」ブライアンは謝った。だがカミールの目には明らかだった。この人は許してもらいたいなどとはこれっぽっちも思っていないのだわ。「残念ながら、きみを家へ帰す時間はとれそうにないのでね。日にちは迫っているが、あの姉妹ならミス・モンゴメリーにぴったりの立派な服を用意できるに違いない」彼は言った。「イーヴリン、すまないが明日の夕方ここへ帰ってくる前に、ミス・モンゴメリーを森のなかのコテージへ連れていくよう、シェルビーに伝えてくれないか?」

「シェルビーにわたしを家へ送り届けるよう命じていただけませんか?」カミールは頼んだ。「お願いします、ミセス・プライアー。シェルビーにわたしの家へ寄るように頼んでください」

「ミス・モンゴメリー、知っていると思うが、今度のパーティーはとても盛大な催しだ。きみにはそれにふさわしい服装をしてもらいたいんだ」

「スターリング卿――」

「きみの後見人の具合はどうかね？　ここへ来る前に会ってきたのだろう？」ブライアンは愉快そうに尋ねた。

カミールは歯噛みした。「元気そうでした」冷ややかに答える。

「シェルビーを捜してきます」イーヴリンはそう言い置いて部屋から出ていった。

はらわたが煮えくり返る思いで、カミールはその場に立ったままブライアンを見つめていた。

「空腹なのでは？」彼は快活な口調で尋ねた。

「あなたって本当に怪物ですわね。顔につけている仮面とは関係なしに」カミールは言った。

「それはそれとして、ディナーの準備ができているよ」ブライアンは真っ白なクロスがかけられたテーブルを指さした。銀製の覆いをかぶせた皿がのっている。「ぼくが怪物であろうとなかろうと、人は食べずに生きてはいけない。ところで教えてくれないか。ぼくを怪物呼ばわりするのは、きみに立派なドレスを着せたがっているからかい？」

「施しを受ける気はありません」

「しかし、きみの後見人はどうかな……他人のものを平気で盗むような男だから」

「トリスタンが盗みを働いている現場を押さえたんですか？」カミールは食ってかかった。

「盗んだ品を手にしていたとでも？」

「そうではないが」

「だったら、どうして単に塀から落ちたのではないとわかるんです？　彼はただ興味を覚えてあなたの城をのぞこうとしただけかもしれないのに」

「きみとぼくの両方を侮辱するような発言は慎みたまえ」

「お言葉ですけど、あなたは平気でわたしを侮辱するじゃありませんか」

「侮辱なんかしたかね？　ぼくはきみをパーティーに誘った。ドレスはきみのためではなくて、ぼくのためだ。だから施しとは違う」

カミールは怒りの声をあげたものの、少なくともディナーだけは食べておこうと思いなおした。そしてテーブルへ歩いていった。

ブライアンはすばやくテーブルに歩み寄ってカミールのために椅子を引いた。彼女が黙って椅子に座ると、彼は椅子を押しこんでテーブルの反対側へまわった。

ブライアンはカミールのグラスに赤ワインを注《つ》ぎ、皿にかぶせてある銀製の覆いをとった。今晩の料理は、こんがりと焼かれたラム肉にえんどう豆と、とれたてのじゃがいもだった。においをかいだとたん、カミールは自分が空腹だったことに気づいた。

ブライアンは覆いを脇《わき》へ置き、彼女に向かってグラスを掲げた。「頼むよ。博物館のためなんだ」

「じゃあ、あなたが急に博物館への関心をとり戻したのは本当だとおっしゃるの?」カミールはおもしろがっているかのように尋ね、グラスを手にしてワインをひと口すすった。

「ぼくは博物館への関心を失ったことはない。ただの一度も」

「博物館に情熱を傾けている人たちを、あなたはばかにしているとしか思えないわ」

「博物館に情熱を傾けている人たちね」ブライアンはグラスのなかのワインをまわし、それを見つめながら考えこむように言うと、視線をカミールに据えた。「今日、彼らはどんなふうだった? 非難や噂《うわさ》をする声が、表の通りにいるぼくのところにまで聞こえてくるような気がしたよ」

「あなたはなにを期待していたんです?」カミールは尋ねた。

「ああ!」ブライアンは目を大きく見開いた。「もちろん博物館の職員たちが大慌てすることをさ。うぶな若い娘であるきみは、みんなからかわいがられ、ちやほやされている。きみを守ろうとしている者さえいる。彼らはきみのことをいつまでも、からかったりふざけあったりできる仲間のひとりにしておきたいんだ。そこへ狼《おおかみ》が、称号と大金を持ちあわせている獣が踏みこんできた。どんな騒ぎが巻き起こったか想像がつくよ。善良なサー・ジョンは、衝突が起こらないで万事順調に運ぶことを願っているだろう。彼はきみがどうやってぼくの興味を引いたのだろうと不思議でならず、きみへの見方を一変させた。当然ながら、サー・ジョンは自分の部下が若くて美しい女性であることはわかっているが……まあ、若ければ、たいていは美しいからね。とはいえ、それでぼくを喜ばせることができるなら、彼としては満足だろう。サー・ジョンは、いったいきみのなにがぼくを魅了するのか知りたいと思っている一方で、この幸運にけちをつけるようなことはしたくないと考えている」

「あなたのお世辞に舞いあがってしまいそうだわ」カミールは皮肉った。

「悪気はまったくないんだ。ぼくが去ったあとになにが起こったのかを、想像できる範囲で話しているだけさ。ぼくがきみをパーティーに同伴すると言っても、ウィンブリー卿は異議を唱えたりしないだろう。貴族たちの多くは、ぼくには妻が必要だが、ふさわしい階級の女性を相手に選ぶべきだと考えている。しかも彼らは、たとえ仮面をつけていても、ぼくほどの財産と称号があれば、上流階級の美しい女性をいくらでも手に入れることができると思っているんだ。それからあのアレックス。彼は卑しい生まれであることを自覚しているのに、自分こそきみにふさわしいと思いこんでいる。きみをしつこく説得することはなくても、ぼくの登場にひどく動揺しているだろう。そして最後になったが、あのハンター。彼はきみがぼくの城に泊まっていることを知って驚き慌てたに違いない。自分も即刻なにかしなければならないと考えたはずだ。ひょっとしたらきみにプロポーズさえしたんじゃないか？　ぼくから引き離すために」

　ブライアンが再び現れ、カミールとの一件について話したことで、ほかの人たちがどんな反応を示したのかを、彼は正確に言いあてていた。カミールはびっくりしたが、それを表情に出さないよう懸命に冷静さを保った。

「わたしはハンターとは結婚しません」彼女はまばたきもせずに言った。

「ほほう。するとやはり彼はプロポーズをしたのか」

「そんなことは言っていません。ハンターとは結婚しないと言ったんです」

「ふうむ。どうして結婚しないんだ？　あの男はハンサムで魅力的だ。体格もいいし、なかなか勇敢だから、一見、男のなかの男、いっぱしの冒険家に見える。育ちのいい若い女性なら、まいってしまうのではないのかな」

「彼をばかにしているのですか？」

「まさか、違うよ。ハンターのような男にきみが惹かれない理由に興味があるだけさ。もっとも、きみは彼に惹かれないとはひとことも言っていない。ただ、彼とは結婚しないと言っただけだ」

「なにをおっしゃりたいの？」

「別になにも。きみが言いもしないのに言ったことにはしたくないんだ。即座に間違いだと指摘されるからね」

「まあ、含みのある言い方をなさるのね。最低だわ」

「ところで、あの男とベッドをともにしようと考えたことはあるのかい？」ブライアンはぬけぬけと尋ねた。

カミールはグラスのなかの高級ワインを彼の顔にかけてやりたかったが、なんとかこらえた。

「失礼ね」彼女はこれ以上ないほど冷ややかな声で言った。「あなたに関係ないでしょう」

「すまなかった。しかし現時点では、きみの生活のすべてがぼくにかかわりがあるのでね」

「そんなことはありません」

仮面の下の顔がゆっくりほほえんだのを見たカミールは、体に奇妙な戦慄《せんりつ》が走るのを感じた。この人は無礼きわまりない粗野な男性だ。でも……ブライアンに対して怒りを覚えるにもかかわらず、彼と一緒にいるとなぜか動悸《どうき》が激しくなる。彼の目、その余裕たっぷりの笑顔。両親の死に対する復讐《ふくしゅう》の念にとりつかれる前は、どのような人間だったのかしら。

「ぼくはカーライル伯爵だ」ブライアンはカミールに念を押した。「そして今度のパーティーにきみを同伴する。みんなの注目の的になって、盛んに噂されるだろう。だから、ばかな男に見えるのは困るんだよ」

「それなら、わたしを同伴するとみんなの前で発表する前に、よく考えるべきだったんです」

「しかし、きみは同意していた」

「同意なんかしていません。あなたに脅されているんです」

「ぼくはきみの助けになってやっている。きみだってぼくの助けになってくれてもよさそうなものだ」

「つまり、トリスタンを告訴しないでやっていると言いたいんですか？　考えてもみてください、法廷は彼を有罪にしないかもしれないんですよ」

「そうは思えないね。きみだってぼくと同じ考えのはずだ」ブライアンはあっさりと言った。

カミールは居住まいを正して腕組みをし、気品があり、かつ軽蔑《けいべつ》のこもった表情をつくろうとした。「あなたがこのお芝居を考えついたのね」

「だが、今はまだ女優の値打ちを見定めているところだ」

「あなたは出会う人すべての値打ちを見定めるのでしょう。今日、博物館で会った紳士方のことも、きっと値踏みしていたんだわ」

突然ブライアンが予期せぬ質問をぶつけてきた。「なあ、本当のことを話してくれ。きみは歴史やエジプト学に関する知識をどうやって身につけたんだ？　ヒエログリフの読み方をどこで覚えた？」

カミールは驚きのあまり、しばらくは呼吸することもできなかった。やがて簡単に答えた。「母のおかげです」

ブライアンは眉根を寄せて椅子に深く座りなおした。「お母さんの？」

「わたしが子供だったころ、母が毎日のように大英博物館に連れていってくれました」

「それであそこで働くようになったのか？　お母さんはサー・ジョンと知りあいだったとか？」

そうきかれて、カミールは目を伏せた。「もうこんな取り調べみたいなことは我慢できないわ」

「だったら、話してしまいたまえ。そして終わりにしよう」

「あなたはわたしとハンター・マクドナルドの関係が気になって仕方ないのでしょう？　はっきり言っておきます、わたしたちのあいだにはなにもありません」

「そんなことはとっくに知っていたよ」ブライアンは言った。

カミールは愕然《がくぜん》とした。この人はわたしをもてあそんでいるのだ。そう思うとふいに怒りがわきあがり、彼が知りたがっている真実をなにもかも洗いざらいぶちまける気になった。「ハンターとわたしの関係など気にしていないとおっしゃるのね。わたしについて本当のことを知りたいですって？　いいですとも、話してあげましょう。わたしの母はイーストエンドの売春婦でした。あら、最初からそうだったんじゃありませんよ。もっとも、なかには生まれついての売春婦もいますけど。母はヨークの英国国教会の聖職者の七番目の子供だったんです。だから、きちんとした教育を受けていました。聞いたところでは、わたしの父は貴族のなかでもそうとう高い地位にある人物だったようですが、今のような啓蒙《けいもう》思想の時代であっても、わたしが私生児である事実を変えられはしません。捨てられることを悟った母は、高等教育を受けていればそれなりの仕事につけるのではないかと考えて、ロンドンへ出てきました。でも、幼い子供を抱えていたのでは、きちんとした働き口を見つけられなかったのです。そのため母は悲惨な生活を強いられましたが、わたしにはなんとかもっといい暮らしをさせたがっていました」

カミールはしばらく話すのをやめ、母親が惨めな職業へ身を落とすにあたって抱いたに違いない絶望的な気持ちを思いやった。そして自分だったら家族のためにどこまでやれるだろうかと考えた。

「母は自分が売春婦をして生計を立てていることを、わたしにできるだけ感じさせないようにしていました。昼間はわたしに勉強を教え、本を読み、歌を歌い、わたしをあちこちの博物館へ連れていきました。わたしたちはよくヴィクトリア・アンド・アルバート博物館で何時間も過ごしては、歴史や言語を……そして古代エジプトのことを勉強したものです。母が本を読むあいだ、わたしも飽きることを知らずに読みました。今持っている知識のほとんどは独学で得たものです。ばかな男に見られたくないですって？　いいですか、わたしなんかとパーティーに出てごらんなさい。きっと誰かが真実をかぎつけます。その仮面の下にあるのがまともな頭なら、こんな茶番劇は今すぐやめるべきです。少しでも哀れみの心が残っているのなら、今すぐ復讐心をぬぐい去って、わたしが仕事を失わずにすむようにしてください」

夢中になって話しているうちに、いつしかカミールは立ちあがってテーブルに両手を突き、ブライアンのほうへ身を乗りだしていた。体がわなわなと震え、声は怒鳴り声に近かった。怒りにわれを忘れていた彼女は、言いたいことを全部口に出したあとでようやく、彼にけしかけられるままにしゃべりまくったことを後悔し始めた。

だが、ブライアンはカミールの剣幕にたじろいだ様子はなく、彼女を見つめているだけだった。またもや彼女は仮面の下の顔がかすかにほほえんだのを見て驚いた。彼の目にはきらきらした愉快そうな光ばかりか、賛嘆の色さえ浮かんでいる。

カミールはテーブルから手を離して後ずさりした。「なんとかおっしゃったらどう？」

彼女はささやいた。

「きみは独学でヒエログリフを習得したのか？」ブライアンがきいた。

「わたしの話を聞いていなかったんですか？」カミールは激高して叫んだ。

「ひとこともらさずに聞いていたよ。驚いたんだ。ヒエログリフを独学でものにできたなんて。本当なのだろうね？」

カミールは怒りの持って行き場に困って両手をあげた。「あなたは肝心な点が理解できていないわ、ばかな人！」大声でののしる。「わたしの母は売春婦だったのよ。誰かが詮《せん》索《さく》したら、必ずその事実が表沙汰《おもてざた》になるわ」

「お母さんは驚くべき女性だったに違いない」ブライアンがつぶやいた。

開いた口がふさがらないとはこのことだ。「こんなばかげたことはやめるべきだと、わたしは口が酸っぱくなるほど言いませんでした？」

それを聞いてブライアンも立ちあがった。カミールはまたもや彼の背の高さとたくましい体を意識せずにはいられなかった。圧倒されまいと気持ちを奮い立たせたが、意志に反して一歩後ずさりしてしまった。

「今後は二度とぼくをばか呼ばわりしないでもらいたい」ブライアンは冷たく言い放った。「二度とだ！」彼は腕をさっとあげてテーブルを示した。「きみをひとりにしてあげよう。きみは空腹に違いないが、ぼくみたいな獣がいたのでは食事が喉を通らないようだから」

彼は向きを変えて出口のほうへ歩いていった。

「待って！」カミールは思わず叫んだ。

ブライアンが振り返って、鋭く青い目で射るように彼女を見た。目には怒りがこもっている。

「今度はなんだね？」

「あなたが話せとおっしゃったのよ。だったら最後まで話させてください。わたしはトリスタン・モンゴメリーのためならなんでもするつもりでいます。彼はなんの代償も求めずにわたしを救い、これまでの長い年月、わたしに最上のものを与えようと精いっぱい努力してくれた。だから、あなたのお芝居に協力してもかまいません。あなたの気に入るように最善をつくしましょう。あなたの望むとおりに振る舞い、あなたが望む場所へついていきます。でも、容貌《ようぼう》のせいで性格まで獣じみてしまった人間みたいな態度をとるなら、二度とこの城であなたと一緒に食事をしません。それに、あなたが獣と呼ばれるのは、その容貌のせいではありません」

「ご高説をありがとう」ブライアンはそう言ったが、カミールには彼の気持ちが読めなかった。

「あなたを恐ろしい獣にしているのは、人を疑わずにはいられない心と冷酷な言動なんです。とにかくわたしに協力してほしいなら、わたしのことであてこすりを言ったり疑うような言葉を口にしたりするのは、やめてください」

　ブライアンが大股でカミールのほうへ歩いてきた。彼女はまた後ずさりしそうになった。言いすぎて怒らせてしまったのだ。紳士的な振る舞いの下に隠されていた暴力が今こそ表に出てきて、わたしに対して振るわれるだろう。その暴力は、普段はなんとか抑えつけられているものの、電流のように絶えず彼の深部を流れているのだ。

ブライアンは腕組みをしてカミールの周囲を歩き、一周し終えると言った。「座ってくれ。お願いだ」

カミールは座った。彼に言われたからではない。膝ががくがくして立っていられそうになかったからだ。

ブライアンは身をかがめてカミールの両側に手を突いた。石鹸《せっけん》とオーデコロンのいい香り、それから革と上質のパイプたばこのにおいがかすかに漂ってくる。彼の青い瞳が鋭い光を放っていることに、そして彼の内側で情熱がたぎっていることに彼女は気づいた。

「なんなの？」カミールは息を殺してなんとか言った。

「ぼくには名前がある」

「カーライル伯スターリング卿でしょう」

「ブライアンだ。これからはその名前で呼んでもらいたい」

カミールはぐっとつばをのみこんだ。「喜んでそうするわ。もしも……」

「もしも？　まだ条件があるのかい？　いったいどっちが脅しているんだ？」

「そういう卑劣な態度は今すぐやめて！」

一瞬ふたりの顔がふれそうなほど近づいた。恐ろしいことに、カミールは体を火照らせて顔を赤く染め、うっとりした気分になっていた。やがてブライアンが身を引いた。

「きみの料理が冷めてしまうよ」彼は言った。

「あなたのお料理も冷めてしまうわ」

「きみがゆっくり食べられるように、ぼくは席を外すとしよう」

「あなたがディナーに誘ったのよ。わたしを残して行ってしまうのは失礼というものだわ」

ブライアンは声をあげて笑い、テーブルをまわっていって椅子に座った。けれどもすぐにはフォークをとりあげないで、彼女を見つめていた。「ラムをどうぞ」彼はすすめた。

「あなたが召しあがったら、わたしもいただきます」カミールは言った。

「言っておくが、生まれを恥じる必要はまったくないんだよ。親の罪が子にまで振りかかることはないんだから」

カミールは唇を噛んだ。「母が罪を犯したとは思っていないわ」彼女は小声で言った。

「母はただ……あまりにも深く、あまりにも無分別に愛していただけ」

「そうか。どうやらきみの父親はろくでなしだったようだね」

「あら」カミールは言った。「その点では意見が一致するみたい」

ブライアンは彼女の手に自分の手を重ねた。その手は不思議なほど温かく感じられた。

「繰り返すが、恥じることはなにもないんだよ」

カミールは彼の言葉や、手のぬくもりと力強さに驚くほど心を動かされた。「でも、世間の人たちはそういうふうには見てくれないでしょう。もちろん、あなたはそんなこと、とっくにわかっているわよね。それから、よく覚えておいてちょうだい。あなたのせいで、わたしは生活の糧を失うかもしれないのよ」

「仮にそんなことになったら、ぼくが年金を払ってあげよう」

「わたしは自分の仕事に情熱を持っているの」

「ぼくはあの博物館に対して大きな影響力を持っているんだよ」ブライアンは繰り返した。

カミールは目を伏せた。ブライアンの手は今も彼女の手に重ねられている。おかしなことに、カミールは彼の手を自分の顔に引き寄せて、てのひらを頬へ押しあてたい誘惑に駆られた。実際、彼女の心臓は早鐘のように打っていた。顔の火照りが胸や手足にまで広がっていく。

カミールは怖くなって手を引っこめた。向かい側の男性ではなく、彼に対する自分の反応に恐れを抱いたのだ。

「申し訳ないけど、とても疲れているの。ごめんなさい……もう引きとらせていただくわ」

「きみの部屋まで案内するよ」

「ひとりで戻れるんじゃないかしら」

やさしい一面を垣間見せていたはずの男性が豹変《ひょうへん》した。「きみを送っていく」ぴしゃりと言うと戸口へ歩いていって、彼女のためにドアを開けた。

カミールはブライアンの存在を強烈に意識しながらその前を通り過ぎた。彼の息づかいや鼓動の音が聞こえたような気さえした。そして再び、今にも爆発しそうな緊張と暴力が彼の内部にひそんでいるのを感じた。

カミールが廊下に出ると、ブライアンがあとに従い、やがて彼女の前を歩きだした。エージャックスが起きあがってついてくる。奇妙なことに、犬は主人のそばへ駆けつけようとはせず、カミールの横にぴったりくっついていた。

彼らは長い廊下を歩いて、ようやくカミールの部屋の前まで来た。ブライアンが彼女のためにドアを開けた。

「ありがとう」カミールはぎこちない口調で言った。

「かまわないさ」

「ほんとにひとりで戻れたのに」

「いいや」彼が険しい声で言った。「それと、夜中に廊下をうろついてはいけない。わかったね？　絶対にだ」

「おやすみなさい、ブライアン」

「おやすみ。エージャックス！」彼に名前を呼ばれた犬は、従順にもカミールより先に室内へ駆けこんだ。ブライアンは青く燃える目で室内を一瞥《いちべつ》してからドアを閉めた。

廊下を歩み去る彼の足音がカミールの耳に届いた。そのとき彼女はふと、長い距離を歩いてきたように感じたけれど、正餐室とこの部屋は、実際には壁ひとつ隔てているだけなのではないだろうかと思った。

7

サンルームへ入っていったブライアンは、カミール・モンゴメリーが濃い青の服を着ているのを見た。彼女が職場へ着ていくのにふさわしい服を、イーヴリンがどこかから探しだしたのだろう。

「よく似合っているよ」ブライアンは言った。

そのほめ言葉に、カミールの美しいはしばみ色の目がきらりと輝いた。「気に入っていただけてよかったわ。着替えをしに家へ帰りたくても、そうさせてもらえそうにないもの」

もちろんカミールは少しも喜んではいない。しかし今朝のブライアンには、彼女と口論する気はなかった。自分でコーヒーを注《つ》ぎながら彼は思った。カミールは自分がどれほど魅力的か、気づいているのだろうか？　完璧《かんぺき》に整った容貌《ようぼう》だけでも人目を引くのに充分なうえ、つやつやした豊かな髪の美しさときたら。体はほっそりしているが、つくべきところには肉がついている。くびれた腰、華奢《きやしや》なヒップ、きれいな胸。けれども彼女が発している魅力は、単にそうした外見によるものだけではなかった。彼女の立ち居振る舞いや表情のひとつひとつ、彼のような男にも威圧されまいとする決然たる態度が人を惹《ひ》きつけるのだ。きらきらと輝く彼女の目には鋭い知性と誇りが宿っていた。

ブライアンは、サンルーム内を歩くときもカミールから一定の距離をとっていた。そう、彼はききたかったことを質問した。それに対してカミールが激しい怒りと情熱をこめて答えた言葉を疑ってはいない。この件にカミールを引きずりこんだのは彼だ。状況から見て、彼女は信用できそうだ。だが、これまでのところブライアンはカミールを信じることをためらっていた。さらにいうなら、彼の五感を容赦なくいたぶり始めている彼女の魅力に心惹かれまいと用心していた。

ブライアンはコーヒーカップを置き、ぐっと顎を引きしめて決意を固めた。「午後四時にシェルビーが博物館へきみを迎えに行く」

「四時に帰るなんて無理だわ」

「いや、帰れるさ。サー・ジョンが許可してくれるだろう。例の姉妹はものすごく腕がいいとはいえ、夜会服をつくるとなるとさすがに数日はかかるからね」

カミールは必死に冷静さを保とうとしているようだった。「まったくばかげているとしか思えないわ。あなたはご両親を殺した犯人を見つけようとしている。それが正当なことかどうか、わたしにはわからないけれど、いつかこのお芝居は終わりになる。そのとき、わたしは失業していたくないの」

「ぼくを信じたまえ。サー・ジョン宛《あて》に手紙を書いて、それをシェルビーに渡しておいた。早退の許可がきっと出るだろう」

「ブライアン……」

彼はサンルームを出ようと体の向きを変えた。今日はしなければならない仕事が山ほどある。カミールはいろいろな意味で、とげのある薔薇《ばら》のようにこちらの心をさいなんだ。

「それじゃ、夕方また会おう。いつものように正餐《せいさん》室でディナーを一緒にとるからね。博物館での出来事に関するきみの報告を心待ちにしているよ」

カミールがいらいらと立ちあがって呼び止めた。「博物館での出来事ですって？　わたしは今日もエプロンをして古代遺物に関する仕事をするだけよ。博物館でのわたしにかかわる出来事については、もう話したわ」

ブライアンは足を止めて振り返った。「いいや。きみはもっと鋭い観察眼と優秀な頭脳を持っているはずだ」

彼はカミールに答える暇を与えないですたすたと戸口へ向かった。

午前中、カミールはなかなか仕事に集中できなかった。

視線をレリーフに向けてはいても、いつしか目の前のヒエログリフがぼやけてしまう。

原文を一字一句正確には解読できなかったけれど、そこに書かれているのは、墓を暴いて死者を冒涜《ぼうとく》した者たちは本人ばかりかその子孫にも呪《のろ》いが降りかかるという警告のようだった。もっとも、それは驚くほどのことではない。すでにカーライル城の〝獣〟は呪われているという噂《うわさ》が流布しているくらいなのだ。

ひと休みしたくなったカミールは、狭い仕事部屋を出てサー・ジョンの机のほうを見やった。お茶を飲みにちょっと外へ出させてくださいと頼むつもりだったが、サー・ジョンはいなかった。

カミールはそわそわと執務室内を歩きまわってからサー・ジョンの椅子に座った。彼の机のいちばん上の引きだしが半開きになっていたので閉めようとしたところ、なにかがつかえていて動かなかった。彼女は悪戦苦闘したあげく引きだしを大きく開けた。そして、きちんと閉めようとして手を止めた。ペンや鉛筆などの文房具の上にのっている新聞の切り抜きに目が留まったのだ。

一年ほど前の『タイムズ』紙の第一面だ。見出しは非常に刺激的だった。

〝墓の呪いがロンドンの貴族の命を奪う〟

見出しの下に写真が載っていた。新聞写真なので粒子が粗いが、写っている女性はレデイ・アビゲイル・スターリングであるのがわかった。その横の故スターリング卿《きょう》はとても背が高くて威厳があり、彫りの深い端整な顔立ちをしている。彼らが立っているのは発掘現場だ。ふたりともにこやかにほほえんでいる。スターリング卿の腕は夫人の肩にまわされていた。彼女は明るい色のブラウスにロングスカートという質素ないでたちで、彼が着ているのはツイードのジャケットだ。ふたりの周囲にはエジプト人作業員や仲間のヨーロッパ人たちもいた。

カミールはサー・ジョンの引きだしをかきまわして虫眼鏡を見つけた。そして写真をじっくりと眺めた。平たい大理石に腰かけているのはイーヴリンだ。その横で額の汗をぬぐっているのはウィンブリー卿。墓の入口付近で、輸送に備えて慎重に梱包《こんぽう》された古代遺物を運びだす作業に携わっているふたりの男性がいる。ハンターとアレックスだった。墓の入口に立っているのはサー・ジョンだ。虫眼鏡越しに必死に目を凝らしてようやく、オーブリー・サイズモアを見つけた。遠くのほうで石棺を丘の上へ運びあげるエジプト人作業員を指揮している。

写真とキャプションの下には次のように書かれていた。

〝なんたる悲劇――スターリング卿夫妻がエジプトコブラの犠牲に。墓から骨張った復《ふく》讐《しゅう》の指がのびて夫妻を恐ろしい死へと至らしめたことを、女王陛下も嘆き悲しむ〟

誰かが来る！　カミールは記事を最後まで読みたかったが、サー・ジョンの机のなかをのぞいているところを見つかりたくはなかった。慌てて切り抜きを戻して引きだしを閉め、虫眼鏡をもとの場所へしまうと、ぱっと立ちあがった。

心臓がどきどきしていたけれど、なぜなのか自分でもわからなかった。それほど悪いことをしたわけではない。引きだしをきちんと閉めようとして、たまたま目に留まった新聞記事を読んだだけだ。その新聞が発行されたときに読んだはずだが、一年以上も前のことで、当時はまだ大英博物館で働いていなかったので、気に留めなかったのだろう。カミールは毎日、新聞を読む。絶えず新しい出来事が起こるせいで、古い出来事の記憶はすぐに薄れていく。

入ってきたのはサー・ジョンだった。彼は最初、考えにふけっているようだった。しかし、カミールがいるのを見て顔をしかめた。

「どうかしたのかね、カミール？」サー・ジョンは尋ねた。質問の形をとってはいるものの、もちろんそこには〝なぜ仕事をサボっているんだ？〟という非難がこめられているのだ。

「すみません。仕事は順調に進んでいますが、少し疲れたものですから、外へお茶を飲みに行こうと思ったんです。その代わり、昼食はとりません。スターリング卿のご要望どおり、わたしがドレスをつくるために早退することを認めていただいて感謝しています」

驚いたことに、サー・ジョンは気にしなくていいとばかりに手を振って、再び気もそぞろの状態に戻った。「なんなら今週いっぱい休んでもかまわない。きみはたった一日で、我々に多大な貢献をしてくれたんだ。さあ、お茶を楽しんでくるといい。仕事は逃げていきはしないよ」

「ありがとうございます。でも、自分の責任をないがしろにするつもりはありません」

「わたしだってときにはお茶を飲みたくなるよ。ウイスキーを飲みたくなることすらある。頭をはっきりさせるためにね」ウイスキーと口に出したとたんに飲みたくなったかのように、サー・ジョンは首を振った。「お茶か、それはいい。ゆっくり飲んできなさい」

許しが出たのでカミールはエプロンを外し、イーヴリンが貸してくれた地味ではあるが美しいワンピースによく似合う、小さな青いハンドバッグをとりあげた。そしてオフィスを逃げるように出た。

展示室を通っているときに、思わず足を止めた。例のコブラは安心して眠っているようだった。蛇をからかう子供たちはいない。カミールはガラスの容器へ近づきながら、この生き物を展示しているのは果たして賢明だろうかと首をかしげた。ガラスが割れるかもしれないのに。

カミールは顔をしかめた。コブラの世話はオーブリーの役目だ。彼はエジプトへの調査旅行の経験があるので、コブラについてはある程度詳しい。不安が胸にこみあげてくる。スターリング夫妻が資金を提供した最後の調査旅行の写真に、オーブリーが写っていたのを思いだしたのだ。あの写真にはほかの人たちも写っていた。

向きを変えてその場を離れかけたカミールは、背筋を冷たい戦慄《せんりつ》が伝うのを感じて立ち止まった。

振り返ってあたりを見まわし、身震いする。わたしったら、蛇が陸生小動物飼育器《テラリウム》から飛びだしてあとを追いかけてくるなどと心配しているんじゃないでしょうね。いいえ、わたしが心配しているのはそんなことではない。感じたのだ……誰かに見られているのを。でも、あたりには誰もいない。少なくとも、こちらから見えるところには。

それでもあとをつけられているような奇妙な感覚をぬぐいきれず、カミールは急ぎ足で建物を出て、通りの真向かいにある喫茶店へ向かった。

グレゴリー・アルソープは椅子に座って、顕微鏡下の物体の観察に没頭していた。彼の注意を引くために、ブライアンは咳払《せきばら》いをしなければならなかった。

グレゴリーが目をあげた。「ブライアン！」彼は驚いて言った。「おっと、失礼、スターリング卿」

「ブライアンでかまわないよ」彼はそう言って歩いていき、グレゴリーと握手をした。ふたりは大英帝国軍で一緒に軍務に服した経験を持つ。ブライアンにしてみれば、ファーストネームで呼びあう理由はそれだけで充分だった。

グレゴリーはひょろりとしているという表現では足りないほど、ものすごく背が高くてやせている。彼は医学の専門知識を携えて戦場へ赴いたが、ふくらはぎに爆弾の破片が食いこんだために帰還を余儀なくされた。働かなくても食べていけるにもかかわらず大学医学部で教えているのは、医学の分野につきせぬ興味を抱いているからだ。いつだったかグレゴリーはブライアンに、医学のあらゆる分野を研究するとなると、二十四時間寸暇を惜しんで働いても時間が足りない、それほどこの学問は幅広くて奥が深いのだと語ったことがある。

そばに一体の骸骨《がいこつ》がぶらさがっていた。生物が死ぬ本当の原因の発見に情熱を傾けているグレゴリーは、普段は解剖室で働いている。解剖台の上に覆いをかけられた死体がひとつ、教授か学生の冷たいメスに切り刻まれるのを待っていた。

霊魂はとっくに遠くへ去っているとわかってはいても、ブライアンは死体に対して同情の念を禁じえなかった。かつて医科大学の死体獲得をめぐって醜い騒動が展開されたことがある。生きているときよりも死んでからのほうが値打ちが出るからと、身の毛もよだつ大量殺人が行われた事件があった。エディンバラの〝死体調達人〟バークとヘアの裁判は、死体に高額の値段をつけることがいかに危険かを世間に知らしめた。

その後、政府の努力によって死体は以前よりも容易に手に入るようになったとはいえ、いまだにかなり値が張る。そこでグレゴリーは、貧しい猟師が仕留めた獲物を残らず利用するように、死体を端から端まで利用する。しかし、彼の目的は自分自身の情熱を推し進めること、すなわち人体とその機能の解明であり、生物に死をもたらすのはどんな力なのかを突き止めることなのだ。

「調子はどうだい?」グレゴリーがブライアンの目を見て尋ねた。「もう怪我《けが》は治ったんだし、傷跡はその仮面ほどおぞましくはないはずだよ」

ブライアンは肩をすくめ、軽い口調で応じた。「たぶんこの仮面はぼくの一部になってしまったのさ」

グレゴリーは相変わらずブライアンの目を見つめていた。「きみが最後に訪ねてきてから、もうずいぶんになる。悪いが、きみに頼まれていたことを、あれ以上詳しく調べる暇がなかったんだ。なにしろこの数カ月、警察から手を貸してくれと頼まれてばかりいたものでね。きみにもっといろいろなことを教えてあげられたらよかったのだが。実際のところ、きみに答えてあげられることよりも質問したいことのほうが多かった。だから……きみのご両親が亡くなったときに、死因をきちんと調べるよう主張したことをすまないと思っているんだ」

ブライアンはかぶりを振った。「きみのしたことは正しかった」

「きみをそそのかして、いやな調査を始めさせたのさ。その答えはまだ見つかっていないようだね。見つかっていたら、きみは今ここへ来てはいないはずだ」

「もちろん今も注意深く見張っているよ」ブライアンは残念そうにほほえんだ。「しかし、できたらきみの報告書にもう一度目を通させてほしいんだ」

「ぼくのせいできみは妄執にとりつかれてしまった」グレゴリーが悲しそうに言った。

「正義は妄執なのか?」

「復讐は正義なのか?」

ブライアンは首を振った。「金と名声が欲しくて人殺しをやった人間がいる、ぼくはそう信じている。そうした犯罪が二度と起きないようにするのは、復讐ではないよ」

「ああ、ブライアン」グレゴリーはつぶやいた。

「実際に、ぼくは怒っている。それにたぶん、復讐したいと思っているんだろう。けれども時間がたつうちに、怒りもある程度は静まり、冷静な判断ができるようになった。心に負った傷は体に負った傷よりも深いが、ぼくが求めているのは嘘《うそ》偽りなく正義なんだ」

「今さらなにができるというんだ? ご両親はエジプトコブラに噛《か》まれて死んだんだ。それが仕組まれたことだと、どうやって証明できる?」

「たぶんできないだろう」

「だったら……」

「うまくやりさえすれば、殺人者が本性を現すように仕向けることができるだろう」

「どうしてもあきらめないんだな?」

「そもそも調べるようにけしかけたのはきみじゃないか」

グレゴリーはため息をついた。ブンゼンバーナーや試験管、化学薬品、骸骨、死体をかき分けるようにして、白衣をまとった細い体が立ちあがった。「報告書をとってこよう」


その日の残りはあっというまに過ぎていった。カミールは休憩をとったおかげで仕事に集中することができた。ヒエログリフはきちんと意味をなし、彼女の予想が正しかったことを裏づけるかのようだった。レリーフに書かれている内容を読むと、ブライアン・スターリングが〝獣〟と噂されるようになったいきさつがよく理解できた。呪いは永遠の眠りを〝冒涜した者たち〟の子孫にまで降りかかるとされていたからだ。迷信などまるで信じない人々でさえ、いつしか伯爵に対して恐怖心を抱くようになったのも当然だ。だからこそ彼は獣と呼ばれるようになったのだ。彼の行動がしばしば獣めいているせいではなかった。

正午過ぎに、カミールが仕事をしているところへ、アレックスがふらりと立ち寄った。不機嫌そうに彼女を見つめる。「もしかしたら、彼は頭が完全にいかれているのかもしれないよ」戸口に立ったままアレックスは言った。

「なんのこと？」

「カーライル伯爵さ。ぼくはきみが心配でたまらないんだ」

カミールはため息をついた。「わたしは彼の頭がおかしいとは思わないわ」

「あんな仮面をつけている男が正気だといえるのかい？　それに城のまわりは密林みたいになってしまったらしいし、高い塀に囲まれて暮らしているなんて、まるで追いつめられた動物みたいじゃないか」アレックスが言った。

アレックスの後ろに、昨日オーブリーが捜していた老人の姿が見えた。灰色の頬ひげと顎ひげをのばしたジム・アーボックが、腰をかがめて忙しそうにオフィスの掃除をしている。

「変わっているからといって、その人を責めることはできないわ」カミールは言った。

アレックスは首を振った。「カーライル伯爵はなんでも持っている。貴族に生まれついた人間はなにをやっても許されるんだ。そうさ、ぼくが伯爵で、あれほどの富と権力があったら……」

「彼はなにも悪いことをしていないわ。ただ塀のなかで静かな生活を望んでいるだけよ」

「なんの理由もなしに獣と呼ばれたりはしないよ」

カミールは眉をつりあげた。「ここで彼と会ったでしょう。あの人はいくらでも礼儀正しくできるのよ」

「まったく、カミール。きみもか！」

「わたしも……なんだというの？」カミールの胸に怒りがわきあがった。

「きみは彼の爵位に心を奪われているんだ」

「あなたのことを友達だと思っていたけど」カミールは穏やかに言った。「あなたの言葉を聞いていると、それも怪しくなってくるわ。そうならないうちにさっさと行ってちょうだい」

「ああ、カミール」彼は哀れっぽい声を出した。「ごめんよ」

「いいわ、許してあげる」

アレックスは相変わらず悲痛な面持ちで部屋へ入ってきた。「もしぼくが金持ちだったら？」彼はきいた。

「なにが言いたいの？」

「ぼくが、その……もっと金持ちだったら。そうしたら、きみはぼくを好きになった？」

「アレックス！　わたしは今だってあなたが好きよ」

「そういう意味で言ってるんじゃないよ。きみだってわかっているだろう」

カミールは首を振った。「さっきも言ったように、あなたはわたしの友達だし、わたしはあなたが好きよ。でも、今のわたしにとっていちばん大切なのは仕事なの。この仕事につくためにわたしがどれほど苦労したか知っているでしょう。この職場にとどまるためには、仕事に専念して最高の成果をおさめなければならないのよ」

「だったら、どうしてあの男と暮らしているんだ？」

「暮らしてなんかいないわ」カミールは憤慨して言った。

「どうしてあそこに泊まっているのさ？　トリスタンを引きとればいいじゃないか。重傷ならともかく、そうでなければもう動かせるはずだよ」

「なにをほのめかしているのか知らないけど、あなたの言い方はすごく頭にくるわ」

「ぼくはきみが好きだ。だから……だから、きみの身にこんなことが起こるのを黙って見ていられないんだ」

「わたしの身になにが起こるというの？」カミールはきいた。

「ものすごいスキャンダルが巻き起こるよ」アレックスが答えた。

「あら、どうして？」

「きみは庶民だ。怒らないでくれ。侮辱するつもりで言ったんじゃない。事実を言っただけだ。それなのにきみはカーライル伯爵のところに泊まっている。そして今度のパーティーに彼と出席する。きっとみんな陰口をたたくよ」

「陰口をたたきたい人にはたたかせておけばいいわ」カミールはぴしゃりと言った。それから怒りにわれを忘れて立ちあがった。「アレックス、もう出ていってちょうだい。世間の人々はスターリング卿を怪物と呼んでいるけど、あの人は決して怪物なんかじゃないわ。

彼は博物館の資金集めのパーティーに一緒に出席してほしいとわたしに頼んだ。わたしはそうするつもりよ。あの人と一緒にいても、ちっとも怖くないもの。正直なところ、あなたやハンターの振る舞いのほうがはるかに礼儀を欠いているわ。とにかく陰口をたたきたい人にはたたかせておけばいいのよ。あの人をかばうわけではないけど、彼は顔も心も傷ついている。それだけよ。あの人といても少しも不快じゃないし、怪物だなんて思えないわ。もう一度言うわよ、これからも友達でいたかったら、くだらないことをぐだぐだしゃべっていないで、さっさと出ていってちょうだい」

「カミール！」

「さあ、行って！」

アレックスは明らかに不満な様子で向きを変えた。出ていくときにぶつぶつ言っているのがカミールの耳に届いた。「爵位……それと財産！」

彼女はため息をついて仕事に戻った。

このたびの発見をわたしたちがどんなに喜んでいるか、言葉ではとうてい言い表せない！　そしてまた夫のジョージとわたしが、すばらしい歴史を有しながらも苦悩のさなかにある国の過去と現在を探ることに、どれほど魅了されているかを説明するのは難しい。過去祖先がこれほど貴重な財宝を残してくれたのに、現在の国民は貧困にあえいでいる。過去の富を発見して、それを必要としている人々に返してあげることが、わたしの切なる願いなのだ。わが英国が偉大な帝国であろうとするなら、この国の人々から彼らの遺産を奪わないよう慎重に振る舞わなければならない。まもなく到来する二十世紀を迎えるにあたって彼らが必要としているものを与えてあげられるように、わたしたちは心を砕かねばならない。それはそれとして、わたしはこれから遺跡を掘りあてた輝かしい日と、それ以降の驚嘆すべき発掘について細大もらさず書き記すことにしよう。

その日の早朝、アブドゥルが最初の階段を見つけた。わたしたちは夢中で掘った。するとついに密閉された入口が少しずつ姿を現した。もちろん入口には警告の言葉が記されていた。作業員のひとりが、わたしたちが掘りあてたのは邪悪ななにかだと思いこんで、すっかりおびえてしまった。わたしはその作業員を気の毒に思い、一日分の賃金を与えて帰らせた。わたしが賃金を払ったことにウィンブリー卿が不満をもらし、あのように迷信深い愚か者に対して賃金を払う必要はないと言った。ハンターはといえば、もちろん肩をすくめて、わたしの好きなようにすればいいと言っただけだ。アレックスも困惑していたようだが、かわいそうに彼はしばしば体調を崩して仕事を休むことが多かった。わたしはアレックスが、自分も参加する発掘調査計画に資金提供できないのを恥じ、大いに悩んでいることを知っていたので、なんとか元気づけようと努力した。

ほかの作業員たちも動員して、密閉されている入口を開けにかかった。そしてついに目にした！　墓が姿を現したのだ。わたしたちは息をのんでその場に立ちつくした。発見したのはファラオの壮大な墓ではなかったけれど、それに次ぐもの――偉大な高官か預言者、ないしは聖職者の墓――だった。そろそろとなかへ入っていったわたしたちは、大変なものを発見したことを悟った。サー・ジョンはわたしたちと同じように恍惚《こうこつ》としている。制止する間もなく、オーブリーが象のように人ごみをかき分けて入ってきた。早く見たくて仕方がなかったのだろう。

出土品のひとつひとつを慎重に搬出する必要があった。そしてまた、これらの取り扱いについて多くのことを決めなければならなかった。遺物はカイロの博物館へ収蔵すべきだろう。これらの財宝はエジプト国民に属するというのが、わたしの偽りない考えだ。だが一方で、遺物はいったんわが国の文化と学問の中心地へ運ばなければならない。過去を学べば未来がわかるというのが、わたしの信念だからだ。わたしにこのようなすばらしい人生を与えてくださった神に報いる方法があるとしたら、それは学問と教育の贈り物をわが国民に……すべての国民に与えることなのだ。

わたしたちは墓の内部を調べ、埃《ほこり》を払ってきれいにし、遺物の目録を作成して荷づくりをしたけれど、それら財宝の調査にはまだ手をつけたばかりだ。わたしは疲れていたが、それを感じないほど興奮していた。かわいそうなジョージ！　彼はこの地においてさえ故郷の城に関する謎《なぞ》に心をわずらわせている。わたしがここでの発掘調査にすっかり夢中だというのに、彼が口にするのはカーライルのことばかり。彼は一刻も早く帰郷して、愛する城に関する自分の考えが正しいことを確かめたいのだ。

ブライアンは母親の日記を置いた。これまで何度となく目を通し、最後の調査旅行に同行した学者たちのなかで、母親とうまくいっていなかった者がいないかどうかを行間から読みとろうとしてきた。だが、レディ・アビゲイルは話すときと同じように、日記のなかでも他人の悪口をいっさい書いていなかった。

彼は今日の午後受けとった検死報告書を手にした。イングランドへ着いたときに両親の遺体がどれほどひどい状態だったかは思いださないようにして、ふたりの死因だけに考えをめぐらせた。両親と鉢あわせをしたとき、いったいエジプトコブラはどこにいたのだろう？

ブライアンは目をつぶった。引きだしのなかだろうか。母がそこに手を入れた瞬間に噛まれたのだろうか。前腕の二箇所に噛まれた跡があった。母の叫び声で父が気づいたのだろうか。父は大急ぎで駆けつけ、必死に彼女を抱きかかえたのではないだろうか。

母は倒れたに違いない。頭蓋骨《ずがい》の後頭部にひびが入っていたことから、それがわかる。するとと母は悲鳴をあげてから倒れ、そのあとで父がやってきたのだ。

しかし、そうだとしたら、なぜ父の腕にも噛まれた跡があったのだろう？　蛇が引きだしのなかにいて、母が倒れ、父が助けに駆けつけたのだとしたら、蛇はまだ引きだしのなかにいたか……あるいは床の上にいたはずだ。その場合、父は脚かくるぶしを噛まれていなければおかしい。

ブライアンは検死報告書をもう一度じっくり読んだ。父の喉には切り傷があった。ひげをそったときに傷つけたのだろうか。また、母親の肩には奇妙な打ち身ができていた。

報告書を置いて顔を撫《な》でると、ブライアンは頬を縦に走っている傷跡をぼんやりとなぞった。私室にいるときは仮面をつけないでいられるのがうれしかった。

最初から、両親は殺害されたのだと確信している。何者かがコブラをひそませておいたのだろうと、彼はずっと考えてきた。両親に見つからない場所、コブラが本能的に攻撃を仕掛けるようなどこかに。けれども今になって、もしかしたら殺人は両親の部屋で行われたのではないのかもしれないと思うようになった。両親は殺人者の顔を見て、自分にどんな運命が待ち受けているかを悟ったのだろうか。

両親の殺害について考えているうちにまたもや心が乱れ、ブライアンはぶるっと体を震わせた。胸に怒りがわきあがる。そして怒りとともに、彼の心を苦しめてやまない疑問が再び頭をもたげた。〝なぜ？〟

その答えはどこかにある。なんとしてもそれを見つける覚悟だった。

「まあ、なんてうれしいことかしら！」出迎えた女性が大声をあげてカミールをコテージへ招き入れた。「シェルビーちゃん、あなたも入るでしょう？」

カミールはここへ乗せてきてくれた筋骨たくましい男性を振り返った。このような大男を〝シェルビーちゃん〟と呼ぶ人がいるなんて驚きだ。

「メリー、お邪魔でなければもちろん入らせてもらうよ。ううむ、スコーンのいいにおいがする。こんなにおいをかいでしまったら、お茶をごちそうにならないで帰るわけにはいかないな」シェルビーは咳払いをした。「メリー、こちらはミス・カミール・モンゴメリー、大英博物館の学者さんだ。カミール、三人のお嬢さん方、メリーとエディスとヴァイオレットを紹介するよ」

その言葉に、カミールはほほえまずにはいられなかった。〝お嬢さん方〟は皆、六十歳をとっくに超えているように見えた。しかし、シェルビーが彼女たちをそう呼ぶのは理にかなっているかもしれない。というのも、彼女たちは美しくて愛らしく、快活で、若々しい笑みをたたえていたからだ。

カミールは自分を学者だとはまったく考えていなかった。学位を証明するものをなにひとつ持っていない。

ヴァイオレットがとても長身でやせ型であるのに対し、メリーは背が低くずんぐりした体形で、胸が大きい。エディスはふたりの中間といったところだ。

「カミール……なんてすてきな名前かしら。きっとご家族にオペラ好きの方がいらしたのね」エディスが言った。

「あら、たぶんお母様がその名前を好きだったのよ」メリーがそう言って、楽しそうに笑った。「エディスは長いこと教師をしていたの。わたしたちは今でも毎日そこのすばらしい蓄音機でオペラを聴くわ。少しばかり耳ざわりな音がするけど……ねえ」彼女は姉妹たちのほうを振り返った。「カミールって、ほんとに愛らしいでしょう?」それから再びカミールのほうを向いた。「あなたのドレスをつくるのだと思うとわくわくするわ」

カミールは顔を赤らめた。「ありがとう」

「メリー、あなたはお茶の用意をしなさいよ」エディスが言った。「ヴァイオレットとわたしで寸法をとるわ。さあ、こちらへいらっしゃい」

カミールはヴァイオレットに腕をとられて小さなコテージの奥の部屋へ連れていかれた。そこにはミシンや仕立屋の人台が置かれており、棚にはたくさんの巻かれた布や糸巻きをはじめ、あらゆるたぐいの裁縫道具が並んでいた。女性たちは感じがよくて、おしゃべりをする合間にカミールに質問をするのだが、答えを待ってはいなかった。気がついてみるとカミールは恥ずかしいと思う間もなくシュミーズ一枚になって立ち、巻き尺で体の寸法をとられていた。そうした作業のあいだに、彼女は質問を試みた。

「エディス、あなたは先生をなさっていたんですって?」

「ええ、そうよ。教えるのが好きだったの」

「それなのに今は……皆さん裁縫師をなさっているの？」

「あら、いいえ」ヴァイオレットが答えた。「わたしたちは服を仕立てるのが好きなだけよ。でも残念ながら、わたしたち姉妹はみんな夫に先立たれたものだから」

「三人で一緒に暮らせるなんてすてきですね」カミールは小さな声で言った。

「楽しいわよ！」とヴァイオレット。

「それに、わたしたちには家族だっているの」エディスがカミールに言った。「メリーには立派な息子がひとりいてね。今は大英帝国軍の軍人としてインドに行っているわ」

「彼には男の子が三人もいるの」ヴァイオレットがつけ加えた。

「そうですか。スターリング卿とは息子さんを通して知りあったのですか？」カミールは尋ねた。

エディスがかわいらしい笑い声をあげた。「いいえ、そうじゃないわ。わたしたちがこのコテージに来て……もう二十年になるかしら。そうよね、ヴァイオレット？」

「そのくらいにはなるわ」

カミールがいぶかしげな顔をしているのを見て、ヴァイオレットが続けた。

「わたしたちはカーライル伯爵のコテージに住まわせてもらっているの。もちろん、わたしたちがここへ越してきたときは先代のジョージとその奥様がまだご健在で……スターリング夫人の服はわたしたちが全部つくったのよ。今ではブライアンのシャツしか仕立てていないけれど。ああ、奥様が亡くなられて本当に寂しいわ！　ブライアンがわたしたちに親切でないと言っているんじゃないのよ。彼はとても強い責任感の持ち主なの。さあ、今度はこちらを向いてちょうだい」

言われたとおりに向きを変えたカミールは、四つか五つくらいの愛らしい少女が戸口に立っているのを見て驚いた。少女はふさふさした美しい焦げ茶色の巻き毛と大きな目をしており、頬にえくぼがあった。少しもはにかんだ様子がなく、まじまじとカミールを見つめている。

「あら……こんにちは」カミールは声をかけた。

ヴァイオレットがさっと振り返った。「アリー！　昼寝をしているのかと思ったのに、どうしたの？」

アリーがカミールにこっそり笑いかけた。「喉が渇いちゃった」少女は甘えるような声で言った。「それにおなかがすいたの、ヴァイおばちゃん」

「まあ、この子ったら、スコーンのにおいをさせているわ」エディスはそう言って、形ばかりしかってみせた。「ねえ、礼儀作法をちゃんと教えてあげたでしょう。忘れちゃったのかしら？　アリー、ミス・モンゴメリーにご挨拶《あいさつ》しなさい。ミス・モンゴメリー、アリーよ」

ヴァイオレットもエディスもアリーの姓を言わなかった。

「はじめまして」アリーがちょこっと膝を曲げた。

「はじめまして。会えてうれしいわ、ミス・アリー」カミールは応じた。それからヴァイオレットを見て尋ねる。「メリーのお孫さん？」

「いいえ、とんでもない。メリーの孫は皆、母親と一緒に暮らしているわ」ヴァイオレットが答えた。

「わたしたち三人はアリーの後見人なの」エディスが巻き尺をしまいながら言った。「さあ、これで採寸は終わり、と。そうそう、あなたに生地を見せてあげなくては」彼女は棚からひと巻きの布をとりだした。「ほら、ごらんのとおり、これはオーバースカート用の生地なの。気に入ってもらえるといいんだけど。久々にドレスをつくることができて、わたしたち、とても興奮しているの！」

カミールは生地をほめた。布は金糸で織られたように見えるが、それでいて……緑がかった色合いを帯びている。

アリーが入ってきて、おずおずと布にさわった。そして頬にかわいらしいえくぼをつくって、カミールにいたずらっぽく笑いかけた。

「あなたの目みたい」

「ほんとにそうだわ」ヴァイオレットが同意した。「スターリング卿もそうおっしゃっていたんじゃなかったかしら、エディス？」

「ええ、おっしゃっていたわ。よく似合うこと」

「それじゃ、あなたに服を着せるわね。そうしたらお茶にしましょう」

「やった、お茶だって！」アリーが手をたたいた。

ヴァイオレットが借り物の青い仕事用ワンピースをカミールの頭からさっとかぶせた。エディスが手伝って、あっというまにペティコートをはかせたり紐《ひも》をしめたりする。ふたりとも信じられないほど手際がよかった。

それでもカミールは服を着せてもらっているあいだ、この少女は誰の子かしらと思わずにはいられなかった。それに、彼女はなぜここで〝おばちゃん〟たちと暮らしているのだろう。この愛らしい少女はブライアン・スターリングの……子供かしら。彼がどこかの女に産ませた子？

「さあ、お茶を飲みに行きましょう」ヴァイオレットがそう言ってランプを消した。エディスが先頭に立って部屋を出た。

アリーがカミールのところへ来て小さな手を彼女の手のなかへ滑りこませた。「お茶だって。ねえ、行こうよ！　スコーンがとってもおいしいの」

少女の言ったとおり、スコーンはおいしかった。小さなコテージのキッチンは居心地よくできていて、カミールはテーブルで紅茶を飲みながら心が安らぐのを感じた。室内は暖かく、焼きたてのスコーンのいいにおいが漂っている。巨漢のシェルビーは〝おばちゃん〟たちにもアリーにも人気があるようだ。彼が馬になってアリーを背中に乗せ、部屋のなかを這《は》いまわると、少女は甲高い歓声をあげた。カミールはしばらくのあいだほかのことを忘れ、少女の笑い声や、ほのぼのとした雰囲気や、おいしい紅茶とスコーンを楽しんだ。

そろそろ帰る時刻になった。「着てみてほしいから、明日もう一度来てちょうだいね」ヴァイオレットがカミールに言った。

「そうよ、なにもかも完璧にしなくてはいけないの。わたしたちに任せておけば間違いないわ」エディスがそう言ってにっこり笑った。「このうえなくすばらしいドレスをつくりたいの」

「こんなに急いでつくらなければならないなんて」メリーがつぶやいて首を振った。

「でも、できあがったドレスを着たら、あなたはすごくきれいになるわ」アリーがカミールに言った。

少女が目を大きく見開いてお世辞を言うのを聞き、ふいにカミールは涙がこぼれそうになった。その理由は彼女にもわからなかったけれど、おそらく自分が同じくらい幼かったころや、もう少し成長したころのことを思いだしたからだろう。

カミールには彼女を育ててくれるメリーたちのような女性はいなかった。いいえ、わたしにはトリスタンがいたじゃない。トリスタンは〝おばちゃん〟とは違ったし、スコーンを焼いてくれたこともないけれど、たっぷり愛情を注いでくれた。わたしに人生を与えてくれたのだ。

「ありがとう」カミールは少女に言った。

幼少時代を思って悲しくなった一方で、突然、激しい怒りがこみあげてきた。ブライアンは自分の子供をこの老婦人たちに養育させているのだ。富裕でもなく、家柄のいい家庭の生まれでもない若い女性たちをさんざんもてあそび、利用するだけ利用して、最後には冷酷にも捨ててしまう、ほかの金持ち貴族となんら変わらないではないか。

カミールは思いきって少女をしっかり抱きしめた。「ありがとう」彼女は繰り返した。

アリーは身を離して後ろへさがり、カミールの目をじっと見た。「舞踏会に出るのが怖いの?」

「ううん、違う……違うわ」カミールは否定した。「それに舞踏会じゃないのよ。博物館のための資金集めのパーティーなの」

「怖いですって? おばかさんね」ヴァイオレットが愛情をこめて少女の髪をくしゃくしゃにした。「ええ、舞踏会よ。博物館のための盛大な催しなの。きれいな人たちが大勢集まるきらびやかな会場で、ミス・モンゴメリーは何時間も踊り続けるの。さぞ楽しいでしょうね」

「みんなのなかで、きっとあなたがいちばんきれいよ」アリーがそう言って、カミールの頬をぽっちゃりした小さな手で挟んだ。「王女様みたいに」

「あなたってとてもやさしいのね。でも、わたしは王女様じゃないわ。博物館で働いているただの女なの」

「博物館で働いている女性は王女様みたいに踊り明かしてはいけないの？」メリーがきいた。「まあ、そんなことを言ってはだめ。あの金色のドレスを着てごらんなさい。あなたにとって魔法のような夜になるわ。あなたがあれを着て出かけていくところを、早く見てみたい」

「さてと、もう帰るとしようか」シェルビーが口を挟んだ。「スターリング卿が待っているだろうからね」

「まあ、そのとおりよ。きっと待ちかねているわ。さあ、帰った、帰った！」メリーが陽気な声でせかした。「明日、仮縫いをするってこと、忘れてはだめよ！」

カミールは返事をためらい、老婦人たちからシェルビーに視線を移した。「約束できるかどうかわからないわ。わたしは博物館に雇われている身ですもの」

「スターリング卿ならどんなことでもとり計らえるわ」ヴァイオレットが言った。「心配しないで、もう行きなさい」

ふたりはコテージから押しだされた。気がついたときには、カミールは屋根にスターリング家の大きな盾形紋章がついている馬車に乗っていた。彼女は城へ向かう車中、スターリング家の土地と財産はいったいどれくらいあるのだろうと首をひねった。そして、いつしか先ほどの少女に再び思いをはせ、〝スターリング卿ならどんなことでもとり計らえる〟という言葉について考えていた。城へ帰り着いたときには、胸に怒りが煮えたぎっていた。なぜそれほどまでに怒りを覚えるのか、自分でもよくわからなかった。

ブライアンは晩の訪れを心待ちにしている自分に気づいた。カミールが帰ってきたことはシェルビーの報告ですぐに知ったが、彼女にトリスタンの様子を見に行ったり、昼間の汚れを落として身なりを整えたりするだけの時間を与えてから、イーヴリンを彼女の部屋へ迎えに行かせた。

今日は彼がひそかに調べていることに関して新しい手がかりは得られなかったが、いくつかうれしい驚きを味わった。

カミールといると楽しいということに気づいたのだ。彼女は頭の回転が速くて機知に富んだ受け答えをするし、地に足のついた考え方をしている。いや、彼女といると楽しいどころか大きな喜びを感じる。

ドアが開く音がしたので、ブライアンはさっと振り返った。「いい晩だね、カミール」

「いい晩といえるかしら?」カミールが応じた。

「違うのかい?」ブライアンは顔をしかめて問い返した。カミールは常に背筋をぴんとのばして立ち、歩くときは滑るように歩く。今夜の彼女の立ち居振る舞いには、こちらをさげすんでいるような威厳が感じられた。

「晩であることはたしかだけど」カミールは認めた。

「なにかあったのか?」ブライアンはきいた。

「率直に言って、後見人がここにいるから、わたしもここにいるだけなのよ」カミールが答えた。それから手を振ってテーブルを示した。「残念ながら、今日は博物館では報告できるようなことはなにも起こらなかったわ。だから、せっかくの食事は無駄になったというわけね」

「きみは思い違いをしていると思う。きっと博物館でいろいろなことが起こったに違いない。きみがそれに気づいていないだけだ」

「わたしの一日は退屈そのものだったわ」

「ぼくに話してごらん。本当に退屈かどうか、ぼくが判断するよ」

ブライアンはカミールのために椅子を引いたが、彼女は昂然《こうぜん》と顎をあげて横を通り過ぎた。なぜカミールは敵意むきだしの態度をとるのだろうと不思議に思い、彼は顔をしかめた。彼女が座るとき、ワンピースの生地やさらさらした髪がブライアンの指に軽くふれた。急に鼓動が速くなったことに驚いて、彼はカミールの背後へ移動し、彼女が前を向いたままでいるのをありがたく思った。仮面をしていてさえ、いきなり襲ってきた欲望を隠しとおせる自信がなかったのだ。単純で、根源的で、本能的で、純粋に肉体的な欲望を。

　カミールは美しい若い女性だ。どんな男でも彼女を見ればそう思うだろう。しかし、だからといって、たいていの男はすぐにこれほど激しい欲望にとらわれたりはしない。

　ブライアンは自分に腹を立てて歯ぎしりした。そして気持ちを引きしめ、テーブルをまわって自分の椅子を引きだした。「あの姉妹がきみを困らせたのかい？　ぼくには信じられないが」

「あの人たちは愛想よく接してくれたわ。わたしが今でも不満に思っているのは、あなたが無理やりドレスをつくらせていることなの」

「どうして？」

「わたしは施しを受けるほど貧しくないわ」

「施しできみにドレスをつくっているわけではない」

「パーティーに出席しなくていいのなら、ドレスをつくる必要もないわ」

「だが、きみは出席する。だからドレスが必要だ。きみが出席するのは、ぼくが頼んだからだ。だからドレスを用意するのはぼくの責任だ。決して施しなどではない」

　ブライアンはワインを注いだ。カミールがグラスを手にとるのが少々早すぎたように、彼は感じた。彼女はグラスをとりあげてすぐにすすった。すするというよりは、ぐいと飲んだ。勇気を奮い起こそうとしているのだろうか。それともなにか深い悩みでもあるのだろうか。

「今日なにがあったか話してくれ」

「わたしは仕事をしに行き、シェルビーが四時に迎えに来て、それからドレスの寸法を測ってもらいに行ったわ」

ブライアンはどう応じようかと考え、気持ちを静めるためにゆっくり息を吸った。「職場ではなにがあった？」

「仕事をしたわ」

「カミール――」

「解読の仕事を続けたの。わたしが読み解いたヒエログリフは、墓を暴いて永遠の眠りを妨げた者は、子孫にまで呪いがふりかかるという警告だったわ」

ブライアンは冷たい笑みを浮かべた。「呪いは子々孫々にまで及ぶとされていることは知っている。そんな話でぼくが動揺すると思ったのかい？　ぼくは呪いなんてものを信じていないんだ。悪の存在は信じている。だが、悪をもたらすのは生きている人間だ。それは動かしがたい事実だと考えている。そうは思わないか？　それで、きみは解読の仕事をした。それ以外になにがあった？」

カミールはためらい、またワインを飲んだ。「わたしは……新聞の切り抜きを見たわ。

発掘をしているあなたのご両親やそのほかの人たちの」

「ほう」ブライアンはぼそりと言った。「どこで見た？」

彼女がゆっくりと言った。「サー・ジョンの引きだしのなかよ」

「ほら、わかっただろう？　きみの話が、ぼくの胸に重くのしかかっている問題に光を投げかけてくれるんだ」

「サー・ジョンは殺人者じゃないわ」カミールが強い語調で言った。

「へえ。ということは、誰かが殺人者かもしれないと思っているのかい？」

カミールは目を伏せた。そして、ふいに身を乗りだした。「仮に何者かが、あなたのご両親が出入りしそうな場所へエジプトコブラをひそませておいたのだとしましょう。でも、それを確かめることは絶対にできないわ。悪事を証明する方法はないの。だから、あなたは自分を苦しめているだけなのよ」

一瞬、カミールがその晩まとっていたもろい鎧《よろい》がはがれたように思えた。だが、すぐに彼女は身を引いて背筋をのばした。感情をあらわにした自分にいらだったかのようだった。

「古代エジプトの探究に携わっているぼくの優秀な同僚たちはどうだ？」ブライアンは尋ねた。

「なにが言いたいの？」

「サー・ジョンはそこにいた。じゃあ……ほかの人たちは？」

カミールがため息をついた。「アレックスは仕事をしていたし、オーブリーは動きまわっているのを見かけたわ。ハンターとウィンブリー卿はどちらもいなかった。少なくとも今日はふたりの姿を見なかったわ」

「アレックスは？」

彼女がテーブル越しにブライアンを見つめた。「彼がどうしたというの？」

「彼は普段と違うことを言ったり、違う行動をとったりしなかったかい？　きみは彼と話をしたんじゃないか？」

カミールは顔をしかめた。「わたしたちは同じ部署で働いているのよ。お互いに気配りをするし礼儀だってわきまえているわ。当然ながら毎日のように話をするわよ」

「アレックスはなにか特別なことを口にしなかったかい？　それに対してきみはどう応じた？」

カミールがワインを飲み干した。ブライアンは彼女の目を見つめたままワインを注いでやり、返事を待った。

「アレックスはおかしなことなどなにひとつ口にしなかったわ。彼はわたしのことを心配しているの」

「ぼくを怪物だと思っているから？」

カミールは両手をあげて、アレックスがそうした言葉を口にしたと答えることを拒んだ。

ブライアンは顔を伏せてにやりとしてから尋ねた。「きみは彼になんて言った?」

「どういう関係があるの? 正直わたしは、男の人はみんな怪物ではないかと思い始めているわ」

「当然ぼくも含まれるのだろうね」ブライアンはつぶやいた。

「あら、あなたは自分から怪物になろうと懸命に努力してきたんじゃないの?」カミールは尋ね、ブライアンを見つめたまま再びグラスに手をのばした。「でも、怪物になるのに努力する必要がないときだってあるわ、違うかしら? 時として怪物じみた行動を自然にとってしまうことがある。特権階級に生まれた人は、自分より下の人間はもてあそんでもいいと考えているのよ」

「ああ、そうか、思いだした。孤児たちのために城を開放しなくちゃいけないんだったな」ブライアンはつぶやいた。

カミールが立ちあがった。面食らった彼をよそに、激怒の声をあげてナプキンをテーブルにたたきつけると戸口へ向かった。

ブライアンは彼女がドアの前へ行くまでほうっておいてから、鋭い声で名前を呼んだ。

「カミール!」

彼女は身をこわばらせて立ち止まり、ゆっくりと振り返った。「ごめんなさい、今夜はおなかがすいていないの。それに申し訳ないけど、今日、博物館であった出来事についてはすべて話したから、もうこれ以上話すことはないのよ」

ブライアンは立ちあがってカミールのほうへ歩いていった。

「いくらあなたでも、わたしに無理やりディナーを食べさせることはできないわ！」カミールが叫んだ。

ブライアンはカミールの前で立ち止まった。認めたくはなかったが、そうして向かいあって立っているのが苦痛であるのがわかった。体じゅうの筋肉がかっと火照ってうめき声をあげているようだ。彼は必死で自制心を発揮し、彼女の両肩をつかんで抱き寄せたい衝動と闘った。

「ひとりで城のなかをうろついてはいけない」ブライアンは食いしばった歯のあいだから言葉を押しだしたが、なぜかやけに鋭く響いた。

彼はドアをさっと開け、細めた目に炎を燃えたたせて、カミールが立ち去るのを待った。

彼女はわずかに顎をそらして廊下へ出た。

カミールのあとをついていったブライアンは、彼女が自分の部屋のドアへ達したところで念を押した。「夜中にひとりで城のなかを歩きまわってはいけない。絶対にだ。わかったね？」

「ええ、わかったわ」

「本当だね？」

「わかりすぎるほどわかったわ」カミールが答えた。

ブライアンが驚きあきれたことに、カミールは大胆にも彼の顔にたたきつけんばかりの勢いでドアを閉めた。

8

その夜、犬はカミールの部屋へ来なかった。ブライアンはもう彼女を守る必要はないと考えたのか、さもなければ、もはや彼女から城を守る必要はないと考えたのだろう。

長い一日が終わり、用意されていた風呂にゆったりとつかった。ベッドに身を横たえてみたが、疲れ果てているはずなのに、頭のなかをさまざまな考えが駆けめぐっていつまでも眠れなかった。ブライアンはいつでも怪物というわけではない。ディナーのとき、彼は礼儀正しく振る舞おうと努力していた。

わたしがあの少女と会ったことを、ブライアンは知っているに違いない。わたしが真実を知ろうが知るまいがかまわないほど、彼は無神経なのだろうか。きっとそうだわ。昨晩、怒りに任せて身の上を告白した以上、女に子供を産ませておきながら責任をとろうとしない卑劣な男をわたしがどう考えているのか、彼は知っているはずだ。

それでもブライアンは責任を果たしている。あの子には父親がいないかもしれないが、愛情豊かな姉妹に養育されている。

わたしは実の父親を知らないけれど、幸運にもトリスタンがいた……。もっとも、幸運にもというのはふさわしい言葉ではないかもしれない。トリスタンがきちんとした人間だったら、わたしは今ごろこんなところにいないはずだから。

突然カミールは顔をしかめた。物音を聞いた気がしていたのだ。たしかに聞こえた……そして聞こえなくなった。一瞬、今のは空耳だったのかと考えてから、いや、空耳などではないと確信した。どうやら音は部屋のなかでしたようだ。

カミールは起きあがってベッド脇《わき》の石油ランプをともした。部屋の反対側から粘土でできたエジプトの猫がうつろな目で彼女を見つめ返してきたが、彼女はそれを無視した。エジプトの事物に関しては、幼いころから博物館でいろいろ学んできている。今さらそんなものにおびえはしない。でも、あの音は……。

彼女はベッドを出て、音の出どころを探ろうと室内を歩きまわった。そして結局、音は部屋のなかでしたのではなく、下から聞こえてきたのだという結論に至った。彼女はためらったあげく、用心しながら裸足《はだし》でドアへ歩いていった。そして再びためらった。ドアには外から鍵《かぎ》をかけられているのではないだろうか。だが、鍵はかけられていなかった。

カミールは慎重にドアを開けて廊下をのぞいた。なにも見えない。誰もいない。廊下の明かりはとても暗かったが、近くに人がいないのはたしかだった。

そのとき……あの音がどこか下のほうからした。

カミールは廊下へ出た。階段をおりるつもりはなかったのだが、音に駆りたてられた。本能的に壁に身を寄せて廊下を進み、階段をくだっていった。弱々しく燃えている数個のランプの薄暗い光を受けて、壁に飾られた紋章がおぼろげながらも不気味な輝きを放っている。彼女は城のつくりがどうなっているのかまったく知らないことに気づいた。階段は何度も行き来したし、二階の廊下もあちこち歩いたが、城の正面玄関を入った右手や左手になにがあるのかは知らない。

階段をおりたところで、カミールは右へ折れた。なにかがこすれる奇妙な音は、そちらから聞こえた気がしたのだ。幸い、ノルマン建築特有の半円型のアーチの下で大きな両開きドアが半開きになっていて、難なくその部屋へ入ることができた。明かりはいっそう薄暗く、ランプがひとつ闇《やみ》のなかで燃えているだけだ。彼女はしばらくじっとしたまま目が慣れるのを待った。

そこは、かつては舞踏室として使われていたと思われる細長い広間だった。壁際にふたり掛けのソファーや長椅子が並んでいた。一方の側には大きなピアノが鎮座していて、その近くにはハープと数個の弦楽器がそれぞれ台にのせられて置かれている。

細長い広間を進んでいくうちに、カミールはだんだん心細くなってきた。体が震えださないよう懸命にこらえる。だが、人気のない舞踏室は過去の亡霊のささやきで満ちているようだった。古代のどんな遺物も、ミイラでさえも、彼女をこれほど不安にはさせない。

広間の中央で立ち止まったカミールは、誰かにつけられているような気がして振り返った。だが、誰もいなかった。がらんとした広間にいるのは彼女だけだった。

気をとりなおして進んでいくと、古いアーチの下にあるふたつの木製ドアの前に来た。どちらのドアにも美しい彫刻が施してある。カミールは考えた末に左側のドアを選んだ。できるだけそっと押す。誰かがよく使っているらしく、ドアは蝶番《ちょうつがい》をきしませることもなく静かに開いた。

カミールが入った部屋は、小さいものの紛れもなく礼拝堂だった。何百年も前からまったく変わっていないようだ。石でできた祭壇の上に金属製の十字架が立っている。祭壇に供えられている花の香りがたちまち彼女を包んだ。

カミールは躊躇《ちゅうちょ》した。身を翻して今来た道を引き返し、階段を駆けあがって自分の部屋へ逃げこみたかった。だが、なにか強い衝動に突き動かされて、礼拝堂の奥にあるドアのほうへ進んだ。一歩ごとに、こんなことをするのは愚かだと自分に悪態をつきながらも、ドアの向こうになにがあるのか確かめないではいられなかった。

彼女はゆっくりと慎重にドアを開けた。どこか下のほうで明かりがともっていた。ここが礼拝堂だとすると、この階段はおそらく一族の地下墓所へ通じているに違いない。それにしても、なぜ地下墓所に明かりがともっているのだろう。

〝おりていってはだめ！〟心のなかで分別のあるもうひとりの自分が必死に叫んでいた。

だが、すでにカミールの足は動いていた。何百年も踏まれてきた石の階段は、すり減ってつるつるだ。そのうえ冷たくて、裸足の足に氷のように感じられる。

それでも、炎に飛びこんでいく蛾《が》のように、彼女はちらちら揺らめく明かりに引き寄せられていった。

心臓をどきどきさせて螺旋《らせん》階段をおりていきながら、明かりがともっている場所が見えるところまでおりるだけよ、と自分に言い聞かせた。それさえ確かめたら、理性と分別の声に従って二階の客間へ駆け戻ろう。あとほんの数段おりれば見えるだろう。

そう考えているうちに階段をおりきったが、古い石の支柱に遮られて明かりは見えなかった。湿っぽい石壁に手を添えて支柱の陰からのぞこうとする。そのとき突然、明かりが消えて、あたりは漆黒の闇に閉ざされた。なにかがすばやく動くような音がかすかにした……後ろの階段のほうからだろうか。それとも前方に広がる闇のなかからだろうか。

カミールは身じろぎもせずに立ちつくし、五感を精いっぱい働かせて危険の源を探ろうとした。その瞬間、両手がのびてきて彼女にさわった。

夜はすっかり更けていた。けれどもサー・ジョン・マシューズにとって時間はどうでもよかった。

彼がいる執務室は別として、博物館は暗闇に閉ざされている。つい最近の一八九〇年、大英博物館に電気が引かれて、どの展示室にも電灯がつくようになった。しかし、電気は金がかかるので、閉館時刻になるとすぐにほとんどの明かりが消される。サー・ジョンのいる執務室では、机の上のランプの薄暗い炎が彼の顔に不気味な影を投げかけていた。

サー・ジョンの前にノートと数枚の新聞の切り抜きが散らばっている。彼はなにごとかつぶやいて一枚の切り抜きを丹念に読み、机の上へほうりだしてから、顔をしかめて再びそれをとりあげた。続いて切り抜きの下から小型の日記帳をとりだす。エジプトへ調査旅行に出かけたときにつけていたものだ。

あの調査旅行はどこかおかしかった。全員が参加していた。そして当然ながら激論を闘わせていた。なにしろ彼らは学者なのだ。博識なだけに、皆、一家言を持っていて、あくまでも自説に固執する。

サー・ジョンは日記のあるページを読み、目を閉じて悲しそうに首を振った。今でもレディ・アビゲイル・スターリングの姿をありありと思い浮かべることができた。彼女が身につけているのは、砂漠で仕事をするのにふさわしい質素なスカート。同じように実用的ではあるが、刺繍《ししゅう》が女性らしさを感じさせる明るい色のシャツ。彼女の笑い声が聞こえてくるようだ。どれほど困難なときも、彼女は決して笑みを絶やさず、明るい未来について語るのを忘れなかった。疲労に屈したり情熱を失ったりしたことは一度もない。穏やかで思いやりがある彼女のためなら、作業員たちはどんなにきつい仕事でもいとわずに引き受けたものだった。

そして彼女の夫であるスターリング卿《きょう》――ジョージ。侮れない男。だますことのできない男。彼はみんなと同じように発掘調査に打ちこんでいたが、自分がカーライル伯爵であることを常に念頭に置いていた。祖国や女王陛下への、そして自らの家への責任を絶えず意識していた。自分の所有地と小作人たちのことや、議会に対する義務について気にかけていた。

ジョージはどこへ行くにも移動執務室と一緒で、電信機は常にかたかたと音をたてていた。そんなふうに多くの情報がもたらされていたにもかかわらず、彼は自分の目でものごとを見極め、あらゆることを知ろうとした。鋭い観察力の持ち主だったのだ。彼の頭のなかには目録があって、なにかが動かされたりすると、それがどんなに小さなものであっても、たちどころに気づいた。

アビゲイルは愛らしい女性だった。ジョージは鋼鉄の男だった。だが、ふたりは死んだ。

誰も死には勝てない。それは我々みんなが知っている。現に我々は古代エジプト人の哀れな死骸《しがい》を数多く見てきたではないか。彼らは死を欺いて、現世の金銀財宝を来世へ持っていけると信じていた。

アビゲイルを従えて最初に墓のなかへ入ったのはジョージだった。そして呪《のろ》いの犠牲となった。

突然、サー・ジョンは新聞の切り抜きをかきまわして、エジプトの新聞を探した。そのとき物音がしたので、彼はぎょっとした。闇のなかを見まわしたが、なにも見えない。「やれやれ、なんたるざまだ」サー・ジョンは自分をののしった。「ミイラどもが起きあがってうろついているとでも思ったのか」

疲れているせいだ。夜中にこんなところへ来たのは愚かというほかないが、このところ仕事がたまってあせっていた。もう帰るとしよう。

サー・ジョンは切り抜きやノートを机の引きだしに入れてぴしゃりと閉めた。立ちあがったとき、自分がおびえきっているのに気づいて驚いた。体が震えている。

「わたしは今帰るところだ！」彼は大声で言った。

大慌てで執務室を出ると、鍵をかけようともせずに歩きだし、一度も立ち止まらずに通りに面した出口へ急いだ。表に出たところで、博物館の責任者としての責務を思いだし、英国の財宝は安全に守られているから心配ないと自分に言い聞かせる。それから夜番の警官にうなずきかけた。

サー・ジョンは向きを変えて巨大な建物から逃げるように歩み去った。居心地のいい小さな住まいへ帰り着き、ウイスキー入りの紅茶をすすっているときになってようやく、あんなふうに逃げ帰ったのはまずかったと気づいた。あのとき、誰かがよからぬことをたくらんでいるような気配があった。あの神聖な建物に侵入者がいないかどうか確かめるのが自分の義務だったのではないだろうか。

そうは思っても、日記のことを思いだすと手が小刻みに震えだし、手にしたティーカップが受け皿にあたってかたかた鳴った。

自分でも驚いたことに、カミールは悲鳴をあげなかった。少なくとも大声では。もっとも、その瞬間の恐怖があまりに大きく、悲鳴すらあげられなかったというほうがあたっているかもしれない。城じゅうに鼓動の音が聞こえるのではないかと思えるほど心臓は激しく打っていた。

地獄のような闇のなかで目はまったくきかなかったけれど、そのぶんほかの感覚が鋭さを増した。肩に置かれた手の感触。薄いナイトガウンで覆われただけの胸に軽くこすれた手の甲。すぐにカミールは相手が何者なのか悟った。耳もとで荒々しいささやき声がする前に、直感で彼だとわかった。

「カミール！」

この人は怒っているんだわ。それに仮面をつけていない。

なぜかカミールはもう怖くなった。だが、安堵《あんど》感が満ちてくるのと同時に、心のなかで声が叫び始めた。直感は彼を信頼しなさいと叫んでいる。だが、理性は彼女に非難を浴びせている。

カミールは闇のなかで手をのばし、彼の顔にさわって肌のきめを感じた。彼女の指が高い頬骨やしっかりした鼻、ふっくらした唇をなぞる。カミールが言葉を発しようとしたとき、彼が彼女の手をつかんでささやいた。

「だめだ！」

カミールは息をのんだ。ブライアンはここでじっとしているようカミールに言い置いて、どこかへ消えた。

今にきっと明かりがついて暗闇を追い払ってくれるだろう。カミールはそう思って待ったが、光はなかなか見えなかった。彼女は城の冷たい石壁に身を寄せて、じっと動かずにいた。ブライアンはランプかなにかを探しているんだわ。どこになにがあるのか、彼なら知っているはずだ。彼はこの城の主人だもの。

明かりがついたら、ブライアンの顔を見てやろう。仮面の下にどれほど恐ろしい怪物じみた顔が隠れているのかを。

だが、いつまで待っても闇は晴れなかった。戻ってきたブライアンにさわられたとき、カミールは悲鳴をあげそうになった。足音もほかの音も聞こえなかったからだ。実を言えば、さわられる寸前に、彼女はなぜか彼が近くにいるような気がした。においい、体が発する熱、空気のそよぎなどがそう感じさせたのだろう。完全な闇のせいで心がなえていたらしく、ブライアンにさわられた瞬間、愚かにもカミールは体を震わせながら彼にしがみついた。ブライアンが着ているコットンの生地を通して、彼の腕や胸の筋肉が引きしまるのが感じられる。彼はじっとしている。カミールは耳たぶにブライアンの息を感じた。やがてそっけない声がささやいた。

「上へ」

カミールはうなずいた。ブライアンの腕にしがみついたまま体の向きを変える。左側には氷のように冷たい石壁、右側には彼女の手首をしっかりつかんでいる彼の生命力にあふれた温かい肉体。ふたりが階段をのぼって礼拝堂に出ると、ブライアンは地下へのドアをぴったり閉めた。

そのときになってカミールは、彼が明かりを見つけに行ったのではないことを知った。ブライアンは暗黒の世界へ仮面をとりに行ったのだ。仮面はいくつもあるようで、今つけているのはいつものと違って、実在の獣にも伝説上の獣にも似ていない、薄い革製の素朴な仮面だった。

礼拝堂には先ほどと同じように薄暗い明かりがともっていた。地下への階段のドアが閉じられると、カミールはブライアンと一緒にいることを心強く感じた。

「あそこでなにをしていたの？」彼女は尋ねた。

「夜中にひとりで城のなかをうろついてはいけないと言っておいたはずだ！」ブライアンが怒鳴った。

「わたしは――」

「夜中にひとりで城のなかをうろついてはいけないと言っておいたはずだ！」

カミールはつかまれている腕をぐいと引き離し、急ぎ足で礼拝堂を出ようとした。ブライアンが大股で追いかけてくる。彼がすぐ近くまで来たのを感じて、カミールはくるりと振り返った。仰天したことに、ブライアンが彼女の体に両腕をまわして肩へかつぎあげた。衝撃で肺から空気が押しだされ、カミールはしばらく抗議の声をあげることさえできなかった。そのあいだに彼は決然とした足どりで階段のほうへ歩いていく。ブライアンが一段目に足をかけたとき、カミールは上半身を起こそうとしたが、怒りに駆られている彼の荒々しい動きのせいで再び体がふたつに折れ、言葉を発するどころか息をするのもままならなかった。

ブライアンはカミールの部屋を通り過ぎ、彼の部屋の彫刻が施されたドアの前へ来た。ドアを蹴《け》り開けて室内へ入り、同じように蹴って閉めると、カミールを暖炉の前の大きな椅子へ手荒におろした。

そのときには、カミールの体は怒りのあまりわなわなと震えていた。彼女は歯をかちかち鳴らしながら椅子の肘掛けを両手でつかみ、目に怒りの炎を燃やして彼をにらんだ。

「なんてことをするの！　あなたが伯爵でわたしが売春婦の子供であろうと関係ないわ。よくもこんなまねができるわね」

ブライアンはカミールの前で身をかがめ、炎のくすぶるぎらぎらした青い目で彼女の目を見つめ返した。「きみのほうこそ、よくもこんなまねができたものだ！　あれほどうろつくなと言っておいたじゃないか。客の立場を利用するなんて厚かましいにもほどがある」

「客ですって？　囚人じゃないの！」

「城内をうろついてはいけないと言っておいたじゃないか。真夜中に他人の家の地下墓所をかぎまわるやつがどこにいる？　分別を備えた人間なら、たとえ禁じられていなくても、そんなところをうろついたりしないものだ」

「聞こえたのよ……物音が」

「ほう。するときみはなにかまずいことが起こっているのかもしれないと考えて、なんの音か調べるために地下へ行ったのか？」

カミールは自分でもなぜあんなことをしたのかわからなかったので、ブライアンにどう説明したらいいのか定かでなかった。引き返せという理性の叫びがずっと聞こえていたのに、その声を無視し、不思議な力に導かれて進んでいったのだ。

彼の次の言葉に、カミールは唖然《あぜん》とした。

「きみは本当はここでなにをしているんだ？」

「えっ？」

「あのろくでなしどものうち、きみは誰のために働いているんだ？」

「なんですって？」

「どこかに入口があるんだろう？」

「いったいなんの話をしているのか、さっぱりわからないわ！」カミールは叫び、それからふいに警戒心を抱いた。ブライアンは怒りに燃え、歯を食いしばって目をぎらぎらさせている。身にまとった質素なコットンシャツの上からでさえ、筋肉が緊張のあまり収縮して波打っているのが感じられる。カミールは椅子の上で身を縮めた。

「いやはや。ここまできてしらばくれるのはやめたらどうだ」ブライアンが威嚇した。

ようやく彼の言わんとするところを理解したカミールは、大きく息を吐きだした。「あなたは単なる獣でも怪物でもなくて、頭のどうかしている人よ！」冷たく言い放つ。「妄執にとりつかれているんだわ。つらい経験ばかりしてきたから、世の中は悪者でいっぱいだと思いこんでいるのよ。わたしは誰かのために働いているんじゃないわ。大英博物館のために働いているのよ」

「だったら、なぜ夜中に裸でうろつきまわるんだ？」ブライアンが問いただした。

「裸じゃないわ！」

「裸同然じゃないか」彼が指摘した。

カミールははじめて自分のまとっているナイトガウンがひどく薄いことに気づいた。言葉が瞬時に人の心に、強い影響を及ぼすことにも。突然、焼けるような恥ずかしさに襲われる。肉も血も骨も燃えているかのようにかっかと火照り、息をするのも難しかった。

わたしがこんな反応をしたのはさっきの彼のひとことのせいかしら。それともその言葉を口にしたのがブライアンだったからかしら。彼のなにがわたしをこんな気持ちにさせるの？

生まれてはじめてカミールは激しいいとしさと欲望を覚えた。ブライアンに抱かれ、体にまわされた腕の熱い鋼のような力強さを感じたかった。怒りに満ちた声ではなくて、安らぎを与えてくれるささやき声を聞きたかった。それだけでなく、彼女は仮面の奥に隠されている彼という人間を、炎のような怒りと決意に満ちた人間を知りたかった。

「わたしは……」

「どうしたんだ？」ブライアンがきいた。

カミールは弱々しく首を振り、両腕で自分を抱きしめた。「どう言ったらいいのかしら。わたしに悪意はないということを、あなたにどう説明したらいいの？　ええ、そうよ。できるものならあなたを助けてあげたいわ……そうする方法があるのならね。でも、わかるでしょう？　方法はないのよ。コブラを裁判にかけることなどできないんだから。コブラは証言できないのよ。それにわたしはあの博物館のお偉方でもない。エジプトへの調査旅行が実施されたとき、わたしはまだあそこに雇われていなかったんですもの。いくらあなたを助けてあげたくても、わたしにはその力がないの」

ブライアンは長いあいだ身動きもせずに黙りこくっていた。やっと彼が体を動かしたとき、カミールは一瞬、暴力を振るわれるのではないかと思って凍りついた。だが予想に反して、ブライアンは手を差しのべて彼女を立たせ、胸に抱きしめた。

ちょうど彼女がそうしてほしいと願っていたように。

ブライアンは椅子に座ってカミールを膝の上にのせ、両腕を体にまわした。「きみはまるで木枯らしに吹かれる木の葉のように震えているよ」かすれた声で言った。「ばかだな。きみを八つ裂きにしようなんて、これっぽっちも思ってはいないのに。ただきみを温めてあげたいだけなんだ」

カミールはただうなずいた。しゃべれなかったためもあるが、口からどんな声が出てくるか怖かったのだ。再び鼓動が暴れだす。温めてもらわなくてもいい――ふれているブライアンにはカミールの肌は冷たく感じられるかもしれないが、彼女の体内では熱い炎が赤々と燃えていたのだ。カミールは目をつぶり、わたしの震えは寒さのせいだと彼が思ってくれますようにと祈った。

ブライアンに本当のことを知られたくない。物心ついたときから抱いてきた信念や理性が彼によってはぎとられたこと、彼のせいでほかのすべてを忘れ去ってもいいと思えるようになったこと、明日という日は来ないかもしれないと覚悟していること、彼にこうして抱かれていることがなにより大事なのだと感じていることを。まるで酔っ払っているような気分だった。どうしてこんなふうになるのか、カミールにはさっぱりわからなかった。なぜなら心のなかで理性と感情が激しい闘いを繰り広げていたからだ。恐怖や嫌悪感を抱いてもいいはずなのに、そうはならなかった。

ブライアンがカミールの顎に手を添えて顔を上へ向けさせた。彼女は底知れぬ深みをたたえたコバルト色の目を見つめた。彼に親指で頬を撫《な》でられてそっとささやかれたとき、彼女の気持ちはいっそう混乱した。「きみはぼくがこれまで会ったなかで、最も正直で勇気のある女性か、人をだますのが最高にうまい嘘《うそ》つきのどちらかだ」

カミールは身をこわばらせ、いつまでもブライアンにこうしてやさしく抱かれていたいという衝動と闘った。これほど自分に自信がなくなったのははじめてだった。

「怒らないでくれ。きみを正直で勇気のある女性と信じたい。きみの言うとおり、ぼくは恨みと怒りにとりつかれて苦しんでいる。いくら時間がたっても、それは変わらない」

「あなたが間違っている可能性はない？」カミールはささやいた。「もしかしたら……」

ブライアンが首を横に振って悲しそうにほほえんだ。「いいや。エジプトコブラが一匹迷いこんで、ひと噛《か》みすることはあるかもしれない。しかし、ぼくの両親をどちらも噛むなんてことがありうるだろうか？　それだけではないんだ。たくさんの工芸品が消えた。あの音の件もあるし」

　いっそう混乱したカミールは彼を見つめた。「城の周囲には高い塀がめぐらされていて、その内側には深い森が広がっているわ。それにあなたは犬を飼っているじゃないの。音がするのなら――」

「音がすることはきみだって知っているじゃないか」ブライアンが反論した。

　カミールはかぶりを振った。「でも、あれはきっと建物が自然にたてる音に違いないわ。この城は中世に建てられたものなんでしょう。それに、誰かがここへ忍びこむなんて不可能ではなくって?」

「きみの後見人は忍びこんだよ」

「ええ。だけどすぐあなたにつかまったわ」

　ブライアンが彼女の目をよく見ようとしてわずかに体を動かしたとき、カミールは自分の滑稽《こっけい》な姿勢を意識した。彼の膝に座って小さな声で話をしながら暖炉の火の暖かさを感じていると、とても親近感を覚える。もし……。

　〝もし〟については考えたくなかった。考えたりしたら、頬が火照って真っ赤になってしまうだろう。

「どうして夜中にうろつきまわったんだ?」ブライアンが尋ねた。

　カミールは彼の目を見つめたまま大きく息を吐いた。「音が聞こえたから……。もちろんあなたはわたしを信じないでしょうね。あなたはもう誰も信じられなくなって――」

「外から城のなかへ入りこむ通路があることは信じているよ」ブライアンが火を見つめて言った。

「通路ですって？」

「地下のトンネルだ」

「でも、あなたなら知っていて当然なんじゃないの？」

ブライアンは肩をすくめた。「カーライル城にはいろいろな物語があるのさ。最初の城壁が築かれたのはノルマン征服の直後だった。薔薇《ばら》戦争の時代には双方の陣営がここを避難所にしたたし、クロムウェルの時代には王党員たちがここへ隠れたそうだ。チャールズ王子がスコットランドへ逃れる前、この城へ一時避難したとも言われている。だから秘密の通路があったって、なんの不思議もないんだよ」

「でも、あなたはここの伯爵じゃない。それなのに、通路があるかどうか知らないの？」

「もうかなり長いあいだ、わが国には大きな内戦がなかった」ブライアンが穏やかに言った。「父はそういう通路が存在すると固く信じていたよ。探検家だった父は謎《なぞ》が大好きだったのさ。ひょっとしたら、それについてなにか発見していたのかもしれない。ぼくは両親が亡くなる前、軍隊に所属していて、長いあいだここを離れていた。興奮する出来事があったり驚くべき発見をしたときなど、父はよく手紙を書いてよこしたものだ。ぼくをびっくりさせるものをつかみかけていると考えていたらしい。かつてはぼくも両親と同じように、大昔の歴史や失われた文明への情熱を抱いていたことがある。しかし父は、きみも知ってのとおり、イングランドの伯爵だった。ぼくたち一家には責任があったのさ。ぼくのような地位の人間は大英帝国のためにつくさなければならない。幸い、ぼくは騎兵としての才能があった。そこで何年も家から離れて暮らし、ここへ帰ってくるのは休暇のときだけで、両親に会いにエジプトへ行ったのは数えるほどだ。ぼくはここ、カーライルに住んでいた若いころの情熱を失ってしまった。だから、仮に父が秘密の通路を見つけていたとしても、ぼくはそれについてなにも知らない。もっとも通路を発見していたら、父は手紙で知らせてくれたはずだ」

火を見つめるブライアンの目が細くなった。カミールは一瞬、彼は自分がいることを忘れているのではないかと疑った。それほど深い物思いにふけっているように見えたのだ。カミールは彼の気を散らしたくなくてじっとしていた。それに動いたりしたら、ふたりの体がいっそう密着してしまう。けれどもそんな不安とは裏腹に、彼女はブライアンにもっと身を寄せたいという激しい欲望を感じた。さっき彼が口にした言葉がよみがえり、ふいに自分が裸同然で、ふたりの肌が重なりあっているような感覚に陥った。自分に向かって、この人は正気ではないかもしれないのよ、怒りの炎が暖炉の火と同じように突然激しく燃えあがるかもしれないのよ、と必死に言い聞かせる。だが、ブライアンのにおいをかぎ、直接伝わってくる体の力強さを感じていると、いくらそう考えたところで無駄だった。

「父はきっとぼくに手紙を書いていたのだろう」ブライアンがつぶやいた。それから彼は再びカミールを見つめた。「ああ、そうとも。きっとどこかに……書きかけの手紙がどこかにあるに違いない。母は日記をつけていた。父は手紙を書いた。前の手紙を出すと、すぐに次の手紙を書き始めたものだ。しかし父が死んだときは、書きかけの手紙は一通もなかった」

カミールはごくりとつばをのみこんで乱れた気持ちを静め、分別と知性をもって応じようとした。「ちょうどエジプトですばらしい発見をしたところだったでしょう。墓の発掘をしていて。忙しさに紛れて、たぶんお父様には手紙を書く時間がなかっただけなのよ」

「そうかもしれない。しかし、父は書かないではいられない性分だったからな」

「思いこみだわ」カミールはそっとささやいた。

「カミール！」

ブライアンに目をやった彼女は、仮面の下で彼がほほえんでいるのを見た。

「きみがぼくの立場だったら、きっと同じように固い信念を抱いたと思うよ。なんといってもきみは卑しい盗人を救うために、受けたくもないもてなしを受けて、それを重荷に感じながらも、ここにとどまっているんだからね」

カミールは憤慨して再び身をこわばらせたが、すぐに彼の意図を悟った。悪意からではなく、彼女を怒らせるためにわざと言ったのだ。

「盗人だなんて――」

「そうだ、盗人だ。しかし肝心なのは、きみにもそれくらいのことはできるという事実だ。大切な人のためなら、きみだって分別を失うに違いない。だから、きみにはぼくの立場が理解できるんじゃないのかな?」

カミールを見つめるブライアンの目は真剣ではあったけれど、かすかにからかいの色も浮かんでいた。またもや彼女は胸のときめきを、荒い自分の呼吸を、そして伝わってくる彼の活力を感じた。仮面の下の頬にふれたいという衝動がこみあげる。ブライアンの顔はすぐそばにあり、彼の唇が今にもカミールの唇を求めてきそうだ。彼女はブライアンとふれあっていることを意識した。心地よい酩酊《めいてい》感と充足感に包まれる。カミールは欲望とあこがれを感じた。

ブライアンが急に身を引いてカミールを立たせ、自分もさっと立ちあがった。けれども彼女にまわした腕は離さなかった。さもなければよろけていただろう。

「ずいぶん遅くまできみを引き止めてしまった。部屋まで送っていこう」

彼はドアへ向かって歩きだした。いつになくぎこちなくてよそよそしく、威厳のある態度を装ってはいるが、そうした礼儀正しい外見の奥で熱い炎が赤々と燃えているのが感じられる。

やがてふたりは彼女の部屋の前へ来た。「カミール、ぼくは本気で言っているんだ。たとえなにがあろうと絶対に城のなかをうろついてはいけない。何度も繰り返すが、夜中に歩きまわるのは危険だからね」

カミールはうなずいた。「わたし……エージャックスが一緒のときは安心していられたわ」

「そうか。だがあいつは今、仕事中なんだ。外の庭で」

「そう」

「カミール……」

夜の心地よい大気のなかで、彼女の名前はかつてないほど温かなささやきとなって響いた。そのささやきにはやさしささえこめられていた。自分の名前を呼ばれるのを聞いたとたん、カミールは胸の奥でなにかが熱く焼けるのを感じた。

ブライアンはすぐそばに立って、彼女のほうへ頭を垂れている。こんな状況に陥る可能性をカミールは考えてもいなかったが、いざそうなってみると、もっと親しくなりたくて仕方がなかった。

「ぐっすり眠りなさい」ブライアンがささやいて後ろへさがった。「明日もきみにとっては長い一日になるだろう」

彼は向きを変えて部屋を出ていこうとした。

「待って！」カミールは思わず叫び、勇気を奮い起こして近づいていった。

ブライアンはドアのところで立ち止まった。

「夜中になにかが聞こえたらどうすればいいの？」カミールは尋ねた。

彼はほほえんだ。「思いきり叫んだらいい」

「わたしの声があなたのところにまで聞こえる？」

ブライアンの笑みが大きくなった。「ああ、聞こえるとも」

「じゃあ、あなたはすぐそばにいるのね？」

「あそこにエジプト王妃ネフェルティティの肖像画がかかっているだろう」

「ええ。それが？」

「あれはぼくの部屋へ通じる扉になっているんだ。額縁の左側を引っ張るだけでいい。それではおやすみ、カミール」ブライアンはそう言って歩み去った。

9

カミールが出かけた直後、ブライアンが朝のコーヒーを飲んでいるところへ突然やってきた者がいた。

トリスタンがなんの前ぶれもなく現れたのだ。ひげをそってこざっぱりした服装をしているせいか、非の打ちどころのない紳士に見える。彼は頭を昂然《こうぜん》とそらし、両脇《りょうわき》で拳《こぶし》を握ったり開いたりしながら、自信に満ちた力強い足どりで入ってきた。そして足を止め、顎をわずかにそらして言った。「おはようございます、スターリング卿《きょう》」

「おはよう」ブライアンは座ったまま挨拶《あいさつ》を返し、相手が先を続けるのを待った。トリスタンは完全に健康をとり戻したように見えた。

「お互いにばかな目を見ないよう、このあたりで腹を割った話しあいをしておくべきだと思いまして」しばらく黙っていたあとでトリスタンが言った。

トリスタンがここへ出向いてくるにはかなりの勇気を要しただろう。そう考えながらブライアンは軽く頭をさげた。「うむ、それはいい考えだ」

トリスタンは肩をいからせて続けた。「わたしがこの城へ来たのは、ちょっとした金目のものがなくなったところで、あなたにとってはたいしたことがないだろうと思ったからです」

「ふむ」

「しかし、あの子はわたしにとって命にも代えがたい大切な存在です」トリスタンの声になんとなく卑屈な調子がまじった。「わたしの行為の代償を、あの子に払わせるわけにはいきません。そこで……」

「あなたは裏の世界に少々通じているのでは?」ブライアンは尋ねた。

「とんでもない。ロンドンのいかがわしい酒場や売春宿にしょっちゅう出入りしているわけではないので」トリスタンは憤然と応じたあとで顔をしかめ、うんざりしたようにため息をついた。「だが、ええ、いかがわしい連中の集まる場所をいくつか知っていることはたしかです」

ブライアンは椅子の背にもたれて目の前の男をしげしげと眺めた。トリスタンは引きしまった体つきをしていて、いかにも機敏そうだ。若いころはさぞや優秀な軍人だったに違いなく、だからこそナイト爵に叙せられたのだろう。

「座りたまえ、ミスター・モンゴメリー。まだ朝食をすませていないのなら、そこにコーヒーと食べ物がある」

トリスタンは眉間《みけん》にしわを寄せて不安そうに顔をしかめた。「同席させていただけるのですか？」

「どうぞ」

トリスタンはますます不安になったらしく、コーヒーを注《つ》ごうとしたものの、急に手がぶるぶる震えだした。それを見て、ブライアンが代わりに注いでやった。

「どうも」トリスタンはもごもごとつぶやいてコーヒーカップを受けとり、ブライアンがすすめた椅子に腰をおろした。そして、ここへ来た目的を再び話し始めた。「あの子がわたしのすべてなのだということをご理解いただきたい」

ブライアンはほほえんでまたうなずいた。「カミールに危害を加えるつもりはまったくない」

「ある人間にとっては危害と思えないことでも、ほかの人間には生涯の恥辱となることがあるのです」トリスタンが言った。

「ほう、なるほど」

「彼女を……あの子を軽々しく扱わないでいただきたいんです」

ブライアンは身を乗りだして、年輩の男の目をまっすぐ見つめた。「安心してほしい。誰もカミールを軽々しく扱いはしないよ」

「そうはおっしゃるが、正直に言って、わたしは心配でなりません」

「彼女は大英博物館で働いているね。古代エジプト遺物部で」

トリスタンは相変わらず顔をしかめたままうなずいた。「カミールはほとんど独学で知識を身につけたのです」

「今度の資金集めのパーティーに、ぼくは彼女を同伴することになっているんだ」

「ええ、そう聞きました」

「彼女には特別な才能がある」

「伯爵！」

「エジプト学における才能のことだよ。ぼくの見るところ、あなたにも特別な才能があるようだ」

またしてもトリスタンの目に不安と恐怖の色がよぎった。彼はブライアンの目を見つめ返して言った。「どうやらわたしの才能はすっかりだめになってしまったらしい。あなたにつかまったのですから」

ブライアンは小さく笑った。

「あなたの望みはなんです、スターリング卿？　いくら脅されようと、わたしは彼女にかばってもらうつもりはありませんぞ」

「あなたに仕事をひとつ提供しようと思う」

「なんですと！」

「あなたの被後見人とはなんの関係もない仕事だよ」ブライアンはトリスタンを安心させようとして言った。

「それでは……」

「売るための品をひとつあなたにあげよう」

「なんですって?」

「ぼくの代わりにそれを売りに行ってほしいんだ」

トリスタンは面食らった様子で、コーヒーをすすった。「わたしは古代の工芸品を盗みに来た。それなのにあなたはわたしに、ひとつやるから、それを売りに行けとおっしゃるんですか?」

「そのとおり」

「ああ!　わたしを懲らしめるおつもりなら、そう、わたしがその品を持って出たとたんに警官を差し向けるつもりでおられるなら、わざわざそんなことをする必要はありません。わたしは罪を認めたのです」

ブライアンはかぶりを振った。「あなたはぼくの話を聞いていない。ぼくは仕事を提供しているんだよ。あなたにはロンドンの町へ出かけていってもらいたい。ぼくの知らないいろいろな場所へ行って、闇市《やみいち》で売られている品物について調べてきてほしいのだ」

トリスタンは背筋をまっすぐのばした。彼の目に理解の光が浮かんだ。「本気ですか?」

「本気だとも」
「あなたのために働かせてもらえると？」
「あなたやあなたの従者のラルフなら、そういう場所をいくつも知っているのではないか
な？」
「ロンドンの町のことならよく知っています、任せてください。それに当然ながらわたし
は、エジプトの工芸品についても詳しいんです。なにしろあの子を育てたのは、このわた
しですから」
「あなたは自分の知っていることを全部カミールに教えこんだのでは？」
トリスタンが眉をひそめた。カミールは美徳の鑑《かがみ》ではないとほのめかされたのが気に
入らなかったのだろう。
驚いたことにブライアン自身もふいに緊張を覚えた。本当にカミールは見かけどおりの
人間なのだろうか。博物館で一緒に働いている男たちの計略についてなにも知らないだけ
でなく、このようなおぞましい仮面やぼくの噂《うわさ》に接してもなにも感じないのだろうか。
彼女はぼくの地位や称号を知っている。それに目がくらんで、ほかのことは気にならない
のだろうか。しかしカミールは自分の出生の秘密を打ち明け、パーティーに同伴するよう
なまねをして彼女を世間の好奇の目にさらせば、パンドラの箱を開けることになると懸命
にぼくを説得しようとした。ぼくは彼女がどんな生い立ちの人間だろうといっこうにかま

わない。それを言うなら、ぼくはただ彼女を利用していただけだ。それが今では……。

突然胸にきざした動揺が仮面では隠しきれないのではないかと不安になり、ブライアンはぱっと立ちあがった。昨夜、彼は生き返って人間に戻った気がした。こんなことは久しくなかった。両親に関する恐ろしい知らせを聞き、戦場へ赴いて怒りに任せて武器を振るい、皮膚を鋼鉄の刃で切り裂かれるのを感じて以来、彼の心はすっかり凍りついてしまって、うわべをいくら装おうと、あるいはどこへ出かけようと、なにをしようと、その硬い氷が溶けることはなかった。昨夜までは。

カミールにこんな気持ちを抱くようになろうとは考えもしなかった。彼女への思いはゆっくりとはぐくまれ、突然、表に現れた。これまで修道士のような生活を送ってきたわけではない。だがどんなときでも、心になにかを感じたことはなかった。

ところが昨夜、ほんのつかのまとはいえ、純然たる欲望を感じた。彼女にふれたい、彼女を抱きしめたいという衝動が、なにもかも投げ捨てて肉欲の炎に焼かれたいという思いが、抑えがたいほど高まったのだ。

ブライアンは本題を忘れてあらぬ考えにふけった自分に腹を立て、いらだちの声をもらした。振り返ってトリスタンを見つめる。「今日一日、従者のラルフと過ごすといい。そして工芸品をどこへ売りに行ったらいいかふたりで相談し、計画を立ててほしい。しかし、夜までには自分のベッドへ戻るように。少なくとも明日までは、まだかなり具合が悪いとみんなに思わせておきたいのでね。資金集めのパーティーがすんだら、ようやく治ったふりをしてベッドから出るといい。あなたの噂を流しておこう。健康をとり戻したら、それを祝して酒を飲みに行きたいと思っている、とね」

トリスタンが立ちあがった。ブライアンは彼を見て獰猛《どうもう》な小型テリアを連想した。「あなたの知りたがっていることを探りだしてきましょう」彼が断言した。「なんとしてでも」

その朝、大英博物館へ向かう道路は大混雑していた。ラッセル・スクエアで小型の荷馬車が転倒し、積んでいた野菜があちこちへ転がったのだ。警官が懸命にその場をとり仕切ろうとしていたが、人々はなかなか言うことを聞かなかった。怪我《けが》をした御者を助けようとする者、野菜を拾い集めようとする者、なかにはちゃっかりくすねようとする者もいる。大型の馬車や自転車、二輪馬車や乗合馬車が迂回《うかい》しようとして渋滞に巻きこまれていた。暇人たちは足を止めて野次馬に加わり、徒歩で出勤する者たちは急ぎ足で混雑を避けていく。

しびれを切らしたカミールは馬車の屋根をたたいて窓から首を出し、ここから先は歩いていくとシェルビーに告げた。彼が止める間もなく馬車からおり、群衆のなかへ紛れこんだ。

彼女が大英博物館へ着いたときは、すでに開館したあとだった。展示品のあいだを縫って足早に進んでいった彼女は、陸生小動物飼育器《テラリウム》の周囲に人々が群がっているのを見た。オーブリーがコブラに餌《えさ》を与えた直後らしかった。

カミールは身震いして階段をあがり、自分の仕事部屋へ急いだ。サー・ジョンは机に向かって座っていたが、遅刻してきた彼女を見てもとがめなかった。ただ弱々しくほほえんだだけだ。

「道路は大変な混雑だっただろう」サー・ジョンはそう言って首を振った。「ますますひどくなるばかりだ。まったくロンドンの交通ときたら」彼はそれきりカミールを無視し、机の上のグラフや資料に注意を戻した。

彼女は仕事を始めたが、ヒエログリフが意味もなく目の前を泳いでいるだけで、心はついほかのことへ移っていった。ほんの一年と少し前、この部署の人たちがエジプトへ調査旅行に出かけた。最初、その調査は信じられないほどすばらしい発見で大成功のうちに終わるものと思われた。ところが栄光は悲劇へと変わったのだ。

カミールは仕事を中断して部屋を出た。机に向かって座っていたサー・ジョンが顔をあげて彼女を見た。

「なんだね？」

「あの……サー・ジョン。スターリング卿夫妻が亡くなったとき、なにがあったんですか？」彼女は尋ねた。

「どういう意味かね?」

「あなた方は全員そこにいらしたのでしょう?」

サー・ジョンの目が曇った。「そうだが」

「おふたりの遺体は埋葬のためにイングランドへ送り返されました。でもその前に遺物は発見されていたんですよね。だとしたら、おふたりが亡くなられたあと、しなければならないことがたくさんあったはずです」

サー・ジョンはカミールを見て首を振った。そして書類に視線を戻した。「それほど急を要してはいなかった。我々はすでに墓のなかへ入って目録の作成にかかっていたからね。重要な品々の多くは墓の外へ運びだされて、船に積む用意ができていた。ブライアン宛《あて》に電報が打たれ、彼は戦闘が始まる直前にご両親の死を知ったようだ。その戦闘でブライアンは負傷したが、なんとかカイロへ駆けつけた。それまで遺体は氷で保存してあった。ブライアンはご両親の遺体をイングランドへ送る手配をし、なぜかわからないが、向こうへ着いたら検死をしてもらうと言い張った。死因は明らかだったのに」

「蛇は見つかったのですか?」

「なんだって?」

「エジプトコブラです。スターリング卿夫妻を殺した」カミールは言った。

「見つからなかったんじゃないかな。おそらくコブラが夫妻の部屋のなかに巣をつくったのだろう。そしてふたりを殺したあと、蛇は外へ逃げだしたに違いない。大勢の人間がコブラに噛《か》まれて死んでいる。そうした危険は砂漠での生活や仕事につきものなんだ」

「もちろんです」彼女はつぶやいた。

サー・ジョンは仕事に戻って、それきりカミールを無視しようとしたが、彼女は彼の机へ歩いていった。

「捜査は行われたのですか？」

彼はまた目をあげた。「もちろんだ。エジプトの警察と英国の警察が呼ばれて捜査にあたったよ。当然じゃないか、ジョージはカーライル伯爵だったんだぞ」

「ええ、もちろん当然だと思います」

「わたしには仕事がある。きみだってそうだ」

カミールはうなずいて狭い仕事部屋へ戻った。いつもは魅力的に思える仕事が無味乾燥に感じられて、少しも身が入らなかった。それでもどうにか数行解読したところで、興味深い文章に出合った。ゆっくりと声に出して読んでみる。

「〝ヘスレの意志と力により、彼女が手ずからつくりたまいし炎と光の目を持つ偉大なる黄金のコブラが、高貴な生まれの者に天罰を下すと知れ〟」

彼女は原典を見つめ、自分が解読した文章を入念に読み返した。それからぱっと立ちあがってサー・ジョンの机のところへ駆け戻った。

彼はいなかった。

スターリング卿夫妻の死亡記事の切り抜きが、ほかの書類の上に置かれていた。なにかがそれを留めている。カミールは机をまわっていった。木製の机に切り抜きを留めているのは小さなポケットナイフで、その切っ先が写真の顔を貫いていた。サー・ジョンの顔を。

切り裂きジャックの事件が世間を騒がせたときに、町の浄化が盛んに叫ばれたにもかかわらず、イーストエンドはあまり変わらなかった。

ごろつき予備軍とでも言えそうな、やせこけて目の大きい薄汚れた子供たちが、家の玄関の前に座っていたり通りで遊んだりしている。誰もブライアンに近づいてこなかった。彼らはブライアンのほうを見ては散っていく。作業着姿の老ジム・アーボックに扮《ふん》してはいても、彼は見るからにたくましく、ちょっかいを出したらただではすみそうにない危険な目をしている。

ブライアンがジム・アーボックになろうと思いついたのは、大英博物館が清掃員を募集していた今から三カ月ほど前のことだ。そのときにあてがわれた仕事は古代アジア遺物部の学芸員たちのオフィスの清掃だったが、そこで我慢していれば、いずれ疑いを招くことなく古代エジプト遺物部へ移れるときが来るだろうと考えたのだった。もう少し早く移っていたら、カミール・モンゴメリーが城へやってきたときに、博物館で働いている女性だとわかっただろう。だが、城で会う前に彼女といちばん接近したのは、博物館の保管室へどうにか忍びこんで、片っ端からゆっくりと調べ始めたときだった。殺人を声高に主張したところで、うまくいきっこない。とりわけ誰を告発すべきなのか明らかでないときては。だから辛抱強く進めなければならなかった。

彼はジム・アーボックとして辛抱強く待つすべを学んだ。

貧しいけれど正直そうなお針子たちや、血がこびりついたエプロンをしている肉屋、帽子を目深にかぶった工場労働者たちが道をせかせかと歩いていった。呼び売り商人たちがジンや、うまそうなにおいのする肉汁を塗っただけで肉の入っていないミートペストリーを売っている。このあたりでよく見かけるのは、合法的な仕事に安い賃金で雇われている疲れきった顔をした移民たちだ。しょぼしょぼした目と欠けた歯をした売春婦たちがパブの近くをぶらついている。あたりには吐き気を催させるすえたにおいが漂っていた。

ぎこちないけれどしっかりした〝アーボック流〟の足どりで、ブライアンは一定の距離をとりながら前を行く男たちのあとをつけていった。彼がつけているふたりの男は、〈マクナリーズ・パブ――どなたも大歓迎〉という看板の出ている店の前で足を止めた。ブライアンはふたりがなかへ入るのを待ってから、自分も店へ入った。

カウンターに人が大勢集まっていて、ジンがふんだんに振る舞われていた。そこで商売をしているのはとっくに盛りを過ぎて、肉体の魅力だけではとうてい男をたらしこめそうにない女ばかりだ。〝酒焼け〟した顔の者が多く、なかには一度ならず折られて曲がってしまった鼻をしている者も数人いる。けれども暗い路地が至るところにあるので、目をつぶってつかのまの快楽を求めてくる男たちの相手ならいくらでもできる。売春婦のなかには仕事に疲れた男や世の中に嫌気がさした男たちをパブへ連れこんではジンを振る舞わせる者がいるので、パブのオーナーたちは売春婦を邪険には扱わない。

だいぶがたがきた木のテーブルが数個、カウンターの反対側の壁際に並んでいる。ブライアンは人ごみを押し分けてカウンターへ行き、ジンを頼んでテーブルのひとつに落ち着いた。そして見張りを開始した。

トリスタン・モンゴメリーがばかでないのは明らかだった。彼は城を出る前に着替えをしていた。今、身につけているのは港湾労働者の上着と帽子だ。ラルフも似たような身なりをしている。トリスタンほどの快活さはないものの、連れとしては申し分ない。

トリスタンがジンを注文して値段が高いのをこぼし、それから歯が全部そろっているひとりの売春婦といちゃつきだした。ほかの女たちと違って、その売春婦はまだ女盛りと言ってもよさそうだ。小柄でしなやかな体をしている。トリスタンがジンをおごってくれたのがうれしくて、彼のそばを離れないことにしたらしい。

「仕事の話をしたいんじゃないの、ねえ？」彼女がトリスタンの上着の襟をもてあそびながらきいた。

濃い茶色の目にブルネットの髪の女は愛嬌《あいきょう》のある笑顔を見せている。トリスタンは彼女を見つめた。港湾労働者風の身なりや態度にもかかわらず、女は彼のことを、煙の立ちこめる薄暗い酒場にたむろしている常連客たちよりも格上の人間だと見抜いたのだ。

「ああ、そのとおりだ」トリスタンは小声で答えて、ぴかぴかの硬貨を一枚出した。周囲の者たちはふたりのやりとりをまったく気に留めていなかった。こうしたやりとりはしょっちゅう行われているからだ。

「こっそり外へ出る？　それともジンをもう一杯飲みたい？」

トリスタンは女の腕をつかんでカウンターのそばから連れだし、帽子を目深にかぶったブライアンが座っているテーブルのほうへ連れてきた。「おれがしたいのは本当の仕事の話だ。金の絡んでいる仕事だよ」トリスタンが女に言った。「あることを教えてくれたら、もっと金をやってもいいぜ」

「なにかしら？」売春婦は熱心に耳を傾けた。

「おれは売りたいものを持っている」

「ふうん」彼女は顔をしかめた。「金持ちを殺して奪った宝石なら――」

「そんなものよりずっと上等なものだ。だが、特別の買い手が必要なのさ。おれが持っているのは……」トリスタンは言葉を切り、女の耳もとへ口を寄せてささやいた。

売春婦はわずかに身を引いて、うんざりしたように首を振った。「あんたが売りたいものって、ミイラかなんかじゃないだろうね？　そんなものはたきつけくらいにしかならないよ。少し前にミイラを売った人がいたけど、一緒に包まれているはずの装身具やお守がみんな盗まれたあとだったんだから」

トリスタンは唇に指をあてて大声を出すなと制した。「おれが持っているのは黄金だ。闇市なんかじゃちょっとお目にかかれないしろものだぜ」

「あんたが闇市のなにを知っているっていうの？」

ブライアンは彼女の言葉からいつのまにか訛《なまり》が消えているのに気づいた。この注目すべき夜の女がここに出入りしているのは、売春以外にも目的があってのことではないだろうか。

「じゃあ……そういう古代の遺物を売っている人間が、おれのほかにもいるんだな？」

「ええ、そうよ。しかも最高にいい品物よ」

「売っているのはどんなやつだ？」

トリスタンは女の手首をがっちりつかんだ。

相手にしているのがただの酔っ払いでないことに気づいて、彼女は手をもぎ離そうとした。「今ここにはいないよ！」彼女は小声で言った。

「明日また来る」トリスタンはそう言って、硬貨を女の手のなかへ滑りこませた。「仕事をしにな。おれの手伝いをして、買い手を見つけたり、商売敵を教えてくれたりしたら、たんまり礼を弾むよ。協力してくれないなら……」

「協力しないなら?」

「なあ、こんな惨めな生活から足を洗いたいんじゃないか?」トリスタンがきいた。

「こんな硬貨一枚じゃ足りないね」女がにべもなく言った。

トリスタンの顔にゆっくりと笑みが広がった。「じゃあ取り引き成立ってわけだな」彼はもう一枚硬貨を出して女に与え、彼女をしげしげと見てからラルフにうなずきかけて一緒に店を出ていった。

売春婦はカウンターへ戻り、なかでグラスをふいているがっしりした体格の男になにごとかささやいた。男がささやき返す。女は口をとがらせて硬貨を一枚出し、男に渡した。男はトリスタンとラルフが出ていったばかりのドアを見やると、カウンターのいちばん端にいる男のところへ近づいていって、耳もとでささやいた。その男はやせていて、鋭い鷲《わし》鼻《ばな》をしていた。

やせた男が立ちあがって店を出ていった。ブライアンも店を出た。

カミールが机のそばに立っているところへサー・ジョンが戻ってきた。カミールは目をあげた。

「なにをしているのかね?」サー・ジョンが尋ねた。

「あの……お話ししたいことがあって」

「机の上の紙は？　それはわたしのナイフじゃないか！」

彼女はかぶりを振った。「たった今わたしがここに来たら、新聞の切り抜きが置かれていたんです。こんなふうにナイフで留められて」

サー・ジョンは顔をしかめて机のところへ歩いてきた。腹立たしげにナイフを机から引き抜き、折り畳んでポケットへ入れた。それから真ん中の引きだしを開けて切り抜きをしまうと、カミールをにらみつけて言った。

「ここに誰がいたんだ？」

「知りません」

サー・ジョンの顔に疑いの表情が浮かんだ。「知らないとはどういうことかね？」彼は問いただした。怒りで声が震えていた。けれどもカミールは、怒り以上のものが声にまじっているのを感じた。それは恐怖だった。

「わたしは部屋で仕事をしていました。ほんとにそうなんです。今ちょうど出てきたところでした。あなたにお話ししたいことがあったものですから。そうしたら新聞の切り抜きにナイフが刺さっていたのです」カミールは説明した。

サー・ジョンは頭を振り、彼女に話しかけるというよりひとりごとをつぶやくように言った。「わたしは講義をしていた……閲覧室で。ナイルの驚異や前回の調査旅行におけるすばらしい発見について話していたんだ。ここを一時間と離れてはいなかった」彼は急に気弱な様子になり、倒れるように椅子へ座りこんで両手をこめかみにあてた。「ひどい頭痛がする。午後は家で休むことにしよう」

サー・ジョンはまたもや激した様子で立ちあがり、カミールには目もくれずに執務室を出ていった。

彼女は心配になってサー・ジョンの後ろ姿を見送った。彼はカミールにどんな話をしたかったのか尋ねようともしなかった。それほどおびえていたのだろうか？

カミールが自分の部屋へ戻ろうと歩きかけたとき、爪先になにかがあたった。見おろすと、サー・ジョンが急ぐあまりに落としていった鍵《かぎ》束だとわかった。彼女は鍵束を拾いあげて彼を追いかけた。「サー・ジョン！」

だが、彼はいなかった。それどころか、古代エジプト遺物部一帯に不気味な静寂が漂っていた。今日、カミールは一度もハンターの姿を見ていない。それはそう珍しいことではない。しかし、オーブリー・サイズモアやアレックス・ミットルマンの姿も見ていないのだ。いつも掃除をしているあの老人さえどこにもいない。

カミールは静寂のなかに長いあいだ立ちつくしていた。追いかけていっても、サー・ジョンに追いつくのは無理だろう。まるで建物内にいるのはカミールだけのようだった。

彼女は鍵束をぎゅっと握りしめた。ちょうどいい機会だ。地下の保管室を探ってみよう。

鷲鼻の男はパブを出たあと、こっそりトリスタンとラルフをつけていた。すぐにブライアンはそのことに気づいた。彼らは狭い路地からにぎやかな通りへ出て、再び入り組んだ路地をくねくね進み、やがてテムズ川近くの古代ローマの城壁跡があるあたりに達した。ブライアンの目に、川向こうにそびえるホワイトタワーが見え、まもなく視界から消えた。

彼らは路地を曲がって人通りの多い街路へ出た。そのとき、鷲鼻の男がトリスタンの背後へ駆け寄って、彼を薄暗い路地へ押しこむのが見えた。

ブライアンは急いで路地へ駆けこんだ。鷲鼻の男は銃を持っている。ブライアンが路地の突きあたりの狭い空き地へ着いたときには、男は銃をトリスタンとラルフに向けていた。

「おまえたちが持っているのはどういう品だ？　どこでそいつを手に入れた？」男がきいた。

ブライアンは男の背後に忍び寄った。彼はトリスタンの目が大きく見開かれるのを見て首を横に振り、危険を察知した男が振り返る前に飛びかかった。男の腕を殴りつけると、銃が宙を飛んでごみの散らかっている草地の路地裏に落ちた。男はふくらはぎに結わえつけてあるナイフに手をのばしたが、ブライアンの右の拳を食らって後ろへのけぞった。

その瞬間、銃声がとどろいた。

カミールは鍵束をつかみ、地下の保管室へ行こうと展示室を急ぎ足で進んでいった。もうたいして混雑はしていないが、それでもまだ何組かのカップルや、メモをとっている生徒や学者、あちこちの像やレリーフの前でスケッチブックを広げている画学生らの姿がある。コブラは餌を与えられたばかりらしく、満足そうにとぐろを巻いて眠っていた。オーブリーの姿はどこにもなかった。

彼女は深呼吸をひとつしてから、二日前にサー・ジョンと一緒におりた階段をおり、博物館の地下を保管室めざして歩いていった。

照明が暗くて最初はほとんどなにも見えなかった。だが、しばらくすると目が暗がりに慣れて、どこをどう進んでいけばいいかわかるようになった。カミールは財宝のつまったボール紙の箱が両側に積まれた通路をたどり、エジプトの古代遺物が保管されている場所へ、とりわけ、スターリング卿夫妻の最後の調査旅行から持ち帰られた品物が置かれているところへ来た。

石棺におさめられていないミイラがたくさんある。すでに封を開けられたものか、あるいは集団埋葬されて最初から石棺に入っていなかったものだろう。カミールはそれらのミイラを眺め、保存状態が非常に良好であることを見てとった。細心の注意を払って布が巻かれているのだ。王朝後期になると、防腐処置をする者たちが宗教的熱意を失って金目あてに仕事をするようになったため、いい加減な処置を施されたミイラが目立つようになるが、ここにあるのはそういうものとは違う。

しかし、今用があるのはミイラではない。彼女は木箱を次々に調べて石板に記された文字を読み、黄金のコブラに言及したものがないか探した。崇敬されている女祭司か魔女によってつくられた黄金のコブラが、特別の魔よけとして遺体と一緒に墓に入れられたのだとしたら、それはたぐいまれな芸術品であるに違いない。純金だろうか？　おそらくそうだろう。そして目は……ルビーだろうか？　それともダイヤモンド？　いずれにしても宝石でできているのはたしかだ。

けれどもいくら木箱を調べても、黄金のコブラに言及した文字には行きあたらなかった。さらに開封されている箱のなかを入念にかきまわしてみたが、文献に記されている黄金のコブラに似たものはなにひとつ発見できなかった。

彼女は首をひねりながらミイラをおさめてある木箱のところへ戻った。黄金のコブラはわたしの想像より小さいのかもしれない。ヘスレのミイラと一緒に埋められたのではないだろうか。

しかし、いい加減に開けられたミイラのどれかがヘスレだとはとうてい考えられない。有能なエジプト学者なら、これほど高名な個人の石棺を開けるときは適切な手段を講じてもっと慎重にやるはずだ。墓荒らしから守るため、墓そのものに落とし穴やら落石やらの罠《わな》が仕掛けてあるように、こういう石棺にも罠が仕掛けてあるかもしれないからだ。

がっかりしたカミールはその場に立ち、ミイラのひとつを眺めた。どんなに人間が努力したところで死と腐敗の襲来を阻止することは不可能なのだとつくづく思われてきて、なんだかそのミイラが哀れになった。

そのとき、保管室の薄暗い明かりが突然消えた。ミイラに囲まれて立っていたカミールを闇が包んだ。


「伏せろ！」ブライアンは怒鳴ると同時に、自分も身を伏せて地面を転がり、近くにあった水桶《みずおけ》の陰へ隠れた。腕に焼けるような感覚を覚えたので、弾丸のひとつがかすったのだと気づいた。

銃声が急にやんだ。

ブライアンは水桶のまわりを這《は》い進んだ。

「おい、そこの年寄り！」

トリスタンの声だ。ブライアンはほっと安堵《あんど》の吐息をついて、用心しながら水桶の陰からのぞいた。トリスタンとラルフが故障した馬車の後ろからこちらへ進んでくるところだった。

ふたりをつけていた鷲鼻の男は地面に倒れている。ブライアンは近づいていって男のかたわらにしゃがんだ。男の額を銃弾が貫いていた。死んでいるのは明らかだ。

ブライアンは手早く男のポケットを探った。そしてトリスタンとラルフを見あげた。ふたりは彼の横に立って、校庭での大喧嘩《おおげんか》に巻きこまれた子供のように口をあんぐり開けて見ている。

「ふたりとも早くここを離れるんだ」ブライアンは命じた。

「なんだって?」トリスタンがだみ声で言った。

ブライアンは自分が何者なのかということに、トリスタンもラルフもまるで気づいていないのを見てとった。「警察が来る前に、とっととここを離れるがいい。警察が来たときにこの場にいたら、なにをしていたのかとか、この男とどんな関係があるのかとか、うるさくきかれるだろう」

「そりゃ……そうだ……」トリスタンがつぶやいた。

「それにしても、誰がこいつを撃ったんだろう?」ラルフがきいた。

「この男とどんな関係があるかときかれても……」トリスタンがつぶやいた。「こんな男は知らないぞ」

「こいつはあのパブにいた」ラルフが目を見開いた。「カウンターの端っこに座っていたのを覚えている」

「しかし、警察にきかれたってなにも知りはしないんだ」トリスタンが言った。

「うん、知らねえ」ラルフが相槌《あいづち》を打った。

「じゃあ、あんたたちは警察に尋問されたいのか?」ブライアンはきいた。

「とんでもねえ」ラルフが言った。

ブライアンは男のポケットを探り続けたが、男は身元を示すようなものをなにひとつ身につけていなかった。ポケットに入っていたのは数枚の硬貨と噛みたばこのかたまりだけだ。

ブライアンは視線をあげた。ふたりはまだそこに立ってこちらを見つめている。「行け!」彼は促した。「さっさと立ち去るんだ」

ブライアンは立ちあがって狭い空き地を見まわした。周囲には家が立ち並んでいる。昔はフラマン人の職工あたりが住んでいたのだろうが、今は薄汚れて貧乏人たちが住む典型的な賃貸しの住宅に変貌《へんぼう》している。どの家も最低七部屋か八部屋はありそうで、きっとひと部屋に十人家族が暮らしているのだろう。建物のうち三階建てがふた棟。どの建物にも裏にバルコニーがついている。

ふたりはまだそこに立って待っていた。

「早く行け!」ブライアンが促した。

ふたりが路地へ向かって歩きだそうとしたとき、警察の笛の音がした。二軒の家のあいだに右手奥へ通じる路地がある。

「あっちだ」

ブライアンは立ちあがって、ふたりをそちらへ押しやった。まだその場に残ってしたいことがあったが、彼も警察に尋問されたくはなかった。

トリスタンとラルフをせかして進むうちに、ブライアンは別の狭い空き地に出た。どこかの家の前庭らしい。ブライアンはふたりを人通りの多い道路のほうへ押しやってから、別の方角へと歩みを速めた。


カミールはさっきまで哀れんでいたミイラをおさめてある木箱の縁をつかんで耳を澄ました。最初はなにも聞こえなかった。やがてきぬずれの音がした。音は木箱のなかから聞こえてくるようだ。

そんなばかな！　心臓が早鐘のように打っているが、ミイラが生き返ったのだとは信じたくない。でも、そうでないとしたら、何者かがここにいるのだ。わたしの近くの暗闇に。木箱の反対側に立って音をたてている。さっきのわたしと同じように手探りしているのだろうか。わたしを怖がらせようとして……。

新聞写真のサー・ジョンの顔を貫いていたナイフが、ぱっと脳裏に浮かんだ。誰か知らないけれど、その人はただわたしを怖がらせようとしているのではない。ほかに目的があるんだわ。

カミールは音をたてないようにそっと木箱から後ずさりしようとした。そのとき声が聞こえた。ささやき声。しわがれた声。

「カミール……」

彼女は武器になるものをなにも持っていなかった。おびえるのは癪《しゃく》だし、呪《のろ》いなどまるきり信じていない。でも……あの声。まるで背筋をかきむしられるようだ。体の奥にまで入りこんでくる。その声にはなにか……邪悪なものが感じられる。

走って逃げなければ。でもこう暗くては、雑然と積んである箱のあいだを走ることなどできるわけがない。それに進んでいった先が行き止まりだったら、どうなるの?

「カミール……」

再び声がした。空気を紙やすりでこするような声……からかって楽しんでいる。警告している。ぞっとする声。

カミールは歯を食いしばって暗闇のなかで向きを変えたが、とたんに木箱にぶつかった。背後で動く音がした。何者かが木箱をまわってこようとしている。暗闇のなかではやはり目が見えないので、手探りでカミールを見つけようとしているのだ。

彼女は手をのばして木箱を探り、なかへ手を入れて武器になりそうなものを必死で探した。手がなにかをつかんだ。埃《ほこり》にまみれているが、長くて硬い。たぶん笏《しゃく》かなにかだろう。それを握りしめて木箱を手探りしながらまわっていった。

保管用の段ボール箱や木箱の配置をおぼろげながら覚えていたので、カミールはそれらのあいだを縫ってそろそろと進んだ。背後から追いかけてくる者は大胆になったのか、今では足音を忍ばせようともしない。

「カミール……！」

あそこだ！　前方に戸口が見えた。細い明かりの筋で囲まれているのでドアだとわかる。カミールはそこに向かって走った。

足音が聞こえ、骨張った指がのびてきて……髪をつかむのを感じた。カミールは悲鳴をあげて振り向きざまに武器を打ちおろすと、ドアをめざして、その向こうにある光の世界をめざして一目散に駆けた。

10

「トリスタン、なにをしているんだい?」ラルフがきいた。

トリスタンが立ち止まったからだ。ふたりがいるのは、さっきの空き地からたっぷり三ブロックは離れた場所だった。周囲には人が大勢いて、警察の笛が鳴ったほうへ走っていく者もあれば、そんな音には慣れっこになっていて、それまでどおり歩き続ける者もいる。このあたりでは殺人事件など珍しくないのだ。

「さあ早く、できるだけ遠くへ離れないと。あのひげ面の老人の言葉を聞いただろう」

トリスタンはやれやれとばかりに頭を振った。「まったく、おまえときたら! さっきの老人が誰なのか、いい加減に気づけよ」

ラルフは主人を見て眉をつりあげた。先を急ごうとあたりを見まわす。彼にしてみれば、ちょっとした泥棒行為を働くのは全然かまわない。むしろ歓迎すべきことだ。トリスタンがスターリング卿《きょう》の所有物を失敬しようというすばらしい考えを思いついてからの展開は、ラルフには思いも寄らないものだった。主人の失敗は、今日までのラルフにとっては吉と出た。城の召使いたちの住居に快適な部屋をあてがわれ、豪勢な料理を食べて、まるで紳士のような気楽な生活を楽しんできた。それが今では！　銃でねらい撃たれたのははじめてだ。

「まさか！」

トリスタンがラルフを見てため息をついた。「あれはスターリング卿だ」

「本当だ」

「違うよ」

「本当だったら」

「スターリング卿だなんて」ラルフはひと息ついてから続けた。「スターリング卿があんな身なりをしてあそこにいたのなら、なんでおれたちを町へ行かせる必要があったんだい？」

「なぜって、我々はああいういかがわしい店を知っているし、盗品を売りさばいているからだ」トリスタンが言った。

「ふうん、なるほど。まあ、それはそれとして、とにかく行こうよ。彼にそう言われたんだから」

トリスタンは目をぎらりと光らせて首を横に振った。「いや、戻ろう」

「戻るって、さっきの場所へ？　おれたち、あの男と一緒に撃ち殺されるところだったんだよ」ラルフがびっくりして言った。そして権威のある人間の力を借りて主人を説得することにした。「あなたの言うとおり、さっきの老人がスターリング卿だとしたら、おれたちは彼に立ち去るように厳しく命令されたんだ」

「当然ながらスターリング卿は、警察が我々に尋問するような事態を避けたかっただろうからな」トリスタンは肩をすくめた。「あんな男が殺されたところで、たいして世間の注目を浴びはしないだろうが、ひょっとしたら新聞種くらいにはなるかもしれん。それを考えて、彼は我々をかかわらせたくなかったんだ」

「そうだとも。だから、おれたちはかかわっちゃいけないんだ」

「もうかかわってはいないよ。我々は興味を引かれて集まった野次馬にすぎん。空き地で男が撃ち殺されたんだ。今ごろ現場には大勢の人間が集まっているだろう。だから、我々がそこへ行っても目立ちはしないさ」

「血を流して死んでいる男を見に戻るなんて、まっぴらごめんだ」

「まあな。しかし、見たがる連中は大勢いるぞ。公開処刑を見にわんさと人が集まるじゃないか。さあ、行こう、ぐずぐずするな。誰も気づきはしないよ。それにひとつふたつ耳寄りな話を聞けるかもしれんぞ」

「ああ、トリスタン！」ラルフがうめき声をあげた。

「スターリング卿のために、できるだけいろんなことを調べておく必要があるんだ」トリスタンが断固たる口調で言った。彼は向きを変えて、今来た道を戻り始めた。

ラルフはもう一度うめき声をあげて主人のあとを追いかけた。


背後でドアが閉まり、突然カミールは光のあふれる世界にいた。だが、保管室の隣の部屋はがらんとしていた。彼女は階段をめざして走り、一階へ駆けあがった。

勢いよく駆けこんだのは展示室のひとつで、数人の見学者がぶらぶらと展示品を見てまわっていた。全員が振り返ってカミールを見た。ひとりの女性が息をのみ、カミールを見つめるみんなの顔にショックの色が広がった。

しばらくのあいだカミールはその場の状況を理解できず、ただ立ちつくしていた。やがてミイラの木箱からつかんできた武器を見おろした彼女は、みんなが妙な目つきで自分を見ている理由を悟った。彼女が握っているのは腕だった。

長い年月のあいだに黒ずんでぼろぼろになった布にくるまれた腕は、一風変わった気味の悪い戦利品に見える。

カミールはぎょっとして手を離した。自分が原因で展示室は大騒ぎになろうとしていることに気づいた。困ったようにほほえんで髪を後ろへ撫《な》でつけると、古い体の一部を拾いあげた。「ごめんなさい。これは新しい展示品です」彼女は説明した。

二階へあがる階段へと走っていくあいだ、カミールは忙しく頭を働かせた。いちばん理にかなっているのは、博物館の警備を担当している警察官のところへ知らせに行くことだ。けれどもそうしたら、保管室で彼女がなにをしていたのかを説明しなければならなくなる。とはいえ、彼女を脅かした人物はまだ保管室にいるのではないだろうか。なによりも犯人をつかまえるのが先決だ。

結果がどうなろうとかまわないから、とにかく警察官のところへ助けを求めに行こう。そう決心して執務室へ駆けこんだカミールは、サー・ジョンの机の後ろに人が座っているのを見て立ちすくんだ。

椅子に座って待っていたのはイーヴリン・プライアーだった。

「やっと来たのね！」イーヴリンが大声で言った。「心配していたのよ……休日でもないのに、誰ひとりいないんだもの。ねえ、なにかあったの？　あなた、まるで幽霊を見たような顔をしているわ」彼女は眉をつりあげた。「それに、あなたが手にしているのはミイラの一部じゃないの」

「いえ……わたしなら大丈夫」カミールはもごもご答えた。

心臓が激しく打っている。心から好いているイーヴリンを見てなぜこんなに動揺したのかわからなかったが、急に警戒心を覚えた。地下の保管室にひそんでいたのがイーヴリンだったということが、ありうるだろうか。カミールの名前をささやきながら追いかけてきたあと、疑いをそらすために今はこの机に座っているのだろうか。

「ああ、これね」カミールはつくり笑いをした。「ええ……あんまり慌てたものだから。返しに行かなくては。わたしったら、鼠《ねずみ》を見て動転しちゃったの。誰だってこんな姿を見たら、わたしの頭がどうかしたんじゃないかと思うわよね。その……ごめんなさい、すぐ返しに行かないと……」途中で話すのをやめて尋ねた。「イーヴリン、ここでなにをしているの？」

「もう四時をまわっているわ。あなたを姉妹のコテージへ送っていこうと、シェルビーの馬車で迎えに来たの。明日の夜にあなたが着るドレスを完璧《かんぺき》に仕上げておかなければなりませんからね」

「四時をまわっているですって？」カミールはつぶやいた。「ほんとだわ。急がないと……少し待ってもらえる？　ごめんなさい、すぐに戻ってきます」

カミールはオフィスを出てドアを閉めた。保管室で自分を脅かしたのはイーヴリンかもしれないと考えるなんて、どうかしている。ブライアン・スターリングの右腕とも呼べる女性じゃないの。彼女はオフィスに誰もいないことに当惑していたけれど、それを別にすれば、ずいぶん落ち着き払っていた。もっともわたしがミイラの腕を握りしめているのを見て、かなり驚いたようではあるけれど。

とにかく警察官を見つけて地下の倉庫へ行かなくてはと思い、カミールは廊下を急いだ。ミイラの腕はまだ手のなかにある。もとのところに戻しておかなければならない。見学者をこれ以上仰天させたくなかったので、ミイラの腕をスカートのひだのあいだへ隠そうとした。その瞬間、もっと深刻な問題があることに気づいた。サー・ジョンの鍵束《かぎ》をどこかへ落としてきたのだ。それにドアにも鍵をかけてこなかった。

カミールは、ロゼッタ・ストーンを展示してある広間の椅子で休んでいる警備員を見つけた。ありがたいことに今日の当番は、みんなから〝おじいちゃん〟と呼ばれているジェームズ・スミスフィールドだった。老齢のために博物館勤務についたらしい。背が高くやせていて、帽子の下には白髪まじりの髪がほんの少し残っているだけだ。淡い青色の目は色が薄くなっているけれど、やさしい光をたたえている。彼はよく警察で活躍した若いころのおもしろい話をしては人々を楽しませていた。

「ジェームズ！」カミールは彼の肩を揺すった。

どうやらジェームズは居眠りをしていたらしく、びっくりして目をあげた。カミールの顔を見た彼は、勤務中につい居眠りをしてしまったことに気づいてぱっと立ちあがった。

「カミール！」彼は周囲を見まわした。なにか問題が発生したに違いないと考えたのだろう。

彼女は困った状況に置かれているにもかかわらず、ほほえまずにはいられなかった。

「お願い、ちょっと助けてほしいことがあるの」

「いいとも。どうしたのかね、お嬢さん？」

「保管室へ行って確認したいことがあるの。さっき、わたしがそこへ行ったとき、ほかに誰かがいた気がするのよ。それで保管室に誰もいないことを確かめて、ドアに鍵をかけたいの」

ジェームズが顔をしかめた。わたしには本当は保管室のなかをうろつく権限がないことを、彼は知っているのではないかしら。

「誰かがうろついていたというのかね?」ジェームズがきいた。

「たしかじゃないのよ。わたしの思い違いかもしれないわ。でも、確認だけはしておきたいの。悪いけど一緒に来てくれない?」

「もちろん行くとも。それがわたしの仕事だからね」

カミールはほっとして、先に立って進んだ。たとえジェームズ・スミスフィールドが博物館の展示品と同じくらい年代物だとしても、一緒にいてくれれば心強い。

保管室のドアは閉まっていたが、鍵はかかっていなかった。カミールがドアを押し開けると、さっき急に消えたのが嘘《うそ》であるかのように、弱々しい明かりがついていた。ここは普段、一日じゅう明かりをつけておくことになっている。

カミールは腕のないミイラが入っている木箱を見つけ、できるだけもとどおりの位置に腕を戻した。鍵束は大きな運搬用の箱のそばに落ちていた。それを拾いあげる彼女を、ジェームズが口もとに愉快そうな笑みを浮かべながら見ていた。「さてと、お嬢さん、ここには誰もいないし、なにも異状はなさそうだ。ミイラや呪《のろ》いに関する話を聞きすぎたんじゃないのかい？　どんな言い伝えがあるにせよ、これらが起きあがって生きている人間を追いかけてくるなんて、ありっこないよ。もっともきみは若いから、想像力を働かせすぎて、こういうものを怖いと感じるのかもしれん。違うかな？」

カミールは無理やりほほえんだ。「いいえ、たしかにここに誰かがいたと思ったの。でも、ええ、もうどこかへ行ってしまったみたい」

「たぶん別の部署の人だろう」ジェームズが言った。相変わらずおもしろそうにほほえんでいたが、愛情は感じられた。気持ちのやさしい彼は、博物館の収蔵品ひとつにかかる金があれば何家族もが何週間も生活できるのに、なぜ学者たちは人々の生活よりも遺物を大切にするのかと不思議に思っていた。かといって文句をつけているわけではない。父親のような包容力のある人間なのだ。

カミールはジェームズの腕をとった。「助かったわ」

「用事があったらいつでも声をかけてくれ」

「ありがとう」

保管室を出たカミールはドアに鍵をかけた。きちんとかかったことを確かめながら、わたしはなにをやっているのだろうと首をかしげる。最初にここへ来たとき、このドアには鍵がかかっていたのだ。

ここの鍵は、ほかの部署の責任者たちも持っている。保管室に入れる人間はほかにもいるわけだ。だが、彼らが明かりを全部消すなんて考えられない。それに、さっき暗闇《くらやみ》のなかにいたのはほかの部署の学芸員ではないという確信がある。

ふたりは一階へ戻った。ロゼッタ・ストーンのそばまで来たとき、ジェームズが立ち止まった。「今日のことはいっさい口外しないでおくよ。いいね」彼はそう言ってカミールにウインクした。

彼女は話したってかまわないと言おうとしてから、黙っていてもらったほうがありがたいと思いなおした。

「ありがとう」カミールは礼を述べ、二階の執務室へ戻った。

ちょうどブライアンが弾丸のかすった腕の傷の手あてをし終えたとき、ドアをノックする音がした。暖炉の前に寝そべっていたエージャックスが首をもたげてしっぽを振った。

「誰だ?」

「コーウィンです」

「入りたまえ」

ブライアンが頭の後ろで仮面の紐《ひも》を結んだところへ、コーウィンが入ってきた。

「なにかあったのか?」ブライアンはきいた。

「サー・トリスタン・モンゴメリーがお会いしたいそうです」

「なかへ通してくれ」

コーウィンがうなずくと、トリスタンが入ってきた。「こんばんは、スターリング卿」

「こんばんは。じゃあ……報告することがあるんだね？　古代遺物の闇市場はわかったのかい？」

「その件についてはすでにご存じのはずですよね」トリスタンは敬意のこもった口調で穏やかに言った。

ブライアンはしばらくトリスタンを見つめていたあとで肩をすくめた。「すると、警察が到着する前に、ふたりとも無事あの場を離れることができたんだね？」

「いったん離れて、また引き返しました」トリスタンが言った。

「ほう？」ブライアンは驚いた。トリスタンのような過去を持つ人間は、普通は警察とのかかわりを避けるものだ。

「あなたがあの男の名前を知りたがるだろうと思ったんです」トリスタンが言った。

いっそう驚きを募らせたブライアンは口もとに笑みを浮かべ、ブランデーの入っているデカンタとグラスがのっているサイドテーブルへ歩いていって、ふたつのグラスにブランデーを注《つ》いだ。

「うむ、知りたいね」彼はグラスをトリスタンに渡した。

「やつはいかがわしい人物で、警察ではよく知られている男でした。名前はウィリアム・グリーン。最近はなぜか豚箱の厄介になっていなくて、それがかえって警察の疑惑を招く原因になったようです。昔はメイフェアで路上強盗を働いていたのに、最近鳴りをひそめていたのは、誰か偉い人間のために汚い仕事を始めたからではないか。警察はそう考えていたらしいですよ」

「なるほど」ブライアンはつぶやいた。

「事件を担当しているのはシティーの警官たちです。すぐそばで確かめたから間違いありません」トリスタンが続けた。「しかし、興味を引くようなことはあまりなかったですね。平の警官たちのあとから現場へやってきたのは、ガース・ヴィックフォード巡査部長という、くたびれた年寄りの刑事でした。彼に言わせると、悪人が悪人を片づけてくれれば、それに越したことはないのだそうです。そうすれば裁判なんて面倒な手続きはいらないし、納税者の金を無駄づかいしなくてすむんだとか。おそらく犯人捜査はなおざりにされるんじゃないでしょうか」

「そこまで調べてきたのかね？」ブライアンがきいた。

トリスタンは肩をすくめた。「わたしはそばへ行って聞き耳を立てるのが得意なんです」

ブライアンは暖炉の前の大きな椅子に腰をおろした。しばらくはなにも言わなかった。かつてないほど真相に近づいたという驚くべき事実にもかかわらず、彼の考えはついあらぬほうへそれていった。

　昨夜、カミールを膝の上に抱いて座っていたのは、この椅子だ。その椅子にこうして座っていると、彼女の香りや肌のやわらかさ、ぼくの目を見つめるきらきら輝く瞳が思いだされる。金色とエメラルド色の光がまじりあった瞳。彼女はぼくが仮面をつけていることをまったく気にしていないようだったし、ぼくが獣と呼ばれていることや呪われた男と噂《うわさ》されていること、顔にひどい傷跡が残っていることも忘れているようだった……。

「わたしが思うに」トリスタンが先を続けた。「死んだ男はただの使い走りにすぎず、愚かにも我々を襲ったのでしょう。だからこそ、彼を使っている人間か泥棒一味の上層部の誰かが、やつを黙らせることにしたんですよ」

「ふむ、なるほど」ブライアンは立ちあがった。「ありがとう。今日はずいぶんと役に立ってもらった。あなたはもうぼくになにひとつ借りはない。正直なところ、あなたたちの命を危険にさらすことになろうとは、夢にも思わなかったんだ」

「しかし、あなたはあの場にいました。そして腕に銃弾を受けてしまわれた」

「ほんのかすり傷だ。それに今後また問題が起きたときに、いつもぼくがその場にいられるとは限らないのだから、もう危険は冒さないでもらいたい。繰り返す。あなたは大いに役に立ってくれた。もうぼくに借りはないんだからね」

　トリスタンは背筋をまっすぐのばした。「あなたが部下を率いて戦場へ赴いたとき、隊列の後ろから指揮をとるのではなく、先頭に立って戦ったことはよく知られています。しかし、このわたしとて大英帝国軍の軍人だったのです。臆病《おくびょう》者ではないし、命より名誉を重んじている。お役に立てるのがうれしいのです」

「ぼくのせいであなたに怪我《けが》でもさせてしまったら」ブライアンは静かに言った。「カミールはぼくを憎んで、永久に許してはくれないだろう」

「あなたのような方から提供された正義の仕事を断って、これまでの名誉を重んじる生き方を否定してしまったら、カミールはわたしを軽蔑《けいべつ》するでしょう」トリスタンが反論した。「正直な話、今日はたいした成果をあげられませんでした。それに、あなたが明らかにしたいと思っている真実を、わたしが本気で信じていなかったのも事実です。しかし、自分の身は自分で守れますし、今後はそうするつもりです。だから、今さらやめろなどとおっしゃらないでください。この仕事を引き受けて、ここ何年もなかったほど高揚した気持ちでいるんですから」

ブライアンは身をかがめてエージャックスの大きな頭を撫で、それから立ちあがって再びトリスタンと向きあった。「わかった。しかし、責任を自分ひとりで背負いこまないでほしい。どんな些細《ささい》な問題もぼくに相談し、勝手には動かないこと。それと、身の安全を第一に考えて、くれぐれも危険な行動は慎んでもらいたい」

トリスタンがにやりとした。「それではベッドへ戻るとしましょう。打ち身が治らずに苦しんでいるふりをしなくては。カミールが早めに帰ってきたときのために」

ブライアンは再び椅子に腰をおろしてエージャックスの頭を撫でた。「これでよかったのかな？」彼はつぶやいた。


三姉妹はすばらしい人たちであるばかりか、おとぎ話の主人公を助ける妖精《ようせい》みたいな人たちだった。

博物館ではひどい目に遭い、疑いを抱いているイーヴリン・プライアーと同行してきたにもかかわらず、カミールはドレスを見て思わず興奮した。こんなドレスを着るのは生まれてはじめてだ。きっと魔法かなにかを使って、このドレスを出現させたに違いない。三姉妹はたった一日でこれほど見事なドレスをつくりあげたのだ。カミールの体にぴったり合うドレスを。

もちろん彼女たちはカミールのための肌着も用意していた。レースの縁どりのあるコルセット、それに合うペティコート、ちょうどいいサイズの腰あて《バッスル》。そのドレスを着た自分がどんなに生き生きと輝いて見えるかを知って、カミールは驚いた。ドレスの色に黒褐色の髪と明るい色の目がいちだんと映える。ドレスに着替えた彼女は王女になった気分だった。襟ぐりは深いが、胸もとは開きすぎていない。少しふくらんだ短い袖《そで》がついている。薄くて軽いアンダースカートの生地がきらきら光り、ビーズで飾られた身ごろはカミールの体にぴったりだ。

「まあ、すてき！　なんてきれいなの」幼いアリーが言った。

少女にほほえみかけたカミールの心の内で、ドレスに対する興奮が少しだけ薄らいだ。この子の両親は誰かしらという疑問が頭をもたげたせいだ。

「ありがとう」カミールは少女に礼を述べた。

「あたしもお手伝いしたのよ」アリーが得意げに言った。

「そうなの？」

「うん、ほんのちょっとだけ。縁のところを縫わせてもらったの」

「よかったわね。ほんとにありがとう！」

姉妹たちはひとかたまりになって、顔に生き生きとした笑みを浮かべ、自分たちが成し遂げた仕事を誇らしげに眺めている。

イーヴリン・プライアーがカミールの周囲を歩きまわって満足したようにうなずいていたが、カミール自身は部屋に置くために運びこまれた新品の家具になった気分だった。そしてドレスの出来栄えをみんなに見せなければならないと思い、その場で何度かまわってみせた。

「申し分なくすてきよ」イーヴリンがそう言って、姉妹たちにほほえみかけた。「それじゃ……ドレスを脱がせてあげるわ。城へ持っていくから、丁寧に包んでちょうだい。伯爵がお待ちになっているでしょう」

「紅茶を飲んでいかないの？」エディスが心底がっかりした様子で尋ねた。

「残念だけど、そうしている時間がないの。スターリング卿が夕食もとらないでカミールの帰りを待っているのよ」

「あーあ、がっかり」アリーが言った。

イーヴリンは愛情のこもった笑みを少女に向けた。「アリー、そんなに悲しそうな顔をしないで。わたしたち、きっとまた来るわ」

アリーは年齢よりも大人びた態度でうなずいた。

カミールがコテージを出ると、シェルビーが彼女に手を貸すために馬車のドアの横で待っていた。彼はカミールに笑いかけ、どら声で勇気づけるように言った。「明日の夜の舞踏会では、貴族のなかにも庶民のなかにも、あなたほどきれいな女性はいないだろうな」

「まあ、ありがとう。あなたってやさしいのね」カミールは応じた。

ふたりのあとからイーヴリンが急ぎ足で出てきた。なぜ突然イーヴリンに疑惑を抱いたのだろうといぶかりながら、カミールは馬車に乗りこんだ。

「信用していいのかどうか、わたしにはわかりません」イーヴリンがささやいた。「ほんとに確信が持てないんです」コテージから城へ帰り着くとすぐ、彼女はブライアンの部屋へやってきたのだった。カミールはトリスタンの部屋へ様子を見に行っている。しばらくはベッドに寝ている彼のそばにいるだろう。

ブライアンは仮面の下で眉をつりあげた。「確信を持てないって？　社会へ復帰すべきだとか、社交の場へ同伴できる女性を見つけるべきだとか主張したのは、きみだよ。カミールがこの城へやってきたとき、申し分ない相手が現れたと喜んだのは、きみじゃないか」

「ええ、でも……」

「でも？」

「彼女は変わっています。すごく奇妙なんです」イーヴリンが言った。

「どんなふうに？」

「わたしが博物館へ着いたとき、カミールは仕事部屋にいませんでした。そこでわたしはサー・ジョンの机で待っていたのです。そのうちに彼女が戻ってきたのですが……」

「どうしたんだ？」

「手にミイラの腕を持っていたんです！」

「イーヴリン、あそこは古代エジプト遺物部だよ」

「ええ、ええ、わかっています。でも、まともな若い女性が死体の一部を持って駆けまわったりします？」

「きっとなにか理由があったのだろう」

「そうかもしれませんが、カミールの行動は奇妙なんてものじゃありませんでした。すっかりとり乱して、服は墓の埃《ほこり》にまみれ、髪を振り乱して真っ青な顔をしていたんです。そのうえ石のように硬くなった腕を持って歩きまわっているんですもの」

「きみは大きな墓が発見されたとき、その場にいただろう。地元の人間も外国人もミイラを薪《まき》代わりに使っていたのを見たんじゃないか」

「ええ。でも、わたしはあんなものを手にしたいとは思いません」イーヴリンが身震いして言った。

「ドレスはどうだった?」ブライアンは話題を変えて尋ねた。

イーヴリンはしばらく黙っていた。

「なにかまずいことでも?」

「いいえ。すべて順調でした。信じられないほどすてきなドレスです」イーヴリンが小声で答えた。

「ほう、だったら……?」

「わかりません。ただ気になって仕方がないんです。それでは、ミイラ好きのお嬢さんを呼びに行ってきましょう」イーヴリンは立ちあがって戸口へ向かい、ドアの前で立ち止まって振り返った。「ごめんなさい、ブライアン。たしかにわたしの思いすごしかもしれませんが、カミールには不気味なところがあります」

ブライアンは首をかしげてイーヴリンを見送った。老アーボックに扮《ふん》して博物館で働きだして以来、彼は人々のあとをつけたり仕事ぶりを監視したりしてきたが、これまでなにも変わったことはなかった。しかし今日、博物館でなにかがあったに違いない。

ドアをノックする音がカミールの到着を告げた。ブライアンは入るように声をかけ、重々しい口調で言った。「こんばんは、カミール」

「こんばんは」

彼はカミールの髪が湿っていることに気づいた。どうやら彼女は城へ戻ってから、ここへ食事をしに来るまでに後見人と過ごせる貴重な時間を削って、風呂に入ったのだろう。それほどミイラの埃は不快だったのだろうか？

ブライアンはカミールのために椅子を引いてやって、ワインを注いでから、彼女と向かいあって座った。

「長い一日だっただろう？」

「ええ、そんな気がするわ」カミールが小声で言った。

「なにか変わったことはあったかい？」

「変わったことばかりだったわ」

「ほう？」

「今日は誰も仕事をしていなかったみたい」

「サー・ジョンは出勤しなかったのか?」

「いいえ、来たけれど帰ってしまったの。とてもおかしなことがあって」カミールはブライアンの目を見て報告を続けた。「サー・ジョンは閲覧室で講義をしなければならなかったの。わたしはヒエログリフについて相談したいことがあったので、仕事部屋を出て捜しに行ったわ。でもサー・ジョンは執務室にいなくて、机の上に、あなたのご両親の最後の調査旅行に関する新聞の切り抜きがのっていた。それだけでなく、サー・ジョンの小さなポケットナイフの切っ先が、写真の彼の顔に突き刺さっていたのよ」

「それは興味深い。続けてくれ」

「戻ってきたサー・ジョンがそれを見てひどくとり乱し、そのまま帰ってしまったの」

「彼は脅迫されているのかな。きみはどう思う?」ブライアンはきいた。

「脅迫ですって!」

「ああ、そういうことはよくあるよ。知っているだろう」

「ええ、まあ」カミールが気乗りしない様子でつぶやいた。「サー・ジョンがなにかを知っていて脅されていると考えているの?」

「その可能性はある」

「目が宝石でできている黄金のコブラについてなにか知っている?」カミールが尋ねた。

「黄金のコブラ？　いいや、そんなものは、この城へ運ばれてきた箱の中身の目録にも、博物館へ搬入されたぶんの目録にも載っていなかった。コブラはもちろん王権の象徴ではあるが、そんなものが存在するという話は聞いたことがない。埋葬用の仮面の一部なのか？」

「違うんじゃないかしら、わからないけれど。でも、わたしが解読しているもののなかに、それについて述べた文章があるの」カミールはふいに身を乗りだして、ブライアンの目をじっと見つめた。「今日一日ずっと考えて、なんとか問題を整理しようとしたわ。あなたはご両親を殺されたと考えているのよね。たしかにその可能性はあるかもしれない。でも、それには理由がないと……」

「動機が？」

「ええ、そう。博物館で働いている誰かが大金を得るためになにかを盗もうとしたら、そうね……あそこには非常に値打ちのあるものがたくさんあるわ。でも、それらをここで、このイングランドで売ろうとしたら、たとえ闇で売ったとしても、きっと足がつく。ああいう財宝はどうしたって目立つもの」

「それらをまんまと入手した者は、フランスやアメリカへ、あるいはそのほかの外国へ持ちだそうとするかもしれない」ブライアンは指摘した。

カミールがうなずいた。「ええ、そうね。そして、そういうことをしているのが博物館の人間だとしたら、たくさんの品物を盗む機会はいくらでもあるでしょう」

「しかし、展示されている品物はすべて目録に載っているから、なくなればすぐにわかる」ブライアンはあっさり否定した。「それ以外に博物館でなにがあった？」

カミールは椅子の背にもたれて肩をすくめた。ブライアンは彼女がこちらを用心深く観察しながら、どう答えようか思案しているのを見てとった。

「サー・ジョンが鍵束を落としていったので、わたしはそれを使って地下の保管室へ入ったわ」

「ミイラの腕を調べに行ったのかい？」

カミールがびっくりしてブライアンを見つめた。

「ある人から聞いた」ブライアンは言った。

「あら、そう。保管室へ行ったら、わたしのほかに誰かがいて、明かりが消えてしまったの」

ブライアンの顔が激しくゆがみ、緊張で筋肉がぎゅっと縮んだ。「ほかに誰かがいて、保管室の明かりが消えた？　たしかなのか？」

カミールは冷静に彼を見つめ返した。「ええ。正直に打ち明けると、そこにいたのはイーヴリンだと思うの。わたしのこと、イーヴリンから聞いたんでしょう？」

「なにを言うんだ！」ブライアンは仰天して立ちあがった。自分がカミールの上へのしかかるように立っていることも、声がかすれていることも気づかなかった。

カミールは顔をこわばらせたが、たじろぎはしなかった。「さっき言ったように、今日、博物館に同僚は誰もいなかったのに、イーヴリンはいたのよ」

「ああ、イーヴリンは博物館へ行った。だが、きみは彼女を執務室で見たのだろう。ミイラのなかに隠れていたなんてとんでもない。はっきり言っておくが、イーヴリンは母の侍女であっただけでなく親友でもあったんだ」

カミールも立ちあがって歯を食いしばり、目に怒りの炎を燃やしてブライアンのほうへ身を乗りだした。「けっこうじゃない。そもそもこんなことを始めたのはあなたなのよ。あなたは毎晩わたしをここへ呼びつけては質問をする。わたしはできるだけ正直に話そうとしたわ。あなたが尋ね、わたしが答える。残念ながら、わたしの答えがお気に召さないようね！」

「きみは地下の保管室へ行かなくてはならなかったのか？」ブライアンはきいた。

カミールの視線が泳いだ。

「二度とそこへ行ってはいけない。そこだけでなく、ほかの人がいない場所や明かりのないところには足を踏み入れないことだ。わかったかい？」

「いつもわたしに、わかったかときいてばかりいるのね！」カミールは叫んだ。「ええ、わかったわ。あなたは心から愛していた人たちを亡くした。その人たちのために、あなたは真実を突き止めなければならない。危険人物がいるかもしれない。ええ、それもわかったわ。あなたは自分の目的のためにわたしを利用している。それもわかっているわ。あなたはカーライル伯爵という金持ちの貴族だということも、わかっている。だけど、あなたに獣みたいな怒鳴り声を浴びせられることには、もううんざり。わかった？」

怒りに任せてしゃべりまくるカミールを前に、ブライアンは驚いて口をつぐんでいた。だが、言いたいことを全部吐きだした彼女は途方に暮れたように黙りこんだ。もっと攻撃を続けるべきか、引きさがるべきか迷っているのだろう。やがてカミールは引きさがることを選んだ。堂々と引きさがることを。

彼女はナプキンをテーブルへほうって言った。「ごめんなさい。なにしろ今日は大変な一日だったもので」

彼女は向きを変えて戸口へ歩きだした。

「部屋へ入ったらドアに鍵をかけておくんだ」ブライアンは厳しい声で命じた。

ドアの前でカミールが振り返った。「ええ、わかったわ。それと、夜中に部屋の外をうろついてはいけないんでしょう。この城のなかでなにが起こっているかわからないから」

「それをぼくは突き止めようとしているんだ」

「ほかのすべてを犠牲にしてでもね」

カミールはそう言い残して部屋を出ると、ドアをたたきつけはしなかったものの、しっかりと閉めた。

驚いたことにブライアンは急に肌寒さを感じた。それまで室内に満ちていた温かな生命力が消えたかのようだ。カミールを追いかけていって廊下で引き止め、必要とあれば力ずくで連れ戻したかった。彼女はわかっていない……。そしてぼく自身もわかっていないのだ。

ブライアンが大声で悪態をつくと、エージャックスが哀れっぽい鳴き声をあげた。彼は犬のいる暖炉のほうを見やった。「すまない」自制心をとり戻して言う。やれやれ、カミールはたまたまここへ忍びこんだ泥棒の被後見人で、ぼくは呪われたカーライル伯爵なんだぞ！　獣。それはぼく自身がつくりあげたイメージだが、少しも薄らぐことなく保たれているようだ。

11

あんなに腹立たしい人には出会ったことがない、とカミールは思った。彼女はドアをたたきつけるようなまねはせず、できるだけ気品ある態度でブライアンの部屋を出たものの、自分の部屋のドアは力任せに閉めた。気分がすっきりする。本当なら蝶番《ちょうつがい》を引きちぎるなりしてドアを壊したいくらいだ。

だが、もちろんそんなことはしなかった。蝶番もドアも頑丈にできている。そして古い。何百年も壊れずに働いてきたし、これから先も何百年と働き続けるだろう。

カミールはそわそわと室内を歩きまわっては憤慨し、わたしはなぜこんなに怒っているのかしらと思った。ブライアンは自分の目や耳となるよう頼んでおきながら、わたしの言うことを少しも信用してくれない。つまり、あの人にとってイーヴリンはずっと昔から知る大切な人なのだ。イーヴリンは彼の母親の親友だったという。彼女は……なんなの？彼にとってそれ以上の存在なの？　愛人なのかしら？　それにあの少女、アリー……。

「どうして気にするの？」カミールは惨めな気持ちになって自分にささやいた。

だが気になる。ブライアンに腹を立てているときでさえ、彼はわたしのすべてなのだ。そびえ立つその姿は、常に激しく燃えているようなエネルギーに満ち、近寄りがたささえ感じる。今では聞き慣れた彼の声。長い指。彼の手を、わたしは飽きることなく何度見たことだろう。そして彼の目……。

「あの人は怪物なのよ」カミールはひとりつぶやいた。けれども本当の問題は、自分がブライアンを理解していることにあるのだ。わずかに垣間見たやさしい側面ゆえに彼に惹《ひ》かれるのと同じくらい、その荒々しい情熱と怒りゆえに彼に惹かれていた。

カミールは部屋のなかを歩きまわりながら、さっきのやりとりについて考えた。ブライアンが愛と信頼を寄せている人物が、彼に対して悪事を働いているかもしれないとほのめかしたことは、やはりまずかったのではないだろうか。それはカミールの単なる疑惑にすぎず、確たる証拠はないのだ。

暖炉の火が消えかけていた。カミールは薪《まき》と灰をつついて深呼吸をひとつし、明日はもっと長い一日になるだろうと覚悟した。資金集めのパーティーは深夜まで続くはずだ。わたしにはドレスがある。美しいドレスが。ほんの短いあいだではあれ、わたしはブライアンの腕のなかで踊ったり輝きを放ったりできるだろう。

カミールは唇を噛《か》み、イーヴリンが用意してくれたナイトガウンに着替えてベッドへ入った。だが部屋を真っ暗にしたくなかったので、ベッド脇《わき》の小さなランプだけはつけておいた。枕《まくら》を整え、さあ眠ろうと思った。

しかし、眠れなかった。

ミイラも呪《のろ》いも怖くはない。けれども今日、死人や彼らが墓場へ携えていった無数の品物に囲まれていたとき、ぞっとする寒気を感じた。それにあの声を聞いたときの恐ろしさといったら……。カミールは寝返りを打ってもう一度枕を整え、そのままの姿勢で凍りついた。

まただ……またあの音がする。どこかずっと下のほうで石と石がこすれるような音が。まるでこの城が巨大な生き物かなにかで、腹の底から苦痛のうめきをあげているかのようだ。

カミールはベッドを飛びでて耳を澄ませた。なにも聞こえない。やがて……再び音がした。

彼女はためらった。怖かったけれど、ただおびえているのはもううんざりだ。廊下へ走りでて明かりを全部つけ、〝わたしはここにいるわ、どうして誰も起きてきて音の出どころを突き止めようとしないの〟と叫びたかった。

いいえ、廊下へ出てはだめ！　本能がカミールに告げた。そのとき、彼女の視線がネフェルティティの肖像画に留まった。ブライアンの言葉を思いだす。

〝あれはぼくの部屋へ通じる扉になっているんだ。額縁の左側を引っ張るだけでいい〟

カミールはさっきの別れ方を思いだしてためらった。しかし、もうそれ以上は我慢できなかったので、決意を固めて肖像画のところへ歩いていき、額縁の左側に手をかけて引っ張った。

壁がこちら側へ開いた。ブライアンの部屋は暗かったが、暖炉からかすかな光がもれていた。

「ブライアン?」カミールは彼の名前をささやいた。

その瞬間、壁を閉めて開けなかったふりをしたくなった。突然、叫びながら廊下へ走りでなかった理由が今わかった。ブライアンのところにしか行きたくなかったのだ。彼の頭が正常だという確信はない。両親の死因を勝手に殺人と思いこんで大げさに騒ぎたて、周囲の人間を巻きこんでいるだけではないとも言いきれない。でも……。

「カミール?」

暗がりからブライアンの声がした。元気づけるような豊かな声に、もはや怒りはこもっていない。

カミールはブライアンの部屋のなかに入った。まだ暗がりに目が慣れていなかったが、彼が起きあがってローブをまといながら彼女のほうへ歩いてくるのが見えた。

「あれが聞こえた?」カミールはささやいた。

「こっちへおいで」壁の反対側へ足を踏み入れたとたんに身震いしたカミールは、ブライアンに促されるまま近づいていった。暖炉で火がちろちろ燃えている。カーテンのかかった大きな天蓋《てんがい》つきベッドと、その前の衣装棚が見分けられた。右手のテーブルに蓄音機が置かれ、あちこちのテーブルや化粧台の上に本や新聞が散らかっている。

「あれが聞こえた?」カミールは繰り返した。

「ああ」ブライアンはそう言ったあとでつけ加えた。「ここにいなさい」

「いやよ」

「お願いだ、言うとおりにしてくれ」

そのときになってカミールは、犬がブライアンのかたわらで小さな鳴き声をあげていることに気づいた。彼女はブライアンがすぐ横を通り過ぎるのを感じた。彼が壁のところへ行って、隠し扉をぴったり閉めるのが見えた。彼の部屋にも隠し扉の部分に絵がかかっているようだが、なんの絵かは暗くてわからない。

ブライアンが彼女の肩に両手を置いた。カミールは、彼がローブをまとう前に仮面をつけていたことを知った。そうまでして顔を隠そうとするなんて、いったいどれほどのひどい傷跡があるのかしら。いくらひどくても、わたしは気にしないのに。

「ここにいてくれ、頼む」

「でも――」

「何者かが本気でなにかをたくらんでいるんだ」

「ひとりで残りたくないの」カミールは訴えた。

「犬を残していくよ」

「いいえ。あなたはエージャックスを連れていかなくてはだめよ」

「今夜もこれまでと同じで、なにも見つけられはしないだろう。音源を突き止める前に、決まって音はやんでしまう。頼む、ここで待っていてくれ。ぼくが廊下に出たらドアに鍵《かぎ》をかけるんだよ」

ブライアンは彼女を信用することにしたのだろう、カミールの同意を待たずに正餐室《せいさん》を通って戸口へ向かった。カミールはあとをついていって、彼が外へ出ると、言われたとおりドアに鍵をかけた。

彼女は振り返った。この正餐室のほうが寝室よりも少しは明るい。寝室のほうはいろいろなものが散らかっていたようだが、この部屋はすでにふたりの食事も片づけられ、ちりひとつ落ちていないように見える。小テーブルの上にブランデーのデカンタがのっているのを見て、カミールは一杯飲むために歩み寄った。ブランデーをすすりながら考える。少なくともブライアンは自分の城のなかに危険がひそんでいるかもしれないと疑っているんだわ。そうでなければ、どうしてあんなにしつこくドアに鍵をかけろと言うの?

そのとき、またあの音がしてカミールは震えあがった。さっきよりも近くに聞こえる。彼女は振り返り、言いようのない不安に襲われた。誰かがドアのノブをまわそうとしているのだろうか。ノブはもうまわされたのだろうか、それともわたしの思いすごしか。またノブがまわっているような音がする。

ブライアンはエージャックスを従えて階段を駆けおりた。何カ月もかかったが、音が地下墓所から聞こえることまでは突き止めた。

彼は舞踏室を進んでいって礼拝堂へ入ってから、足音を忍ばせて地下への階段をおりていった。

地下へおりて最初にあるのは、寒々とした広い空間だ。かつてここにはさまざまな拷問の道具があったものの、それは大昔のことで、ブライアンの両親はここを仕事部屋や倉庫として使っていた。そのためここには父親と母親の机がひとつずつと、数個の書類整理棚、両親が研究のために保存しておいた古代工芸品の入っている箱がたくさん置いてある。最後の調査旅行で発見された品々の箱が高く積まれていて、ブライアンはそれらのいくつかを調べたが、多くはまだ手つかずのままだった。すべての品が目録にきちんと記載されている。

この大きな部屋の奥に一族の地下墓所がある。しかし、ブライアンの両親はそこに埋葬されてはいない。ふたりは城をとりまく農園の中央にあるカーライル教会の墓地に眠っている。一族の者が死んでも城の地下墓所に埋葬されなくなって、すでに百年以上がたつ。

仕事部屋と墓所とを隔てている巨大な鉄の扉は長いあいだ油が差されていない。

　エージャックスが空気をくんくんかいで、吠《ほ》えながら仕事部屋のなかを駆けまわった。しばらくすると犬は駆けるのをやめて座り、ブライアンを見あげた。音はもう聞こえなかった。

「ありがたいことに、ぼくは先祖たちが起きて歩きまわっているなんて信じてはいない。おまえはどうだ?」ブライアンはきいた。

　石でできている仕事部屋の壁は隅から隅まで調べた。今、彼の視線は錆《さ》びついた鉄の扉に注がれていた。

「明日、鉄職人をここへ呼ぼう」彼は犬にささやきかけた。「さあ、戻ろうか。今夜はなにも見つかりはしないだろう」

　エージャックスは主人について階段をあがった。城はがらんとして、広い部屋を歩いて戻るブライアンをあざけっているかのようだった。自分の部屋のドアの前に来ると、彼は軽くノックした。すぐにドアが大きく開いた。

　カミールがそこにいた。目はきらきらと輝き、乱れた髪が肩を流れ落ちている。それに着ているナイトガウンときたら……薄くてやわらかく、ひと筋の雲のように彼女の体にまつわりついていた。カミールの胸のなかで心臓が激しく打っているのが、ブライアンには見えるようだった。

ブライアンはドアを閉めるやいなや彼女を抱き寄せた。「なにかあったのか？」小声できいた。

カミールは身を引こうとしないで、じっとブライアンの胸にもたれていた。やがて彼は彼女がかぶりを振るのを感じた。

「夜、暗闇《くらやみ》、人間の勝手な想像」カミールがささやき返した。それから身を引いてブライアンの目を探るように見た。「なにもなかった……誰もいなかった。そうでしょう？」

「いや、誰かがいるのはわかっているんだ。今夜はなにも見つけられなかったが、必ず見つけてやる」

ブライアンはカミールの髪を撫《な》でた。とたんに身を焼かれるような苦悩に襲われる。彼女から離れるべきだと思ったものの、そうしなかった。

「きみは寒そうだね」ブライアンは言った。

カミールが激しく体を震わせて、ふたりの肌がこすれあったとき、彼はその甘い感触が自分たちを焼きつくすほどの熱をもたらしたのを感じた。

「寒いのだろう」ブライアンは再びささやいたが、心のなかではそんなふうに思っていなかった。ほのかに芳香漂うカミールの髪が彼の顎と鼻をくすぐる。その香りをかいだだけで酔いしれてしまいそうだ。彼女が顔をあげて明るく輝く目でブライアンの目をとらえると、彼はまたもやその深い色合いに吸いこまれそうになった。エメラルドグリーンと金色、暗さと明るさが微妙にまざりあっている。澄んだ輝きを見つめていると、催眠術にかかったような陶酔感を覚える。顎がこわばって喉が引きつり、声が出てきそうもなかったので、ブライアンは指の関節で彼女の頬を撫でて安心させようとした。

カミールがささやいた。「あなたといれば寒くないわ」

ブライアンの口からうめき声がもれた。カミールの顎に手を添えて、親指で彼女の唇をそっと撫で、それから唇を重ねていった。心の奥に抑えこまれていた緊張がはじけて、いとしさや渇望や欲情の波が彼を襲った。ブランデーとミントの甘い味がする。彼女の唇が一瞬だけあらがってから屈した。またもやブライアンは彼女の口が与えてくれる潤いと温かさ、目のくらむような陶酔感におぼれそうになるのを感じた。彼は自分を分別と理性の持ち主と考えていたが、そのどちらもどこかへ消え去った。カミールの髪に指を絡めたときのシルクのような手ざわりもまた、彼の肌にこらえがたい欲望の炎を点火した。ブライアンの手はカミールのなめらかな背筋を撫でおろしてヒップにあてがわれ、彼女をいっそう近くへ引き寄せた。カミールの指が彼の首筋を這《は》いまわる。彼女もまた、ふたりのあいだにわずかでも空間が残っていることに耐えられないようで、肌と肌の官能的な接触を求めて体を押しつけてきた。ブライアンの心の奥で警告の声があがったが、再び波となって襲来した灼熱《しやくねつ》の欲望がその声をすぐに追い払った。

彼はカミールを抱えあげ、隣の部屋へ大股で歩いていった。そこには消えつつある燃えさしのほのかな明かりに照らされて、巨大なベッドが待っていた。彼女をそこへおろしたときには、ブライアンは激しい欲望にさいなまれていた。あたかも体の奥底で長いあいだ眠っていたエネルギーが爆発したかのように、生命と熱望の力が強烈な電流となって体内を荒々しく走るのを感じた。指でカミールの顔を撫でまわし、再び彼女と唇を重ねた。カミールのまとっている薄いナイトガウンの上をさまよっていた彼の手が、その下の炎を、彼女の焼けるような肌を、完璧《かんぺき》な女性の肉体を見いだした。カミールの鎖骨と豊かな胸のふくらみをもてあそぶ。彼女はしなやかな体をブライアンに押しつけてくねらせ、欲望に駆られるまま、狂ったようにキスを浴びせられて、小さなあえぎ声をもらした。

突然、正気をとり戻したブライアンは筋肉をこわばらせて身を引いた。「きみは自分の部屋へ戻らなくちゃいけない」声はかすれていて、荒々しく響いた。けれどもカミールは動かなかった。ブライアンは彼女の激しい鼓動と速い呼吸を意識した。

カミールが彼の顔にさわった。「この仮面」彼女はささやいた。「お願い……わたしにとってあなたは獣なんかじゃないわ」

ブライアンは一瞬途方に暮れたあとで、自分の敗北を悟った。今さら体裁を繕ったところで仕方がない。結果がどうなろうとかまわないではないか。彼は顔から仮面をはぎとって無造作に床へほうると、再びカミールにキスをし、本物の陶酔におぼれていった。

彼女の手がブライアンの顔をやさしく這いまわり、目に見えないものを探し求めた。カミールは傷を端から端まで愛撫《あいぶ》するようになぞってから、彼の髪に指を絡ませて自分のほうへ引き寄せた。

ブライアンは彼女の唇に、喉に、胸の谷間にキスをした。両手で体をまさぐり、口と舌で肌を味わっているうちに、募る一方の情熱がやさしさを押し流した。今にも切望が炸裂《さくれつ》しそうだったが、苦悶《くもん》を自らに強いて、探し求めることに喜びを見いだし、薄い布地の上からキスを浴びせる。体じゅうの血が熱くたぎるのを感じながら、口をカミールの腹部へ、腰へ、太腿へと這わせていった。カミールが反応し始めるにつれて、彼女の手がブライアンの髪や肩に軽くふれる。やがて彼女は体を弓なりにしてあえぎ声をもらし、彼の欲情をますます激しく燃えあがらせる。ブライアンの胸のなかで心臓が荒々しい太鼓の音のように打っていた。

彼の指はカミールのナイトガウンの縁へと動いていって、その下へ忍びこみ、肌に直接ふれた。ブライアンはその肌を撫で、求め、奪った。彼女はブライアンの肩にしがみつくと、彼のまとっているローブの下へ手を滑りこませて両側へ開いた。彼女の薄いナイトガウンと彼のローブがふたりのまわりでもつれあう。ブライアンは体のあらゆる部分を彼女とふれあわせ、唇と歯と舌を彼女の肌に押しつけたい欲望に駆られた。熱い血潮が頭のなかで不協和音を発しているかのようだ。彼はカミールの太腿や腰や下腹部に唇を這わせ、脚のあいだをじらすように愛撫してから、舌で情熱の中心を探求した。カミールが激しく体をのけぞらせて喜びのあえぎをもらす。ブライアンのなかで欲望の合唱が耳を聾《ろう》するほど大きくなったとき、小さな叫びがカミールの口から発せられた。彼は激しい欲求を必死にこらえて体を起こし、彼女の太腿を開いて、その奥へ身を沈めた。

ブライアンは心の片隅で、今ならまだ間に合う、身を引いて、カミールに部屋へ戻れと命じることができるかもしれないと思った。けれどもそのとき、彼女が暗闇のなかでブライアンにふれ、再び顔を指でなぞった。髪に指を絡ませて引き寄せると、飢えたようにキスを求めてくる。ふたりともとっくに理性を失っていた。彼はカミールの手足を自分の体に巻きつけた。

カミールが動き始めるのと同時に、熱い奔流となって駆けめぐる血がブライアンの四肢を満たし、体の隅々にまでさざ波のように伝わって、筋肉を激しい動きへと駆りたてた。カミールがびっくりするような力で彼の背中に指を食いこませ、何度も何度も唇を求めてくる。やがて絶頂が訪れて、炸裂した快感が荒々しくブライアンの体内を疾走し、血と肉と筋肉を、さらに心と精神を突き抜けて走った。彼はカミールを抱きしめて彼女のかたわらへ身を横たえ、互いの体に腕をまわしたままの姿勢で快感の余韻に浸った。肌を焼いた炎は次第に冷めて灰に変わり、荒い呼吸はゆっくりと静まっていった。

カミールはブライアンの胸に頭をもたせてじっとしていた。彼の心には理性が残酷なほど急激に戻ってきたけれど、彼女はブライアンから離れようとしなかった。彼はカミールの香りや肌の感触のすばらしさを改めて感じるとともに、彼女がいつまでも身を寄せていることに驚きを覚えた。

「ああ、なんてことだ」やがてブライアンはそう言って、カミールの乱れた髪を撫でた。「すまない。いや、後悔しているんじゃないんだ。どんな男だって後悔なんかできやしない。しかし――」

「黙っていてちょうだい」カミールが懇願した。

「ぼくは獣の評判を得ようと一生懸命に努力してきたが、実際に獣のような振る舞いをしたいとは思って――」

カミールがブライアンをきっと見つめて、彼の唇に指をあてた。「黙っていてちょうだい」彼女は繰り返した。

「ぼくはカーライル伯爵で、普段はこんなことを――」

「わたしはこれまでいつも、自分で思ったとおりに行動してきたわ」カミールが激した口調で言った。

「こんなことをすべきでは――」

「お願いだからやめて」

「きみが怖がっていたのなら――」

「なにを言っているの？　恐怖とはなんの関係もなかったわ。わたしがこうすることを選んだの。わたしは酔ってもいないし、ばかでもないわ」カミールが言った。

彼女は今にも泣きだしそうだ。それもぼくの行為のせいではなく、ぼくが口にしている言葉のせいで。

ブライアンは困惑したものの、自分のしたことを後悔する気にはなれなかったので穏やかに言った。「しいっ」手をのばしてカミールを再び胸に抱く。「きみのような人はどこにもいない」そうささやいたあとで、事実そのとおりだと確信した。カミールは彼から分別を奪っただけではない、それよりはるかに重大な影響をもたらしたのだ。ブライアンは言い添えた。「これからぼくはずっと、きみの面倒を見るよ」

ああ、またまずいことを言ってしまった、と彼は思った。カミールがぱっと上半身を起こして顎をそらす。薄暗いなかに浮かびあがった影が、首の長さや上体のほっそりした線、胸の豊かさを際立たせているために、いつもよりいっそう美しく魅惑的に見える。ふさふさした長い髪がもつれあって渦を巻き、その胸にかかっていた。

「わたしは誰からも面倒を見てもらう必要はないわ」カミールがきっぱりと言った。「自分の面倒は自分で見られるもの」

「カミール……」怒っていても美しい彼女を見て、ブライアンはなぜか笑いだしたくなった。だが、そんなことをしたらカミールを永久に失ってしまうだろう。彼は暗闇のなかでほほえむにとどめ、再び彼女のほうへ手をのばすと、激しい抵抗をものともせずに胸のなかへ抱き寄せた。「誰でもときには人から面倒を見てもらう必要があるんだよ」彼はやさしく言い、カミールが反論しようとするのを感じて、彼女の口をキスでふさいだ。カミールはブライアンの胸のなかでほんの一瞬体をこわばらせたが、すぐに緊張を解いてキスに応じた。

けれどもキスが終わると、彼女は身を引いてささやいた。「自分の部屋へ戻らないと」「いいや」ブライアンは言った。「今さら戻ったところで手後れだよ」またもや彼は言葉の選び方を誤った。

「手後れですって？　まだ手後れなんかじゃないわ」

ブライアンは彼女をもう一度抱き寄せた。「もちろん、きみのことじゃない。きみは完璧だ」そうささやいたあとで、カミールの抗議と怒りは彼に向けられたものではなく、彼女自身に向けられたものだと気づいた。同時に、彼女は分別や理性を、そして自分の生まれを忘れて、彼とこうなることを自ら選んだのだとわかった。

ブライアンは謙虚な気持ちになった。

「きみはどこからどこまでも完璧だよ」再びそう言うと、慈しみといたわりをこめてカミールをゆっくり愛し始める。彼女はブライアンの巧みな誘惑を受け入れて、同じくらいの慈しみといたわりをもって応《こた》えた。おそらく彼女は最初から正しかった。話などするべきではなかったのだ。ふたりがひとつに結ばれたとき、ひとりの男と女として互いの腕のなかに抱かれている快感さえあれば、それ以上の説明はいらないのだろう。

時間がたち、カミールが気持ちよさそうにぐったりと身をもたせかけてきたとき、ブライアンは三たびさっきの言葉を繰り返した。「きみはどこからどこまでも完璧だ」

彼女がささやき返した。「あなたもよ、ブライアン。あなたは獣なんかじゃないわ」

朝が来て、室内の闇が次第に薄らぎ始めたとき、ブライアンはそっと起きあがって仮面をつけた。

夜は去った。昼の光は素顔を残酷に照らしだす。


カミールは自ら進んでわが身をささげたのだが、だからといって過ちを犯さなかったことにはならない。とはいえ、目が覚めて昨夜の記憶がありありとよみがえってきたとき、自分が望みどおりのことをしたのだと悟った。そして、かつてなかったほど母親を理解した。

カミールがブライアン・スターリングに対して最初に抱いた感情は怒りだった。だが、すぐさま彼に魅了され、欲望を抱いた。彼はカミールがそれまでに会ったどんな男性とも違う。それに気づいて以来、やさしい気持ちにさせるにしても怒りをあおるにしても、彼はカミールの心に絶えず混乱を引き起こし、その混乱は時間とともに大きくなっていった。彼の指先が軽くふれただけで肌は火照り、彼の声を聞いただけで胸がときめく。ついにはブライアンのつくりだす嵐《あらし》が彼女の心のなかを吹き荒れるようになった。ずっと大切にしてきた健全な理性や、頼りにしてきた分別も忘れて、ブライアンを愛するようになってしまったのだ。

カミールは朝の光のなかに横たわり、愛という感情を抱いた可能性を否定しようとした。けれども、慎重さをかなぐり捨てたのは愛ゆえであることは明らかだった。これは自分で招いた結果なのだ。こうなることを、ほかのなによりも強く望んでいた。ブライアンを欲しいと思っていた。そして今……ああ、なんということだろう。やっぱりわたしはあの母の娘なのだ。

母親のことを思いだしたとたんに、カミールの目に涙があふれた。カミールに深い愛情を注いで献身的に育てながらも、ついには人生の厳しい現実に夢を奪われ、健康を損ねて命を落とした女性。

あのときのカミールにはトリスタンがいた。だが、カミールに子供が生まれて、彼女になにかあったら、誰がその子の面倒を見てくれるのか。

彼女はさっと立ちあがってナイトガウンをまとい、自分の部屋へ逃げ帰った。ブライアンの部屋の隠し扉の絵はラムセス二世の大きな肖像画だ。カミールは額縁の右側をつかんでぐいと押し開けなければならなかった。

風呂に入っているときは体がわなわなと震え、心は千々に乱れていた。感情に負けてひと晩くらい男性に身を任せたからといって、新しい命を宿すとは限らない。そう考えて、必死に自分を納得させようとした。

洗面台の上の鏡に映った顔は青ざめて憂鬱《ゆううつ》そうな表情をしていた。しかし、自分で選んだ道なのだ。たとえ未来になにが待ち構えていようとも、昨夜の行為をなかったことにしようとは思わない。今日もまた長い一日になるだろう。そのあとに長い夜が続く。夜になったらまたブライアンと相対しなければならない。恋するようになった男性と。あまりに深く知りながら、いまだなにひとつわからない男性と。

そのときになってカミールは思いだした。ブライアンは仮面を外したのだ。彼女のために。薄暗かったが、彼がずっと嘘《うそ》をついていたのがわかった。ブライアンは獣などではなかった。

「ここに載っているわ」イーヴリンが言った。「『デイリー・テレグラフ』の第七面に犯罪者射殺に関する短い記事が載っています。記者は事実を勝手に変えて報道しているようですね」彼女はテーブル越しにブライアンを見た。今朝の彼はほかのことに心を奪われているのか、彼女の言葉がまったく耳に入っていないようだ。「ブライアン！」イーヴリンは彼の注意を引こうとして声を張りあげた。「例の殺された男の記事が新聞に載っていると言っているんです」

「すまない。ちょっと見せてくれ」ブライアンはイーヴリンから新聞を受けとり、小さな記事を声に出して読んだ。「〝ホワイトチャペルの射殺事件。泥棒が空き地で撃ち殺される。目撃者はなし〟」

記事をさらに読んでいくと、事件の担当刑事は男を射殺したのは仲間の悪人に違いないと確信している、と書いてある。記者は、善人は善人にふさわしい最期を、悪人は悪人にふさわしい最期を迎える定めにある、などと昔からの決まり文句を少し変えた文章でしめくくっていた。

例のパブへもう一度行ってみるべきだとブライアンは考えたが、気が進まなかった。それにカミールの話が真実だとすれば、今日は博物館にいたほうがいい。本当に何者かが地下の保管室にひそんでいた、あるいはカミールのあとを地下までこっそりつけていったのだろうか。カミールを怖がらせようとしているのだろうか。それとも、もっと悪いことをたくらんでいるのだろうか。

驚いたことにカミールは、保管室にいたのはイーヴリンではないかと疑っている。一方のイーヴリンは、カミールは頭がおかしくなりかけているか、なにかよからぬことを画策しているのではないかと疑っているらしい。ブライアンも最初は同じだった。けれども今では知っている。カミールは高潔で正直な女性なのだ。

いや、待てよ。心のなかでささやく声がする。本当に知っているだろうか。もしかしたら、あの女性の魅力に心を奪われて、彼女の思惑どおりになっているだけではないのか。彼はその考えを頭から追いだした。

あまりにも長いあいだ人を疑って生きてきたので、どのようにしたら人への信頼をとり戻せるのかわからないのだ。そのときふいにブライアンは自分が犯した行為に対して、かつてない不安を覚えた。カミールの身が心配になる。

例のパブでの出来事を引き続き調べたり、射殺された男に関してもっと詳しい情報を集めるのは危険すぎる。トリスタンとラルフにも、今日の午後、こそこそ調べに出かけないよう厳しく言っておく必要がある。ふたりの命を危険にさらしてはならない。それよりなにより、早くアーボックになりすまして大英博物館へ行かなくては。

ブライアンは勢いよく立ちあがった。「イーヴリン、シェルビーにカミールが遅くとも四時には博物館を出られるよう迎えに行けと伝えておいてくれ。我々は服を着替えて、八時半までに博物館へ戻らなければならないからね」

「あなたはなにをしに……?」イーヴリンがそう言いかけたときには、すでにブライアンは足早に部屋を後にしていた。彼はカミールより先に博物館へ着きたかった。

新たな切迫感がブライアンをとらえていた。それまでの努力はひとつも実を結んでいない。ましてや今は、人生のなかにカミールが入ってきたのだ。

その日はありがたいことにとても多忙だったので、カミールには考えにふけっている時間がほとんどなかった。展示品が移動され、ケータリング業者がやってきて古代エジプト遺物部の広い展示室に会場をしつらえ、警備員たちが至るところを歩きまわっていた。昨日は誰もいなかったのに、今日は全員が姿を見せている。ウィンブリー卿《きょう》さえも今夜の来客の席順を完璧なものにしようと忙しく立ち働いている。将来の調査旅行の費用や大英博物館の維持費にあてる寄付をたっぷりとしてくれる人物に、最上の席を用意しなければならないのだ。

展示品を移動したりテーブルを並べたりと骨の折れる肉体労働の指揮をとっているオーブリーは、哀れな老清掃員を怒鳴りつけてはこき使っていた。ジム・アーボックは体が大きくて力も強そうだが、あまりに年老いて腰が曲がっているので、きつい労働をさせるのは酷に思えた。オーブリーは機嫌がよくなかったけれど、それでもウィンブリー卿が近くにいるときは怒鳴り散らすのを控えていた。

そのうちにコブラをめぐって口論が起こった。

「今夜はそのコブラを見えない場所へ移動させておいたほうがいい」サー・ジョンが主張した。

「ばかなことを言っちゃいかんよ」ウィンブリー卿が反論した。「クレオパトラの展示はこのまま残しておこう。彼女の伝説は、エジプトへの関心をそそる最大の要因だ。陸生小《テラ》動物飼育器《テラリウム》に入っているのだから、なんの心配もないさ」

「その蛇はほかへ移さないと」サー・ジョンが言い張った。

「決定を下す権限はわたしにあるのではなかったかね？」ウィンブリー卿が言った。

「今夜はスターリング卿も出席します」サー・ジョンが言った。

全員が仕事の手を止めて、ちょうど古代のカノープスの壺《つぼ》を運びだそうとしていたカミールを見つめた。

サー・ジョンがウィンブリー卿を振り返った。「スターリング卿につらい過去を思いださせる必要があるのですか？」彼は穏やかにきいた。

ウィンブリー卿はオーブリーを見た。「わかった。そのコブラを執務室へ移そう」彼はぶっきらぼうに言った。あくまでもこの場をとり仕切っているのは自分なのだと、みんなに思わせたがっているのは明らかだった。

「コブラを移動させなきゃならないなんて！」オーブリーは文句を言ったあとで、博物館における自分の将来はウィンブリー卿次第であることを思いだしたらしく、悔しそうに歯ぎしりした。「まだしなければならないことがいっぱい残っているが、ぼくがやりましょう」

「テラリウムはぼくが移動させるよ」アレックスが申しでた。「老アーボックに手を貸してもらおう」

今日のために外部の人間が大勢手伝いに呼ばれていたが、貴重な古代工芸品は古代エジプト遺物部の者たちが扱うと決めていた。そのうちにカミールは、サー・ジョンの机の上に招待客名簿があるはずだからとってきてくれと頼まれて執務室へ行き、サー・ジョンがそこにいるのを見て驚いた。彼はお祈りでもしているように顎の下で手を握りあわせ、どこか遠くへ視線をさまよわせていた。

「サー・ジョン?」カミールは静かに声をかけた。「大丈夫ですか?」

彼はびくっとした。「ああ、カミールか」

彼女はサー・ジョンが値踏みするような目で見てくるので驚いた。ふたりは毎日顔を合わせているのに、彼のその目つきは、カミールのなかになにか新しいものが発見できるのを期待しているかのようだった。

「ああ、もちろんだよ。わたしなら大丈夫だ」

「とても心配そうなお顔をしていますけど」

「そうかね? ブライアンがここへ来るようになってからというもの、過去のことが思いだされてならんのだ」

「もしかして疑い始めたのでは——」

「彼のご両親は何者かによって殺されたのではないのかと?」サー・ジョンはかぶりを振った。「いいや……違う。そんなことは考えるのも忌まわしい。スターリング卿夫妻を亡き者にしたいと考える人間が、いったいどこにいるというんだ？　あのご夫妻はこの博物館に貢献こそすれ、なにひとつ害になることはしなかったのだよ」

「そうですね。なにしろ博物館に遺物をもたらしたのは彼らですもの」カミールはつぶやいた。

「なにを言いたいのかね？」サー・ジョンが鋭い口調できいた。

「発見された古代の工芸品は貴重品が多く、売れば大変なお金になります。そうした品を手に入れるためには殺人だってていとわない泥棒もいるでしょう」

「発見された工芸品は目録に載っているんだ。簡単に盗むことなどできやしない。すぐになくなったことがわかるからね」

「エジプトからここへ搬送されてきた箱のなかに品物がなければ、目録にも載せられなかったはずです」

「やれやれ。そもそも発見さえされなかった品物のために、どうして殺人を犯す必要があるんだ？」

「その品物がどこかにあるとわかっているからです」カミールはためらった。「わたし、文献に言及されていながらどの目録にも載っていない工芸品があることがわかったんですよ。黄金のコブラです。思うに、それには高価な宝石がはまっているに違いありません。そのひとつを売っても……そう、途方もなく値打ちのある宝石でしょう」

サー・ジョンが首を振った。「黄金のコブラなど、どこにも存在しない」

「わたしは存在したと信じています」

ふたりが話しているところへ、ハンターがずかずかと入ってきた。「カミール、招待客名簿をとってくるだけなのに、なんでこんなに時間がかかるんだ？　向こうでウィンブリー卿が気をもんでいるよ。あのご老体の怒りを買いたくはないだろう？　それとも……きみはもうウィンブリー卿など眼中にないのかな？」ハンターがきいた。

その辛辣《しんらつ》な物言いに、カミールは彼の頬を張り飛ばしてやりたくなった。ハンターもアレックスも、彼女の友人なのだから侮辱的な言葉をずけずけ口にしても許されると考えているのだろうか。

「ハンター！」サー・ジョンがカミールに代わってとがめた。

「すまない、カミール」ハンターはそう言ったが、心から謝ってはいなかった。「彼女はあの獣の城に寝泊まりしているんですよ」彼はサー・ジョンに注進した。

「ここに名簿がある。これを持って早くウィンブリー卿のところへ行きたまえ」サー・ジョンは立ちあがって名簿をハンターのほうへ押しやった。ハンターはなにも言わずに顔をしかめて出ていった。

「きっとハンターはきみに夢中だったのだろう、カミール」サー・ジョンがささやいた。

「来なさい」

「来なさいって？」カミールは問い返した。「どこへ？　わたしたちはあそこへ戻らなければ――」

「保管室へ行こう」

「昨日、あなたの鍵を持って保管室へ行き、箱の中身を書き記した文字を読みました」

サー・ジョンが眉をひそめた。「わたしの鍵で保管室へ入ったと？」

「すみません。あなたが落としていかれたものですから。それにわたしが訳した文献のなかにコブラに言及した言葉が――」

彼は鍵束を手にして戸口へ歩きだした。あとをついていったカミールは、パーティー会場へと変わりつつある展示室を通るときにきっと呼び止められるだろうと思った。だが、ふたりは展示室を通らなかった。カミールは地下の保管室へ行く通路がほかにもあることをはじめて知った。サー・ジョンに従っていくつものドアを通り、建物の保守管理室を抜けて、裏手の廊下を歩いていくうちに、彼女は一瞬、方向感覚を失ったものの、やがてふたりは地下への階段をおりて保管室のドアの前へ来た。

「サー・ジョン」カミールは息を切らせて言った。「昨日は誰かがわたしをここへつけてきたんです。なかにいるときに明かりが消えました。信じられないかもしれませんけど、なにかよくないことが起こっているのは間違いありません」

サー・ジョンは彼女をにらみつけてドアを押し開けた。カミールが彼についてなかへ入っていくと、サー・ジョンは突然、なにかにとりつかれたように次から次と箱を調べ始めた。そして無造作に包みを開けては閉じて首を振った。「黄金のコブラがあったら、わたしが知っていなくてはおかしい」

そのとき音がしたので、カミールはぎょっとした。搬送用の大きな箱をまわって姿を現したのは清掃員の老アーボックだった。彼はたった今来たかのように咳払《せきばら》いをして言った。

「みんなが上であなたを待っています、サー・ジョン」

サー・ジョンはある程度正気をとり戻したようだった。「わかった。さあ行こう、カミール。明日……明日も開館するから、そのときまた来るとしよう」

カミールがついてくるかどうかなどおかまいなしに、サー・ジョンは戸口へ向かった。ふたりの前を老アーボックが足を引きずりながら歩いていく。上へ戻ってみると、会場の準備はほぼ終わっていた。ウィンブリー卿はすでに帰っていた。パーティーに備えてお抱えの理髪師に髪を刈らせたり、従者に支度をさせたりする時間が必要なのだ。

「サー・ジョン、席順はこれでいいのか、最終確認をしてもらえませんか?」ハンターが頼んだ。

サー・ジョンは招待客名簿を受けとったものの、実際は目を通していないことにカミールは気づいた。

「ああ、これでいい」彼は言った。

「ぼくは帰らせてもらいます」ハンターがサー・ジョンに断った。「支度をしなければならないので」彼はサー・ジョンの肩越しにカミールを見て、彼女のところへやってきた。「さっきはごめんよ、カミール。よかったら今夜、ぼくと踊ってもらえるかい？」彼は心から後悔しているような笑みを彼女に向けた。

「ひどい目に遭っても知らないわよ」カミールはそう言って、ほほえみ返した。

「大丈夫、ぼくがリードしてあげるから」ハンターは軽く言うと、向きを変えてすたすたと歩み去った。

カミールは背後に人の気配を感じて振り返った。アレックスが青白い顔をこわばらせて立っていた。

「ぼくとはどうなの、カミール？　ぼくは名前の前に〝サー〟さえもつかないけど」

「アレックス！　もちろんあなたとも踊るわ」彼女はため息まじりに答えた。

「ぼくは永久に称号をもらえないかもしれない」アレックスが静かに言った。「でも、ぼくらが生きているのは偉大な啓蒙《けいもう》思想の時代なんだし、ぼくだっていつかは大金持ちになれるに違いない。もっと不思議なことだっていろいろ起こったんだからね」彼の笑みにはいくらか羨望《せんぼう》がこめられていた。

「断っておくけど、わたしにとってはここの仕事がいちばん大切なの。お金持ちだからとか称号があるからとかいう理由で誰かを好きになるなんてありえないわ。あなたはわたしのお友達よ。あなたにお金があろうとなかろうと、わたしにはどうでもいいの。今夜は喜んであなたと踊るわ」

　アレックスはうなずいた。「だけど……」

「だけど、なんなの？」

「きみはスターリング卿と一緒に出席するじゃないか」

「だって彼に頼まれたんですもの」

「彼の爵位はきみにとってなんの意味もないのかい？　きみは甘んじて獣の命令に従っているだけなのか？」アレックスがきいた。

　カミールはため息をつき、怒りたいのをこらえて言った。「あの人の爵位など、わたしにとってなんの意味もないわ。彼の富だって。それどころか彼の顔がどんなふうであろうとかまわないわ。あの仮面の下には、とても慎み深い人がいるの」

「そんなの、信じられないや」アレックスがつぶやいた。

「あのね、くどいようだけど――」

「やめてくれ。お願いだ。これだけは言っておくよ。いや、警告しておく。きみはあの男のとりこになっているんだ。だが、きみはあの男の正体を知らない。彼は復讐《ふくしゅう》心にとりつかれている。彼が再びここへ来るようになったのは、また博物館への関心がわいたからではなくて、ぼくらに仕返しをするためなんだ」

カミールは周囲を見まわした。遠くをケータリング業者や楽団員たちが動きまわっているだけだった。ちょうどそこへシェルビーが姿を現した。

「もう行かなくては、アレックス。わたしを信じて。ブライアン・スターリングはわたしたちに仕返ししようなんて考えていないわ」

「うわっ、ブライアン・スターリングときた。じゃあきみたちはますます……親密になっているんだね」

カミールは思わず頬を赤らめた。「もう行くわね」彼女はアレックスに言った。

「ちょっと待ってくれ！」

「なんなの？」

アレックスは卑屈っぽく口をもごもごさせたが、声が出てこなかった。手をのばしてカミールの髪にふれる。「ぼくはきみが好きだ。いつかきっと……いつかきっときみにふさわしい男になれるだろうと夢見ていたよ。ぼくたちは同じものに関心を抱いているし、属している社会階級も同じだ。互いにぴったりの相手だと思う。ぼくは……ああ、なんて言ったらいいか。ずっと……はじめて会ったときから、きみに恋していた。いつか金がたまったら、きみに結婚を申しこもうと考えていたんだ。きみのほうでも、ぼくを好いてくれていると思っていたけど、今となっては……」彼は惨めな様子で口を閉ざした。

カミールはアレックスの手をとってぎゅっと握りしめた。「わたしはあなたが大好きよ。

あなたは大切なお友達だわ」

「だけど、きみは絶対にぼくを愛してはくれないだろう」アレックスが言った。「あの男さえいなかったら、愛してくれたかもしれないのに」

「わたしはブライアンのお城に泊めてもらっているのよ」

彼はカミールを真剣な目で見つめた。「彼のベッドに寝てはいないだろうね？」

「いくらあなたでも、それ以上侮辱するようなことを言ったら許さないわよ」カミールは厳しい声で言った。

「ごめん。謝るよ、悪かった。我慢できなくて、つい言ってしまったんだ。それもこれもきみが心配だからだよ。きみがハンターとつきあうことにしたというなら、まだ納得できるんだけどな。でも、いつもぼくがついているからね。きみを見守っていてあげる。それに断言してもいい、ぼくはきっといつか大金持ちになる。これまでぼくを見下してきた人たちが、ぼくにへいこらするようになるだろう」

「アレックス！」

彼はカミールに背を向けて肩越しに言った。「きみの大切な〝獣〟に用心するんだよ。あの男は呪われている。彼にいつまでもくっついていると、その呪いがきみにも降りかかるだろう」彼女のほうへ向きなおる。「彼は復讐心にとりつかれている。顔に醜い傷跡ができて、憎しみで心がいっぱいになり、自分の目的を達するためなら、ほかのすべてを犠牲にする気でいるんだ。気づいていないだろうが、きみは彼にとっていけにえなのさ。嘘じゃない。やつは危険な男だ。残念だけど、きみはいずれぼくの言葉が正しかったことに気づくだろう」

12

　カミールは玄関の大広間でそわそわしながら待っていた。エディスとメリーが城へ来てドレスを着るのを手伝ってくれたときは、口では言い表せないほど楽しかった。ふたりはとてもやさしくて、いろいろとカミールを励ましてくれた。

　姉妹が城に残って、自分がパーティーから戻ったときにここで迎えてくれたらいいのにとカミールは思った。だが、エディスとメリーは丹精こめてつくったドレスをカミールに着せて、ブランデー入りの紅茶を飲み終えると、一刻も早く森のなかの小さなコテージへ帰りたがった。それでもふたりはカミールのためにしばらく残ってくれた。彼女がまとったドレスはほれぼれするような出来栄えだった。

　カミールの身支度が整うと、姉妹はトリスタンを呼びに行った。いそいそとやってきたトリスタンのほめ言葉を聞いて、カミールはひと晩だけでも本物の王女になった気がした。エディスとメリーは得意になっている母親さながらにその光景を見ていたが、やがてコテージへ帰っていった。トリスタンはといえば、愛情と誇らしさのこもった賛辞をさんざん呈したあと、かなりぐったりして見えたので、カミールは追いたてるようにしてベッドへ戻らせた。

　生まれてから今に至るまで、こんなにすばらしいドレスは着たことがない。鏡に映った姿を見たカミールは、われながら美しいと思った。

　彼女をとまどわせたものがひとつあるとすれば、それはナイトテーブルの上に置かれていたトパーズのイヤリングだった。〝今夜はどうかこれをつけてくれ〟とメモが添えてある。

　心臓が激しく打ち始める。ブライアンとはあれきり……彼のかたわらで眠りこんだのを最後に、顔を合わせていない。カミールが彼に言ったとおり、彼女の行為は自ら進んでしたことだ。しかしイヤリングを前にしたとき、彼女は大きなとまどいを覚えた。それをつけるのはやめておこうとさえ思った。イヤリングは見るからに報酬のひとつであるかのようだ。だが、メモにはそれをくれるとは書いていないから、ただ貸してくれるだけなのだろう。

　カミールは、火が勢いよく燃えている大きな暖炉のそばに立っていた。寒くはないはずなのに寒かった。長い夜が彼女をのみこもうと大口を開けて待ち構えている。生活のすべてが突然、見せかけだけの芝居になってしまったのだ。それもこれもブライアン・スターリングの行動すべてが、殺人者をあぶりだすためのものだからだ。

もうひとつ気になることがある。アレックスはなぜあれほど自信たっぷりに、自分はいつか大金持ちになると宣言したのだろう。カミールは腑《ふ》に落ちなかった。アレックスはスターリング卿《きょう》夫妻の最後の調査旅行に同行しているし、大英博物館内を自由に歩きまわれる。彼は鍵《かぎ》束を持ってはいないが、カミールが気づいたように、サー・ジョンの鍵束を手にするのは簡単だ。それからサー・ジョンはどうだろう。彼の奇妙きわまりない振る舞いは？　それに彼の机にナイフで留められていた新聞の切り抜きは？　サー・ジョンでないとしたら、ほかの誰かが彼の引きだしを開けて切り抜きを出し、写真のサー・ジョンの顔にナイフを突き刺したことになる。オフィスのなかにいるのを見られても不審に思われない人物となると……アレックスだろうか？

そうした難問に頭を悩ませているうちに気が高ぶってきたカミールは、暖炉の火に背を向けた。するとブライアンの姿が目に入った。

仮面をつけてはいても、ブライアンからは男性的魅力が発散されている。燕尾《えんび》服に糊《のり》のきいたシャツ、上品な黒のベストにネクタイというでたちで、手には礼装用の白い子山羊《キッド》革の手袋を持っていた。ボタンも飾り鋲《びょう》も金なら、ポケットから美しい弧を描いて垂れている懐中時計の鎖も金だ。普段からこういう格好をしようとは思わないが、いざとなればいくらでも上手に着こなせる男性といった風情で、悠然と階段をおりてきた。

彼は下から四段目で立ち止まり、カミールを見つめた。

「すばらしい！」小さく賞賛の声をあげる。

カミールは頬が真っ赤に染まるのを感じると同時に、昨夜の彼との一部始終を思いだした。ブライアンに駆け寄りたいと思う一方で、その場から逃げだしたい衝動に駆られる。

「こんばんは」彼女は小声で言った。

しばらくしてブライアンが再び階段をおり始め、カミールのそばへやってきて両手をとると、一歩さがって彼女をもう一度つくづくと見た。肌が火照るのを感じたカミールは、きっとわたしは真っ赤な顔をしているに違いないと思った。

「そのイヤリング」ブライアンがささやいた。「よく似合っているよ」

「ここへ戻ったらすぐあなたにお返しするわ」カミールはそう言ってから、自分でも意図しなかったほどとげとげしい口調だったことに気づいてたじろいだ。

ブライアンが眉をひそめた。「返してもらう必要はないよ」

「前にも言ったけど、施しは受けたくないの」

「そのイヤリングはそれほど値打ちのあるものではないんだ」

「たとえそうだとしても、もらうのはいやなの」

彼女の美しさを前にして輝いていたブライアンの目が険しい光を宿した。「わかったぞ。ぼくはただ今夜のためにプレゼントをしたいだけなのに、きみはほかに深い意味があると邪推しているんじゃないか？」

「プレゼントは受けとらないことにしているの」カミールはかたくなに応じた。

ブライアンが彼女を抱き寄せた。「なあ、きみに感謝の贈り物をするつもりなら、もっとはるかに高価なものにしていたよ」

カミールは体を離そうとしたが、ブライアンにしっかり抱かれていて動けなかった。

近くにいる人間に立ち聞きされたら困るとでも思ったのだろうか、彼は小さな声でささやいた。「きみはいったいどうしてしまったんだ?」

「どうもしないわ。ただ世の中の真実を知っているというだけ」

「どんな?」

「どんなって、世の中には……わたしたちには誰にでもいるべき場所があるのよ!」彼女は少しやけになって言った。

「ぼくたちのいるべき場所は、時として自分自身で決めるものだ」ブライアンは言った。

「イヤリングの件できみの感情を害するつもりはなかった。ドレスの生地はぼくが用意したものだし、そのイヤリングは何十年も前からわが家にあったものだ。気にさわったのなら許してほしいが、ぼくたちはせめて友達同士くらいには親しい関係になれたと思っていたんだ」

カミールはゆっくりと息を吐きだした。わたしは結局、アレックスの言葉を気にしているのではないかしら。わたしはブライアンがどうしても欲しかった……それはたしかだ。

ふたりがベッドをともにすることを拒否しなかったのもわたしだし、そうなるように仕向けたのもわたしなのだ。だがアレックスは間違っている。爵位や財産なんて関係ない。もっとも、わたしの気持ちがこんなに乱れたのは、爵位や財産がかかわっているとイヤリングが思わせたからかもしれない。

「プレゼントを受けとるわけにはいかないわ」カミールはしつこく繰り返したが、口調は穏やかだった。自分の手を握っているブライアンの手の力強さや、賛嘆するように見つめてくる彼のまなざしのやさしさを好ましく思ったけれど、それを表に出さないよう平静を装っていた。

「博物館でなにかあったのかい？」ブライアンが尋ねた。

「今日？　とりたてて話すほどのことはなにも起きなかったわ」カミールは答えた。

ブライアンはふいに彼女が信用できなくなったとばかりに身を引いた。「なにも？」

「みんなで今夜の準備をしたの」カミールは言いながら考えた。話すに足るようなことがなにかあっただろうか。サー・ジョンのわたしに対する振る舞いは奇妙だったけれど、あれがなにを意味するかは不明だし、ブライアンにどう説明したらいいのかもわからない。ウィンブリー卿とサー・ジョンがコブラのことで口論したが、それを持ちだしたら、どうしたって激しい口論に至った理由についても話さなければならなくなる。

「まあ、驚いた！」

階段のほうからイーヴリンの声がしたので、ふたりはさっと体を離した。

イーヴリンもまた優雅さの極致のような装いだった。髪を頭の高い位置に結いあげ、首に小さなダイヤモンドをきらりと光らせて、ゆったりした水色のペティコートの上にコバルトブルーのドレスをまとっている。彼女はブライアンと同じように階段の途中で足を止め、にこやかな笑みを浮かべて手をたたいた。「なんてすてきなんでしょう！　カメラマンが手配されているといいわね。あなた方にご自分の姿を見せてあげたいわ。ふたり一緒のところを。言葉では言い表せないほどすてきよ」

「ありがとう、イーヴリン」ブライアンが言った。「残念ながら我々の社会における男の夜会服は色も形も決まっているが、きみたち女性は……」彼はカミールのほうへ頭をかしげた。「これほど美しい光景は見たことがないよ、カミール、それにイーヴリン……」

「わかっていますよ。わたしのような年増《としま》でも、着飾ればなかなかのものだとおっしゃりたいのでしょう、ブライアン？」

イーヴリンは残りの階段をおりてカミールの前へやってきた。

「ごめんなさいね。びっくりさせるつもりはなかったの。あなた方ふたりの邪魔になりたくないから、今夜は遠慮するつもりだったのよ。でも、ブライアンが出るように言い張って」

「まあ、イーヴリン、わたしのほうこそ邪魔なんじゃないかしら」

「とんでもない。ばかなことを言わないで」イーヴリンが反論した。「わたしが一緒に行くのを許してちょうだいね。わたしは博物館の人たちと知りあいで、彼らとはかんかん照りの砂漠のなかで苦労をともにした仲だから、パーティーに出るほうがいいと思ったの」

「もちろんだわ」カミールは同意した。

ドアが開いた。今夜のためにシェルビーまでもが服を着替えていた。制服は彼の体ぴったりに仕立てられており、シルクハットはぴかぴか光っているようだ。「スターリング卿、馬車はいつでも出発する用意ができております」

「よろしい。それではご婦人方、出かけるとしようか」

大英博物館は明かりが煌々《こうこう》と輝き、建物の前には豪勢な馬車がずらりと並んでいた。一台また一台と階段の前へ進んできて停《と》まり、きらびやかに着飾った客をおろしていく。一様に黒い服を着た背の高い男、低い男、やせた男、太った男が、まばゆい宝石を身につけた女性たちを馬車から助けおろしては入口への階段をあがっていく。

ブライアン・スターリングが馬車からおりたとたん、周囲の人々の注目を集めたらしく、驚きの声や当惑したようなささやき声がカミールたちの耳にまで届いた。

「なんてことだ！　カーライル伯爵ではないか」

「すると彼は、本当に社交界へ復帰することにしたんだ」

「いまだに仮面をつけているところを見ると、サーベルによる傷跡がそうとうひどいのだろうな」

「あら、だけど仮面をつけている姿もまたすてきじゃない」そう言ったのは女性客のひとりだ。

「ふうむ、どうやら彼は資産家連中の娘たちの注目の的になりそうだ。その点できみの競争相手になるんじゃないか、え、ルーパート？」愉快そうな声がからかうように言った。

正面きって声をかけてきた人たちにブライアンが挨拶《あいさつ》を返しているあいだ、カミールが関心の対象にされて、あまり礼儀正しいとは言えないひそひそ声が聞こえてきた。

「彼女はいったい誰？　まあ、なんて美人なのかしら！」

「イーヴリン・プライアーだ。伯爵の母親の古い友人の」

「イーヴリンのことじゃないわ、おばかさんね！　金色のドレスを着た美しい女性のことを言っているの」

「きっと外国の貴族かなにかだろう」

「彼の親戚《しんせき》ではないかしら。だとしたら、わたしにもチャンスがあるわ」

「違うよ。ぼくが聞いた話では、彼は庶民の女性を連れてくることになっているらしい。この博物館の職員を。信じられるかい？」

入口近くでカミールたちはひとかたまりの客と一緒になった。小声で話していたのはこの人たちだわ、とすぐに彼女は確信した。

「ブライアン！　ブライアンじゃないか。きみも出席するとは聞いていたが、本当に来るとは信じられなかったよ」ひとりの男がそう言って歩みでた。みんなと同じ夜会服に身を包んだ、ハンサムな金髪の男性だった。

「ロバート、久しぶりだな」ブライアンはその男性と握手をした。「ルーパート、ラヴィニア、会えてうれしいよ」彼はカミールを振り返った。「カミール、彼らはみんな、ぼくの古くからの友達だ。一緒にオックスフォード大学に通った仲で、ルーパートとはスーダンでの軍務でも一緒だった。ロバート・オッフェンバック伯爵に、プリンス・ルーパート、彼の妹のレディ・ラヴィニア・エステス。みんな、ミス・カミール・モンゴメリーを紹介するよ。それからミセス・プライアーはもう知っているだろう」

挨拶が交わされるあいだ、カミールはつくり笑いを浮かべていた。男性たちは好奇心を隠そうともしないでカミールをじろじろ眺め、ラヴィニアはかなり横柄な態度で値踏みするようにカミールを見た。ラヴィニアがたぐいまれな女性であることは、カミールも認めざるをえなかった。小柄で金髪に大きな青い目、愛らしい顔の持ち主だ。水晶やビーズをあしらった絢爛豪華《けんらんごうか》な白いドレスをまとい、ダイヤモンドのネックレスをしていた。

「するとブライアン、きみはこの博物館への関心をとり戻したんだね」ロバートがうれしそうに言った。「よかったよ。スターリング家のかかわっていない古代エジプト遺物部など、ぼくには想像すらできない」

「そのとおり。これでひと安心だ」ルーパートが相槌《あいづち》を打った。「ぼくはきみがまた軍服を着て、インドかスーダン、ひょっとしたら南アフリカくんだりまで行ってしまうんじゃないかと少々心配だったんだ。きみが社交界へ復帰したのを見て安心したよ」

「ああ、まあね。大英帝国を維持するのはたやすいことではないからな、そうだろう？」ブライアンは言った。「しかし、国外での軍務に服せと命令されない限り、しばらくイングランドにとどまるつもりだ」

「お気の毒に！」ラヴィニアが大声で言った。「あなたはとてもひどい怪我《けが》を負ったじゃないの」

「ぼくの怪我などたいしたことないよ。ただ醜い跡が残っただけでね、ラヴィニア」ブライアンは重々しい口調で続けた。「ぼくは無事に帰国できたことを感謝しているんだ。今では医学がそうとう進歩したとはいえ、軍人仲間のなかには戦死したり手足を失ったりした者、チフスや赤痢にかかった者が大勢いる。まあ、今夜のパーティーには関係のない話だ。さあ、なかへ入ろう」

一行は建物内へ入った。会場の照明は非常に明るく、巨大なアルメニアの像のあいだにオーケストラが陣どっていた。壁際にテーブルが並べられて、広い部屋の中央はダンスフロアになっている。普段ここは展示室になっているが、今夜の催しに備えて展示品をよそへ移したのだった。彼らが部屋へ入ったとき、ちょうどシュトラウスのワルツが演奏されていた。

大勢の人々が集まっているところへ行く前に、ブライアンがカミールのほうを向いて言った。「踊ろうか。イーヴリン、かまわないだろう？」

「もちろんですとも。さあ、踊っていらっしゃい」イーヴリンが励ました。

「待って！」カミールは叫んだが、遅すぎた。彼女は体に腕をまわされてブライアンに促されるまま、速いテンポの曲に合わせてダンスフロアへ出ていった。

ありがたいことにドレスの裾《すそ》がゆったりしているおかげで、どこに足を置いたらいいのかあまり悩まないですんだ。カミールはほとんどブライアンのなすがままになっていた。そして……彼に両腕をまわされてしっかりと抱かれたときほど、大きな幸福感を味わったことはなかった。こうしてまた彼とふれあっているのだと思うと、体の奥に昨夜と同じような熱い炎が燃えあがった。

「リラックスしたまえ、カミール」

「言うのは簡単だわ」カミールは顎をつんとあげて言った。「わたしが学んだのはエジプト学で、育ったのは博物館のなか。残念だけど、ここの人たちはわたしにダンスを教えてくれなかったの」

「きみは今までダンスをしたことがないのかい？」

「それは、まあ、もちろんあるけれど、ダンスフロアの上ではないわ」カミールは顔を赤らめて小さな声で言った。

「どこで踊ったんだ?」

「わたしたちの住まいの狭い部屋で、トリスタンやラルフを相手に」彼女は打ち明けた。

「しかし、きみはけっこう上手に踊っているよ。ふたりとも腕のいい教師だったんだね」

「ステップをいくつか知っているだけよ」

「きみはちゃんとついてきているよ」

「あなたって、お世辞が上手ね」

ブライアンはそっと笑った。「どうしてぼくがきみにお世辞を言わなくちゃならないんだ?　本当のことを言っているだけさ」

「あら、本当のことですって。あなたがわたしをここへ連れてきたのも、今こうして踊っているのも、博物館の職員と一緒のところを見せて、お友達が仰天するのを楽しみたかったからじゃないの?」

ブライアンは愉快そうに目をきらめかせて肩をすくめた。「それもあるが」

「それもある?　じゃあ、ほかになにがあるの?」

「きみが目を見張るほど美しいからだ。嘘《うそ》ではない、これは本心から言っているんだよ。誓ってもいい。ぼくはほかのどんな女性よりもきみと踊りたい」

「ほら、やっぱりお世辞を言っているんじゃない」

「ぼくはお世辞なんかで真実をごまかすような人間ではない。きみとは嘘のない関係でいたいんだ」ブライアンが反論した。

「そんなにうれしいことを言われたら思いあがっちゃうじゃないの」

「いいや、きみに限ってそんなことはないさ。きみは冷静な女性だ。男にほめられたくらいで思いあがってしまうような人間ではない」

「特別な人に言われたら違うかもしれないわ」カミールはつぶやいた。

　突然ブライアンがダンスをやめたので、誰かが彼の肩をたたいたのだとカミールは気づいた。立っていたのはハンターだった。

「スターリング卿、お楽しみのところを悪いが、代わってもらえないだろうか？　ミス・モンゴメリーがダンスフロアをこんなに優雅に踊りまわっていたら、たちまちここにいる男全部の注目の的になってしまう。隙《すき》を見てはダンスを申しこまれて、そのうちにパーティーが終わってしまうだろう。彼女はぼくの親友であり仕事仲間でもあるから、ほかの男にさらわれる前に踊らせてもらいたいんだ。かまわないだろう？」

　ブライアンは礼儀正しく脇《わき》へどいて一礼した。「もちろんだよ、ハンター」

　カミールは、ハンターの言うようにダンスフロアを優雅に踊りまわる自信はまったくなかったけれど、彼と組んでダンスフロアをまわりだした。

「今夜のきみはいちだんときれいだよ」ハンターが言った。「普段のとり澄ました女性学者とはまったくの別人だ」

「ドレスのせいよ。中身はちっとも変わっていないわ」カミールは応じた。

「ううむ。着る服によって人は変わるのかもしれないよ」ハンターが言った。「きみはどう思う?」

「あまり話しかけないで。わたし、ダンスが得意じゃないから、あなたの足を踏まないように神経を集中しなくちゃならないの」

ハンターが笑った。「こんなときまで現実的なんだね。ぼくの足のことなんて気にしなくていいよ。それよりも上流社会の人々が集まった今夜のパーティーをどう思う?」

「すてきよ。サー・ジョンの望みどおり、資金がたくさん集まるといいわね」

「きみはどうなんだ?」ハンターがまじめな口調できいた。

「わたしはどうって?」

「資金が集まるかどうか気にしているが、ナイル川流域への次の調査旅行に同行したいとは思わないのかい?」

「わたしはたぶん誘ってもらえないでしょう」

「そうかな? だがそれを言うなら、きみはこのパーティーにだって出席できるとは期待していなかっただろう」

「ええ。でも、わたしたち全員が出席しているみたいじゃない。あそこでアレックスがウィンブリー卿と話をしているけど、彼だって最初は招待客名簿に名前が載っていなかったんじゃないかしら」

「きみがのけ者になったことは一度もないよ」

「わたしが誘われたことは一度もないわ」

「たぶんウィンブリー卿は、きみにはこういうドレスを買う金がないから、誘ったらかえって気の毒だと考えたのだろう」ハンターは人のよさそうな笑みを浮かべた。それから真顔になって続ける。「カミール、ブライアンには近づくな。断言してもいい、あの男は頭がどうかしている。前にも言ったね、ぼくはきみと結婚してもかまわないって」

「そんなのとても正気と思えないわ。あなただって本気で言っているんじゃないでしょう?」カミールは笑いをこらえて尋ねた。

「ぼくはきみを救ってあげたいんだ」

「わたしは〝救って〟もらうために結婚する気はないわ」彼女はきっぱりと言った。

「カミール!」ハンターが強い口調で言った。「知っているだろう、ぼくは最初に会ったときからきみが好きだった。そして今夜そのドレスを着ているのを――」

「ハンター……」カミールは言いかけた。

だが、そのときハンターが踊るのをやめた。肩をたたかれたのだ。彼の後ろにアレックスが少し自信なさそうに、それでいて決意のみなぎる顔をして立っていた。

「代わってくれるかい？」アレックスがきいた。

「もちろんだ」ハンターはしぶしぶ承知した。

そこでカミールはアレックスと組んでダンスフロアをまわりだした。そしてふたり一緒によろめいた。

「ごめん」アレックスが謝った。

「たぶんわたしのせいだわ」事実、カミールのせいらしかった。彼女のところから、ブライアンがいかにも貴族の令嬢といったふうのラヴィニアと踊っているのが見えたのだ。

「ぼくたちがここにいるのは場違いのようだね」

「あら、そんなことないわ」カミールはほほえんでそう言ったが、気持ちはこもっていなかった。

ブライアンはもうラヴィニアと踊ってはおらず、脇のほうへ引っこんでいた。十九か二十歳くらいの愛らしい娘を連れた年配の女性が彼をつかまえて、なにやら活発に話しあっている。

「いいや、やっぱりそうだよ」

「なにがそうだというの？」

「ぼくたちは場違いだってことさ」

「わたしたちはここで働いているのよ」カミールは言った。

アレックスがため息をついた。「まったく、どうやらきみの関心はぼくに向けられていないようだ。ねえ、きみはこうなることを期待していたのだろう。スターリング卿は獣であろうとなかろうと、大英帝国軍の軍人として戦地に赴いて負傷する前は、イングランドでいちばん人気のある男だった。なにしろ偉大なカーライル伯爵のたくましくハンサムな息子だったんだから。そして今では彼自身が伯爵だ。悪魔みたいな仮面をつけていても、いや、かえってそのために謎《なぞ》めいて見え、女たちは彼をいっそう魅力的だと思う。彼と腕を組んでここへ来たとき、きみはなにを期待していた？　きみは相変わらず庶民で、この博物館の職員にすぎないんだ。伯爵を身内にできるとなったら、娘を悪魔とだって結婚させようという母親がごまんといる。そうとも、カミール、ぼくたちはここに属する人間じゃない！」

「本当にそう考えているのなら、来なければよかったじゃない」

「仕方がないだろう。老いぼれのウィンブリーが土壇場になって全員を出席させることにしたんだから。ぼくは招待されたんじゃない、命令に従ったんだ」

「だったら、お願い、せっかくだから楽しみましょう」

「努力するよ」アレックスが言った。

「じゃあ、ほほえんで」

「ぼくの気持ちは知っているだろう」

「とにかくほほえんでよ！」カミールは激しい口調で言った。

「ぼくたちのほかにも場違いな人間がいるが、誰だかわかるかい？」

「いいえ、どうせあなたのほうから言うつもりなんでしょう」

「イーヴリンさ。伯爵の大切なミセス・プライアー」

「彼女は最後の調査旅行に同行したわ。墓を発見したときの」カミールは言った。

「ああ、そうそう、彼女も一緒に行ったんだった。イーヴリンから聞いたのか？」

「いいえ。新聞の写真に彼女が写っているのを見たの」

アレックスはうなずいて首をわずかにかしげた。「生きているスターリング卿夫妻に最後に会ったのは彼女だってこと、誰かに教えてもらったかい？」

カミールはかぶりを振った。「いいえ……知らなかったわ」

アレックスはふふんと鼻を鳴らした。「イーヴリンは、スターリング卿夫妻のアパートメントの近くに、管理人小屋みたいな小さいコテージを借りて寝泊まりしていたんだ。彼女はたいていいつもスターリング卿夫妻と一緒なのに、あのときは近くのホテルへお茶を飲みに行っていた。考えてもごらん、彼女があのときお茶を飲みに行かなかったら、夫妻の悲鳴を聞きつけて助けに駆けつけることができたかもしれないんだ」

「スターリング卿夫妻がたまたまコブラの巣にでくわしたのだとしたら、助けに駆けつけたイーヴリンだって死んでしまったかもしれないわ」カミールは言った。「わたしの聞いたところでは、エジプトコブラは危険を感じると、何度でも繰り返し攻撃するそうよ。その毒は、噛《か》んだ相手の体を麻痺《まひ》させるんですって。すぐに毒を吸いださないと、多くの場合、十五分以内に呼吸が止まって死んでしまうらしいわ。たとえ毒を吸いだしたとしても、完全に回復する可能性は――」

「コブラに噛まれて助かった人は大勢いるよ。ちゃんと応急処置をすればね。ほら」アレックスがささやいて踊るのをやめた。「ウィンブリー卿が演説を始めるところだ。きみにシャンパンをとってきてあげる。彼の話を聞こう。演壇の近くにぼくらのテーブルがあるんだ。スターリング卿がぼくら職員を彼と同じテーブルにするよう主張したらしいよ」

アレックスに導かれて席へと歩いていくとき、カミールの頬は燃えるように熱かった。彼女は自分が噂《うわさ》の中心になっていることを知っていた。

アレックスに連れていかれたテーブルは真っ白いクロスがかけられて、銀食器やクリスタルのグラスが並べられ、すでにブライアン、イーヴリン、サー・ジョン、ハンター、オーブリーが着席していた。

アレックスがシャンパンをとりに行こうとすると、ブライアンがテーブルの横のアイスバケットに入っている瓶を指し示した。各人の前に置かれた華奢《きやしゃ》なグラスには、すでにシャンパンが注《つ》いであった。

ウィンブリー卿が演壇の中央へ進みでて、大英博物館の存在意義とその役割、博物館を支えるための資金の重要性について語り始めた。彼の弁舌は巧みで、聴衆の心をつかむこつを心得ていた。演説が終わるころには、そこにいる全員が知識と学問と文明の殿堂である大英博物館に寄付しようという気持ちになっていた。

続いてサー・ジョンが少しだけ話をするために演壇の上へ呼ばれた。けれども彼の話が調査旅行やそれにつきものの危険に及んだところで、ウィンブリー卿が話を遮り、カーライル伯ブライアン・スターリングを紹介しましょうと言った。

ブライアンは名前を呼ばれることを予想していなかったらしく、しばらくためらったあとでようやく立ちあがった。いっせいに拍手が起こった。

演壇へあがったブライアンはにっこりして両手をあげ、友人たちに感謝の意を示した。彼は丁重な口調で、両親の喪に服していた長い期間、多くの人々が彼の社会復帰を辛抱強く待っていてくれたことに対して礼を述べた。そして自分がカーライルの〝獣〟と呼ばれていることについて冗談を言い、カーライル家、ひいては英国にとっての宝物である見事な遺物を朽ちるに任せておいたことを認め、それもこれも自分が呪《のろ》われていたからだと語った。

「呪いが古代の魔力によってもたらされたのだとしたら、そう、多くの人々が信じているように不吉なエジプトの警告によってもたらされたとすれば、それよりもはるかに強力な魔力によって呪いが解かれるのは当然です。そこでぼくはこの機会を利用して、ある発表をしたいと思います」仮面をつけているにもかかわらず、そしてそれが獣の顔をしているにもかかわらず、ブライアンがほほえんでいるのは明らかだった。「残念ながら現実の姿となって現れた呪いがぼくを闇《やみ》の世界へ突き落としたのですが、現実の姿となって現れた魔力が呪いを解いてぼくを救ってくれました。皆さん、闇の世界に差した一条の光、ぼくの婚約者を紹介します。ミス・カミール・モンゴメリー」

たとえブライアンがつかつかとやってきて彼女の頬を引っぱたいたとしても、それほど驚きはしなかっただろう。頼まれて演壇の上へあがるまで、ブライアンはそんな言葉を口にするつもりがなかったに違いないとカミールは確信した。胸に怒りがわきあがる。これもまた彼の犯人捜しにおける策略のひとつで、誰かにショックを与えるために言ったのだ。カミールは単なるいけにえの子羊でしかない。きっと仕事を失うだろうし、新聞記者は彼女の生い立ちを調べるだろう。

なにより、ブライアンの言葉には傷ついた。まるで心臓をナイフでえぐられたかのようだ。

「まあ、あなた、口があんぐり開いているわ。お願い、その口を閉じてちょうだい」横からイーヴリンがそっけなくささやいた。

カミールはなんとか口を閉じた。だが両手は体の横で拳《こぶし》を握っていた。彼女はすっくと立ちあがってブライアンをののしりたかった。

「そうか、ぼくの求婚にはなんの意味もなかった理由が、これでわかったよ」もう一方の側からハンターがささやいた。

アレックスは口をぽかんと開け、サー・ジョンはまじまじとカミールを見つめている。ウィンブリー卿がまるで操り人形みたいに首をくるりとこちらへまわした。

会場のあちこちでもれた声がカミールのところまで聞こえた。やがて室内は静かになった。

最初にわれに返ってその場をとり繕ったのはウィンブリー卿だった。「そうだったのか！　おめでとう、ブライアン」彼は祝福してブライアンの背中をぽんとたたいた。それから大股でカミールのところへやってきて両手をとり、彼女を立ちあがらせて、両方の頬にキスをした。「きみたちふたりにおめでとうと言おう」

誰か親切な人が拍手を始めた。すると、とうてい拍手すべき場面ではないと考えている人々がいたのはたしかであるにもかかわらず、たちまち室内に拍手の音が満ちた。ウィンブリー卿のあとからブライアンがカミールのところへやってきた。そしてみんなの見守る前で彼女を抱き寄せ、唇にすばやくキスをした。

「ワルツを！」イーヴリンが立ちあがって叫んだ。

楽器を準備するがたがたという音がしたあとで、再び音楽が始まった。

ダンスフロアを動きまわっているあいだに、カミールは機会をとらえて抗議した。「あなたはいったいなにをたくらんでいるの？」彼女の口調は激しかった。

「ぼくがどんなに幸せなのか、どれほどきみに夢中なのかを、みんなに教えておきたかったんだ」ブライアンが応じた。

「あなたって、嘘つきのろくでなしね」カミールは非難した。「わたしはあなたのいけにえの子羊にされたんだわ」

彼の目が細くなった。「どちらかといえば、ぼくの名前が持つ威力によってきみを守ろうとしたんだ」

「それにしたって厚かましいにもほどがあるわ。あなたにあんなことを言う権利はないのに。新しい策略についてわたしに相談もしなかったのよ。あんなことを発表する権利なんかありはしないのに！」

「策略だって？」

「そうじゃない」

「ぼくは本気で言ったのかもしれないよ。嘘などでは決してなく、本心かもしれないじゃないか」

カミールは頬が火照るのを感じた。「いいえ。本心ではありえないし……あなたにわたしを守らなきゃいけない義務はないわ」彼女は興奮でしどろもどろになった。「前にも言ったけど——」

「ああ、覚えている。きみは自分の意思で行動するんだろう」

「そうよ、わたしの意思を尊重できるなら、あなたにあんなばかげた発表などさせなかったわ」

「ぼくだって自分の意思で行動するんだ」

「わたしにかかわることを、あなたは勝手に決められないはずよ！」カミールは叫んだ。「あなたのせいでわたしはなにもかも失ってしまうんだわ。今の仕事が気に入っているの。生活がやっとまともなものになったのよ。わからないの？　ここにいるご立派な友人たちは、あなたをまんまとたぶらかしたいかがわしい庶民の正体を躍起になって暴こうとするでしょう。ばかばかしい大騒動が巻き起こるわ。彼らはトリスタンやわたしをさげすみ、辱めるに決まっている。わたしは上流階級の仲間入りをねらう野心家で、そのためには〝獣〟だって誘惑しようとする腹黒い女にされてしまうんだわ。きっとわたしは——」

「真剣に獣の味方をする心構えはまだできていないようだね？」

「なんですって？」

カミールは先を続けられなかった。ブライアンがはたと動きを止めたからだ。

彼の後ろにルーパートが立っていた。「おめでとう、ブライアン！　それにしてもうらやましい。代わってもらえるかい？」

「ありがとう、ルーパート。もちろん代わるよ」

ルーパートがブライアンと交代してカミールと踊りだした。「おめでとう、ミス・モンゴメリー。心からお祝いの言葉を述べさせてもらうよ。それにしても驚いたな。あのブライアンがついに陥落したとは！　彼が自分の周囲に築いた城壁を打ち崩せる者はひとりもいないだろうって、誰もが言っていたんだよ。それをきみがやってのけたんだからね。しかし、ぼくにはその理由がよくわかる。正直なところ、きみは今夜ここへ来た人たち全部の心をすっかりとらえてしまった。本当だ。彼があの発表をする前から、みんなきみに魅了されていたが、今では――」

「蛇だ！」叫び声がした。

「うわっ、なんてことだ！」別の叫び声がした。

「クレオパトラのエジプトコブラだわ！」

踊っていた人たちがぶつかりあい、ワルツの演奏がぴたりとやんだ。押しあいへしあいしているうちに、カミールはルーパートとはぐれた。彼はさっさと逃げてしまったに違いない。

「コブラだ！」ほかの誰かが叫んだ。

そのうちに人々が出口へ向かって殺到し始めた。楽団員たちが楽器を落とす。宝石で飾りたてた美しい女たちがあたふたと駆けていき、上品に着飾ったたくましい男たちがその後ろを追いかけていく。今夜のパーティーのために特別に雇った警備員たちまでもが逃げようとしていた。

「なんてことだ！　よし、ぼくがつかまえる……ぼくがつかまえる」

　カミールにはその声の主がわかった。アレックスだ。

　突然、別の音が室内に響き渡った。大きな苦痛の悲鳴。

　逃げまどう人々の流れに逆らって、カミールは友人を見つけようと声のしたほうへ走っていった。すると引っ繰り返った椅子や割れたグラスのあいだに倒れているアレックスが見えた。その横でエジプトコブラが鎌首《かまくび》をもたげて首の付け根を三角形に広げ、威嚇の体勢をとっている。コブラは近くにいる者に噛みつこうと突進したが、みんながわっと後ろへさがったので噛みつき損なった。蛇がおびえているのは一目瞭然《いちもくりょうぜん》だった。

「殺してしまえ！」誰かが怒鳴った。蛇はどちらへ行ったらいいのかわからないと見えて、やみくもに這《は》いずりだした。

「この野郎！」そう言ったのはブライアンだった。彼はさっと歩みでてコブラの頭のすぐ後ろをブーツで踏みつけ、手をのばしてコブラをつかんだ。コブラはしゅうっと音を出してじたばた暴れたが、彼は手を離さなかった。

「これに！」大声がした。オーブリーだ。彼は粗布の袋を持って駆けてきた。ブライアンがコブラを袋に入れると、オーブリーはみんなのわめき声を背中に浴びながら走り去った。

「まったくひどい。どうしてあんな生き物をここへ置いておいたんだ」誰かが言った。

カミールにはわかっていた。あのコブラは、コブラがすべきことをしただけなのだ。責められなければいけないのは、コブラを安全に管理していなかった人間のほうだ。そうだ、アレックスが！

カミールは駆け寄ってアレックスのかたわらにひざまずき、蛇の牙《きば》で皮膚が裂かれている箇所を探した。噛まれた跡は左手にあった。カミールは床に落ちていたディナー用のナイフを拾いあげて、噛まれた箇所の皮膚をさっと切り、そこへ口をあてて毒を吸いだしては床へ吐いた。カミールの肩に手が置かれ、彼女を立たせようとした。抗議しようとして振り返った彼女の目が、革製の仮面からのぞいているブライアンの真剣な青い目と合った。

「わたしに任せてちょうだい。やり方なら知っているの」

「カミール！」ブライアンが鋭い声で言った。「きみは自分の命を危険にさらしているんだよ」

「やり方くらい知っているわ。嘘じゃない――」

「どうやって知ったんだ？」

カミールは顎をあげた。「本でよ、もちろん」

ブライアンが力ずくで彼女を押しのけた。

「ぼくのほうが体が大きい分、毒への耐性も大きいだろう」彼はそう言ってひざまずき、カミールがしていたのと同じ行為を始めた。

「医者を！　ひとりくらい医者がいるだろう」ウィンブリー卿が室内を歩きまわりながら怒り狂って怒鳴った。「今夜はあのコブラを執務室へ移しておくように言っておいたじゃないか。オーブリー、どうしてそいつは逃げだしたんだ？　これは大変な失態だぞ。資金集めのパーティーが台なしだ」

カミールは信じられない思いでウィンブリー卿を見つめた。血管を氷水が流れているような気がした。アレックスが死の淵《ふち》にあるかもしれないのに、ウィンブリー卿は資金集めが成功するかどうかを心配しているのだ。

「オーブリー！　この役立たずが」

「エジプトコブラをここから執務室へ移したのはアレックスだったんです」オーブリーが走りでてきて弁解した。

口論が戦わされているあいだも、ブライアンは毒を吸いだしては吐きだす行為を続けた。やがて彼は立ちあがって怒鳴った。「医者は見つかったのか？」

誰かが医師を見つけたらしく、少しおどおどした様子の男が歩みでてきた。その男は床に吐きだされた毒まじりの血のなかにひざまずいて顔をしかめた。

「その人は死にかけているのよ！」カミールは怒りに喉をつまらせて叫んだ。

「手はつくすよ。できる限りのことはする」医師はつぶやいた。黒い鞄《かばん》から聴診器を出してアレックスの胸にあてる。しばらくして、逃げださずにアレックスの周囲に輪をつくっていた人々を見まわして、悲しそうにかぶりを振った。

「まさか！」カミールは叫んだ。「そんな」彼女は再びアレックスのかたわらにひざまずき、彼の胸に耳をあてた。なにも聞こえなかった。

13

イーヴリンは大英博物館の外でルーパートとともに立っていた。

「コブラはつかまったわ。もう大丈夫よ」ラヴィニアがふたりのところへ駆けてきて言った。

「今さら遅いよ。そうだろう？　こうなっては、もうパーティーはお開きだ」ルーパートが肩をすくめて言った。

「わたしたちみんなを救おうとした勇敢な男の人が亡くなったのよ」ラヴィニアがとがめた。

「気の毒に。楽に死ねたのならいいが。聞くところでは、ものすごく苦しむそうだから」

「ええ、ものすごくね」イーヴリンがつぶやいた。

ルーパートが彼女をじっと見た。「ああ、イーヴリン！　ごめんよ。コブラに噛《か》まれたブライアンのご両親を最初に見つけたのは、きみだったよね？　さぞむごかったに違いない」彼はイーヴリンが動揺しているのに気づいて言った。「すまない。過去を思いださせるつもりはなかったんだ。しかし、今夜こんなことがあっては、どうしたって思いだしてしまうだろう。それにしても残念だ、せっかくいいパーティーだったのに。おもしろい噂話《うわさ》の種ができた。イーヴリン、きみもひどい人だね。ブライアンの婚約のことをぼくらにひとことも教えてくれなかったんだから」

「わたしだって知らなかったんです」イーヴリンは言った。

「冗談でしょう！」ラヴィニアが言った。

「馬車を呼びに行かせておきました。あそこにいるのはあなたの御者ではないかしら、ルーパート？」

「残念だ」ルーパートが言った。「できればここでイーヴリンを質問攻めにして、ブライアンの謎《なぞ》めいた未来の花嫁について、いろいろとききだしたかったんだが。あのお嬢さんは目がくらむほどきれいだ。そう思うだろう、ラヴィニア？」

「ええ、まあ」

「で、イーヴリン、彼女はどこの生まれなんだい？」

イーヴリンはためらった。「彼女は偶然わたしたちのところへやってきたんです」

「どうしてそんなことが？」

「事故がありましてね。彼女の後見人が怪我《けが》をしたのです」

ルーパートが目を細めた。「後見人？　どんな人物だ？」

「サー・トリスタン・モンゴメリーという名前の方です」

「モンゴメリーだって?」ルーパートが驚きの声をあげた。

「お知りあいですか?」イーヴリンは尋ねた。

「知りあいではないが、話には聞いている」

イーヴリンははらはらしながらルーパートが先を続けるのを待った。「その男は騎兵隊の伝説的な人物だ。スーダンでの軍功によってナイト爵に叙せられた」

イーヴリンはほっと息をついた。彼女が予想したような話にはならなかったからだ。

「とにかく事故があってサー・トリスタンが怪我をし、城で治療していました。いえ、今もしているのです。当然ながら被後見人の彼女は彼をほうっておけず、それで城に滞在することになったのです」

「驚いた。彼女は外見も美しければ、心根も立派ときた」ルーパートが目を輝かせて言った。

そのとき、話題の人物が博物館から走りでてきた。動転して髪を振り乱しているために、いつもよりいっそう美しく見える。「イーヴリン、お願い! すぐにシェルビーを捜してきてちょうだい。乗り物がもう一台、救急車がいるの」

「救急車?」

「アレックスは生きているわ!」カミールが叫んだ。「かすかに、ほんのかすかにだけど、息をしているの」

「病院へ連れていかなくては」イーヴリンは言った。

カミールは顔を紅潮させて首を横に振った。「城へ連れていくの」

「ブライアンがそう言ったの？」イーヴリンは驚いて問い返した。

「ええ、そうよ。アレックスはとても衰弱しているから、病院へ運んだら、どんな病気をうつされるかわからないわ。そうしたら助かる命も助からなくなってしまう。お願い、イーヴリン、すぐにシェルビーを見つけてきて」

「ぼくが捜してこよう」ルーパートが申しでると、カミールは向きを変えて博物館へ駆けこんだ。

「すみませんが、お願いします」イーヴリンはルーパートに言った。「失礼します、レディ・ラヴィニア」

イーヴリンはカミールのあとについて博物館へ入ったが、さっきまで紳士淑女がダンスをしていた部屋を避けて二階への階段をあがっていった。執務室のドアを押し開けて、電気のスイッチを手探りする。陸生小動物飼育器《テラリウム》はサー・ジョンの机の後ろに置かれていて、なかでコブラが眠っていた。

イーヴリンはテラリウムの前へ歩いていって、前面のガラスに張られている説明文を読んだ。〝エジプトコブラ。太陽と支配と権力なかんずく王権の象徴。太陽神ラーの頭上にある太陽円盤の両側には、ウラエウスという二匹のエジプトコブラがかたどられている。これはもともとラーの目であったと言われ、支配権力を示す。敵の滅亡と同時に、光と生と死を意味する〟

生と死。アレックス・ミットルマンはまだ生きている。

テラリウムの蓋《ふた》はきっちり閉じられている。イーヴリンはその蓋に手をのばした。それから向きを変えて戸口へ向かい、忘れずに明かりを消して執務室を出た。

カミールが救急車に乗ったので、ブライアンも乗りこんだ。救急車はメトロポリタン救護院から借りたものだが、清潔そうだったので彼は安心した。救急車に同乗した男は、頼りなさそうな外見とは裏腹に、意外に有能な医師であることがわかった。彼はコブラに噛まれた傷口を石炭酸で処置した。ブライアンがインドで負傷したときに用いられたのも石炭酸で、それで一命をとり止めたといっていい。医師はまた、少々遅きに失したきらいはあるものの、ブライアンとカミールにウイスキーで口をすすいでから、かなりの量のウイスキーを飲むように指示した。もっともそのころには、アレックスを救う努力をしている最中に入りこんだ毒が、すでに体へ吸収されつつあったか、血流に乗って体内をめぐっていたに違いない。

救急車のなかは狭かった。こういう馬車は乗客を運ぶためのつくりにはなっておらず、普通なら座席があるところへマットレスを敷いてある。この救急車には特別に御者の隣にひとりぶんの席があったので、ブライアンがそこに座り、カミールと医師は患者の横に乗った。医師はイーサン・モートンという名前の開業医だった。

城へ向かう途中、ブライアンはなぜ自分はコブラを殺さなかったのだろうと思った。けしかけられたにしろ、そうでなかったにしろ、両親を殺したのと同じ種類なのだ。ブライアンは自分がコブラを哀れんでいることに気づいて驚いた。パーティーに出席していたうちの誰かが故意にコブラを放したのはたしかだ。アレックスはまだ息をしているとカミールが主張しなかったら、彼は死を宣告されて検死へまわされていた可能性が高い。アレックスはまだ意識をとり戻しておらず、危機を脱出してはいなかった。

「座り心地の悪い席で申し訳ありません」御者がわびを言った。「この馬車は病院から病院へ怪我人や病人を運ぶためのものなので、つき添いの方にとっては乗り心地がよくないんです。すみません、伯爵」

「もっと乗り心地の悪いものにだって乗ったことがある」ブライアンは御者に言った。

「こんなことを言ってはなんですが、あのお嬢さんは最悪の事態を心配しておいでだ。たしかに自宅で治療したほうが安心できた時代もありました。しかし、世の中はずいぶん変わりました。コブラに噛まれた男性は病院でも同じくらい手厚い看護を受けられたでしょう。たしかに昔は、お金持ちの人たちは病院を見ただけでおぞけを振るったものです。だが今では、そこできちんと治療が行われて、患者はちゃんと回復して退院していきます。金がないから仕方なく入院するという時代ではなくなったんです」

「ぼくだって彼が病院で立派な治療を受けられることは疑っていないさ。ただね、アレックスが回復するかどうかはわからないんだ。今も危険な状態にある。しかし彼が息をしている限り、ぼくは彼を滞在させてあげられるし、充分な看護を提供できる。城にはそれくらいの広さがあるんだ」

「お城なんですから、もちろん部屋はいくらでもあるでしょうね」御者が言った。

城の周囲にめぐらされた塀の門に着くと、御者が手綱を引いて馬車を停《と》めた。コーウィンが待っていた。シェルビーはイーヴリンを乗せてすでになかへ入ったと見え、門は開いていた。

御者が馬を促して再び馬車を進ませた。ブライアンの見るところ、御者は塀のなかの様子に少しおじけづいているようだったが、尻ごみせずに進んだ。

「あの、伯爵、差しでがましいようですが、敷地の手入れをなさる必要が生じたら、その、新しい庭師を紹介してさしあげますよ」

「ありがとう。覚えておくよ」

彼らは堀を渡って中庭へ乗り入れた。馬車が停まるやいなやブライアンは飛びおりた。医師がドアを大きく開けたので、ブライアンはなかへ手を差しのべてアレックス・ミットルマンを抱えあげ、まっすぐ城へ運んでいった。ドアを入ったところにイーヴリンが待っていた。

「西の部屋に準備が整っています」イーヴリンが髪の乱れを直しながら言った。

ブライアンはうなずき、患者を抱えて階段を駆けあがった。部屋のなかでシェルビーが待っていて手を貸そうとしたが、ブライアンは首を横に振って断った。ベッドには清潔なシーツがかけられている。暖炉には早くも火が燃えていて、ベッド脇《わき》にしつらえられた小さな補助テーブルの上には衣類と冷たい水がのっていた。ブライアンは意識のない男を慎重にベッドへ横たえた。

「椅子の後ろに彼のナイトガウンを用意してあります」イーヴリンがささやいた。

シェルビーが言った。「医者を呼んできて診させましょう」

ブライアンはうなずいて部屋を出ようと向きを変えた。とり乱したカミールが大きく目を見開いて静かに戸口に立っていた。

「今のところ、きみにできることはなにもないよ」ブライアンは言った。

「今夜はわたしがアレックスにつき添うわ」

「世話ならわたしでも大丈夫よ」イーヴリンが言った。

「ありがとう。でも、彼についていてあげたいの」カミールはきっぱりと言った。

カミールはしゃべっているあいだもブライアンのほうを見ようとしなかった。昨夜、彼のもとへやってきた女性はもう存在しない。そこにいるのはブライアンとは縁のない、見知らぬ人間へと急に変わってしまった女性だった。

ブライアンはカミールを廊下へ押しだしてドアを閉めた。「医者にアレックスを診る時間をやらなくては」

カミールはぼくを責めている、とブライアンは思った。どんな理由でかは知らないが、今夜の出来事をぼくのせいにしている。

ふいに彼は腹立たしくなった。「きみの好きにしたらいい」そう言い残して、廊下をすたすたと自分の部屋のほうへ歩いていった。

あのいまいましい毒蛇を殺しておくべきだった。あれが生きていれば、同じことがまた起こるかもしれない。


カミールはとり乱していたものの、待つほかはないと悟った。今はシェルビーと医師に任せておくしかない。あのふたりがついていれば大丈夫だろう。

彼女はトリスタンの部屋をめざしてそわそわと廊下を進んでいった。ドアをノックしようとしてためらう。彼は眠っているのではないだろうか。彼女はそっとドアを開けてなかをのぞいた。

トリスタンはベッドのなかにいた。頭を枕《まくら》にのせてはいたが、眠ってはいなかった。

「カミールか？」そう尋ねた彼の声は少し弱々しかった。

「ごめんなさい。起こすつもりはなかったの」

「かまわないよ。お入り。なにがあったんだ？」

トリスタンはナイトガウンにナイトキャップ姿でベッドを出ると、すばやくドアに近寄ってカミールを室内へ入れた。

「さあ、入りなさい。出ていくときのおまえはあれほど輝いていたのに、いったいどうしたんだ？」

「今夜、博物館でコブラが逃げだして、アレックスが噛まれたの。彼は今この城にいるわ。ここから廊下を少し行った部屋に」

「生きているのか？」

カミールは傷口から毒を吸いだしたことは話さないでおこうと決心して、ただうなずくにとどめた。ブライアン・スターリングも同じように毒を吸いだしたことを思いだし、かすかに後ろめたさを覚えた。だが、たとえブライアンを信用できたとしても、もはや彼の家の者たちまで信用していいかどうかわからなかった。

わたしはアレックスをひどく疑っていた。でもその彼が、今は瀕死《ひんし》の状態でベッドに横たわっている。

「アレックスは生きているのだろう？」トリスタンがまたきいた。

「かろうじて生きているわ」カミールは小声で答えた。

「その毒蛇は殺したのか？」トリスタンがきいた。

「いいえ。コブラはテラリウムのなかへ戻したわ」彼女は動揺して暖炉の前を行ったり来たりした。「誰かがコブラを放したのよ。そうでなければ、あんなところへ出てくるはずがないもの」

「ああ、わたしはその場にいなかったからなんとも言えないが」トリスタンは思案するように顎をかいた。「人が大勢いる部屋に蛇か。そいつが誰を襲うかなんて前もってわかるはずはない。そうだろう？」

カミールはゆっくり息を吐いて、トリスタンをつくづくと見た。「そうね、たぶんあなたの言うとおりだわ。ああ、トリスタン！　アレックスが死ぬようなことにでもなったら恐ろしくて。まるで本当に……」

「呪《のろ》いがかけられているんじゃないかと言いたいのかね？」トリスタンがきいた。

彼女はかぶりを振った。「もしかしたら」

「カミール！」

「これまで博物館では恐ろしいことなどなにひとつ起こらなかったわ。ブライアン・スターリングが戻ってくるまでは」

トリスタンは首を振ってカミールから視線をそらした。「おまえはもうあそこへ行ってはいけない」

「なんですって？」

「博物館へ行ってはいけないと言ったんだ」

「そんなのばかげているわ。あそこはわたしの職場なのよ。あれほど魅力的な仕事は二度と見つからない――」

「おまえの面倒はわたしが見るよ」

「もう違法行為は絶対に許しませんからね」カミールは言い含めた。

トリスタンはかぶりを振った。「わかっているさ。今度の件で思い知ったからね。しかしそれとは関係なく、おまえは博物館へ行くべきではない」

「たぶんわたしたちはここにいるべきではないんだわ」カミールはささやいた。「あなたは回復したんでしょう。すっかりいいみたいじゃない。もう家へ帰っても大丈夫よ、きっと……」

ふいにカミールは声をつまらせて話すのをやめた。家へ帰ると考えただけで涙が出そうになった。ここを離れたくない。腹を立てるつもりもない。ただ笑いものにされたくないだけだ。手駒《てごま》として利用されたくないのだ。一時の情熱や衝動に駆られてひとりの男性の胸に飛びこんだとはいえ、わたしは実際に利用されている。その男性は今夜……結婚するなどとばかげた発表をした。

「家へ帰るだと！」トリスタンが言った。

「そう、家へ、わたしたちの住んでいる小さなアパートメントへ帰るの」カミールはそう言ったあとで、首を横に振った。たしかに今夜のトリスタンは元気そうに見える。だが、今ここにはアレックスもいるのだ。彼を見捨てることはできない。イーヴリン・プライアーは信用ならないとわかった今ではなおさら。

しばらく黙っていたあとでトリスタンが言った。「おまえはあそこへ行ってはいけない」

「どこへ？　家へ？」

「大英博物館へだ」トリスタンがかぶりを振った。

「奇跡的な幸運によって今の仕事を得られたのよ」カミールは突然ここへ来たことを後悔し始めた。もちろんトリスタンは、博物館でなにが起こったかいずれは知ることになっただろう。朝までにロンドンじゅうの人間が知るはずだ。しかし、今夜は彼を穏やかに休ませてあげるべきだった。なんといってもまだ回復の途上にあるのだから。どちらにしても、アレックスが生死の境をさまよっているあいだは、ここを出ていくわけにはいかない。

「カミール、何度でも繰り返すが、おまえは――」

「心配させてごめんなさい。今夜はこんな話をしなければよかったわ。これからアレックスのところへ行って、ひと晩じゅうそばについているつもりよ。朝になったらまた話しあいましょう、いいわね？」

トリスタンはそれまで彼女が見たこともないほど深刻そうな表情をしていた。

カミールは彼に歩み寄ってぎゅっと抱きしめた。「きっとアレックスは朝までに危機を脱しているわ」

「わたしもおまえと一緒に彼についているよ」トリスタンが申しでた。

「いいえ、とんでもない。あなたは早くベッドに入らなくてはだめ。しっかり体を休めないと」

しばらくトリスタンは彼女を見つめていた。カミールは彼の表情にどことなく後ろめたそうな雰囲気を見てとった。でも、どんな後ろめたいことがあるというの？　たぶんわたしの思いすごしよ。疲れていて頭が混乱しているんだわ。トリスタンも陰謀に加担しているのではないかと疑いだすなんて。

「おまえと一緒に――」

「わたしなら大丈夫。アレックスは廊下を少し行った部屋にいるの」カミールは言った。「お願い。また痛みだすといけないから早くベッドに入ってちょうだい。わかったわね」

「カミー――」

「どうかお願い！」

トリスタンはため息をつき、彼女に向かって指を振った。「わかった、そうするよ。しかし、わたしは眠りが浅い。どんな些細《ささい》なことでもいい、なにかあったら、大声で叫ぶんだ。わたしの名前を呼びなさい」

カミールはほほえんだ。トリスタンは眠りが浅くなどないし、そのうえここ数晩は鎮静剤をのまされている。だからこそ夜中に石のこすれる音がしても目を覚まさなかったのだ。

「大声であなたを呼ぶと約束するわ」カミールは彼の額にキスをしてベッドへせかし、上掛けをきちんとかけてやった。そしてささやく。「本当のところ、あなたはすっかり元気になったように見えるわ」

トリスタンはうなずいた。「そんなことより、明日も博物館へ行こうなんて考えるんじゃないよ」

彼女はなにも言わずにほほえんだ。昔と違って、大英博物館は明日の土曜も開いている。

「おやすみなさい」カミールは言った。

廊下を戻ってきた彼女は、アレックスの部屋のドアの前にシェルビーが腕組みをして立っているのに気づいた。

「アレックスは?」カミールはささやいた。

「まだ息をしているよ。ちゃんとね」シェルビーは彼女を安心させるためにそう言ってにっこりした。「なかへ入るといい。今夜は医者もついているそうだ。ぼくもここで見張り番をしているよ」

「ありがとう」

カミールは部屋のなかへ入った。長い白のナイトガウンを着たアレックスの顔は青白く、髪は乱れて、ひどく華奢《きゃしゃ》で幼く見える。カミールはベッドのほうへ歩いていった。ドクター・イーサン・モートンはふかふかしたビロード張りの椅子にもたれて心地よさそうに眠っているように見えたが、カミールがそろそろとベッドへ近づいていくと、声をかけてきた。

「役に立ちたいと思って来たのなら、額のタオルを冷たいのに替えてやってくれないかね。熱が出るといけないのでね。これまでのところ息をしているし、脈もだいぶ安定してきた。彼が楽になるように、額を冷やしてやってくれ」

カミールはうなずいた。「ありがとう」

「で、きみはどうなのかね？」

「わたし？」

「毒を吸いだしただろう」

「わたしはなんともありません。すぐに全部吐きだしました」

「きみはしょっちゅう毒蛇に噛まれた人間の処置をしているのかね？」

「あんなことをしたのははじめてです」

医師は眉をつりあげた。

「本で読んだことがあるんです」カミールは説明した。

医師はうなずき、半開きの目で彼女をじっと見つめた。「あれはとても危険な行為なのだよ。口のなかに傷でもあったら……そうとも、今ごろは体内に毒がまわっていただろう」

「わたしなら本当になんともありません。ご心配ありがとうございます」

カミールは指示されたとおりアレックスの額のタオルを替えながら、これが少しでも効果をあげてくれればいいけれどと願った。実際に効き目はあったらしく、数分置きにタオルを替えることで、アレックスの肌に浮いていた細かな汗の粒が次第に引いていくようだった。

いつしかカミールはアレックスの胸にのせた腕にもたれて居眠りをしていた。ごろごろという音で、ぱっと目覚める。彼の肺がどうかなってしまったのだろうか。だが、そうではなさそうだ。アレックスは身もだえしては唇をしきりに動かしている。カミールはドクター・モートンを見やったが、医師は眠っているようだった。彼女はアレックスの額に手をふれた。熱はない。

「アレックス、大丈夫よ。あなたはちゃんとよくなるわ」カミールはささやきかけた。

「彼はやつらを飼っている」アレックスが頭を激しく上下させた。「やつらを……地下室にやつらを飼っている。あの地下室は……危険だ……」

「どうしたの？　なにが危険なの？」

「たくさんのエジプトコブラ……地下室に」突然、アレックスが目を大きく開けてカミールの目を見た。「コブラを……地下室に。そして用意が整ったら……彼は殺すだろう。ぼくたちを皆殺しにする気なんだ」

アレックスの目が再び閉じられた。カミールは彼の言葉にぞっとして、口もきけずにじっと座っていた。再びドクター・モートンを見やる。医者の目はやはり閉じたままだ。彼女はアレックスのほうへ身を乗りだした。

「どういう意味なの、アレックス？」カミールは小声できいた。

彼はまたもや苦しそうに身をよじった。カミールは唇を噛み、わたしのせいで容態が悪くなりませんようにと祈った。だが、当然ながら彼女が容態を悪化させているのだ。

アレックスの目が再び大きく開いた。この人にはわたしの顔が見えていないのだわ、とカミールは思った。そのとき、アレックスが彼女の目をのぞきこんだ。彼の指はシーツの上でしきりに動きまわっている。

「あの獣！」アレックスは小声で口走った。「カーライルの獣。あの獣に気をつけろ！あいつは悪事をたくらんでいる。あいつは復讐《ふくしゅう》したがっている。ぼくたちを皆殺しにしたがっているんだ」

アレックスの目は閉じられ、指が動かなくなって、ひとことも口をきかなかったような寝顔に戻った。

どこからか午前三時を告げる時計の音が聞こえてきた。ドクター・モートンがいびきをかき、椅子の上で寝返りを打った。そして静寂があたりを包んだ。

ブライアンは寝ないで耳を澄ましていた。けれども今夜は、夜な夜な彼を目覚めさせては地下へといざなった例の奇妙な音はしなかった。エージャックスは暖炉のそばで穏やかに眠っている。彼は誰かに命じて蝶番《ちょうつがい》に油を差させておくべきだったことを思いだし、自分に向かって悪態をついた。

今夜のパーティーは惨状のうちに幕を閉じた。ブライアンはまたもや、なぜあのときぼくは怒りに駆られてコブラを殺してしまわなかったのだろうと自問した。たぶんコブラに罪はないとわかっていたからだ。たしかにコブラは人間を死に至らしめる危険な毒を持ってはいるが、あの追いつめられた動物は、おそらくコブラと聞いただけで散り散りに逃げた紳士淑女よりはるかにおびえていたに違いない。それにしても、何者かはどうやってコブラをパーティー会場に紛れこませたのだろう。

金持ちではないという理由で、アレックス・ミットルマンを両親を殺した犯人かもしれないと考えてきた。だが、コブラに襲われたとなると、容疑者リストから外さなければならないだろうか？　今夜、彼は危うくスターリング卿《きょう》夫妻と同じ死に方をするところだったのだ。

ブライアンは半ば起きあがって枕を殴りつけた。賭事《かけごと》で借金をつくっているらしいウィンブリー卿はどうだろう？　彼のような地位の高い男があんな危険を冒すだろうか？　そしてオーブリーは？　博物館でコブラの世話をしているのはオーブリーだ。とはいえ、カミールを除けば、あの部署の職員全員がエジプトで仕事をした経験のある者ばかりだ。砂漠やナイル川沿いの市や町で働いたことのある者なら、誰でもエジプトコブラと相対した経験がある。

ブライアンは歯ぎしりをして考えに集中した。大冒険家として知られるサー・ハンターはどうか？　しかしハンターに反感を抱くのは、彼が明らかにカミールに興味を示しているからであるということは、ブライアンも認めざるをえなかった。

両親を殺した犯人の手がかりはまだなにもつかめていないが、犯人が誰であれ、そいつはブライアンの知らない情報をつかんでいたに違いない。死ぬ直前に両親が発見したものに関する知識があったはずだ。目録に記載されなかった貴重な古代工芸品がどこかに存在する。それが大英博物館にないとすれば、この城の地下に保管されている遺物や工芸品のなかにあるということになる。

ブライアンは敷地内の森が密林のようになるのに任せておいた。そこに狼《おおかみ》がいることは世間に知れ渡っている。これまで医師が城内に入るのは許したが、必要に迫られたときに限られていた。それ以外にはイーヴリンが掃除を手伝ってもらうために、ときどき地元の婦人たちを何人か城へ呼び入れた。この広い城内に自由に出入りできるのは、ブライアンが信頼を寄せているシェルビー、コーウィン、イーヴリンの三人だけ。そのうちエジプトへ行った経験があるのはイーヴリンだけだ。

陰謀はたしかに存在する。両親を失った悲しみと怒りでブライアンが勝手につくりあげたのではない。それは、あのパブからつけていった男が射殺された事実からも明らかだ。奇妙なことに、泥棒のトリスタンは味方として役に立つことがわかった。しかしながらここへ来て、単純明快と思われた事態が複雑な様相を呈してきた。ブライアンがカミールとその後見人を城に滞在させたのは、ふたりを利用できると考えたからで、自分の気持ちが変化していくことは予想していなかった。

それが今では……。

ブライアンが起きあがると、エージャックスもぱっと起きあがった。大きなウルフハウンドは主人を見あげてしっぽを振りながら待った。

「なんだかここは寒くてかなわない。おまえはどうだ？」ブライアンは犬にきいた。「よし、地下を調べに行こう」

重要なことからひとつずつ片づけていこう。ブライアンはそう決心して静かに廊下を歩いていった。アレックスの部屋のドアの前で見張りをしているシェルビーが眠りこんでいた。だが、常に忠実な友人である彼は、目を開けて人影を認めると、驚いて飛びあがりそうになった。

「ぼくだ」ブライアンが彼を安心させると、シェルビーはうなずいて再び壁にもたれた。ブライアンはアレックス・ミットルマンが寝ている部屋のドアを細めに開けた。椅子の上で医師が居眠りをしていた。カミールはまだ優雅な金色のドレスをまとったまま、ぐったりとアレックスにもたれて寝入っている。ブライアンが入っていっても、ふたりとも身動きさえしなかった。

彼はアレックスの喉もとに指をあてた。脈はしっかりしていた。

ブライアンはカミールの顔からやさしく髪をかきあげた。ほのぼのした気持ちで彼女を眺めているうちに、昨夜の行為が思いだされて欲望に駆られそうになった。しかしその一方で、執拗《しつよう》な疑惑にもさいなまれた。カミールはこの男を気づかっている。彼が仕事仲間だからだろうか？　それともふたりのあいだには、もっとよからぬ関係があるのだろうか？

ブライアンは暖炉のそばの椅子から軽い毛布をとって、カミールの肩にそっとかけた。それでも彼女は動かなかった。ブライアンは廊下へ出ると、持ち場で居眠りをしているシェルビーを残して階段をおりていった。

アレックスが身じろぎした。

それでカミールも目を覚ました。頭が混乱していた彼女は、少しのあいだその姿勢のまま暖炉の火を見つめていた。自分がどこにいるのか思いだせなかった。やがてパーティーの恐ろしい記憶がよみがえり、ぱっと顔をあげてベッドのなかの男性を見た。顔の色はよさそうだ。汗も浮かんではいない。喉もとに指をあててみて、脈がきちんと打っているのを感じた。

カミールはほっとして椅子の背にもたれた。ドクター・モートンはいびきをかいている。しばらくして彼女は立ちあがってのびをし、凝っている首筋をもんだ。

突然、カミールは城が生きているという不思議な感覚に襲われた。アレックスの奇妙なうわごとを思いだし、たまらなく不安になる。ここの地下室にはエジプトコブラがたくさんいる、彼はそう言ったのだ。でも、それはおかしい。どうして彼がそんなことを知っているの？　どうしてそんな疑いを抱いたの？

カミールはドアを見やった。外ではシェルビーが見張りについている。でも、なぜだろう。ブライアン自身がイーヴリン・プライアーを疑っているのならともかく、なぜ見張りを立てるのか。それとも彼はわたしや、瀕死のアレックスや、ドクター・モートンにまで疑いを抱いているのだろうか。

カミールはドアへ歩いていってそっと開けた。たちまちシェルビーが警戒態勢をとった。

「わたしよ」彼女はささやいた。

「患者の様子は？」

「脈はしっかりしているわ」

「よかった」

カミールはあくびをするふりをした。「このぶんなら心配なさそうだから、わたしもベッドへ行って休もうかしら。あなたはこんなところにいて大丈夫？　枕と毛布を持ってきてあげましょうか？」

「いや、心配には及ばないよ。もっとひどい場所で寝たことがいくらでもあるからね……インドでも、スーダンでも。気づかってくれてありがとう」

「じゃあ、おやすみなさい」

カミールはシェルビーをその場に残して、廊下を足早に自分の部屋へ向かった。そして部屋へ入ったが、ドアを完全には閉めなかった。胸をどきどきさせながら、決意が揺らがないように気持ちを引きしめて待つ。地下にコブラなどいないことを確かめて、自分を納得させなければ安心して眠れない。

彼女は待った。時計の針はなかなか進んでくれなかったけれど、こっそり部屋を出て気づかれずに階段をおりていくには、シェルビーが再び眠りこんだのを確認してからでないとまずい。ランプを持っていったほうがいいことに気づき、テーブルへ駆けていって石油ランプとマッチ箱を手にとった。

ドアへ戻って廊下をうかがう。どうやらシェルビーは再び眠りこんだらしく、アレックスの部屋のドアの脇の壁際に座りこみ、膝の上で組んだ腕に頭をのせている。

カミールは静かにドアを出ると、足音を忍ばせて廊下を階段へ向かい、そろそろと数段おりて振り返った。シェルビーは動いていなかった。彼女は階段を駆けおりた。一階へ着き、細長い広間を進んで小さな礼拝堂に入る。

礼拝堂の奥のドアを開けると、地獄の底へ通じているような暗い螺旋《らせん》階段が現れた。だが、目が慣れてくるにつれて、どこからか光がかすかにもれてきているのに気づいた。一瞬ためらったあと、手にしていた石油ランプを下に置いて階段をおりだした。

自分の鼓動の音を意識しながら、もれてくるかすかな光を頼りに抜き足差し足で闇《やみ》の底へおりていく。とうとう最下段へ達したので、古い石の支柱をそろそろと曲がった。

地下におりて最初にある部屋は、カミールの予想とは違っていた。床に据えられたランプが物の形を浮かびあがらせたり、影を投げかけたりしているきりで、そうとうに暗かったものの、部屋の様子をおおよそつかむことができた。

そこは整然と死者が並んでいる古い地下納骨所でもなければ、蜘蛛《くも》の巣がかかったかびくさい墓所でもなかった。その部屋は仕事部屋で、石の床はきれいに掃除されている。

カミールは暗がりに目を凝らした。ちょうど真向かいの、真の地獄の闇へと続くあたりに大きな鉄の門がある。きっとあの向こうに、古代エジプト世界とまではいわずとも、昔の死者たちの世界があるのだ、と彼女は確信した。

この仕事部屋にあるのは机や書類整理棚や箱といった普通のものだ。広い部屋の一部は倉庫として使われているらしく、博物館の保管室に似ている。大変な値打ちがあると思われる遺物が慎重に荷ほどきされてから、再び慎重に梱包《こんぽう》されていた。見たところ、ここは大英博物館ではなくて直接カーライル城へ搬送された品物の保管場所らしい。ひとつの木箱が開けられたままになっているのに気づいて、カミールは目をしばたたいた。石油ランプを持ってくればよかったと思いながら、木箱のほうへそろそろと近寄っていく。早くそこへ行きたいのに、足が思うように動いてくれない。非常に大きな箱で、釘《くぎ》を抜かれた木の蓋が箱の横に斜めに立てかけてある。

ようやくそばまで来ると、カミールは息をつめて藁《わら》とともにおさめられた宝物を見おろした。

大きな輸送用の木箱のなかに入っていたのは石棺だった。美しく彩色された死者のための石棺もまた開封されて、蓋は輸送用の木箱に立てかけてある。さらに近づいたカミールは、安息の床に横たわっているミイラを見た。防腐用に使われた樹脂と、長い年月の経過によって黒ずんだそれは、布にくるまれて腕を胸の上で組む、ミイラ特有の姿で横たわっていた。

そのとき、なにかがカミールの足もとを走り過ぎた。彼女は悲鳴をあげそうになったが、すぐに鼠《ねずみ》が壁の小さな穴めがけて駆けていったのだとわかった。鼓動が速まる。そういえば、なぜか今夜はあの音がしなかった。それに、箱におさめられた昔の死者たちの下に、生きているコブラの巣があるとはとうてい思えない。

だとしたら、わたしはなにをしているのだろう？ なにを証明するつもりだったのか？ ここには暗くて湿っぽい悪の実験室など存在しないということ？ ブライアン・スターリングは頭が変でもないし、地下でコブラを繁殖させてもいないということ？ それならけっこうだ。知るべきことをすべて知った。もう上へ戻ろう。

突然、箱の蓋が倒れ、黒い形をしたものがカミールに飛びかかってきた。悲鳴をあげる間もなく、手が彼女の口を覆い、怒りを含んだ低いしわがれ声が耳もとでささやいた。

「おい、この代償は払ってもらうぞ！」

14

やわらかな上掛け。清潔なシーツ。心地よいベッド。近くで燃えている火。

アレックス・ミットルマンは目を開けた。しゃべろうとしたが、がらがら声しか出てこなかった。

「やあ、目が覚めたかね。ほら、水だ。飲むといい」

アレックスは見知らぬ男の目を見つめた。そして目をしばたたき、差しだされた水を飲んだ。そのときになって喉がからからであることに気づいた。

「ゆっくりとだ、ゆっくりと飲みなさい。そう慌てずに」

アレックスはうなずき、ごくごく飲みたいのを我慢してゆっくり水をすすった。顎が痛い。体じゅうが痛い。視界にかすみがかかっているようだった。

「きみは運よく助かったんだよ」見知らぬ男が言った。

アレックスはうなずいてから、なんのことかと眉根を寄せた。

「わたしはドクター・モートンだ」見知らぬ男が言った。「覚えているかな？　きみは博物館でコブラに、エジプトコブラに噛《か》まれたんだ」

アレックスはゆっくりとうなずいた。そして水を飲み干し、もう一杯欲しいと仕草で示した。それから彼は尋ねた。「ここは？」

「カーライル城だ」

アレックスは思わず体を引きつらせた。いっそう顔をしかめる。「カミール……たしか……彼女と話をして、彼女を、彼女の顔を見たような気がする」

「カミールはここにいたよ。何時間もきみにつきっきりで、熱があがらないように額のタオルを替えていた。大変だっただろう。たぶん目を覚まして自分の部屋へ寝に行ったんじゃないかな」医師は咳払《せきばら》いをした。「きみの命を救ったのは彼女だ。そう、彼女とカーライル伯爵だ。ふたりとも毒蛇に噛まれた場合の処置の仕方を知っているようだった」

「カミールが……ぼくの命を救ってくれた？」

「ああ、そうだ。彼女と伯爵が」

あのカーライル伯爵がぼくの命を救ってくれた！

「きみはまだしばらくは安静にしていなければいけない。あのふたりのすばやい処置があったとはいえ、きみが今生きているのは奇跡ともいえるんだよ」

「カミールに……」

「だめだめ、彼女を休ませてあげなくては。きみはもう少し眠りなさい。わたしは昼ごろまでここにいる。そのときまでにはきみもだいぶ回復しているだろうし、彼女もまた世話をしてくれるだろう」

アレックスはうなずいて目を閉じた。ぼくはコブラに噛まれたのだ。そして今はカーライル城にいて、カミールに世話をしてもらっている。

人生は奇跡そのものだ。

イーヴリン・プライアーは眠れなかった。起きあがってローブを羽織り、ベッド脇《わき》のランプをつけたところでためらう。それから静かにドアを開けて、廊下を歩いていった。

アレックスの部屋のドアは閉まっていて、その横でシェルビーが壁にもたれて眠っていた。イーヴリンは彼をずっと以前から知っている。彼女はさらに数歩進んで躊躇《ちゅうちょ》した。

そのときふいに背後から声がしたので、彼女は飛びあがった。

「おや、ミセス・プライアー！」

彼女がくるりと振り返ると、すぐ後ろにトリスタンが立っていた。彼女が用意した白いコットンのナイトガウンをまとっている。足音がまったくしなかったのも不思議はない。この人はこそ泥なのだから、音をたてないで歩きまわることなど、お手のものだろう。

「大丈夫ですか？」トリスタンが慇懃《いんぎん》に尋ねた。

当然、シェルビーが目を覚ました。

「なんだ？　どうした？　なにがあったんだ？」シェルビーがうなるような声できいた。

「患者の様子が気になって見に来たの」イーヴリンはそう言うと、顎をつんとあげてトリスタンを見つめた。「あなたがここでなにをしているのかは知らないけれど」

「廊下で物音がしたもので」トリスタンは肩をすくめた。そして激しく顔をしかめてふたりを見つめた。「わたしの被後見人がここに滞在している。彼女にもしものことがあってはいけないと思ってね」

「ふたりとも自分の部屋へ戻ってくれ！」シェルビーが不機嫌な声で言った。眠りを妨げられたのがよほど気に食わなかったと見える。「患者なら大丈夫。死ぬようなことはない。今のところ心配はなさそうだ。カミールは疲れて眠っているから、ふたりとも彼女の邪魔をしてはいけない」彼は断固たる口調で言った。

「アレックス・ミットルマンの様子をちょっと確かめておきたいの」イーヴリンは言った。

「どうぞご自由に」シェルビーが応じた。「しかし、まだ医者がついている。あなたは少しでも眠って体力を温存しておいたほうがいい。医者は明日の昼には帰ってしまうから、そのあとはあなたが世話をしなくちゃならないだろう」彼は機嫌悪そうにイーヴリンをにらみつけた。

「あなたも部屋へ戻って」イーヴリンはシェルビーに気おされまいとして、きつい声でトリスタンに言った。

「ではまず、あなたを部屋まで送っていこう」トリスタンが礼儀正しく申しでた。

「どうぞご自由に」イーヴリンは答え、シェルビーを振り返った。「あなたが責任を持ってトリスタンを部屋へ連れていくのよ。いいわね？」

「みんな、さっさと寝てくれ」シェルビーは首を振り、再び床へ座りこんでたくましい肩を壁にもたせかけた。けれども彼は目を閉じなかった。ふたりが去るのを見張っていた。

カミールはぎょっとして声のするほうを見た。突然、明かりを目の前に突きつけられ、まばたきをしながら身もだえした。

「カミール！」

男が手を離すと、彼女の肺から空気が一気に吐きだされた。ブライアンだった。

「ああ、びっくりした！」ほっとしたカミールは体の力が抜けてへなへなと床へ膝を突き、喉に手をあてた。

しかし同時に疑惑がわいた。この暗い地下でブライアンはなにをしていたのだろう。ミイラのかたわらに隠れているなんて。

「立つんだ」ブライアンはランプを下へ置き、カミールの両手をとって立たせた。

彼女はブライアンの顔を見てごくりとつばをのみこんだ。彼の素顔。それを目にしても彼女は想像していたほどおびえはしなかった。

「こんなところへいったいなにをしに来たんだ?」ブライアンが怒って問いただした。「あれほど夜中にうろついてはいけないと言ったのに、まったく困った人だ。夜はきみを縛りつけておかなきゃならないのか?」

彼の顔にはひとつとして醜悪な箇所はなかった。ただ傷跡が、額から左の頬にかけて斜めに走っているだけだ。それもかすかな白い筋にすぎない。そんなもので顔立ちは少しも損なわれていなかった。高い頬骨も、がっしりした顎も、鷲《わし》のような鼻も、形のいい眉も。男らしく端整な顔は目を見張るほどハンサムで、獣や怪物じみたところはみじんもない。今までのことは全部嘘《うそ》だったのだ。芝居だったのだ。

「あなたのほうこそ、こんなところでなにをしているの?」カミールは叫んだ。

ブライアンは両手を腰にあてた。白い半ズボン以外なにも身につけておらず、たくましい胸と筋肉のついた肩と引きしまった腹部がランプの明かりを受けて光っている。「ぼくはカーライル伯爵だ」彼は冷たい声で言い放った。「この城の主人で、ここに住んでいるんだよ。どこでなにをしようと勝手だ。それに、ぼくが夜中に聞こえる奇妙な音の原因を探っていることを、きみはとっくに知っているではないか」

自分がとても見られたものではない格好をしているのに気づいて、カミールはごくりとつばをのみこんだ。もう少しまともな姿だったら、ここへ来た理由を説明するのはもっと容易だっただろう。実際のところ髪は半分が逆立ち、半分はヘアピンをつけたまま垂れさがっていて、優雅なドレスはよじれていた。

ブライアンは腕組みをしてカミールをにらみつけた。「きみはひと晩じゅう友達につき添っているものとばかり思っていたよ。このぶんなら、どうやらアレックスは無事みたいだな。彼がきみをここへよこしたのか？」

「違うわ」カミールは愕然《がくぜん》として否定したが、ある意味、ブライアンの指摘はあたっている。アレックスのうわごとを聞いてコブラを探しに来たのだから。コブラに人が嚙まれた直後にそんなことをするのは、とうてい賢明な行為とはいえない。もっとも、たとえブライアンがなにかよからぬ理由でコブラを飼育しているとしても、それらを放し飼いにはしていないだろうという確信が彼女にはあった。「ここで……ここで、なにかが起こっているんだわ」カミールは言った。

「もちろん。それについては、きみとぼくは同じ意見だった」

カミールは首を振った。「また音を聞いたの」

「それなのに、ぼくのところへ助けを求めに来なかったのか？　それにしても奇妙だ。今夜に限ってぼくにはなんの音も聞こえなかった」

「じゃあ、わたしが聞いたのは、あなたがたてた音だったんだわ」カミールの言葉にはいかにももっともらしい響きがこもっていた。そして再び攻勢に転じる。「あなたはどうなの？　いったいどういう風の吹きまわしで、真夜中に石棺を開けようなんて気を起こしたの？」

ブライアンはまばたきすらしなかった。「さっきも言ったように、ぼくはこの城の主人で、ここにあるものは全部ぼくの所有物だ。真夜中に箱を開けたくなったら、そうする権利がぼくにはある。誰にも文句をつけられる筋合いはない」

「でも、それが奇妙な行為だってことは認めないわけにはいかないでしょう？」カミールはそう言ったあとで後ずさりした。「それに、あなたの存在そのものが嘘で塗り固められているのよ。どうして仮面をつけるの？　どうしてうわべを偽るの？　あなたの顔にはどこもおかしなところなどないじゃない」

ブライアンが歩みでて彼女の腕をつかもうと手をのばすと、カミールはさらに後ずさりした。

「やめて！」

彼は強引にカミールの腕をつかんだ。「静かにするんだ。家じゅうの者が目を覚ましてしまう」

カミールは黙りこんで彼を見つめた。そうやって見つめているうちに、ブライアンが放っている強烈な魅力を新たに感じた。そして、彼が邪悪な計画を抱いている可能性などまったくないのだと思いたくなった。明るい光のなかで彼の顔にふれ、そのすばらしさを堪《たん》能《のう》したかった。

ブライアンの人生がわたしによって変わったのは真実だと思いたい。わたしがブライアンの顔の傷跡をなんとも思わないように、彼もわたしの哀れな境遇や惨めな生い立ちをなんとも思わなければいいけれど。わたしは信じたい……。

「ここを出よう」ブライアンが言った。彼は手にしていたランプを消して机に置くと、カミールの手をとって螺旋《らせん》階段をあがっていった。礼拝堂へ出ると地下へのドアを閉めてから、顔をしかめて言った。「シェルビーに見とがめられなかったのか?」

「彼をしからないで」

「しかりはしないさ。地下へおりようと決めたきみは、きっと悪知恵を働かせて、まんまとシェルビーを出し抜いたに違いないからな」

カミールはブライアンに背を向けて細長い広間を歩きだした。彼がすぐ後ろをついてくる。二階への階段をあがるときも、彼はすぐあとをついてきた。階段をあがりきったところでカミールはためらった。シェルビーはまだ眠っているようだ。カミールは彼のかたわらを通って自分の部屋へ行こうと忍び足で歩きだした。だが、ブライアンが彼女の背後へ歩み寄って腰の後ろへ手をあてがい、力強く押して廊下を彼の部屋があるほうへ進ませた。それからドアを開けると、カミールを部屋のなかへ押しこんだ。

彼女はくるりと振り返った。「あなたは勝手に決めてかかっているようだけど、そんな権利は――」

「ぼくはなにも決めてかかってはいない。ただ、これからはきみを夜ひとりにさせないつもりだ。今後二度と。それから、今度またきみの友人の誰かがひどい目に遭うようなことがあっても、ぼくはいっさい関知しない。原因がなんであろうとだ」

「まあ、ひどいのね。あなたの言うことを聞いていると、アレックスが余計なことをして死にかけたみたいに聞こえるわ。彼は、あなたの偉い金持ちの友人たちが先を争って逃げだしたときに、みんなを救おうとしてコブラに襲われたのよ！」カミールは叫んだ。

「そういう意味じゃない。これからは二度と夜中にきみをひとりにはさせないと言っているだけだ」

ふいにカミールは震えだした。ブライアンは本気で言っているのだ。これほど彼の近くにいると、とても平静ではいられず、どうしても……。

「全部ゲームなんだわ、そうでしょう？」カミールは穏やかにきいた。

「すごく危険なゲームだ」

カミールは後ずさりした。「もうあなたに協力できないわ」

ブライアンがドアの前に立ちふさがった。そちらからはもう出られない。カミールは向きを変えたが、すぐに背後から彼につかまえられたので、どこへも行けなかった。ブライアンはやさしく彼女を自分のほうへ向かせて、緊張のみなぎる暗く青い目で見つめた。彼はなにか言いたそうだったが、黙って首を振っただけだった。やがてカミールを勢いよく抱き寄せると、彼女の顎に手を添えて唇を求めてきた。

ブライアンにふれたとたん、カミールは身も心もはじけてしまいそうだった。それまでの彼女は自分が本当に求めているものを知らなかった。だが、今は知っている。

正しかろうと間違っていようと関係ない。カミールは新たな震えに襲われてブライアンにもたれかかり、彼の舌が口のなかへ押し入ってくるのを感じて、その強引な行為の奥にひそんでいる激しい情熱と欲望に応《こた》えようとした。ブライアンの胸に手を添え、彼のすべすべした肌やその下で動く筋肉のすばらしい感触に驚嘆した。キスを交わしているあいだに、手を彼の肩へと這《は》わせてしがみつき、続いて背骨をなぞりながら下へ移動していく。そのときも彼女はブライアンの肌の感触と、その下で燃えているもののすばらしさに感嘆した。

とうとうブライアンは唇を離して、カミールをくるりと後ろ向きにさせ、彼女のドレスの紐《ひも》をほどきにかかった。しばらくして彼のじれったそうな舌打ちが、続いて紐の切れる小さな音が聞こえたけれど、紐など切れようがカミールにはいっこうにかまわなかった。ろくに息もできないでいるので、ブライアンに急いでもらうほうがいい。まもなく体をしめつけていたドレスがゆるんで、頭の上からずるずると脱がされた。

ブライアンがまた舌打ちをしてカミールの向きを再び変えさせ、コルセットの紐をほどこうとしたが、今度もじれったくなって引きちぎった。永遠とも思える時間のあとでやっとコルセットを外されたときは、カミールはもう待ちきれなかった。ブライアンの両腕に抱かれてぴったり体を寄せ、彼の胸に自分の乳房がこすれるのを感じて、このまま死んでしまってもいいと思った。再びブライアンが唇を重ねてきた。キスしているあいだも、彼の両手はペティコートの結び目をほどこうとせわしなく動き続ける。ペティコートが彼女の足もとに落ちると、ブライアンがひざまずいた。上品な靴を脱がされてガーターを外してもらっているあいだ、カミールは彼の肩をしっかりつかんでいた。

突然、ブライアンのふれ方がゆっくりになり、手がカミールの腿や膝の裏側をこすりながらシルクのストッキングをおろし始めた。彼女は自分もひざまずいて彼と抱きあいたいと思いながらも、体を震わせて立っていた。ブライアンの唇が彼女の膝頭へあてられ、それから腿の内側へ移って、ふくらはぎへ……足の甲へ移動した。片方のストッキングが脱げ、彼がもう一方のストッキングを脱がしにかかる。シルクのストッキングが下へおりていくにつれて、再び彼の手が、指が、唇が、舌が、彼女の肌の上をゆっくりと動きまわった。ストッキングを脱がし終えたブライアンは、半ば体を起こしてカミールの腹部に顔をうずめてから、腿や腰へキスを浴びせた。

ついにカミールも彼と同じようにひざまずいた。ブライアンが彼女を両腕でしっかり抱きしめ、唇をむさぼる。ちろちろと燃える暖炉の明かりを受けて、ふたりはうっとりと互いの姿に見入り、相手の感触と香りに酔いしれた。ふたりがひとつの炎となって燃え盛っているさなかに、カミールは自分の負けを悟った。たとえどんな結果になろうとブライアンこそが、彼女が人生において渇望し、必要とし……愛しているすべてなのだ。

彼が耳もとでささやいた。「どうしてきみはぼくをこんな気持ちにさせることができるんだ?」やっと聞きとれるかすかな息吹にすぎなかったが、ささやきは続いた。「ぼくは世界を忘れ、分別を、正気さえをも失ってしまう」

それはカミールがブライアンに言うべき言葉だったが、彼女は言葉を口に出すのを拒み、言葉が心のなかへ入ってくるのを拒んだ。その代わりに指で彼の髪をすいて、うなじから背中へと撫《な》でおろした。そしていっそうぴったり身を寄せて、両手をブライアンの引きしまった腰にあてがい、さらに筋肉のついたヒップへと移動させて体を密着させた。体が持ちあげられ、ゆっくりと彼の上へおろされる。カミールの五感は、彼女の一部と化したブライアンに集中していた。それ以上彼と密着することもできなければ、これほど奥深くで荒れ狂う興奮も二度と味わえそうになかった。

それまでのカミールはただ従うだけだった。今は導くことができる。そして実際にそうした。

ブライアンの肩にしがみついたまま、ひとつひとつの動作が呼び起こす感覚を意識する。彼の肌を撫でる指先、たくましい彼の胸とこすれあう乳房、彼の体にしっかりまわされた両腕。ブライアンは両手をカミールの腰にあて、彼女の動きを勢いづかせ、導いていた。

カミールがめくるめく恍惚《こうこつ》のうちに果てると、ブライアンは彼女と位置を入れ替えて自分が上になった。世界は暖炉の青い炎を受けてぎらぎら輝き、彼女をとらえた風はふたりをとりまく森をごうごうと吹き過ぎていく。

やがてその風がゆっくりした彼女の呼吸にとって代わったとき、カミールは手をのばしてブライアンの顔にさわった。

「どうして?」彼女はそっと尋ねた。

カミールはブライアンが身を引くだろうと思ったが、彼はそうしなかった。彼は両腕を突いて体重がカミールにかからないようにしたものの、ふたりはまだふれそうなほど近くにいた。

「最初は怪物みたいだったからさ」

「でも……ひと筋の傷跡があるだけじゃない」

「仮面をつけるのがそんなに悪いことかな?」ブライアンが穏やかにきいた。

彼女はかぶりを振った。「でも、仮面なんて偽りだわ」

「偽りじゃない。まだ世の中へ出ていく心の準備ができていないんだからね」

「あんな仮面などつける必要はないのに」カミールは言い張った。

ブライアンは笑ってまた彼女の唇にキスをした。「そうはいかない。まだ素顔を見せるわけにはいかないんだ。我々は誰しも秘密を抱えているんだよ」

カミールは首を振った。「残念だけど、わたしにはなにひとつ秘密がないわ」

「心の奥底を探ってみたらわからないよ」

「あなたはまたゲームをしているのね」

「いつだってゲームさ。危険なゲームだ」ブライアンはそう言って立ちあがった。

脱ぎ捨てられた衣類のなかに裸で残されたカミールは、かつて熱烈に信じていた理性や分別といったものが再び自分を圧倒し始めるのを感じた。わたしはなにをしているの？

カミールは立ちあがろうとしたが、それを見たブライアンはもう一度ひざまずき、両腕で彼女を抱きしめて立ちあがらせた。彼女の頭の後ろへ手を添え、唇を重ねてくる。

「もう行かなくては」

ブライアンがかぶりを振った。

「でも、ここには……これ以上いられないわ」

「どうしてだ？」

カミールは体を離した。「あなたはカーライル伯爵なのよ」

「ほう、それならきみは伯爵の城のなかで自分の部屋にじっとしていられない魔女といったところだね」ブライアンがささやいた。

彼はカミールをさっと抱えあげて隣の寝室へ運んでいくと、巨大なベッドのひんやりした清潔なシーツの上へ一緒に倒れこんだ。そしてそのまま彼女を抱きしめていた。

「冗談で言っているんじゃない。夜中に城のなかをうろつくのはやめるんだ」

「ええ、うろつかないわ」

「きみはゆうべも、その前の晩も、そう言ったよ」

「そんな約束をしたかしら？」

「きみは約束するのが嫌いみたいだな」

「本気で言わなければ約束したことにならないわ」

「ほらね、きみをこのまま自分の部屋へ帰したら、あるいはきみの大切な友達のアレックスの枕《まくら》もとへ行かせたら、きっとまたなにかの誘惑に駆られて地下へ行くに決まっている。まったく、そんなきみが、このぼくを変わった人間と考えているんだからな」

カミールは手をのばしてブライアンの顔にふれ、指で傷跡を端から端までなぞった。

「こんなの、ほとんど見えないわ」彼女はささやいた。

「すまない。どうやらぼくはきみの期待に応えられそうもないよ」

カミールはブライアンをじっと見た。「わたしはなにも期待していないわ」彼女はきっぱりと言った。「ただ欺かれるのが大嫌いなの」

「きみを欺こうとして始めたんじゃない」

「そうね。わたしはたまたま、ずっと前から始まっていた偽りの芝居に巻きこまれただけ」カミールはそう言ったあとでつけ加えた。「でも、今夜あなたはアレックスを救ってくれた。とても感謝しているわ」

「きみが救ったんだ」

彼女はかぶりを振った。「あなたはわたしよりもずっと処置が上手だったわ」

「毒蛇に噛まれたときの処置は前にしたことがあるからね」ブライアンが言った。「インドで……それからスーダンで」肩をすくめ、突然カミールから顔をそむけると、苦々しげに言い添えた。「カイロでも」

その言葉を聞いて、カミールは急に不安になった。「でもあなたは、これまで毒蛇を飼育したことはないんでしょう？」

ブライアンがびっくりして彼女を見た。「なんでぼくが毒蛇を飼育しなくちゃならないんだ？　やつらは非常に危険な生き物だ。きみが今夜見たようにね」彼は再びカミールから顔をそむけて仰向けになり、頭の後ろで手を組んで天井を見つめた。「アレックスは幸運だった。信じられないほど運がよかった。コブラの毒は猛毒だ。それなのに彼は死なずにすんだのだから。もっとも明日になっても苦痛は続くし、頭がぼうっとしているだろうが。しかし、あの様子なら回復するだろう……」ブライアンは肩をすくめた。「ぼくは朝から用事がある。きみは明日、ずっと友達のそばについているのだろうね」

カミールは答えなかった。ブライアンにはそう思わせておこう。だが、実のところ明日はいくつかの計画があった。

ブライアンはカミールの沈黙を誤解したようだ。「アレックスなら大丈夫だ。きっとよくなる。死ぬなら、とっくに死んでいるはずだ。コブラに噛まれて生きのびた人間を、ぼくは何人も見ている」

「ええ」カミールはささやいた。「アレックスはきっとよくなるわ」

「彼はきみにとってとても大切な友達なんだね?」

かすかな怒りを胸に抱きつつ、カミールはブライアンを見つめ返した。カミールとアレックスは友達以上の関係ではない。そのことをブライアン・スターリングは知っているはずだ。

「ええ、アレックスはわたしの友達よ」こうなったらまたブライアンに、あんなばかげた婚約発表をする権利はあなたにはないと言ってやろう。しかし彼は、わたしの前で繰り返し明言しているように、カーライル伯爵なのだ。彼の言葉はゲームの一部、偽りの芝居のせりふにすぎない。彼は貴族で、かつては軍人であり、世界じゅうを旅してきた人間だ。

話すのは簡単だろう。話しあいで解決できる問題はたくさんある。けれどもカミールは、ブライアンが口にするに決まっている言葉を聞きたくなかった。なんといっても彼女はブライアンに向かって、わたしは自分の意思で行動すると言ったのだ。

「アレックスをここへ連れてくることに同意してくれてありがとうございました」カミールは少し堅苦しい口調で言った。裸でブライアンのかたわらに横たわっていることを考えると、上品ぶった言い方がなんだか滑稽《こっけい》に感じられた。だが、正直な言葉だ。もちろんわたしはアレックスの世話をするつもりでいる。でも、明日はサー・ジョンが博物館へ来る。保管室で探しものをしていて、老アーボックに呼びに来られたとき、彼はそう言った。だからわたしも博物館へ行くつもりだ。ブライアンは朝から用事があって出かけるみたいだから、ここを抜けだすのは思ったより簡単だろう。

「カミール、正直なところ――」

「正直なところ、疲れたわ」彼女はささやいた。「あなたのゲームはしばらく中断してちょうだい」

ブライアンは黙りこんだ。そのときのカミールは、それ以上の会話も、質問も、非難も、そして将来の話も、絶対にしたくなかった。そこで彼女は手をのばしてブライアンにふれた。

彼はカミールを腕のなかへ抱えこんだ。「疲れているんじゃなかったのかい？」

「疲れすぎていて、口論したくないの」カミールは言った。「わたしたちって、話を始めるといつも口論になってしまうんだもの」

ブライアンはベッドのなかで反転して、カミールの目を見つめて顔を撫でた。「残念ながら、口論をしないでいるほうがずっと簡単だと思うが」

ブライアンの言うとおりだ。彼にふれられたら未来なんかどうでもよくなってしまうのだから。森のなかに住んでいる少女もいない。彼が演じている偽りの芝居への非難もない。わたしに向けられる疑惑もない。

あるのはただこの瞬間だけ。

15

当然ながら大英博物館で起こった事件は、どの新聞でも大きなニュースとしてとりあげられた。そして当然ながら、呪《のろ》いに関するいろいろな話も大々的に報じられた。記者たちは皆、今回の毒蛇事件はブライアンが一年間の喪を終えて社交界に復帰し、大英博物館に集まった紳士淑女の前で婚約発表をした直後に起こったことを、詳細に書き記していた。彼が婚約した相手は庶民で、大英博物館の職員であることも。

ブライアンがざっと目を通した限りでは、これまでのところカミールの生い立ちにふれた記事はない。ブライアンが公の場に再登場したとたんに別の人間が毒蛇に噛《か》まれたというので、記者たちは呪いが現実になった可能性を追求するのに忙しかったのだろう。記事にはブライアンとその婚約者が犠牲者を救って世話をしたと書いてある。さらに、毒蛇をつかまえようとしたアレックス・ミットルマンの勇気をほめたたえる言葉や、勇敢なその若者が現在、懸命に死と闘っている旨が書き連ねてあった。

ブライアンがちょうど記事を読み終えたとき、シェルビーがサンルームへ入ってきて、サー・トリスタンが話したいことがあるので来ていただきたいとおっしゃっています、と告げた。ブライアンは、なぜトリスタンのほうからやってこないのだろうと、けげんに思った。

自ら出向いたブライアンは、トリスタンの理にかなった説明を聞いて感銘を受けると同時に愉快になった。「外を出歩いたりしたら、すっかり健康をとり戻したと思われそうだったので」トリスタンは弁明した。「カミールは今朝はここにいるんでしょうね？」

「今日一日、アレックスにつき添っているんじゃないかな」

トリスタンはうなずいた。「実は、わたしはラルフと一緒にこっそり城を抜けだそうと考えていたんです。もう一度イーストエンドのパブへ行って、このあいだの売春婦と話をしてみようと思って」

ブライアンはほほえんだ。「進んで役に立ちたいというあなたの気持ちはうれしい。心から感謝するよ。しかし、今日はだめだ。ぼくは用事があって出かけなければならないので、できればあなたにはここにいてほしい。さっき言ったように、カミールも今日はここにいるだろう」

「しかし、あなたがおっしゃったように、彼女はアレックスにつき添っているでしょう。老いぼれの後見人なんかどうでもいいと思われているわけではないでしょうが、わたしは彼と違って快方に向かっているから」

「アレックスも快方に向かっていると思う」ブライアンは言った。「繰り返すが、役に立ちたいというあなたの気持ちには感謝する。しかし、今日はここにいてもらいたい。来週、三人であのパブへ行くというのはどうだろう？」

トリスタンは顔をしかめてうなずいた。「ご存じのとおり、わたしは裏の世界に通じているんです。前回は不意を突かれましたが、これでも老練な軍人のはしくれ。そうそうくじりはしません」

「その言葉を疑ったりはしないよ」ブライアンは言った。「しかし、役に立ちたいと思うなら、今日はここにいて、城の様子を見張っていてくれたほうがありがたいのだが」

「じゃあ、あなたも彼女を信用していないんですね？」

「彼女って？　カミールを？」

トリスタンはじれったそうに手を振った。「カミールじゃなくて、ミセス・プライアーですよ。あの女、夜中に城のなかをうろついているんです」

「なんだって？」

「イーヴリン・プライアーは」トリスタンは訳知り顔で言った。「ゆうべ廊下をうろついていました。嘘《うそ》じゃありません」

ブライアンはため息をついた。「彼女はここのメイドだ。廊下をうろついていたってなんの不思議もないよ」

「真夜中でも?」

「それよりも、あなたは廊下に出てなにをしていたのかな?」

「音が聞こえたんですよ」トリスタンが打ち明けた。「それで廊下に出てみたら、イーヴリンでした。忍び足で廊下を歩いていたんです。アレックスとかいう若者が寝ている部屋のほうへ」

「たぶん病人の様子を確かめたかったのだろう」ブライアンは言った。

「彼女もそう言いました。しかし、本当にそれだけでしょうかね? ひょっとしたらコブラがやり残した仕事の仕上げをしようとしていたのでは?」

「イーヴリンはぼくの母の親友だった女性だ。彼女はぼくが苦しんでいるあいだ、大きな支えになってくれた。ぼくは彼女を信じているよ」

トリスタンは鼻を鳴らした。「彼女はあなたを欺いていたのでは?」そしてぼそぼそと続ける。「彼女はたいそう魅力的な女だ。男というものは孤独が募ると……なんというか、魅力的な女にころりとだまされてしまうものです」

ブライアンは憤激しつつも笑いだしそうになった。「イーヴリンとぼくとのあいだにはなにもないよ。あるのは友情だけだ」

「彼女は魔女かもしれませんよ」トリスタンがとり澄まして言った。

「ぼくは魔女なんてものの存在を信じてはいない」

「信じたほうがいいんじゃないですか」

「それは老練な軍人からの忠告かい？」

トリスタンは気まずそうに顔を赤らめた。「今さら言うまでもなく、あなたはカーライル伯爵でおられる。しかし、どんな偉い方を前にしても、わたしは率直に話すことにしているんです。そうでなければわたしなんぞ、なんの役にも立てやしません」

「ありがたい忠告として受けとっておこう。それで、わかってもらえただろうね？　あなたには今日ここにいてもらいたい」

「では、そうしましょう」トリスタンは小声で承諾した。「今朝、カミールを見ましたか？」

ブライアンはためらった。彼女を見たかだって？　見たとも。安らかに眠っているのを。枕《まくら》やシーツの上に広がった豊かな髪、やわらかな肌をした優美な肢体。眠っている彼女も息をのむほど美しかった。

「ああ、見たよ。話はしなかったがな。もうじき出かけなければならないので、あとのことはあなたに任せる。シェルビーはぼくと一緒に出かけるが、コーウィンがいる。助けが必要になったら彼に頼むといい」

トリスタンはブライアンの言葉を真剣な顔で聞いていた。「そしてわたしには従者のラルフがいます」ラルフがいればどんな事態にでも対処できると言わんばかりの口ぶりだった。

「わたしはちゃんと聞いていますよ、ウィンブリー卿《きょう》」

ウィンブリー卿は咳払《せきばら》いをした。ヴィクトリア女王が〝聞いている〟と言ったのなら、本当に聞いているのだ。とはいえ彼女はウィンブリー卿を見てはおらず、机の上の書類に注意を向けているようだった。

かつてのヴィクトリア女王は若くて愛らしかった。夫君のアルバート公の存命中は、彼女も人生に情熱を抱いていて、なにごとに対しても熱意をもって臨んだものだ。ところが今ではアルバート公が世を去って何十年もたつのに、彼女は黒っぽい服を着て、亡き夫への操を貫こうと決意したかのごとく生きている。汚れのない純潔な人生を送れば、天国が約束されていると信じているかのように。生きているときのアルバート公は、彼女にとってなにものにも代えがたい大切な夫だった。死んでからの彼は、理想的な夫として祭壇に祭られている。ヴィクトリア女王以前の歴代国王は自堕落な生活を送って国民の非難を受けたが、彼女は〝善行をなさぬ者は生きるに値せぬ〟という、正しくはあるが息苦しい世界を築きあげた。いまだに彼女は自分をとり巻く世の中の実情に疎く、一般大衆がたまには大声で笑ったり、酒の一杯や二杯を飲んだり……少しは自堕落な生活を送ったりする必要があることを理解していない。

「古代エジプト遺物部を長期にわたって閉鎖しておく必要はありません。もちろんわたしは今朝一番に大英博物館へ行ってまいりました。きわめて当然ながら、今日は古代エジプト遺物部を閉めておきます。しかし、コブラに襲われた若者はちゃんと生きていますし、それに……ああ、ヴィクトリア！」ウィンブリー卿は昔を思いだして言った。こういう呼びかけは、何十年も昔、彼女が英国女王に即位する前の、ふたりがまだとても若かったころに使っていたものだ。彼女がぱっと顔をあげて傲慢《ごうまん》そうに眉をつりあげたのを見て、彼は大きな過ちを犯したことに気づいた。

「わが国の博物館が呪われているなどと口にしてもらいたくありません」ヴィクトリア女王は言った。

「お許しください」ウィンブリー卿は謝ったが、なおも続けた。「おそらくカーライル伯爵に対し、女王陛下じきじきに大英博物館へは二度と近づかないよう、おっしゃっていただくべきではないでしょうか。もちろんわたしは、彼が貴重な国家資産である博物館への関心を新たにしたのを見て、大いに喜んでおります。ですが……あの男は呪われています」彼は危うく〝くそいまいましいことに〟と言おうとして、幸いなんとか思いとどまった。その悪態を聞いたら、きっと女王は卒中を起こしたに違いない。

「カーライル伯爵は大変な苦しみを味わってきたのです。彼も、亡くなられた両親も、わたくしによくつくしてくれました」ヴィクトリア女王は一瞬歯を食いしばった。「スターリング家の人たちの軍への貢献や国庫への財政支援に対し、歴代の首相のなかで否定的な意見を述べた者はひとりもいません」女王は鋭い一瞥《いちべつ》をウィンブリー卿に向けてから、机の上の書類に視線を戻した。つかのま集中力がとぎれたようだった。ウィンブリー卿が耳にしたところでは、何年も前に女王のお抱え医師が、月経の際の痛み止めとして大麻を処方したという。彼女は今も大麻を用いているのだろうか、と彼はひそかに思った。

「陛下、わたしはすでに展示物を変えるよう手配し、大勢の人々を恐怖に陥れた生き物を動物園へ引きとらせました」

「そもそもコブラなどを展示物に加えるべきではなかったのです」女王は怒りに満ちた声で言った。

いやはや、まいった。この方はそうとう頭にきていると見えて、やけにつんけんしている。今日は話しあいには向いていない。そうウィンブリー卿は思ったが、自分から出向いたのではなかった。呼びだされたのだ。もちろん昨晩の大失態のあと、こうした展開は覚悟していた。

「陛下、先ほども申しましたが、蛇はもうあそこにいません」

ウィンブリー卿は言葉を切った。彼としては大英博物館の古代エジプト遺物部をますます発展させていく必要がある。なんとしても。賭事《かけごと》で莫大《ばくだい》な負債を抱えてしまったからには……。

ウィンブリー卿は昔ながらの手段に訴えることにし、ヴィクトリア女王の机へ歩いていって片膝を突いた。年を重ねたとはいえ、ヴィクトリア女王は今もってへつらいに弱い。

「高潔なる女王陛下にお願いいたします。わが大英帝国の資産の一部をなす貴重な財宝を人々の目から隠さずに、今後も展示を続けさせてください。あれはたしか……このような古い話を持ちだすことをお許しいただきたいのですが、学問と産業と発明の、そして歴史の、結実ともいうべき大博覧会が催されたのは、陛下の夫君であられるアルバート公のご尽力によるものでした。お願いします、わたしを信用してください。そうすれば、さらにすばらしい展示をしてみせましょう。そのような機会を奪わないでください」

ヴィクトリア女王の唇はきつく結ばれたままだったが、お世辞と、彼女が愛した故アルバート公のことを持ちだしたのが功を奏したようだった。

「これまでどおり、あなたの部署を月曜日から開くことを許可します」女王は言った。「なぜ今回のようなことが起こったのかを、あなたが責任を持ってきちんと調べるのですよ」

ウィンブリー卿は頭をさげて言った。「ありがとうございます、陛下」

「わたくしはたいそう疲れました」ヴィクトリア女王が言った。

「そうでしょうとも。お許しください。せっかくの土曜日の朝なのにお時間をとらせてしまいました」

女王はさがるように手ぶりで示して書類に注意を戻した。ウィンブリー卿は急いで退出した。よかった。そうとも、古代エジプト遺物部はこれからもずっと開けておかなければ。そして今、その許可をもらえたばかりか、そこで時間を過ごすようにという、ありがたい命令まで下されたのだ。

〈マクナリーズ・パブ〉で安物のジンを注文したブライアンは、通りを眺められる窓際の汚いテーブルを選んで座った。しばらく店内を見まわしているうちに、一昨日、トリスタンと話をしていた小柄な売春婦が目に入った。彼女はカウンターで男性客たちといちゃつきあい、あちらからもこちらからも引っ張られたり体をさわられたりして嬌声《きょうせい》をあげている。しかしブライアンが見た限りでは、人目につかない路地裏での密会を誰かと約束しているようには見えなかった。

しばらくしてテーブルのブライアンに目を留めた売春婦は、彼がじっと自分を見つめていることに気づいたようだ。彼女は近づいてくると向かい側の椅子に腰をおろし、テーブルの上へ低く身を乗りだした。わざとらしい仕草だった。胸を押しあげて実際以上に大きく見せ、今にも服からこぼれるのではないかと思わせて、眼鏡にかなった男性客を楽しませようというのだ。「ねえ、おじいさん。ここでなにをしているの？　ジンさえ頼んでいれば、見るのはただだよ。もっと楽しみたいんだったら、出すものを出してもらわないとだめだけど、どう？」女は彼の脚に足をこすりつけてきた。

ブライアンはグラスを指で上下に撫《な》で、目を伏せてグラスを見た。「別に楽しませてもらわなくてもいいよ」彼は言った。

女はずるそうに目を細めて椅子の背にもたれた。「たしかに、あんたにまだあれをやるだけの元気があるようには見えないね。でも、自慢じゃないけど、あたしは男を奮い立たせる技巧の持ち主として知られているんだ。お金をたんまり弾んでもらえさえすればね」

彼女はブライアンを見つめて反応を待っていた。

「金ならわしだって欲しいよ」彼は言った。

「じゃあ、お金をつくるあてがあるの？」今度もまた女の口調から訛《なまり》が消えた。

「売るものを持っている」

「このあたりで売り買いされるのは、どれもがらくたばかりだよ」

「わしのは上物だ」

女はブライアンをじろじろ眺めまわした。彼の服はぼろぼろで、つけひげにはここへ来る前に泥をなすりつけてあった。

「あんたの相手をしている暇はないの、おじいさん」女は言った。「悪いわね。じゃあ、そういうことで」彼女は立ちあがりかけた。

「わしは大英博物館で働いているんだ」ブライアンが言った。

女が座りなおして再び目を細めた。「じゃあ、博物館の品を盗んだの？」

彼は肩をすくめた。「ほうきも満足に扱えないような老いぼれを、誰が疑うっていうんだね？」

「わかっているだろうね、あんたを逮捕させることもできるんだよ」

ブライアンはまた肩をすくめた。「そんなことをするよりも、あんたは金をつくりたいんじゃないのかね？　それに、あんたの知っている買い手たちは、このあたりの人間ではないのだろう」

「なにを持っているの？」

ブライアンが身を乗りだしてささやくと、女は目を見開いて身を引いた。

「たぶん……たぶん、あたしが手配できるかもしれない」

「〝たぶん〟なんてあてにならないことを言われてもだめだ。おととい殺された男の死体を見たが、そいつはわしがこの店にいたとき、あそこのカウンターにいた」

「このあたりでは殺人なんて日常茶飯事なのさ」

突然、ブライアンは手をのばして女の手首をつかんだ。「この店にはほかにも小物を売り買いしようとする連中が出入りしている。あんたの男、おととい殺されたのがあんたの男だったのは間違いない。そいつはあのふたりから品物を奪おうと深入りしすぎて何者かに殺された。違うかい？　答えなくてもいいよ。どうせあんたには答えるつもりがないだろうからな。しかし、わしのために買い手を手配するときは、こそ泥にあとをつけさせようなんて愚かな考えを起こすな。わしは相手の名前と取り引き場所を教えてもらいたいだけだ。あんたに手数料を払うよ。だが、わしのあとをつけさせてみろ、死人の数が増えるだけだ。嘘じゃないぞ。あんたが言ったように、ここらでは殺人なんぞ日常茶飯事だ。あんたも自分の身に気をつけたほうがいい」

それだけ警告し終えて、ブライアンは女の手首を放した。女は手首をさすって彼を見つめた。

「わかったな？」

女はうなずいた。その目に憎悪の色が宿っているのを見たブライアンは、ポケットから金貨を一枚出して彼女の手のなかへ滑りこませた。それに気づいた者がいたとしても、薄暗い路地裏でのあいびきを約束しているだけだと思っただろう。

ブライアンはにやりと笑った。「わしは見張っている……そして待っているぞ」彼はそう言い残してパブを出た。

外へ出たところでためらった。ならず者に彼のあとをつけるよう指示を出すだけの時間を女に与えたかった。あの女が買い手を知っているのはたしかだ。しかし、ブライアンが売るに値するものを持っているとは信じていないかもしれない。

今の彼にできるのは、ゆっくりと歩くことだけだった。

城を抜けだすのは、カミールが考えていたよりもはるかに難しそうだった。シェルビーはブライアンと一緒にどこかへ出かけた。医師は帰り支度をしている。アレックスは体内に残っている毒と粘り強く闘っていた。とはいえ、彼女は彼を残していくのが心配だった。

昨夜、ドアの横のシェルビーがいた場所にコーウィンが立っていた。カミールが部屋へ入るときに彼は礼儀正しく挨拶《あいさつ》をした。部屋を去るときに彼女はコーウィンに話しかけた。

「伯爵はお出かけなのでしょう?」

「ええ」

「あなたにお願いがあるの。わたしをロンドンへ連れていってもらえないかしら」

コーウィンは顔をしかめた。「ここを離れるわけにはいかないんだ。それに伯爵はあなたをロンドンへ行かせたくないんでしょう?」

「わたしは囚人ではないんでしょう?」

「そりゃ、そうだが」

「わたし……約束があるの。今日。告解の」

「告解の?」

「わたしはカトリック教徒なのよ」カミールはそう言ったあとで、こんな嘘をついたら罰があたるかもしれないと思った。でも、きっと神様はわたしがこれから行うことを許してくださるわ。

「へえ、カトリック教徒ね」コーウィンはつぶやいた。それから当惑した表情になって言った。「今日は土曜日なのに」

「ええ、今日が何曜日かくらい知っているわ。土曜日に告解をしておけば、日曜日に神様の恩寵《おんちょう》に浴することができるでしょう。お願い、わたしをロンドンへ連れていってくれない？　それからもちろん」カミールはコーウィンを納得させようとして言い添えた。

「向こうで待っていて、わたしを連れ帰ってほしいの」

「ミスター・ミットルマンをひとり残していくのは気が進まないな」

「ひとりじゃないわ。ラルフとトリスタンが彼の様子を見てくれるでしょう」

コーウィンは考えをめぐらせているようだった。

「わたしはどうしても告解しなくちゃならないの！」カミールは切羽つまった口調で言った。

コーウィンがうなずいた。「いいとも。心配しなくていい、向こうで待っていて乗せて帰ってあげるよ」

カミールがトリスタンの部屋へ行くと、彼はベッドを出てラルフを相手にチェスをしていた。トリスタンは服を着ていて、健康そのものに見えた。

彼女はトリスタンの頬に挨拶代わりのキスをし、うまい指し手をささやいた。トリスタンはうれしそうに目を輝かせ、教えられたとおりに駒《こま》を動かした。ラルフが頭をかく。

「あーあ、カミール、そいつはずるいってもんだ。あとちょっとでトリスタンをぎゃふんと言わせてやれたのに」

「あら、ごめんなさい、ラルフ。あなたの言うとおり手伝うべきではなかったわ。でもね、ほら、トリスタンはまだ回復途中だから、負けたのは頭がどうかなってしまったからだなんて思わせたくないの、そうでしょ？」

「おまえの友達、アレックスだったかな……彼はどんな具合だ？」トリスタンが尋ねた。

カミールはうなずいた。「そのことであなたと話がしたくて来たの。わたしは……どうしても教会へ行かなくてはならないの」

「教会へ？　今日は土曜日だが」トリスタンが言った。

またただ。カミールはため息をついた。「知っているわ。でも……」また嘘をつかなければならない。それも教会のことで。ほめられたことではないけれど、この際やむをえない。

「話をしなくてはならないのよ、どうしても」

「話ならわたしにすればいいじゃないか」

「カミーはおれたちみたいな人間じゃなくて、もっと信心深い人に話をしたいんだよ」ラルフが口を挟んだ。

「わたしの魂の救済のために、是が非でも行かなくてはならないの」

「きみの魂なら、救済してもらう必要がないほどきれいだと思うけどな」ラルフが言った。

カミールはほほえんだ。「残念ながらわたしの魂は問題を抱えているの。その問題を抱えこませたのは、間違いなくあなたたちふたりですからね」言葉とは裏腹に、叱責《しっせき》する口調ではなかった。「コーウィンに頼んでロンドンへ乗せていってもらう手はずをつけたけど、アレックスを残していくのが心配なのよ。つまり……」彼女は言いよどんだ。「その、彼をひとりきりにさせたくないの。ほんのわずかなあいだだけでも」

トリスタンがまじめな顔でカミールを見た。

「わたしが彼を見ているよ」彼の口調は真剣そのものだった。

「ラルフ、トリスタンがアレックスのそばを離れるときは、あなたが見ているのよ」カミールは言った。

ラルフもまじめな顔をしてうなずいた。

ふたりに感謝しなければ。

こうなったら、あとはイーヴリン・プライアーに気づかれないで城を抜けだすだけだ。

あたりは土曜の市場へ急ぐ大勢の人々でごった返していたが、ブライアンはパブを出て通りを歩きだすやいなや、あとをつけられていることに気づいた。

市場まで来た彼は、にぎやかな人ごみにまじって足を止め、野菜を見ているふりをした。

とれたての魚だと大声で宣伝している魚屋や、荷車に作物を山のように積んできた農場主たち。ブライアンは南方から今朝届いたばかりだという野菜を品定めするふりをして、後ろをこっそり振り返り、男がついてきているのを確かめた。

彼はオレンジをひと袋買った。売っている男の言葉を信じるなら、さっき地中海沿岸から運ばれてきたばかりだという。袋は重い。完璧《かんぺき》だ。

ブライアンは再び通りを歩きだし、やがてこみ入った路地へ足を踏み入れて、あちこちに寝転がっている酔っ払いをまたいだり、物乞《ものご》いの子供たちに貨幣を投げ与えたりしながら進んでいった。

とうとう彼は計画に最適の場所を見つけた。窓に板を打ちつけた家々が周囲に立ち並び、地面にはジンの瓶やごみが散らかっている、草の生い茂った空き地。

ブライアンがそこへ入ると、男がついてきた。

「わたしは良心に大変な重荷を負っているので、告解に時間がかかると思うの」カミールがコーウィンに言った。「たぶん、たっぷり一時間はかかるでしょうから、あなたはどこかで紅茶かビールでも飲んできたらどうかしら」

「じゃあ、そうしようかな。だが一時間後にはここで待っているからね」コーウィンはそう言うと、カミールをセント・メアリー教会の入口へ残して去った。

彼女は正面玄関の大きなドアへ至る通路を大急ぎで歩いた。なかへ入ったとたん、嘘をついたやましさに襲われる。カトリック教徒ではないものの、高い聖餐台《せいさんだい》の前で十字を切り、それから急いで回廊を通り抜けた。

裏通りへ出たカミールは二輪馬車をつかまえて乗った。大英博物館のそばまで来ると、通りは人であふれていた。昨夜の惨事も人々を遠ざけておくことはできなかったらしい。それどころか、人々はいつにもまして古代エジプトの遺物に興味を引かれ、ひと目でも見ておこうと押し寄せてきたようだった。呪いが現実と化したことが人々のあいだに興奮を呼び起こし、媚薬《びやく》と同じ作用を及ぼしたのだろう。

カミールは大勢の見学者の会話を小耳に挟みながら足を急がせ、パーティーが催された部屋を通り抜けた。そこにはつい昨夜、真っ白な布をかけられて銀食器やグラスの置かれたテーブルが並んでいたのに、今はすでにもとの展示室に戻されて、パーティーが開かれた痕跡《こんせき》はみじんもない。ただひとつの違いは、陸生小動物飼育器《テラリウム》がなくなっていたことだ。

カミールは二階への階段を駆けあがって執務室に入った。サー・ジョンはいなかったが、外套《がいとう》が椅子の背もたれにかかっていた。彼の居場所は見当がついたので、カミールは一階への階段を駆け戻り、さらに地下への階段を駆けおりた。

驚いたことに保管室のドアが開けっぱなしになっていた。カミールはなかへ入った。

「サー・ジョン?」返事はない。

彼はきっとこのなかにいるはずだ。カミールはそう考えて奥へ進みだした。「サー・ジョン」やはり返事はない。両側に箱が積まれている迷路のような通路を進んでいくうちに、最後の調査旅行で発見された石棺をおさめてある巨大な木箱が並んでいる場所へ出た。ほとんどの木箱が開けられたままになっている。

突然、ぱしっという音がした。頭上についている数少ない電球のひとつが切れたのだ。それまでも薄暗かったのが、いっそう暗くなった。

「サー・ジョン?」

「カミール……」

あの声がまた彼女に呼びかけた。続いてひとつの木箱のなかからなにかがゆっくりと起きあがり始めた。

「カミール……」

何千年も昔のちりがふいに靄《もや》を形成した。ミイラが石棺から起きあがってふらふらと立ちあがり、よろめきながら彼女のほうへ近づいてくる。

保管室のなかは暗い。カミールの心臓が早鐘のように打ちだした。後ずさりしながらも、こんなことはありえないと必死に否定する。そのときまた、あのしわがれた恐ろしいささやき声が聞こえた。

「カミール……」

すぐ背後に男の気配を感じるや、ブライアンはくるりと振り返って男の喉に手をまわした。

「待て！　やめてくれ、頼む」

男は必死に手を離そうとしたが、ブライアンはしめつける力をゆるめなかった。すぐにブライアンは、男が薄汚れてもいなければ、着ている服も安物ではあるがみすぼらしくはないことを見てとった。あのパブに入り浸っている連中の仲間には見えない。

「何者か言え！」ブライアンは命じた。

「あんたを傷つけるためにつけてきたんじゃない」男は声をつまらせて言った。

「なんであとをつけてきた？」

男はためらった。

「警察へ行こう」ブライアンは言った。

「なんだって？」

「警察へ行こうと言ったんだ。さあ！」

男は苦しそうに息を吐いた。「わたしは警察の者だ」

今度はブライアンが驚く番だった。「なんだと？」

「わたしはロンドン警視庁のクランシー刑事だ」男が急いで言った。

にわかには信じられなかったので、ブライアンはそろそろと手をゆるめた。男は後ずさりして喉をさすった。

「きみはあのパブにいたな」ブライアンは言った。

「あんたもあのパブにいた」男はそう言って、おどおどしながらつけ加えた。「あんたを逮捕する」

「理由は……?」

「強奪。それと殺人だ!」


カミールはミイラを見つめた。恐ろしくて気が変になりそうだった。後ずさりしながら、向きを変えて逃げだす準備をする。そのときふいに怒りがわきあがって恐怖を押しのけた。ミイラなどはしょせん、肉体を保存しておけば来世でも役立つと信じていた人々の哀れな残骸《ざんがい》にすぎない。そんなものが生き返るわけがないのだ。しかし、わざわざミイラのふりまでするような人間は、人殺しだってするのではないだろうか。もっともあんなに布でぐるぐる巻きになっていたのでは、たいして害を与えられるとは思えない。こちらにもチャンスはある。

カミールは恐怖に駆られて逃げるふりをし、向きを変えて駆けだした。後ろからミイラがふらふらと追いかけてくる。彼女は走りながら武器になりそうなものを探した。

この前、手を入れてなかを探った木箱の横を通りかかった。そのなかのミイラの腕がすでにもげているのは、もちろん知っている。カミールは木箱のなかへ手を突っこんで腕をつかむと、足を踏ん張って立ち、追いかけてくるミイラの胸のあたりを力任せに殴りつけた。

「ちくしょう！」苦しそうな叫び声があがり、ミイラが体をふたつ折りにした。

カミールは今度は頭めがけていやというほど腕を振りおろした。ミイラは床に倒れ、布でくるまれた手で頭を抱えた。彼女がつかんでいる大昔の腕は衝撃に耐えられなかったらしく粉々に砕けていた。

「まいったな」床に倒れているミイラが悪態をついた。

「あなたは誰？」カミールは怒りにわれを忘れて叫んだ。もう少しも怖くなかった。

「ぼくだよ、カミール。きみを脅かそうとしただけなのに」

「ぼくって、誰よ？」

ミイラはもぞもぞと動いて起きあがった。カミールはぼろぼろの布のほどけた先をつかんで引っ張り始めた。

「痛い！　ゆっくり頼むよ」

男はカミールの手をつかみ、続いて布をつかんだ。

「ハンター！」彼女は息をのんだ。

「そう、ぼくだ」

「ほんとにばかね。わたし、あなたを殺しちゃったかもしれないのよ」

　暗がりのなかでハンターは冷ややかにカミールを見た。「あんなミイラの腕で殺せやしないさ。それにしても驚いたな。不意を突かれたにしても、きみの力のすごいこと。こんなに痛い思いをしたのははじめてだ」

「いったいなにをしていたの？」カミールは問いつめた。

「さっき言っただろう。きみを脅かそうとしたんだ」

「どうして？」

「きみをブライアン・スターリングから引き離して、彼が再び我々にもたらした忌まわしい呪いを解くためだ。さあ、手を貸して、ぼくを立たせてくれ。それと、お願いだから言いふらさないでくれよな、ぼくが……女に殴り倒されたなんてさ」

「殴り倒されたですって！　これはそんな体面の問題なんかよりよっぽど重大よ」

「ああ、そのとおりだ。きみはあの男と一緒に暮らしていて、彼と婚約している」

「さあ立って。残りの布もはいでしまいましょう」

「そうだな。急ごう。サー・ジョンに見つかったらまずいからな」

「彼はどこにいるの？　外套が執務室にあったけど」

　ハンターをくるんでいる布は、半分はどれか気の毒なミイラからはいだ本物で、残りの半分は博物館にある粗布でつくったものらしかった。布を全部はぎ終えたカミールは、こんなもので一瞬でもだまされた自分が信じられなかった。

「朝早く彼を見かけただけで、それ以来見ていない」ハンターが言った。

「そう。それにしてもあなたときたら、ほんとにばかね」カミールは冷たく言った。「サー・ジョンはどこかにいるでしょう。それよりも、あなたはどうしてわたしが今日来ることを知っていたの？」

「きみが来ることはわかっていたさ。ゆうべのあとだからな」

「おかしな理屈ね。ゆうべあんなことがあったのなら、今日はその場所に近づかないでいると考えるのが普通でしょう」

突然、ハンターはまじめな顔つきになった。「アレックスの具合はどう？」

「わたしが出てくるときはぐっすり眠っていたわ。医者の話では、もう心配いらないだろうって。脈は安定しているし、呼吸もしっかりしているわ。奇跡よね」

「ふうん」ハンターは布をひとまとめにして箱のひとつに押しこんだ。「髪はどうかな？埃《ほこり》やちりがついていない？」

「大丈夫、変じゃないわ。大人のくせにミイラのまねをするほうがよっぽど変よ」カミールは言った。「冗談で言っているんじゃありませんからね。あんなまねをして、いったいなにが目的だったの？」

ハンターはため息をついた。「ぼくは気が気でないんだ。きみは呪いなんてものが存在するとは思っていないかもしれないが、カーライル城には、それとブライアン・スターリングには、なにか悪いものがつきまとっている。彼が博物館に近寄らないでいるあいだは万事順調だった。ところが彼が現れたとたん、アレックスはエジプトコブラに噛まれるし、ウィンブリー卿は女王陛下に呼びだされるしで――」

「まあ、そんな！」

「いいや、本当だ。それにサー・ジョンは少し頭がおかしくなってしまった。彼は誰の言葉にも耳を貸さず、机にいることもめったにない。カミール、聞いてくれ。ぼくは本当にきみが心配でならないんだ」

あまりにハンターが真剣なので、カミールは心を動かされたが、怒りは消えなかった。

「断っておくけど、あなたのせいでわたしは心臓麻痺《まひ》を起こしかけたのよ」

「まさか！」ハンターが反論した。「きみはミイラが起きあがるはずはないと考えて、逃げだすどころか反撃さえしてきたじゃないか」

「そろそろここを出ましょうか」カミールはそう言ったあとで、けげんそうにハンターを見た。「いったいどうやって電球を消したの？」彼女は尋ねた。

「ぼくが消したんじゃないよ」ハンターが残念そうに笑った。「偶然タイミングよく切れたのさ」

カミールはため息をついて首を振った。「もしもあなたが――」

「頼む、せめてぼくが話したことを考えてみると約束してくれ。いいだろう?」ハンターが懇願した。

「あなたの言ったとおりよ。わたしは呪いなんか信じていない。コブラを博物館に置いておくべきではなかったのよ。当然ながらウィンブリー卿は今度の事件の責任をとらされるでしょう。でもわたしは、最後にはうまくおさまると思っているの」

「呪いのせいにしろ、頭のどうかしている男のせいにしろ、なにか悪いことが起こっているのは間違いないよ」ハンターが言った。

カミールはため息をついて目を伏せた。

ハンターが歩み寄って彼女の顎に手を添えた。「なあ、きみはあの男を愛しているんだろう?」

「ハンター……」カミールは言いかけて凍りついた。

ふたりは身じろぎもせずに立ちつくした。暗がりのなかで不気味なうめき声がしたのだ。

16

ブライアンは、クランシー刑事や、おとといの射殺事件の直後に現場へ駆けつけたガース・ヴィックフォード巡査部長とともにロンドン警視庁の一室に座っていた。

まだ変装用のかつらとつけひげをとっていなかったが、空き地にいるあいだに正体を明かしておいた。最初、クランシーはブライアンの言葉が信じられず、なかなか状況を把握できないようだった。しかし、あの場で主導権を握っていたのはブライアンだったので、クランシーとしても耳を傾けざるをえなかった。

ブライアンはいつまでも空き地で話をしていたくなかった。あのパブからつけてきた者がほかにいるかもしれないからだ。クランシーであれブライアン自身であれ、遠くの屋根の上から狙撃者《そげき》にねらい撃たれたのではたまらない。無鉄砲なごろつきが路地から襲いかかってこないとも限らない。そこで彼は、警察署へ行ってもっと詳しく話しあおうと主張したのだった。

「これまでに警察がつかんだところでは、空き地で撃ち殺されたのは闇市《やみいち》における品物の売買を実際に手配していた男です」クランシー刑事がブライアンに説明した。「男の名前はウィリアム・グリーン。それが、少なくとも現在の我々にわかっている彼の本名です。〈マクナリーズ・パブ〉にいる女は切り裂きジャックが跋扈《ばっこ》していたころに商売替えをしたようですね。もっともわたしの見たところ、今もときどき男に体を売って稼いでいるようですが。しかし、主としてあの女は売春婦のふりをしながらいろんな犯罪者の仲介役をしているんです。エジプトの古代遺物が不法に取り引きされている場所があることは知っていましたが、どこかは特定できませんでした。先日グリーンが殺されて、集まった野次馬の話を耳にしたとき、はじめて〈マクナリーズ・パブ〉がそういった場所のひとつだと判明したのです」

「闇市での取り引きは昔から行われていた」ブライアンは言った。「今ごろになって急に警察が関心を示してとりしまることになったのは、どういうわけだ?」

クランシー刑事は顔を赤くしてヴィックフォード巡査部長を見やった。「それは、その、上からの命令があったのです」彼は咳払《せきばら》いをした。「ヴィクトリア女王がある時期、降霊術のたぐいを信じていたことはよく知られています。女王は大英帝国を繁栄させることに熱意を抱き、エジプトや英連邦における英国の利権に重きを置いていますが、同時に墓が呪《のろ》われているといった、たわいないことも信じておられるようなのです。それはともかく、最近になって女王は、英国へ運ばれるはずの財宝の一部がフランスに流れていたことをお知りになりました。ご存じのとおり女王にとっては、なにごとであれフランスに出し抜かれる事態ほど腹立たしいことはありません。女王は警察の上層部に警告を出されたのです。スターリング卿《きょう》、あなたがエジプトからご両親の遺体とともに帰国なさったあとに。我々は下っ端の密売人を何人かつかまえましたが、外交特権のあるフランス人には手が出せないでいます。その外交官の名前はラクロワス、アンリ・ラクロワスです。彼はしばしば宮中に姿を見せ、フランスへしょっちゅう帰国しています。誰かと売買の約束を交わして、非常に特殊な品物を買おうとしている、我々はそうにらんでいるのです。グリーンが射殺されたとき、何人かの目撃者を署へ連れてきて話を聞くことができました。彼らにアンリ・ラクロワスの似顔絵を見せたところ、通りでグリーンと一緒にいるのを見たことがあると証言してくれましたよ」

「彼に殺人容疑をかけているなら、なぜ連行して尋問しないんだ？」ブライアンはきいた。

「ラクロワスはフランスの外交官です」クランシー刑事に代わってヴィックフォード巡査部長が首を振りながら言った。「そう簡単にはいかないのですよ」彼は顔をしかめた。「それに我々は、彼がグリーンを撃ったとは考えていません。事件発生当時、ラクロワスはお茶を飲んでいました。少なくとも何人かの目撃者がそう証言するでしょう。我々は慎重に事件当時の彼の居場所を確認したのです」

ブライアンはふたりの警察官を交互に見た。「たしかに、品物を買おうという人間が使い者を殺すことはあるまい」

「もちろんです」クランシー刑事が重々しい口調で言った。「しかし、やはり確認はしなければなりません。我々警察は、財宝を持っている人間がグリーンを殺したか、誰かに命じて殺させたかしたと考えています。理由はわかりませんがね。おそらくグリーンが分け前をもっと欲しがって、秘密をばらすと脅すかなにかしたのでしょう。いずれにしても彼はその代償を命で支払うはめになった。どうせあんな男だ。死刑執行人の手間が省けたというものです」

「警察がその男、ラクロワスを疑っていることを、女王やソールズベリー侯はご存じなのかな?」ブライアンがきいた。

　クランシーは困ったような顔をした。「これまでのところ、わたしが抱いているのは単なる疑惑にすぎません。それにヴィクトリア女王がどんな方であるかは、あなたもご存じですよね。立憲君主国の統治者としては立派な方ですが、なんといっても……そう、あくまでも女王ですから。首相のソールズベリー侯のほうがはるかに現実的です。とはいえ、確実な証拠がなくては、首相もなんら手を打つことができません。それに女王は、切り裂きジャックが世間を震えあがらせていたころに、王室に関する風説が飛び交ったことを今もって気にしておられるから、たしかな証拠もなしに警察がラクロワスを尋問することは、お許しにならないでしょう。しかし、ラクロワスが財宝を購入しているとなれば、それを売っている人間がいなければなりません。こういってはなんですが、スターリング卿、パブからあなたをつけていたときのわたしは、めざす相手を見つけた、少なくとも犯人とつながりのある男をつかまえられると思って大喜びしていたんですよ。だが残念ながら、これで振りだしに戻ったも同然です」

「そうではないかもしれない」ブライアンが思案しながら言った。

「それはまたどうして？」クランシー刑事が尋ねた。

ブライアンは立ちあがった。「たしかに外交特権とやらが障害になって、警察はそのムッシュー・ラクロワスを尋問できないかもしれない。だが、ぼくが彼を博物館の学芸員や職員らとの食事会に招くのはかまわないだろう」


カミールは向きを変えてうめき声がしたほうへ歩きだした。

「待ちたまえ。そっちへ行ったら……危険だぞ！」ハンターが後ろから呼びかけた。急いでカミールを追いかけてくる。

傷つけられる心配はしていなかった。うめき声をあげているのが誰かは知らないが、その人は苦しんでいるのだ。

カミールはボール紙の箱や木箱や石棺のあいだの通路をたどっていき、ここではないと気づいて引き返し、隣の通路を進んだ。木箱のそばの床に誰かが倒れている。駆け寄った彼女は、それが誰なのかがわかった。サー・ジョンだ。

「まあ！」カミールは叫んで彼のかたわらにひざまずいた。起きあがろうともがくサー・ジョンの肩を支える。「サー・ジョン……」

どう見ても大丈夫でない人間に向かって、大丈夫ですかと尋ねるのはばかげている。サー・ジョンは目をしばたたいて頭をはっきりさせようとしていた。

「なにがあったんです？　ひどい怪我《けが》をしたんですか？」カミールは彼を心配そうに見て言った。

サー・ジョンは首を振って小さくうめき、目を閉じて顔をしかめた。「立たせてくれ」

そのときにはハンターがそばに来ていた。「ほら、ぼくの腕につかまってください」

「まだ立ちあがらないほうがいいわ。しばらくじっとしていないと」

サー・ジョンはカミールの忠告を無視して、ハンターの腕にすがってふらふらと立ちあがろうとする。

「なにがあったんです？」彼女は尋ねた。

「わたしはどのくらい……気絶していたのかね？」サー・ジョンが彼女の質問には答えずにきいた。

カミールはかぶりを振った。ハンターが目を大きく開いて肩をすくめ、彼女と同じく見当がつかないという身ぶりをした。

「ええと、たぶんそう長くはないんじゃないかな」ハンターは自分がかなり前から保管室にいたことは打ち明けなかった。

「サー・ジョン」カミールは厳しい声で言った。「いったいなにがあったんです?」

「彼を上へ連れていって、水を飲ませてあげよう」ハンターが言った。

カミールはサー・ジョンをにらみつけた。「誰かに襲われたんですか?」サー・ジョンの空いているほうの腕をとって、ハンターと一緒に彼を出口のほうへ連れていきながら尋ねる。

「さあ」サー・ジョンが歩くのをやめた。「わからない。わたしはここへ来て、あれを探していた。ほら、あれだよ。どこかにあるに違いない」

「あれって、なんです?」ハンターがきいた。

「あれといったら、もちろんコブラじゃないか」サー・ジョンの口調は、ハンターがそんなことも知らないのはおかしいと言わんばかりだった。

「サー・ジョン、警察へ行ったほうがいいんじゃないかしら」カミールが言った。

「コブラって、なんのことです?」ハンターが尋ねた。

「警察だと?」サー・ジョンが驚いて言った。「いいや……だめだ」彼は首を横に振って断固拒絶し、カミールとハンターにつかまれていた腕を離して後ずさりした。「違う。原因は梱包《こんぽう》用の箱の蓋《ふた》だった。誰かに襲われたのではない。わたしがばかだった、不注意だったのだ。いらついてもいたしな。あの年寄りの清掃員が保管室内をうろついているのを見かけて、ずいぶんきつい口調で出ていくように命じた。早く探し物をしたくて気がせいていたんだ。箱の蓋は蝶番《ちょうつがい》で開閉するようになっている。わたしは蓋を開けたが、ちゃんと固定しなかった。それで頭へ落ちてきたんだ」

カミールは信じなかった。老清掃員に対する疑念がにわかにわきあがる。なるほど言われてみれば、あの老人は掃除をするために雇われたのに、掃除をしているよりもうろついているほうが多い。

「アーボックがここにいたのですか？」彼女は尋ねた。

「ああ。きみたちにも想像できるだろうが、ゆうべの事件のあとでなにもかもが大変な混乱状態だったのでな」

「サー・ジョン、もしかしたらアーボックがあなたを殴ったのかもしれませんよ」

「今言っただろう、蓋が落ちてきたんだ」

「コブラって、なんのことです？」ハンターが繰り返した。

カミールはため息をついて首を振った。「わたしが解読している文章のなかに、宝石のはまった黄金のコブラに言及しているくだりがあったというだけよ。しかもそれはどの目録にも載っていないの」

「しかし、わたしはその存在を信じているんだ」サー・ジョンが言い張った。「それを是が非でも見つけなければ。一刻も早く……さもないと永久に見つからなくなるだろう」

「サー・ジョン、来週になったら警察に頼んで、それからここの職員も総動員して、このなかを徹底的に調べたらどうでしょう」

サー・ジョンはカミールをちらりと見たが、彼女の言葉は聞いていなかった。「それを見つけなければならん」彼は額に手をやって目をつぶった。再び気を失ってしまいそうだった。

手をのばしてサー・ジョンの後頭部にさわったカミールは大声をあげた。「頭に大きなこぶができているわ！　医者に診てもらわないと――」

「かまわん。ただのこぶだ。そのうちに治る。医者になんぞ診てもらいたくない。当分のあいだ、博物館にこれ以上の注意を引きたくないんだ。医者を呼んだりしたらまた世間の注目を浴びるし、呪いがどうのこうのとますます噂《うわさ》が立つだろう。断じてそんなことになってはならん」

「だったら、家へ帰らないといけません」カミールはきっぱりと言った。

「そうです、帰ってお休みになったほうがいい」ハンターが同意した。

サー・ジョンはふたりを交互に見て、気力がなえたようなため息をついた。「わかった、わかったよ。すぐに家へ帰ろう」彼は再び気力を奮い立たせ、ふたりの先に立って歩きだした。「警備員をひとりここへよこして見張りに立たせよう。鍵《かぎ》がたくさん出まわりすぎている。あまりにたくさんの鍵が」

　ドアまで来たところでサー・ジョンは立ち止まり、急に疑わしげな目をしてふたりを振り返った。

「きみたちも一緒に上へ行くのだろうね？」

「ええ、ええ、もちろんです」カミールはぼそぼそ言って、心配そうにハンターを見た。それから彼女はロケット型の時計を見て愕然《がくぜん》とした。なんてことかしら、これでは何十個もの罪を告解していたことになるわ！「ハンター、わたし……もう行かなくては。お願い、あなたが責任を持ってサー・ジョンを馬車へ乗せてあげてちょうだい。絶対に家へ帰らせなくてはだめよ」

「わかった、そうするよ」ハンターが誓った。

　カミールはサー・ジョンに、大事をとって日曜日は充分に休養をとるよう言い置いて、彼をハンターに任せると、大急ぎで建物を出て、通りかかった二輪馬車をつかまえた。

　サー・ジョンは頭が痛いやら気持ちが動転しているやらで、まともに考えられなかった。かたわらにハンターがいる。ふたりが立っているのは展示室のひとつだったが、サー・ジョンは自分のいる正確な場所を把握できなかった。ここにとどまる必要がある。やり始めた仕事を成し遂げる必要がある。いや、だめだ……家へ帰らないと。帰って休み、ずきずきする頭の痛みを鎮めないと。

「さあ、サー・ジョン、馬車をつかまえてあなたを乗せてあげましょう」ハンターが言った。「ぼくはカミールに約束したんですからね」

「ああ……カミールといえば、彼女はもうじき伯爵夫人になるんだった。そうだろう?」サー・ジョンがつぶやくように言った。

「あんな話を信じているんですか? ぼくは信じていません」ハンターが不愉快そうに言った。「ブライアンはカミールを利用しているんです。彼が望んでいるのは復讐《ふくしゅう》だけなんだ。我々に復讐したがっているんです」

「いや……違う……」サー・ジョンは否定した。

「カミールだってすぐに気づきますよ。それにぼくは、ブライアンがカミールを利用し続けるのを、いつまでも許してはおきません」

「どうするつもりかね?」サー・ジョンは不安になって尋ねた。

「彼のたくらみを暴いてやるんです」

「そんなことをしたら、我々も被害をこうむるだろう」

「ばかなことを言わないでください。イングランドの金持ちはブライアンだけじゃない。それにうわべはどうであれ、彼は正気じゃない。さあ、行きましょう。あなたをここから送りださないと」

激しい痛みにもかかわらず、サー・ジョンは首を横に振った。「もう少しここにいなければならん」

「ぼくは責任を持ってあなたを家へ帰すとカミールに約束したんですよ」

「だったら、ここで待っていてくれ。帰る前にしなければならないことがある」

「ぼくもついていきます」

「だめだ！」サー・ジョンは断固たる声で言った。疑わしげな視線をハンターに向ける。

「きみはここで待っていなさい」

「ここで——古代王朝の展示物があるところで？」ハンターが尋ねた。

「待っていればいい」サー・ジョンは言い置いて、よろめかないよう必死の足どりで階段をめざした。


教会へ戻ったカミールは、大慌てで回廊を駆けていくうちに司祭とぶつかって転ばせそうになった。彼女はいちおう立ち止まっておざなりに謝った。

通りへ出ると、大勢の人が行き交っていたが、コーウィンの姿はどこにもなかった。激しく打っていた彼女の心臓は止まりそうになった。

「カミール！」そう呼ぶ声に振り返ったカミールはほっとして、待っている馬車のほうへ歩いていった。コーウィンはずいぶん時間がかかったことについてはなにも言わず、彼女に手を貸して馬車へ乗せた。

城への帰り道はとても長く感じられた。事実、道が混雑していたので時間がかかったのだ。今日、ブライアンはなんの用事で出かけたのかしら、とカミールは思った。どうか彼よりも先にカーライル城へ戻れますように。

塀の門へ着いたときには早くも夕暮れが迫り、馬車が門のなかへ乗り入れると夜の訪れを予告するかのように森から狼《おおかみ》の遠吠《とおぼ》えが聞こえてきた。跳ね橋を渡る馬がひづめの音を響かせる。

城の入口前で馬車をおりたカミールは、コーウィンに礼を述べてなかへ駆けこんだ。そのままアレックスの部屋へ急ぐ。トリスタンとラルフがいるのを見て、彼女は胸を撫《な》でおろした。ふたりはチェスのセットを持ちこんでいた。

「アレックスの具合はどう?」カミールは心配して尋ねた。

「ときどき目を覚ます。紅茶とスープを少し飲んだよ。順調に回復しているようだ」トリスタンが答えた。

「イーヴリンがスープを持ってきたんだよ」ラルフが言った。

「しかし、我々ふたりでよくにおいをかいだし、毒見もした」トリスタンがカミールに説明した。「このとおり、まだ死んでいないから大丈夫だ」

カミールは顔をしかめた。トリスタンもラルフも護衛の仕事を真剣に考えすぎている。

いくらイーヴリン・プライアーが疑わしいといっても、まさか伯爵の城のなかで誰かを毒殺する勇気はないだろう。

「今度はわたしがアレックスについているから、あなたたちふたりは自分のことをしてちょうだい。することがあればだけど」カミールは言った。ふたりにはすることがほとんどない。トリスタンが回復した今、三人はいつでも城を去ることができる。もっとも今はアレックスがここにいる。だからまだ城にとどまらなければならないのだと、カミールは自らに言い聞かせた。

トリスタンとラルフに見つめられたカミールは、アレックスがいなかったらわたしはどうするつもりだろうと首をかしげた。トリスタンの状態からして帰宅できるのは明らかだ。でも……わたしは家へ帰りたいのだろうか。

両親の死に憤って、本当の死因を突き止めようと決意している貴族に利用されるのはまだ我慢できる。しかし、そんな事実はないのに勝手に婚約していると発表されたのではたまらない。でも今では……わたしはブライアンを愛している。

「ちょっと散歩にでも行こうか」トリスタンがラルフに言った。

「いいね」ラルフが同意した。「狼さえいなければ」

「心配するな、狼は橋のこちら側にはいないよ。中庭を散歩するだけだ。そうしたらまたここへ戻ってきてチェスの続きをやろう。今度も負かしてやるからな！」

「へん!」ラルフが憤然として、カミールを見た。「おれが勝ちそうになると、トリスタンの脚が決まって奇妙な痙攣《けいれん》を起こして、チェス盤を引っ繰り返しちゃうんだよ」

「トリスタン、負けたときは潔く認めなくちゃだめじゃない」カミールは諭した。

トリスタンが悔しそうに笑った。「わかったよ、さっきの勝負はラルフの勝ちだ。それじゃあ散歩に行くとしよう。あの冷徹なイーヴリンが我々を止めようとするかどうか試してみようじゃないか」

「止められるもんなら、止めてみろってんだ」ラルフが言った。

ふたりは部屋を出ていったが、廊下でイーヴリン・プライアーの姿を見かけようものなら泡を食って逃げ帰ってくるだろう、とカミールは思った。

彼女はアレックスの寝ているベッドに腰かけて、彼の顔色がよくなっていることと、脈がしっかり打っていることを確認した。カミールが手首を握っていると、アレックスが目を開けた。彼は弱々しい笑みを浮かべようとした。

「カミール」

「わたしはここよ。気分はどう?」

「だいぶよくなった」アレックスがそう言って起きあがろうとした。

カミールは彼の肩に手をまわしてやさしく寝かしつけた。「あなたはコブラに噛《か》まれたのよ。無理をしてはいけないわ」

「カミール」彼はまた呼びかけたが、しゃべるだけでもつらそうだった。

「わたしはここにいるわ」

アレックスが首を振った。「ぼくたちは……ここを離れなくてはいけない。ぼくたちみんな。きみに、ぼく、トリスタン、彼の従者のラルフ。ぼくは……ここにはいられない。ここにいてはだめなんだ」

「あなたがもう少しよくならないことにはね」

彼が首を横に振った。「彼はもう一度ぼくを殺そうとするだろう」

「誰が？」

「カーライル伯爵だ」

アレックスのしわがれた声を聞いて、カミールの背筋を寒気が走った。

「ブライアンはあなたを殺そうとなんかしていないわ。あなたはコブラに噛まれたのよ」

「彼が……彼がコブラを放したんだ」

「ブライアンはわたしと一緒に博物館へ行ったのよ。そんなことができるわけないわ」

「伯爵はそれよりも前に博物館にいた。そのことをぼくは知っている」アレックスは弱々しい声で言ってから、突然ぎゅっとカミールの手をつかんだ。「本当だ、きみにはわからないのか？　彼はぼくらみんなを責めているんだ。両親の死をぼくたちのせいにしているんだよ。あそこにいたぼくたちみんなのせいに。そしてぼくたちを皆殺しにしようとしている。手がかりを残さないように、ひとりずつ殺そうとしているのさ。両親が死んだのと同じやり方で」

「そんなの、どうかしているわ」

「そうとも、どうかしている」

「聞いて。ブライアンはひとりで博物館へは行かなかったわ」

「伯爵はあそこにいた。ぼくは知っているんだ。そして彼はどうにかしてぼくたちを殺そうとしている。両親が死んだのに、ぼくたちが死ななかったものだから」

「アレックス……」

「ぼくたちはここを離れなくちゃだめだ」

カミールはため息をついた。「そんなことできないわ。あなたはまだ弱っていて動けないのに」

「わかっているだろうね、伯爵は絶対にきみと結婚しないよ」アレックスはとり乱して言った。

〝わかっているわ〟カミールは心のなかで叫んだ。

「彼には、あのカーライル伯爵には変わったところがある。前からそうだ。だが、人々はいつも彼を信頼していたのさ。彼はきみを誘惑して狂気へと駆りたてているんだ。きみはそれを見抜かなければいけない。気づかなければ」

「アレックス！　お願いだから……」カミールはドアをノックする音を聞いて話を中断し、立ちあがってドアを開けた。

イーヴリン・プライアーが立っていた。「戻っていたのね」

「ええ」

「アレックスにつき添っているんでしょう？」

「今夜はひと晩じゅうついているつもりよ」

「わかったわ。明日はあなたがミサへ出かけているあいだ、わたしがつき添っていましょう」

「ミサへ？」

「そうよ。あなたは当然ながらミサに出席するつもりでいるのでしょう？　今日は何時間も告解をしてきたみたいだし……あなたがそんなに信仰心の厚い方だとは知らなかったわ。伯爵はもちろん英国国教会の信徒なの。わたしたちの信仰はあなたと少し違っているようね」

「今日、何時間も教会で過ごしたんですもの、明日のミサに行かなくても、きっと神様はお許しくださるでしょう。アレックスはわたしの友達なの。彼につき添っているわ」

「トリスタンについていてもらえばいいんじゃないかしら」

「わたしの役目よ」カミールはきっぱりと言った。

「わかったわ。じゃあ、ここへあなたの夕食を運ばせましょうか?」

「そうしてもらえると助かるわ」カミールはためらったあとで尋ねた。「ブライアンは戻ったの?」

「まだ姿を見ていないわ」

「そう。ありがとう」

「まもなく夕食が届くでしょう」イーヴリンはそう言うと、カミールを値踏みするように長々と見てから身を翻して歩み去った。

カミールがベッドのそばへ戻ると、アレックスは断続的な眠りに入っていた。彼女は重たい肘掛け椅子を引きずってきて座った。頭のなかを狂気じみた考えが渦巻いていたが、数分後には眠りこんでいた。


自宅に戻ったサー・ジョンはドアがノックされるのを待っていた。後頭部のこぶをさすり、ためらってから、応接間の机にのっている目の前の拳銃《けんじゅう》をいじる。

再びノックの音がした。激しいたたき方だ。

彼は拳銃を引きだしの書類の上へ滑りこませた。こうしておけばすぐにとりだせる。

「どうぞ。ドアに鍵はかかっていない」サー・ジョンは言った。

訪問者が入ってきた。ドアが閉まる。数分後、くぐもった銃声がとどろいた。前の道路を誰かがちょうど通りかかっていたら、銃声を聞いただろう。

シェルビーがブライアン・スターリングに向かってかぶりを振った。インドで一緒に軍務に服したとき、シェルビーは極限状況におけるブライアンの活躍ぶりを目のあたりにした。ブライアンは安全な後方にいて部下に突撃命令を下すのではなく、自ら先陣を切って危険のなかへ飛びこんでいく男だった。シェルビーはカイロへも同行して、両親の死を悲しみ、苦悩し、憤るブライアンにずっとつき添った。彼がブライアンに仕えてきたのは、働き口が必要だったからではない。ブライアン・スターリングが生まれついた階級によって人を差別する人間ではなかったからだ。

けれどもこのときだけはシェルビーも、ブライアンは正気なのだろうかと首をひねらざるをえなかった。

「そんなことは不可能です」

「不可能だって？　不可能なことなどなにもないさ」ブライアンは言った。

「今日は大変な一日でした。空き地であの怪しい男が警察の人間だとわかったときは、出ていこうかどうしようか迷いましたよ」シェルビーが言った。「さあ、事件の真相を突き止めるための、たしかな手がかりが得られたんです。今夜は休んだらどうです？　どうしても今すぐ始めなくちゃだめですか？」

「毎晩、何者かが城内へ侵入しているんだ。この城には秘密の扉や階段がいくつもある。父は秘密の地下通路があるに違いないと確信していたし、ぼくもあると信じている。たしかに城壁のまわりの敷地は気が遠くなるほど広い。しかし、どこかに荒らされた跡があるはずだ」ブライアンはにやりとして顎をさすった。つけひげが気になりだしていた。「きみは冬のりすの話を聞いたことはないか？」

「十人もの大家族のなかで育ったんで、そういう話はあまり聞かせてもらえなかったんです。両親はいつも仕事で忙しかったですからね」シェルビーはそう言って、ため息をついた。「聞かせてくれるつもりなんでしょう？」

「ああ。冬が近づいたとき、りすは二十個のどんぐりを一気に巣穴へ運びこむと思うかい？　いいや、違う。りすはどんぐりをひとつずつ運びこむんだ。我々は両側の端から始めよう。きみは門のところから始めて、毎晩少しずつ調べを進め、敷地全域を一周するまで続ける。ぼくはこの邪魔なつけひげをとったあと、コーウィンを呼びに行ってくるから、月がのぼり次第、ふたりでとりかかってくれ。ぼくは反対の端から始める。しかし、その前にきみの部屋へ行こう。あと数分でもアーボックになりすましていたら、自分の顔をかきむしって本物の怪物になってしまいそうだ。こんなひげをつけていたら、むずがゆくてたまらない」

シェルビーはブライアンをしばらく見つめてから首を振った。

「どうした?」ブライアンはきいた。

「あなたは何カ月もかけて地下墓所を調べてきたはずです」シェルビーはようやく言った。

「実際にぼくが調べたのは、昔は拷問部屋だった仕事部屋だけだ」ブライアンは言った。

「墓所には一度も足を踏み入れなかった」

シェルビーが小さくうめいた。「どうしても夜中にやらなくてはだめですか?」

「泥棒や人殺しをつかまえるなら、やつらが活動する時間帯でないとな」

シェルビーはうなずいた。「わかりました。では、夜になったらとりかかりましょう」


カミールははっと目覚めてアレックスを見た。彼は眠り続けている。なぜわたしは目が覚めたのだろう。そのとき、理由がわかった。

古い石づくりの城は常にどこか遠くで小さな音がしているものだが、今聞こえてくるのは、ときに鋭く響き、ときにうめき声のように聞こえるきしりだった。

彼女は再びアレックスを見た。彼はぐっすり眠っている。額に手をあててみたが、熱はない。脈もしっかりしている。

そのとき、細く開いたドアから誰かが室内をのぞいていることに気づいた。カミールが動きだす前にドアは閉じられた。血管を流れる血が冷えていくのを感じながら、彼女は立ちあがってドアへ歩いていき、少しだけ開けて廊下をのぞいた。

イーヴリン・プライアーが廊下を階段のほうへ去っていくところだった。白いナイトガウンの上に白いローブを羽織って、床の上を漂っていくように見える。イーヴリンはランプを持っていなかった。もちろん彼女にはランプなど必要ない。城のなかなら暗闇でも自由に動きまわれるだろう。

カミールはイーヴリンのあとをつけたかった。振り返ると、アレックスは相変わらず眠り続けていたが、彼をひとり残していくのは心配だった。でも、どうして？　彼があんなに怖がっていたから？　彼の恐怖が……わたしに伝染したのかしら。

アレックスの恐れていることが実際に起こるはずはない。そうは思うものの、カミールは不安を胸からぬぐいきれなかった。こんなに弱った状態のアレックスをひとりにしたら、誰かがこっそり忍びこんで、コブラでとどめを刺そうとするかもしれない。

カミールはアレックスのそばの椅子へ戻って座った。そうしながらも、昨夜のことを思いだしては、ブライアンに抱いてもらいたいと願っている自分に気づいた。今夜もまたあの人にふれ、抱きあったり誘惑しあったりして、なにもかも忘れることができたらいいのに……暗闇のなかで。欲望が現実を凌駕《りょうが》するところで。

ブライアン・スターリングはきっと地下にいる。地下墓所に。頭にとりついた疑惑の答えを求めて、これまで同様、狂ったように探索しているのだろう。イーヴリンが彼をふいに襲ったら……。そんな考えはばかげている。イーヴリンはずっと昔から彼と一緒にここに住んでいたのだ。ブライアン・スターリングを傷つけるつもりなら、ずっと前にそうしていただろう。それにエージャックスが主人についているはずだ。

カミールの心のなかでなにかが突然叫び声を発した。ブライアンは今日一日どこにいたの？　なにより、どうして彼はわたしを捜しに来ないの？　わたしを見つけて、無理やりにでも彼の部屋へ連れていこうとしないの……？

錆《さ》びついた鉄の門を開ける音は妖精《バンシー》の泣き叫ぶ声のようだった。ブライアンは最初、少しずつ開けようかと考えたのだが、結局はひと思いにぐいと開けることにした。職人を呼んで油を差してもらうことを先のばしにしてきた自分に悪態をつく。

長年、誰ひとり足を踏み入れていない墓所は、意外なほど埃《ほこり》が少なかった。もっともそれを言うなら、なにも動かさなかったのだから、埃もそれほど立たなかったのだろう。

主通路に沿って奥のほうまで墓が一列に並んでいる。全体が十字架の形に設計されており、通路を四分の三ほど行ったところが十字路になっている。いちばん古い墓は一三一〇年の日付がある。ブライアンの祖先のひとり、モーウィス・スターリング伯爵として生まれて、のちに初代カーライル伯爵となった人の墓だ。十八世紀の終わりごろになって、ブライアンの曾祖母《そうそぼ》あたりの勤勉な祖先が地下墓所の修復に手をつけたため、墓碑銘用に真鍮《しんちゅう》板や銅板が使われていないものは、墓石にくっきりと文字が刻まれている。また、古い一族の地下墓所によく見られるように、棚の上に祖先の遺体がむきだしのまま並べられてもいない。蜘蛛《くも》の巣がかかり、ぼろぼろに欠けた墓石があちこちにある。通路を進んでいったブライアンは、鼠《ねずみ》の鳴き声を聞いた。

続けて耳に届いた悲しそうなうなり声を聞いて引き返した彼は、笑い声をあげそうになった。エージャックスが門の向こう側で、それ以上奥へ行ってはいけないと主人に警告するかのように、小さな鳴き声をあげているのだ。

「ここに眠っているのはみんな家族なんだよ」ブライアンはそっと犬に語りかけた。顔をしかめて墓所をあとにし、仕事部屋へ戻ると、足音を忍ばせて階段のいちばん下へ歩いていった。息をつめて待つ。「上に誰かいるのか?」ブライアンが小声できくと、エージャックスが吠えだした。彼は一階への階段を駆けあがったが、そこにいた者はすでに去ったあとだった。カミールがまた夜中にうろついているのだろうか。

ブライアンは階段を二階へ駆けあがった。あたりはしんとしている。遅すぎたのだ。だが、そこに立っているうちに胸の高鳴りを覚えた。彼はアレックス・ミットルマンが寝ている部屋のドアへ歩いていった。

カミールはベッド脇《わき》の椅子に座っていた。目を閉じて、椅子の肘掛けへ置いた両手に頭をのせている。眠ったふりをしているのだろうか? ぼくが地下でなにをしているか見ようと忍び足でおりてきたのは、彼女だろうか?

「ふたりを見張っているんだぞ、エージャックス」ブライアンは犬に命じた。
そして彼は向きを変え、やりかけの仕事を再開しようと地下へ戻っていった。

遅くなって朝食をとりにサンルームへ歩いていったカミールは、大勢の話し声が聞こえてきたので驚いた。椅子で眠ったせいで、体のあちこちが痛く、温かな風呂に長いあいだつかっても苦痛はやわらがなかった。サンルームへ来たのはカミールがいちばん最後のようだった。

ブライアン・スターリングはいつものように新聞を読んでいた。彼の向かい側に座っているのはイーヴリン・プライアーだ。トリスタンとラルフが同席していて、ふたりともスコーンが美味だとしきりにイーヴリンにお世辞を述べている。トリスタンやカミールと暮らし始めてから、ラルフはずっと家族同然の扱いを受けてきた。だが、城主と一緒の立派な朝食の席に招かれるのはさすがに緊張するようで、表情が硬く態度がぎくしゃくしている。青白い顔をしたアレックスも、弱った体に鞭《むち》打ってサンルームへ来ていた。そのほかにもうひとり客がいた。ウィンブリー卿だ。

ウィンブリー卿の皿には厚切りのベーコンとふんわりと焼いた卵が山のように盛られていて、彼はひたすらしゃべっているようだったが、同時に朝食を楽しんでいた。

「まったくちょうどいいところへお邪魔したものだ」ウィンブリー卿がブライアンにそう

言ったところへ、カミールが入っていった。「ミセス・プライアー、きみの料理の腕は最高だよ」

「ありがとうございます、ウィンブリー卿」イーヴリンが慎《つつ》ましやかに応じ、カミールが入ってきたのに気づいて立ちあがった。「コーヒーがいいかしら？ それとも紅茶？」

「コーヒーを」カミールは言った。

ブライアンがぱっと新聞から顔をあげて鋭い視線を向けた。カミールを見ても少しもうれしそうではなかったが、それでも立ちあがって彼女のために椅子を引きだした。

「おはよう、カミール」

「やあ、カミール、おはよう」ウィンブリー卿が言った。

「カミール！」トリスタンが非難の目つきで彼女をにらんだ。「おまえは結婚するっていうじゃないか」

「わたし……」彼女はブライアンを見やった。

「さっきスターリング卿から承認を求められてはじめて知ったぞ。パーティーの席で婚約発表があったことを、おまえはひとことも話してくれなかったじゃないか」トリスタンがカミールを責めた。

「あの……それは、アレックスが死にそうだったから」彼女は弁解した。

アレックスが力なくほほえんだ。

「しかし、そうは言っても結婚するとなれば……すごいことだ」トリスタンが誇らしげに言った。

〝だけど全部嘘《うそ》なのよ！〟カミールはそう叫びたかった。

「式はいつ挙げるのかな？」ウィンブリー卿が尋ねた。「きっと盛大な式になるだろう。たっぷり時間をかけて計画したらいい」彼は実用的な意見を述べた。

イーヴリンがコーヒーを注《つ》いだカップをカミールに渡した。「そうですとも、よく話しあって充分に計画を練らなくては。なにしろスターリング卿は英国国教会の信徒で、未来の花嫁はカトリック教徒ですもの」

「我々はカトリック教徒じゃないよ」トリスタンが顔をしかめる。「我々も英国国教会に属しているのだが」

「あら？」イーヴリンが鋭い目でカミールを見た。

カミールは窮地に追いこまれた。「わたしたち、表向きはいつも英国国教会へ礼拝に行っていたわ。でも、正直なところ、わたしは以前からカトリック教会の儀式が好きだったの。それで……カトリックのいろいろな慣行に従っていて……」ああ、神様、わたしをお許しください。

「それは、まあ、わたしたちは寛容が求められる世界に生きているのですから。とはいえ、あなたはカーライル伯爵と結婚するのよ」イーヴリンが言った。

「王様たちだってカトリック教徒と結婚したけどな」ラルフが口を挟んだ。

「そして、何人かは首をはねられたわ」イーヴリンがすらすらと言った。

「首をはねられたのはチャールズ一世だけだ」トリスタンが反論した。

「あら、だけど、大勢の王族が絞首台送りになったわ」イーヴリンが言い返した。

「ばかなことで言いあうんじゃない！　我々が生きているのは、有史以来、最高にすばらしい立憲君主国の栄華時代なのだ」ウィンブリー卿が議論を終わらせた。「なあ、ブライアン、今夜の集まりだが、それがどんなにまじめなものであれ、そのときにきみとカミールとの婚約を祝ってやろうじゃないか」

「今夜の集まり？」カミールは尋ねた。

「ああ」ブライアンの目は相変わらず険しかった。きっと彼は昨日のわたしの行動について報告を受け、怒りと疑惑を抱いているのだわ、とカミールは思った。

それにしても、彼は一日じゅうどこへ行っていたの？

「実を言うと、ディナーパーティーを開くことにしたんだ」ブライアンが説明した。「幸いアレックスもこのぶんなら参加できそうだしね。サー・ジョンも出席してくれるし、ウィンブリー卿に、フランスの外交官のムッシュー・ラクロワスや、大英博物館の理事会の面々も何人か招待する。もちろんオーブリーやサー・ハンターにも来てもらうよ。資金集めのパーティーであんな出来事があったあとだから、我々はもう一度、一致団結する必要があると思うんだ」

カミールはブライアンを見つめ返した。一致団結ですって！

「卵はいかが？」イーヴリンがきいた。

「いえ、けっこうよ。今朝はあまりおなかがすいていないの」

「そう。さてと、今日は忙しくなるわ。しなくちゃならないことがいっぱいよ。ケータリング業者もやってくるし」イーヴリンが顔を輝かせてうれしそうに言い、ためらいがちにつけ加えた。「以前と同じように」

「ふうむ、それでは、わたしは失礼したほうがよさそうだ」ウィンブリー卿が言った。彼もまたうれしそうだった。「夜までにしておくことがたくさんあるのでね。ブライアン、わたしは心から喜んでいるよ。今朝、馬車でここへやってくるときは、大いに悩んでいたんだ。静かなディナーパーティーを催して、将来のことをみんなで話しあおうというきみの考えはすばらしい。最高だよ」

「ご賛同いただけてよかった」ブライアンがそう言って立ちあがった。

「それではまた今夜」ウィンブリー卿がみんなに声をかけて部屋を出ていった。

「ぼくも部屋へ引きとって休ませてもらおうかな。そうしないと今夜、元気な姿を見せられそうにないんで」アレックスが言った。

「わたしがそばについているわ」カミールは申しでた。

「いいや」ブライアンが鋭い声で言った。「トリスタンとラルフは今チェスの試合をしている。ふたりがアレックスの部屋にいて、彼の世話をしてやってくれるだろう。きみはぼくにつきあってくれ。話しあっておきたいことがあるんだ」

カミールは快くうなずいたものの、心臓はどきどきしていた。

「今日はすることがたくさんあるわ」イーヴリンがつぶやいた。「あら、まあ、こんなに卵が残ってしまって。いいわ、エージャックスに食べさせましょう。毛並みがつやつやになるっていうから。エージャックス、わたしと一緒に来なさい」

ブライアンの足もとで寝ていたエージャックスが目を開けて首をもたげた。〝その人と一緒に行ってはだめ！〟カミールは大声で叫びたかったが、黙っていた。大型の猟犬は起きあがってしっぽを振った。朝食にごちそうをもらえることがわかったのだろう。

「カミール、それではお願いできるかな？」ブライアンが言った。

彼女はつくり笑いを浮かべてサンルームを出ると、ブライアンの先に立って廊下を歩いていった。彼の居室の入口へ来たところで、ブライアンがドアを開けて彼女を先になかへ入れた。そして自分も入るやいなやドアを閉めて、寄りかかった。仮面の奥の目は氷のように冷たかった。

「昨日、きみはどこへ行ってきたんだ？」ブライアンがきいた。

「あなたはどこへ行っていたの？」

「ぼくは用事があった。きみはどこへ行っていた？」

「わたしも用事があったのよ」

「告解か？」

「わたしには告解することがたくさんあるの」カミールは小声で言った。

「だったら、ぼくに告解すればいい。どこへ行ってきたんだ？」

「大英博物館へ行ったわ」カミールは白状した。

「なんだって？」

彼女は深呼吸をひとつしてから繰り返した。「大英博物館へ行ったのよ」

「頭がどうかしたんじゃないのか？」

「わたしの職場よ」

「おとといの晩、コブラが野放しになっていたところだ。どうしてそんな場所へ行く気を起こした？　危険だとわかっていたから、きみはコーウィンに嘘をついて行ったのだろう。コーウィンはあのとおり人を信じやすい性格だから、教会の外で何時間もきみを待っていたんだぞ」

「わたしは教会へ入ったわ」カミールはぼそぼそと言った。

「どうして博物館へ行ったんだ？」

「コブラを見つけるためよ、黄金のコブラを。誰もがそれに重大な関心を寄せているようなの」

「もう二度とあの博物館へ行ってはいけない」ブライアンが怒った。

「わたしは自分の行きたいところへ行くわ」カミールはきっぱり言った。「わたしはあなたの捕虜じゃないの。それにあなたはトリスタンだって、これ以上ここへ引き止めてはおけないのよ」彼女は主張したが、声に勢いがなかった。ブライアンはカーライル伯爵だ。やろうと思えば、ほとんどのことができるのではないだろうか。

「じゃあ、きみはそんなに出ていきたいのか？　ここがそんなに嫌いなのか？」ブライアンがきいた。

「わたしは自分のしたいようにするわ。あれこれ命令するのはやめてちょうだい。あなたはどこへ行っていたの？　なぜしょっちゅう姿を消すの？　どんな狂気じみたことをたくらんでいるの？」

「狂気じみてなんかいないよ。前にも言ったように、これは危険なゲームなんだ。ぼくはきみを巻きこむべきではなかった。今さら後悔したところで始まらないが、事態がこんなふうに展開するとは、予想すらしていなかった。考えてもみなかった……ああ、なんてことだ！」ブライアンは前へ一歩踏みだしてカミールの肩をつかんだ。彼女を揺さぶりたそうだったが、肩をつかんだ手はこわばったままだ。「なんてことだ、カミール。まったく、きみはなんてひどい人だ！」

「なんてことなの！」カミールは叫び返した。

ブライアンの手がいっそうこわばった。首を振って歯ぎしりする。口からののしりの言葉がもれ、突然、彼が唇を重ねてきた。そのキスには情熱のほかに荒れ狂う怒りもこもっていたが、たちまちカミールは天にものぼる心地になった。かつてないほど焼けるような熱さを覚えたのは、彼の感触とキスの味に慣れ親しんだ結果、これからなにが起こるのかをはっきり予想できたからだろう。あるいは、昨夜は彼と一緒に寝られなかった事実が、欲望をいっそうかきたてたからかもしれない。

粗野であると同時に甘美でもあるむきだしの本能が、カミールの胸のなかにむくむくと頭をもたげた。やさしさと荒々しさを兼ね備えたブライアンの愛撫《あいぶ》に、彼女は怒りと激しい渇望で応じた。キスに応《こた》え、彼にもたれかかり、彼の髪に指を絡ませ、手を肩のほうへ這《は》わせていってシャツをはぎとる。ただひとつのものが彼女をためらわせた。

「この仮面も……」カミールはささやいた。

一瞬、ブライアンはためらった。やがて仮面が外された。

唇を重ねて腕を絡ませながらも、ふたりは荒れ狂う焦燥に駆られて服を脱いでいった。欲望が怒りを追い払い、激しい息づかいに言葉もなくし、血のなかで燃え盛る炎が世界を忘れさせた。ほんの少し前なら、カミールはこんなふうに無我夢中で身を任せる自分をあざ笑っただろう。けれども今の彼女に必要なのは、ブライアンの腕に抱かれて、彼のあらわな肌に自分の肌を押しあて、彼の体に宿る熱と温かさと力を感じることだった。ブライアンの手がすばやく動きまわって、カミールの全身をくまなく探る。彼は脱ぎ捨てた衣類を床にそのまま残し、キスと愛撫を続けながら、正餐室《せいさん》と寝室を仕切るドアのほうへに少しずつ近寄っていった。ついにふたりは大きな天蓋《てんがい》つきベッドの前へ来た。その上へ倒れこんだカミールは、重なってきた彼の体重を感じた。彼女は身を翻して上になると、唇を彼の喉へ、広い胸へと這わせ、下にいる男性の体を両手で心ゆくまで味わった。体と体をこすりあわせ、乳房を彼の胸へ押しあてるうちに、皮膚も筋肉も焼けるような熱を帯びてきた。これほど強い本能的な欲望に促されて、夢中で唇を男性の肌に這わせるのははじめてだ。彼の乱れた呼吸の音や彼女の体をまさぐるせわしない手の動きが、カミールをさらなる興奮へと駆りたてる。彼女はふれたり、舌を這わせたりするうちに、ブライアンが欲望を解き放とうとするのを感じた。やがて彼の両手が意のままにカミールを操って新たな誘惑をしかけ、まるで魔法のような力で着実に彼女を高みへ、欲望の充足へと導いていった。

ブライアンにふれられているときは、彼がなかに入っているときは、彼の両腕に抱かれているときは……外の世界は存在しなかった。

あるのはただ天高く舞いのぼっていく感覚だけ。ぐんぐんと勢いよく上昇し、周囲のあらゆるものをはじき飛ばしてカミールを揺さぶる激しい絶頂感だけだ。

カミールは心地よさに浸りながらブライアンに抱かれて長いあいだ横たわっていた。彼とふれあっている甘美さ、ふたりの鼓動が奏でる音楽、同調しているふたりの呼吸。これこそまさにカミールが夢見てきた至高の瞬間だった。

ブライアンの手がやさしくカミールの髪を撫でる。彼の唇が彼女の額に軽くふれる。そのあとに彼の言葉が発せられた。

「きみは今後いっさい、博物館へ行ってはいけないよ」

「行かなければならないわ」

「行ってはだめだ」

「わたしに指図しないでちょうだい」

「ぼくはカーライル伯爵だ」

「ここは封建時代のイングランドではないのよ。わたしはあなたの臣下じゃないわ。自分の行動は自分の——」

「これに関してだけは、きみの意思は尊重しないよ」

「ひどい人ね！」

「きみこそひどい人だ」

ブライアンはまたしても、両腕でカミールをきつく抱きしめて唇を押しつけてきた。彼女は怒りのこもったキスで応じた。

しばらくして彼がそっとため息をついた。「残念だが、一日じゅうこうしているわけにはいかないんだ」

「話はまだ終わっていないわ！」

「ぼくの話は終わった」ブライアンはそう言って立ちあがった。「今日はすることがたくさんある。やりきれないほどたくさん」彼はつぶやいた。そしてカミールを大きなベッドの上へ残し、床へ脱ぎ捨ててある衣類を拾い始めた。

カミールからは姿が見えなかったが、彼がなによりも先に仮面をつけたのがわかった。

「一時間後に玄関で会おう」ブライアンが言った。

「でもあなたは、今日はすることがたくさんあると言ったばかりじゃない！」

「ああ、そのとおりだ。しかし、ぼくはおとといの晩、婚約発表をした。今日は日曜日だ。そのうえ、きみはどうしても告解をしなければならないと感じてカトリック教会へ行ってきたのだから、ぼくたちは一緒に教区の教会へ姿を見せる必要があるんじゃないかな。ぼくらの計画について、誰にも疑惑を抱かれたくないからね。それにきみだって、せっかく昨日得た魂の純潔を台なしにしたくはないだろう。みんなぼくたちが教会へ姿を見せることを期待しているんだ」

「でも……」

反論しようとしたが遅かった。廊下に面したドアが開いて閉まる音がし、続いて廊下からイーヴリンの声が聞こえてきた。カミールは憤慨してベッドから飛びでると、脱ぎ捨ててある衣類を大急ぎで拾い集めた。髪の乱れを直すのにひと苦労したが、どうにか見られる程度に整えて、心臓をどきどきさせながら廊下へ出た。だが、あたりに人影はなかった。

カミールは廊下を足早に進んでアレックスの部屋の前へ行き、ドアを細めに開けてなかをのぞいた。アレックスはベッドのなかにいた。暖炉の前ではトリスタンとラルフがチェスをしながら、ときどき肩越しに振り返ってアレックスが眠っているのを確かめては、ひそひそ話をしている。

彼女がふたりに声をかけようとしたとき、トリスタンが言った。「狂気じみてなどいないさ。なにしろ通りで男が死んだとき、その場にカーライル伯爵が居合わせたんだからな。うん、彼はアーボックに扮《ふん》して、我々のあとをつけていたんだ」

カミールはぎょっとし、戸口で凍りついた。

「おれたちもカミールも、そろそろここを出たほうがいいよ、トリスタン。本気で言っているんだからね」

「彼はカミールと婚約しているんだぞ」

ラルフが悲しそうにトリスタンを見た。「だから？　伯爵は自分の命を危険にさらしている。そして今では彼女の命まで危険にさらしているんだ」

「彼は博物館でカミールに危険が及ばないように見張っているんだ。老人になりすましてな」トリスタンが言った。

アーボック！　カミールの血が氷のように冷たくなった。ブライアンがアーボックなのだ。それを彼はわたしに隠していた。昨日の午前中、サー・ジョンが頭に怪我をしたときも、ブライアンは博物館にいたんだわ。

ブライアン・スターリングがジム・アーボックなのだ。そしてトリスタンの話によれば、男の人が死んだとき、彼がその近くにいた。

カミールはドアを閉めて自分の部屋へ逃げ帰った。なかへ入り、暖炉のそばへ歩いていって炉棚にもたれた。体がわなわなと震える。アレックスは体にコブラの毒がまわっているとき、うなされてこう口走ったのだ。〝あいつは復讐したがっている。ぼくたちを皆殺しにしたがっているんだ〟

彼女の心は否定していたが、仮面をつけていようといまいと、ブライアンが常にうわべを偽っている男であることは認めざるをえなかった。

17

ありがたいことに顔見せのための教会行きはすんなり終わった。城へ戻ったカミールは午後の残りを費やして必死に考えをまとめ、気持ちの整理をつけようとした。彼女がこれまでに知った事実は次の四点だ。

その一、ブライアン・スターリングはジム・アーボックであること。そのことを考えるたびに、彼女の心はいっそう乱れた。コブラ《COBRA》を後ろからつづるとアーボック《ARBOC》になる。彼の名前はアナグラムだったのだ。

その二、トリスタンは今進行しているブライアンの陰謀にかかわっていながら、そのことをひとこともカミールに話さなかった。それについては今夜か明朝一番に、トリスタンと話をつけなければならない。

その三、解読の仕事をしているときに、カミールは宝石のはまった黄金のコブラに関する文章を見つけた。エジプトへの調査旅行で英国へ搬送された箱は、城と大英博物館の二箇所に置かれている。

その四、スターリング卿《きょう》夫妻が亡くなったとき、ブライアンを含む博物館の人たちは全員、エジプトにいた。

しかし、この件におけるカミールの役割はなんだろう。利用されていることは彼女も知っている。もちろんブライアンは彼女を利用するつもりでいたし、そのことを最初から明言していた。ブライアンの計画に彼女を自分のものにすることが含まれていたとしても、彼を非難はできない。カミールは自らの意思で彼に身を任せたのだ。

とはいえ、どうしてブライアンを信用できるだろうか。彼は容赦なくカミールを問いつめておきながら、自分のことはなにひとつ明かさなかった。彼は必要もないのに仮面をつけている。加えて、何人もの人が彼は正気でないと考えている。まったくもって、あの人の胸には憎悪が巣くっているのだ。

カミールはいつにも増して仕事に戻りたくてならず、そわそわと室内を歩きまわった。ヘスレは聖職者の愛人であると同時に、権力者でもあった。彼女の名前は墓荒らしをたくらむ泥棒たちの胸に恐怖をかきたてるために使われた。脳裏に突然、黄金のコブラのありかがひらめき、彼女は歩きまわるのをやめた。

一刻も早く自分の推論が正しいことを確かめたい。だが、今夜城を離れるのは問題外だ。だから、待たなければならない。そこでカミールはまた考えこんだ。

スターリング卿夫妻が本当に殺されたのだとしたら、黄金のコブラのせいだったに違いない。コブラを用いたのは、最も都合よく、残虐な方法だったからだ。

ディナーパーティーに出席しようと階段をおりていくときも、まだカミールはそのことを考えていた。


戸口でシャンパンが配られていた。女主人役を務めているイーヴリンが、カミールに細長いグラスを手渡した。カミールは部屋へ入ったとたん、先日のパーティーと同じぱりっとした服装のブライアンに大声で呼ばれ、ドアの近くにいた見知らぬ男性に紹介された。

ブライアンが彼女の肩に腕をまわした。カミールを心底愛していて、これから死ぬまで彼女と人生をともにするつもりだと言わんばかりの、ごく自然な仕草だった。カミールは天にものぼる心地だった。同時に……なんとなく不安を覚えた。ブライアンを愛しているけれど、その一方で彼が恐ろしい。

「カミール、ムッシュー・ラクロワスを紹介するよ。彼はフランスの外交官で、わが国の大英博物館の学芸員たちに劣らず、古代エジプトの遺物発見に大きな関心を寄せているんだ。ムッシュー、こちらはぼくの婚約者のミス・カミール・モンゴメリーです」

そのフランス人はほっそりしていて背が高く、しかも品があって、端整な細面の顔には口ひげと、きちんと手入れされた短いやぎひげをたくわえていた。彼は慇懃《いんぎん》に腰をかがめてカミールの手に口づけをした。「お会いできて光栄です、マドモワゼル」

ウィンブリー卿がつかつかとやってきた。「アンリ、おめでとう！　聞くところによれば、きみは近年発掘されたなかで最高の遺物である巨大なネフェルティティの胸像を手に入れたそうじゃないか。カイロの博物館の古代遺物部とひと悶着《もんちゃく》なかったかね？」

「わたしはそこの古代遺物部とはよく一緒に仕事をしましたから」ラクロワスがウィンブリー卿に言った。「胸像は合法的なルートで購入しました。実は保管所にたくさんあったのです」彼は肩をすくめた。「少なくともエジプトの学者が我々と、そう、イギリス人やフランス人を相手に取り引きするときは、我々は正当な報酬を支払います。問題はむしろ、なんでもかんでも売りたがるエジプトの貧しい人たちにあるのです。町ぐるみで墓荒らしをしているところさえあるんですよ。古代の墳墓へこっそり忍びこんでは、そこで見つけたものを外国人に売って何百年ものあいだ生計を立ててきた家族が数えきれないほどいるのですからね。しかしながら、ウィンブリー卿、あなたやあなたの部署の学芸員、それと大英博物館の理事や調査員の方々は、大いに賞賛されるのではないでしょうか。故スターリング卿夫妻によってなされた発見に匹敵する偉業は、ここしばらくありませんでしたし、これからも当分はないでしょう」

「まったくもってそのとおり」ウィンブリー卿が言った。「おや、われらが冒険家のサー・ハンター・マクドナルドがやってきた。ハンター、きみはアンリと会ったことがあったかね？」

ハンターが一団に加わった。「いいえ、お会いするのは今日がはじめてです」彼はそう言って、そのフランス人と握手をした。

オーブリー・サイズモアが歩みでた。「ぼくはたしかカイロ博物館でお会いしたように記憶しています、ムッシュー・ラクロワス。オーブリー・サイズモアです」

一瞬、ラクロワスの顔に当惑の表情が浮かんだ。「そうそう……もちろん。あなたのことは覚えていますよ」その顔つきからして覚えていないのは明らかだったが、彼は礼儀を重んじる男だった。

「サー・ジョンはどこにいるのかしら？」イーヴリンがきいた。「ウィンブリー卿、彼のご自宅へ行って、今夜の集まりのことを伝えていただけたのでしょう？」

「ああ、もちろんサー・ジョンのところへは行ったよ。ところが留守だった。というか、少なくとも玄関へは出てこなかった」ウィンブリー卿が答えた。「それでドアの下へメモを滑りこませてきたんだ」

「きっとそのメモを見なかったんだわ」イーヴリンが考えこむように言った。「それにしてもあの人らしくありませんわね。博物館にいないときは、たいていご自宅でお仕事をなさっているのに」

「ディナーを始めるのを、もうしばらく待ってみよう」ブライアンが言った。

「彼には才能がある。実に才能豊かな男だ！」ウィンブリー卿がサー・ジョンに関する意見を述べた。

「すごく講演が上手なんですよ」ハンターが同意した。

「すみませんが、ちょっと失礼させていただきます」カミールは小声で言った。まだトリスタンもラルフも、それからアレックス・ミットルマンも見かけていない。それぞれに言葉は違うが、みんな姿を見せないサー・ジョンのことを妙に気にしている。「トリスタンを捜してきます」

「カミール」ブライアンが眉をひそめてささやいた。

けれども彼女は無視して階段を駆けあがった。

アレックスは部屋にいなかった。トリスタンとラルフの姿もない。けれどもカミールが急いで一階へ戻ってみると、舞踏室に用意されたディナーの席に、彼らはいた。ほかのみんなも集まり始めていたので、彼女は一同に加わるほかなかった。

舞踏室はすっかり様変わりしていた。博物館のパーティーのときよりいっそう品よく飾りつけられた長いテーブルには、まばゆいほどの白い布がかけられ、つややかな陶磁器や精巧なエッチングを施された銀器が並んでいる。今夜のために給仕人たちが雇われ、シェルビーやコーウィン、イーヴリン・プライアーを含めて家じゅうの者の席が用意されていた。

長いテーブルの一方の端がブライアンの席で、その反対側がカミールの席だった。彼女が会ったことのない大英博物館の理事たちも姿を見せており、なかには妻や娘を同伴している者もいた。ふたりぶんの席が片づけられた。ひとつはもちろんサー・ジョンの席だ。

一同を見渡したカミールは、シェルビーの姿もないことに気づいた。

集まった顔ぶれからして、会話は当然ながら古代エジプトに関するものが多かった。ハトシェプストの死因はなにか。彼女は継子《ままこ》のトトメス三世によって殺されたのか否か。トトメス三世は、自分がファラオになるべきときにハトシェプストによって王位を簒奪《さんだつ》されたと考えていたのではないか。彼の治世はどうであったのか。トトメス三世は偉大な戦士でもあり、彼によってエジプトの版図は拡大した。

スターリング卿夫妻による発見がトトメス三世の治世と関係していたので、会話は熱を帯びた。夫妻が発見した墓は、ファラオの背後にいて強大な権力を振るった聖職者のものだった。その聖職者はファラオとともに戦場へ赴き、伝説によれば、魔術によってファラオの軍隊を勝利へ導いたという。

「ハトシェプストのミイラはまだ誰にも確認されていない」アンリ・ラクロワスが考えをめぐらせながら言った。「それが確認されたら、大変な発見と騒がれるでしょう」

「テーベ近くにあるデイル・エル・バハリ近辺で一八八〇年代に墳墓が発見され、たくさんのミイラが確認されたんだ」ウィンブリー卿がカミールのために説明した。というのもほかの人たちのほとんどが――少なくともウィンブリー卿がなににについて話しているのかを知っている人々は――エジプトへ行ったことがあるからだ。「新王国のファラオの遺体の多くが、二千年前の聖職者たちによって隠された。しかし、ミイラはミイラだ。それゆえに魅力的でもある。それに手つかずのまま発見された大墳墓は……そう、どれも実にすばらしい。ああ、カミール、きみには想像もつかないだろうな。砂漠の暑さ、挫折《ざせつ》感、ひどい環境、そしてそれらのあとにもたらされる発見の喜び。おそらくきみが結婚した晩には、だんなさんはご両親を追悼するために、新たな調査旅行を企画するんじゃないかな」

カミールはウィンブリー卿を見つめた。おとといの晩、ブライアン・スターリングが突然驚くべき発表をしたことに対して、ウィンブリー卿はなんら奇妙な点はないと考えているようだ。

テーブルの反対側からブライアンが彼女を見つめていた。彼の手はワイングラスの柄を折ってしまいそうなほどきつく握りしめていた。

「そうした調査旅行を行うかどうかは、ひとえにカミールにかかっているんです、ウィンブリー卿」ブライアンが言った。

調査旅行が実現するかどうかで、いっとき会話が盛りあがった。ハンターは考えにふけっているのかぼんやりしており、アレックスは青白い顔をしていた。オーブリーはごちそうを食べるのに余念がない。サー・ジョンはいまだに姿を見せなかった。

カミールは大声で叫びたかった。この夜が果てしなく続きそうに思えて、気が変になりそうだった。ブライアンはきわめて親切な主人役を演じてアンリ・ラクロワスを会話に引きこみ、過去のさまざまな発見や古代遺物の購入、英仏関係、両国のエジプトとの関係などについて、熱っぽい口調で論じあっている。やっと紳士たちは別室で葉巻とブランデーを楽しみ、淑女たちは二階のサンルームでコーヒーや紅茶を楽しみながらおしゃべりをしようという提案がなされた。

カミールの頭はせわしなく回転していた。彼女はほほえんで立ちあがり、イーヴリンとともに感じのいい女主人役を果たそうと女性客たちを二階へ案内した。けれどもすべては芝居なのだ。仮面の伯爵に与えられた役まわりを演じているにすぎない。

とうとう人々が帰り始めた。カミールはほかの人たちと一緒に玄関の間に立っていたが、イーヴリン・プライアーは普段のメイド役に戻って、客たちのマフラーや外套《がいとう》を探したり別れの挨拶《あいさつ》をしたりしている。ドアのあたりがこんなに混雑していたら、わたしが姿を消したところで誰も気づきはしないだろう、とカミールは思った。

カミールはケータリング業者たちが後片づけをしている大きな舞踏室を通って、その横についている小さな礼拝堂に入った。地下への螺旋《らせん》階段に通じるドアは閉まっている。彼女はそっとドアを開けて階段をおり始めたが、数段おりたところで足を止めた。すでに誰かが地下にいる。それもふたり。小声で熱心にささやきあっている。

「彼女は知りすぎていますよ。なんとかしないとまずいですよ」

「おいおい、きみはまさか……」

「そのまさかです」

「ばかなことを言ってはいけない。これまでに何人も死んでいるんだ」

「だけど呪《のろ》いがあるんでしょう？　事故死に見せかけて殺すのは簡単ですよ」

どうやってふたりは地下へおりたのだろう。わたしと同じように螺旋階段を使ったのかしら。それともほかに通路があるのだろうか。

カミールの心臓は激しく打っていた。ふたりがこの螺旋階段で下へおりたのだとすれば、わたしは礼拝堂へ出るドアの近くで待ってさえいればいい。礼拝堂のすぐ向こうではケータリング業者たちが動きまわっているから、いざとなったら悲鳴をあげれば誰かが駆けつけてくるはずだ。そして殺人者の……殺人者たちの正体が暴かれるだろう。

彼女がそこに立っていると、突然、玄関のほうから恐怖に満ちた大声が聞こえてきた。その声は城の古い石壁を震わせ、夜気をつんざいて響き渡った。直後に口々に叫びたてる声が続いた。地下のひそひそ声はやんでいた。いつふたりが螺旋階段をあがってくるかわからない。そうしたら彼らはそこに立っているカミールを見つけるだろう。

彼女は身を翻して猛烈な勢いで階段を駆けあがった。自分の足音と激しく打ち続ける鼓動のせいで、背後から追いかけてくる足音が聞こえなかった。礼拝堂へ出ると、舞踏室へ通じるドアめがけて走る。

襲われたのはそのときだ。カミールは目が見えなくなった。頭からすっぽりとなにかをかぶせられたのだ。一枚の布だった。地下墓所から盗んできた屍衣《しい》に違いない。カミールはあらん限りの声で叫んだ。床へ押し倒された彼女は、体にまつわりつく息苦しい古布を引きはがそうともがきながら立ちあがりかけ、なにかにがつんとぶつかった。祭壇だろうか。

彼女は足音をぼんやりと意識した。誰かが走っている。狼狽《ろうばい》したカミールは相変わらず布を頭からはぎとろうともがきながら、必ずや見舞われるであろう次の一撃を避けるために夢中で転がった。腕が体にまわされて、彼女は持ちあげられた。数歩運ばれていくあいだ、死にもの狂いで暴れた。そしてカミールは自分の体が落ちていくのを感じた。

「サー・ジョンが死んだ!」

その晩、トリスタンは信じられないほど楽しいひとときを過ごした。彼の席は、大英博物館の理事のひとりである息子と一緒に招待された愛らしい未亡人の隣だった。サー・ジョン死亡の知らせがもたらされたのは、トリスタンがその未亡人を馬車へ送っていこうとしているときだった。

パーティーのあいだシェルビーの姿が見えなかったのは、ブライアンに命じられて、サー・ジョンを迎えに行っていたからのようだ。シェルビーは客たちが馬車を待って玄関先にたむろしている時間を見計らったかのように、その恐ろしい知らせを持って戻ってきた。

シェルビーが人ごみをかき分けて玄関へ歩いてくるとき、彼の体の大きさに圧倒されて誰もが後ずさりした。シェルビーはあたりを見まわしてブライアンを捜したが、見つからなかったので、大声でみんなにサー・ジョンの死を知らせた。もはやそれ以上、自分ひとりの胸にしまっておけなくなったのだ。

「亡くなったですって！」愛らしい未亡人が叫んだ。

ほかの誰かが尋ねた。「どうして？」

「警察はまだ死因を突き止めていません」シェルビーが答えた。それきりしばらくのあいだ彼はなにも言えなかった。みんなが口々に質問を浴びせたり、恐怖や困惑の声をあげたりしたからだ。

「なんてこと！　本当かしら、信じられないわ」

「自然死だったのか？」

「きっと彼は殺されたのに違いない」

「たぶんまたコブラに噛《か》まれたんだわ」

「彼は呪われていたんだ」

「まあ、なんて恐ろしい！」トリスタンのかたわらで未亡人が叫んだ。「きっとみんな呪われているんだわ。あの忌まわしい調査旅行に同行した人たち全員が。ああ、そればかりか、わたしたちにも呪いが降りかかるんじゃないかしら。大英博物館に関係しているわたしたち全員に」

「スターリング卿が再びかかわるまでは、なにごとも起こらなかったのに！」誰かが大声で言った。

トリスタンは周囲を見まわした。自己弁護すべきブライアン・スターリングはそこにいなかった。しかしそのとき、彼が勢いよく登場した。背の高いブライアンは獣の仮面と上品なディナー用の服装のせいで奇妙なほど不気味に見えた。

「呪いなどというものは存在しない！」彼は憤慨したように大声で断言した。「存在するのはよこしまな考えを持つ人間だけだ」怒りに燃える青い目で一同をねめつける。「ぼくの両親は呪われてなどいなかった。ふたりは殺されたのだ」

「こいつは驚いた。彼は本当にそう信じこんでいるんだ」トリスタンの近くで誰かがささやいた。「きみはどう思う？　スターリング卿は両親の死を悼んで隠遁《いんとん》生活を送っていたが、生き残った人間をひとりひとり抹殺するために社会へ復帰したのかな？」

そう言ったのは男だったが、あたりを人々が右往左往していたので、トリスタンには問題発言の主が誰なのか見分けられなかった。

「みんな、呪いなどというものは存在しないんだ！」ブライアン・スターリングが繰り返し、人々を見まわした。「しかし、殺人者は存在する。警察はサー・ジョンの死の真相を必ずや突き止めるだろう。そして殺人者は死刑執行人の手によって絞首刑に処されるはずだ」

カミールは打ち身をつくり、呆然《ぼうぜん》自失の状態で螺旋階段の下に横たわっていた。やがてあたりが静まり返っていることに気づいて驚いた。恐怖に駆られてもがき、リネンの屍衣を体からはがす。机の上で小さなランプがひとつ燃えていたが、地下室は大部分が暗闇《くらやみ》に閉ざされていた。

ここにはカミールひとりきり。誰かが階段をおりてきたらつかまってしまう。城じゅうに響き渡ったあの興奮気味の怒鳴り声や悲鳴が起こらなかったら、今ごろは息の根を止められていただろう。階段の上からカミールを投げ落とした人間は、彼女が首の骨を折って死んでいることを期待しているのではないだろうか。

そう考えたカミールは、ぱっと立ちあがった。今ここでたくさんの箱のなかからヘスレのミイラを探すという計画を実行するのは、とてつもなく危険に思われる。それよりも早くこの場から立ち去らなくては。城の地下の暗がりに閉じこめられたままでいたら、いつ危険が襲ってくるかわかったものではない。

カミールは古代の屍衣を遠くへほうり捨てると、足を踏み外して再び階段の下へ転げ落ちないよう気をつけながら、力を振りしぼって螺旋階段を駆けあがった。

誰かがカミールを殺そうとした。その人間はブライアン・スターリングの地下室のことを、地下の仕事部屋のことを、エジプトから届いた箱のことを知っている。そればかりか、ここでなにが起こっているか知っているのだ。

一刻も早くここから出なくては。真実を突き止めるのは、そのあとでいい。だが、階段のてっぺんまで来たカミールは、ドアに外から鍵《かぎ》がかかっていることを知った。

またもや恐怖が彼女を包んだ。思いきってドアをどんどんたたこうか。城の玄関で大騒ぎが起こっているようだけれど、音を聞きつけてもらえるかしら。わたしを投げ落とした犯人ではない人に。

カミールはドアから離れて階段を駆けおり、地下の仕事部屋兼倉庫へ戻って、必死に出口を探しまわった。次に武器を探す。ランプが燃えている机へ駆け寄り、引きだしを片っ端から開けてなかをかきまわしたが、なにもない。ペンで狡猾《こうかつ》な殺人者から身を守れるだろうか。

彼女は振り返って室内を見まわした。気持ちを静めて客観的に観察したら、それまで見落としていたものが見えてくるかもしれない。墓所へ通じる鉄の門が細く開いている。そばへ行ってみると、人ひとりが通り抜けられるだけの隙間《すきま》があった。その奥は闇に沈んでいる。

カミールは机に戻ってランプを手にし、礼拝堂のドアへ誰かがやってきはしないかと油断なく聞き耳を立てながら、門をすり抜けて墓所へ入った。長い通路を進んでいく。そこはとても寒かった。理性を失うまいと気持ちを引きしめてはいたが、湿っぽい闇が皮膚の下にまで忍びこんでくるような気がした。ここにあるのは異なる社会の古いミイラではない。はるか昔に滅びた世界に住んでいた、今では生命の片鱗《へんりん》すら感じられない人々の遺体ではない。

ここにあるのはブライアン・スターリングの一族、昔の貴族の遺体なのだ。

「第五代カーライル伯ジェームズの妻、レディ・エレアノーラ」カミールはランプを掲げて墓碑銘を読んだ。

そのとき甲高い鳴き声がし、カミールはランプを落としそうになった。ぎょっとして振り返ると、恐ろしいことに、石壁につかまろうとしたこうもりが激突するところを目撃した。こうもりがいるとは！

でも、こうもりがここにいるからには……どこかに別の出口があるのだ。

カミールはランプを高く掲げて壁際に並んでいる墓を念入りに調べた。それからランプを下に置き、石棺を覆う石板をひとつずつ押してみた。時間が刻々と過ぎていく。わたしの姿が見えないことに、みんなは気づいただろうか？　ひそひそ話をしていたふたりは、折を見てここへ引き返し、やりかけた仕事をすませようとするかしら？

彼女は無我夢中で石板を押し、突いたりたたいたりしてみた。そのうちに、ひとつの石板に裂け目があることに気づいた。ほとんど目につかないほど小さな裂け目ではあるが、その石板だけがほかに比べて少し高くなっている。表面には〝セーラ〟という名前が刻まれているだけで、生年月日は記されていない。

カミールはその石板を押した。するとそれまで何度も耳にした、あの音がした。石と石のこすれる音。

彼女はごくりとつばをのみこんで、いっそう力をこめて押した。石板の半分が後ろへずれ、真っ黒い穴が口を開けた。一瞬ためらってからランプをとりあげた。穴は棺の下から横に続いているようだ。彼女はランプを穴の底に置き、自らもぐりこんでいった。ランプを手にして前方になにがあるのかを確認しながら這《は》い進むのは難しい。それに穴のなかは息がつまりそうだ。彼女は体を壁につけて安定させながら、距離感を保ち続けようとした。

カミールは這い進むのを中断して深く息を吸った。暗くて窮屈な空間と乏しい空気のせいで、どうにかなってしまいそうだった。そのときふと、今誰かがやってきたら万事休すだと気づいた。でも、やってくるとしたら、どこから？　この通路はどこへつながっているの？　ランプの暗い明かりでは遠くまで見通せない。

気持ちを奮い立たせて前進を再開したカミールは、やがて穴が斜め上方へ続いていることに気づいた。下ではなくて上へ向かっているのだ。彼女は再び進むのをやめ、狭い空間と空気不足がもたらすめまいと闘った。ランプを前方へ押しやり、左側の壁に手をあてて体を支える。壁がぼろぼろと崩れた。そのとき、狭い通路の突きあたりに光が見えた。

ランプの火を吹き消し、光をめざして這い進んだ。なにかが光源を遮っているが、光はたしかにそこにある。出口を目にして元気がわいてきたカミールは、前進を続けた。あそこまで行けば、のろのろと這って進むことしかできない石の壁に囲まれた窮屈な空間から出て、自由と空気を満喫できるのだ。

光が次第に明るさを増した。カミールは穴の突きあたりに達した。出口をふさいでいる障害物を力いっぱい押すと、ほんのわずかに動いた。どうしてもここから出なければならないと思い、狭い通路のなかでどうにか体の向きを変えて、今度は足で力任せに押した。うめき声のようなこすれる音があがる。

物体が少し動いた。カミールはさらに力をこめて押した。隙間が数センチに広がり、さらに数センチ広がった。とうとう体が通れるだけになると、カミールは自分がつくった狭い隙間を通り抜けた。

そしてあたりを見まわし、自分のいる場所に気づいてぞっとした。

シェルビーのもたらした知らせが大騒ぎを引き起こしたことは、ブライアンにしてみれば当然だった。けれども人々が知らせの内容をのみこみ、警察が必ずや新旧の犯罪の真相を明らかにするだろうとブライアンが断言するに及んで、騒ぎは静まった。今、人々は早く帰りたがっている。

　カミールの姿が見えないことにブライアンが気づいたのは、そのときだ。トリスタンは玄関先に立って、去っていく馬車をぼんやりと見送っている。

「カミールはどこだろう？」ブライアンがトリスタンに尋ねた。

「えっ？　わたしは知りません。なんたることだ！　カミールを見つけなくては。こんな知らせを聞いたら、あの子は大変なショックを受けるだろう。彼女は毎日、サー・ジョンと一緒に仕事をしてきたのだから。なんて恐ろしい」トリスタンは声を低めて続けた。「空き地までつけてきた男。そして今度はサー・ジョン。カミールを見つけないと」

「彼女の部屋を確かめてくれ。ぼくはこの階を捜す」ブライアンは言った。

　トリスタンは階段のほうへ歩み去った。ブライアンは大急ぎで舞踏室へ行ってみたが、そこにカミールはいなかったので、玄関へ引き返そうと向きを変えかけた。そしてためらい、礼拝堂へ行って螺旋階段へのドアを開けた。地下室は漆黒の闇に沈んでいた。

　ブライアンは舞踏室へとって返して、ダイニングテーブルから上質のろうそくを一本つかむと急いで引き返した。罠《わな》が待ち構えているかもしれないと思い、ゆっくりと階段をおりていく。地下の仕事部屋には誰もいなかったが、箱が動かされていた。ほんの少しだけ。ろうそくを低くしてよくよく見ると、埃《ほこり》の跡と箱とがわずかにずれているのがわかる。しかも床には、ちぎれた埃まみれのリネンの屍衣が投げ捨てられていた。

彼は体をまっすぐ起こして、墓所へと通じる大きな鉄の門を見やった。人が通れるだけ開いている。ブライアンは墓所へ入った。それまで彼が一年かけて探し続けてきたものが、姿をあらわにしていた。それぞれの石棺を覆っている大きな石板のひとつが開いていたのだ。石板は蝶番《ちょうつがい》で巧妙に石棺の本体にとりつけられていた。その蝶番は何百年も前のものらしいが、工業の発展した今の時代につくられた製品にも劣らないほど頑丈にできている。

石板の下にあるのは墓ではなくて通路だった。ブライアンはそのなかへ入った。狭い通路を、ろうそくを持って這い進むのは難しい。風はほとんど通らず、酸素が乏しいために、まもなくろうそくの炎が消えた。目の前で漆黒の闇が揺れているようだ。やがて……遠くにかすかな光が見えた。

ブライアンは光をめざして進んでいった。進むにつれて恐怖心がわきあがってくる。通路の突きあたりまで来て身動きがとれなくなった。隙間があるにはあるが、彼が通れるほど広くはない。ブライアンは力をこめて出口を遮っている物体を押した。それがなんであるのかを悟り、自分を激しくののしる。

なぜ今まで気づかなかったのだろう?

カミールは深呼吸をひとつした。あたりを見まわす。そして逃げた。

階段を駆けおりていくときに声が聞こえた。舞踏室からだ。彼女はそろそろと近づいていって立ち止まり、どきどきしながら舞踏室をのぞいた。もう誰を信じていいのかわからない。トリスタンは？　だが、彼は舞踏室にいなかった。ラルフもいない。いるのはハンターとイーヴリン・プライアーのふたりだけだ。ひそひそとささやきあっている。

「そして今度はサー・ジョンが死んだという知らせだ。警察は、なぜ、どのようにして死んだのかさえ明らかにしなかったというじゃないか」ハンターが言っていた。

サー・ジョンが……死んだ！

恐怖がカミールを襲った。まさか！　危うく悲鳴をあげそうになり、慌てて口を手で押さえた。サー・ジョンが死んだ……。

箱の蓋《ふた》が落ちてサー・ジョンが頭に怪我《けが》をしたとき、ハンターは博物館の保管室にいた。そして老アーボックもそこにいたのだ。ああ、神様！

「ええ、そうね、あなたにはそれがどういうことなのかわかる？」イーヴリンが尋ねた。

ふたりは頭をさげて、互いに顔を近づけて話しあっていた。イーヴリンが言葉を続けたが、カミールのところまでは聞こえなかった。ふいにイーヴリンが顔をあげた。見られているのを感じとったかのように。

カミールはドアから後ずさりした。階段を駆けあがって二階へ戻るわけにはいかず、かといって舞踏室にいるふたりを信じることも、今はできない。とるべき道はひとつしかないように思われた。

彼女は玄関のドアを走りでた。ちょうど馬車が跳ね橋を渡り終え、その向こうに広がる森のなかへ消えようとしている。カミールはスカートをつまみあげて走りだした。息が苦しく、体のあちこちが痛む。心臓が激しく打っていたが、死にもの狂いで足を動かした。それなのに馬車はぐんぐん遠ざかっていく。彼女は歩調をゆるめ、空気を求めてあえいだ。

そのとき、背後で小枝の折れる音がした。カミールはくるりと振り返った。誰も見えなかった。だが、誰かがいるのだ。そこに、城の玄関前の中庭のそばに。その人はわたしを見たんだわ。わたしを追いかけてきたんだわ。

恐怖に駆られたカミールは木立のなかへ駆けこんだ。

ブライアンは狭い穴から自分の部屋へ出た。四角い出口を遮っていた重たい物体は、十七世紀からそこに置かれていた彼の寝室の巨大な衣装棚だった。

動悸《どうき》が激しさを増す。こんなに狭い隙間から抜けでることができる人間はひとりしかいない。カミールだ！　今ごろ彼女はなにを考えているだろう？　サー・ジョン死亡の知らせを聞いただろうか？　いったいどこにいるのだろう？

ブライアンは部屋から走りでて階段を駆けおりた。玄関のあたりは空っぽで、人のいる気配はなかった。中庭の端のほうに数台の馬車が停《と》まっていて、御者たちは居眠りをしているようだ。跳ね橋の先を見やったブライアンの目に、夜の闇に紛れて走っていく人影が映った。

落胆が彼を包んだ。カミール！　彼女はおびえて逃げていく。このぼくにおびえて逃げていくのだ。

カミールは面識があって信用できると思える相手なら、迷わず誰の腕のなかへでも飛びこんでいくだろう。彼女は森のなかへ駆けこもうとしている。危険のなかへ。誰かはわからないが、殺人者がどこかにいる可能性がある。

ブライアンが彼女を追って駆けだそうとしたとき、別の人物が森のなかから現れるのが見えた。その人影はカミールを追いかけていった……。

走っている途中でカミールはトリスタンとラルフが城にいることを思いだした。ふたりとも危険だ。でも、とうてい引き返す勇気なんてない。わたしを追いかけてくる者から逃げのびなければ。わたし自身が死んでしまったら、どうして愛するあのふたりを助けてあげられるだろう。

カミールは恐怖のあまり喉がつまって窒息しそうだった。ブライアンがアーボックで、そのアーボックは昨日、サー・ジョンが頭に怪我をしたときに博物館にいた。昨日、ブライアンはずっと出かけていた……。サー・ジョンが死ななかったと知って、彼の住いまで行ったのかもしれない。でも、なぜ？　関係者全員に代償を払わせなければならないからだ。いいえ！　ブライアンは人殺しじゃないわ。彼はただ謎《なぞ》を解こうと決意しているだけよ。わたしはあの人を信じたい。ところが彼はことあるごとに嘘《うそ》をついてきたし、常に仮面をかぶっている。しかも地下墓所からの通路は彼の寝室へつながっていた。

森のなかに叫び声が響いた。激しく暴れるカミールの心臓が止まりそうになった。ブライアンだ。わたしを見つけようと大声で名前を呼んでいるのだ。逃げるのをやめて、彼のもとへ行こうかしら。いくらなんでも今ここで、自分の森のなかで、わたしを殺す勇気はないだろう。

でも、ブライアンと話すことはできない。それはわかっている。彼にちょっとふれられただけで、わたしは理性を忘れてしまうだろうから。

再びカミールの名前を呼ぶ声がした。今のはハンターの声だわ。彼女はしばらく足を止めて木の幹に寄りかかった。ハンター！　だけどハンターは舞踏室でイーヴリンとひそひそ話をしていた。それに地下墓所でも誰かがささやきあっていた。彼女は知りすぎているとか……。

狼《おおかみ》の遠吠《とおぼ》えが聞こえた。月に向かって吠える物悲しい鳴き声にせかされて、カミールは再び駆けだした。

ブライアンは森のなかの小道についてよく知っているが、カミールは知らない。彼はカミールの姿が見えた場所へ大急ぎで駆けていった。彼女は慌てていて大きな音をさせながら逃げていくので、月明かりのなかでもあとを追いかけていくのは簡単だった。しかし途中で、ブライアンは後ろへ投げ倒されそうになった。後頭部にある仮面の結び目が垂れている枝に引っかかったのだ。彼は悪態をついて仮面をはぎとり、なおも進み続けた。

狼の遠吠えを聞いて、ブライアンは近くに狼どもがいるのを知った。怪物の異名とともにつらい隠遁生活を送る自分にはふさわしい生き物だと考えて、彼は狼がこの森に生息するのを許してきた。狼は人間を恐れている。やつらがカミールを襲うことはあるまい。彼女のそばにさえ近寄らないだろう。森のなかで人の足音がしたら、遠くへ逃げ去るに違いない。

「カミール！」

やっと追いついた。彼女は目の前にいる。カミールがこちらを振り返った。自分を見る彼女の目つきを見て、ブライアンの心は沈んだ。彼はそれ以上近づくのがためらわれて立ち止まった。

「カミール！　頼む、どうかぼくと一緒に来てくれ。さあ」ブライアンは穏やかに話しかけて、彼女のほうへ手をのばした。

そのとき、ブライアンとは反対側の数メートル離れた場所で枝の折れる音がしたのを、ふたりは聞いた。ハンターが林間の空き地へ歩みでた。

「カミール！　ああ、よかった」ハンターはそう言って彼女のほうへ大股で近づこうとした。ブライアンが怒りのこもった大声で警告を発した。

「彼女にふれてみろ。生かしてはおかないぞ」

ハンターが目を細めてブライアンをにらんだ。ハンターの顔からは見せかけの友情も礼儀正しさも完全に消えていた。彼はカミールを振り返った。「やつはきみを殺すつもりだ」

ブライアンはかぶりを振った。口調も態度も鋼鉄のように硬かった。「そんなことをするものか」

ハンターが警戒するような冷たい視線をブライアンに向けた。「いいかい、ぼくらのどちらかが人殺しなんだ」彼は言った。「誓ってもいい、カミール、その男は怪物だ。そのことはすでに証明されている。カミール、さあ早く。気をつけて……ぼくのところへ来るんだ」

カミールはどうしたらいいかわからないらしく、ふたりの男を交互に見た。髪はひどく乱れて肩に垂れかかり、美しいドレスは破けて土で汚れている。顔には埃がこびりつき、目が月光を受けてきらきら輝いていた。

ハンターのほうへ行くかもしれない、とブライアンは思った。筋肉が激しく引きつる。彼女は誰を信じていいのかわからないのだ。

「よく考えてごらん、カミール」ブライアンは語りかけた。「きみがこれまでに見聞きしたことを……そして感じたことを。思いだすんだ。ふたりのうちどちらが怪物なのか、自分に尋ねてごらん」

18

「あなたたちのどちらも信用できないわ！」カミールは叫んだ。

ハンターが彼女のほうへ一歩進みでて乱暴に腕をつかんだ。「ブライアンを見てみろ。あの顔はちっとも変じゃない。彼が仮面をつけていたのは、芝居を演じて嘘《うそ》をつき通すためだったんだ。どう考えても頭がどうかしているとしか思えないよ」

ブライアンは大股でハンターに歩み寄り、カミールからぐいと引き離して突き飛ばした。ハンターがブライアンに殴りかかる。ハンターのすぐれた身体能力は見かけどおりだった。筋肉が発達していて力が強く、大英帝国軍の軍人として世界各地で戦ってきただけあって、喧嘩《けんか》の仕方を心得ている。だが、あせって大振りしすぎた。ブライアンはひょいと身をかがめて一撃をかわした。彼が体を起こしたとき、ハンターが早くも次の一撃を放とうとする。ブライアンは肩に拳《こぶし》を食らう寸前に、ハンターの下顎にパンチを見舞った。ハンターが後ろへよろめくと、その機を逃さず組みついて地面へ押し倒した。

「おまえは我々を皆殺しにしようとしているんだ！」ハンターがわめいた。

「ばかなことを言うな。ぼくが欲しいのは真実だけだ」

「サー・ジョンは死んだ！」ハンターが怒鳴った。

「彼を殺したのはぼくではない」ブライアンが言い返す。「怪しいのはおまえだ。おまえのほうこそ――」

「ばかばかしい。なんでぼくがサー・ジョンを殺さなくちゃならないんだ？」ハンターが下から殴ろうとしたが、ブライアンは上から押さえつけて喉をしめつけた。

「やめて！」カミールが叫び声をあげて、ブライアンの髪をつかんだ。「やめてちょうだい。彼を殺す気？」

ブライアンはなんとか冷静さをとり戻してハンターの喉から手を離した。ブライアンが立ちあがったとき、明かりがひとつ、木立のなかをぐんぐん近づいてきた。馬に乗ったシェルビーが到着したのだ。

「スターリング卿《きょう》」シェルビーは大声で呼びかけた。

ハンターも立ちあがって服の汚れを払った。シェルビーのすぐ後ろからまた馬がやってきた。トリスタンとラルフだ。

「カミール！」トリスタンはさっと馬をおり、彼女に駆け寄って抱きしめた。

シェルビーとラルフは馬に乗ったままだった。すさまじい形相でにらみあっているハンターとブライアンを、トリスタンは檻《おり》のなかの二頭の虎《とら》を見るような目で見た。

トリスタンがブライアンに向かって顔をしかめた。「あなたの顔にはおかしなところなどなにひとつないじゃありませんか」

「そうとも！」ハンターが大声を出した。「顔はなんともないが、心が真っ黒でねじ曲がっているんだ」

カミールは後見人の腕のなかからそっと抜けでて、乱れた髪を後ろへ撫《な》でつけた。そうすることで、体じゅうが白っぽい埃《ほこり》に覆われていることや、服に小枝や土がついている現実を変えられるとでもいうように。「サー・ジョンはどうして亡くなったの？」彼女は冷ややかな声で尋ねた。

しばらく誰も口をきかなかった。やっとシェルビーが答えた。

「噛《か》まれたんだ」

「エジプトコブラに？」カミールは信じられないとばかりに問い返した。

「そう」

「どんな状況で？」

「まだわかっていない」ブライアンが答えた。「少なくとも警察はまだつかんでいない。コブラが彼の住まいにいたんだ。どうやらサー・ジョンはコブラがいることに気づいたらしく、銃で撃ち殺したのだが、その前に噛まれてしまったようだ」

カミールはつかつかとブライアンに歩み寄ると、彼の胸にばしっとてのひらをたたきつけ、目をぎらぎらさせてなじった。「あなたは土曜日、サー・ジョンと一緒に博物館にいたのよね。アーボックに扮《ふん》して。わたしたち全員、なんてばかだったのかしら。誰ひとりそれに気づかなかったなんて！」

「ぼくが博物館にいたのは早い時間だ。サー・ジョンが亡くなったのは自宅だよ」ブライアンはカミールに言った。

「なぜ博物館に？」彼女は尋ねた。

「陸生小動物飼育器《テラリウム》を調べて、誰かがいじった痕跡《こんせき》がないか確かめるためだ」ブライアンはためらったあとで続けた。「だいいち、アーボックは清掃員として雇われたんだからね。前夜のパーティーのごみを片づけたり掃き掃除をしたりしなくちゃならなかったんだ」

「あなたはずっとわたしに嘘をついていたんだわ」カミールが言った。

「彼が言うことは全部嘘っぱちだ」ハンターが同意した。

だが、ブライアンの視線はカミールに注がれたままだった。「いいや、きみに嘘をついたことは一度もない。ただ、すべてを話さなかったというだけだ。きみが本当に信頼できる人間かどうかを確かめる必要があったからね。彼らの一味としてなにかをたくらんでいるのではないということを」

「ぼくらの一味としてだって？」ハンターが憤慨して言った。「なにをたくらんでいるというんだ？」

ようやくブライアンはハンターのほうを向いた。「ぼくの両親が殺される原因になった品を手に入れようとたくらんでいるのさ。いいか、この城には中世につくられた秘密の地下通路が何本も走っている。地下室から塀の外の隠れた入口につながっているものもあるはずだ。おそらく父は死ぬ前に、入口がどこにあって、通路がどのように走っているのかを調べあげたのだろう。ぼくはそう信じている。その入口や通路を何者かが知って、城のなかへひそかに侵入していたんだ」彼は我知らずハンターににじり寄っていった。「ぼくにはエジプトで起こったことが想像できる。そして想像するたびに胸が悪くなる。殺人者はまずぼくの母を殺すと脅し、父に知っていることを全部話させようとしたんだ。遺物をおさめた箱はすでに英国へ送りだされたあとだった。たぶん父には答えられないこともあっただろう。しかし父は殺人者に、あるいは殺人者たちに、塀の外の入口のありかや、秘密の通路が地下の墓所へつながっていることを教えたに違いない。箱が城内に保管されたなら、地下通路に関する情報を知った殺人者は、誰にも気づかれずに忍びこむことができたはずだ。父は母を救うためならなんでも話し、どんなことでもするつもりだっただろう。だから父は話したんだ。その点、父は間違っていない。おそらく父は母の命を救うために時間稼ぎをしようと、長時間にわたって話をしたんじゃないかな。なにを話そうが殺人者たちにはふたりを生かしておく気はないとわかっていただろうが、時間稼ぎをしているうちに、ひょっとしたら助けが来るかもしれないと考えて……」

ブライアンは悲痛な思いに圧倒されて話すのを中断しなければならなかった。しばらくして彼は続けた。

「父も母も楽には死ねなかった。ふたりは最初に拷問された。それは英国での検死で明らかになった、母の両腕のいくつもの打撲傷からわかる。父と母に生きのびるチャンスはなかった。ふたりは何度もコブラに噛まれたんだ。復讐《ふくしゅう》を望んでいるかって？　ああ、望んでいるとも。手あたり次第に殺したがっているかって？　まさか、ばかばかしい。ぼくが欲しいのは真実だ。犯人を裁判にかけ、処刑されるまでの日々を恐怖のうちに過ごさせてやりたい。絶望感を味わわせてやりたいんだ。助けが来ないのを知って父が絶望しながら死んでいったようにね」

沈黙が続いた。やがてハンターがかぶりを振った。「ブライアン、きみが話していることは……真実であるわけがない」

「検死報告書を読んでみるがいい」ブライアンは言った。「不思議なことに、サー・ジョンは知っていたという気がする。どこまで知っていたのかわからないが、そのせいでなにかがあった。だからこそ、彼もまた殺されたんだ」

そのとき、天に向かって吠《ほ》える狼《おおかみ》の物悲しい声が聞こえた。

「城へ戻ったほうがいい」突然、トリスタンが分別を発揮した。「こんな森のなかで話をしていてもどうにもならない」

ブライアンはふいに、カミールが城へは戻らないと言いだすのではないかと心配になった。自分とトリスタンとラルフはこうしたごたごたから離れ、ささやかなわが家へ帰るべきときが来た、と主張するのではないだろうか。だが、彼女はそうしなかった。

「そうね」カミールは言った。「城へ戻りましょう」彼女は馬に乗ったままでいたラルフのところへ歩いていった。「手を貸してくれない、ラルフ？　もうくたくたで、歩いて戻りたくないの」

ラルフが身をかがめてカミールの腕をつかみ、助けあげて自分の前へ横乗りにさせた。トリスタンは自分の馬のところへ行ってさっとまたがった。

皆、カーライル伯爵ともあろう者に、城までハンターと歩いて帰らせようとしている。ブライアンは悔しさを押し殺した。城への道すがら、ふたりがまた取っ組みあいを始めるようなら、気がすむまでやらせておこう。彼らはそう考えているようだ。

ブライアンは向きを変えて城への道をたどりだした。ハンターが歩調を合わせて歩き始める。

「さっき、秘密の入口と言ったな？」

「父は一族の日記を読んで、かつて地下通路が掘られたことを知ったのだろう。うちの祖先はチャールズ一世の筋金入りの支持者だった。おそらく当時、手紙や人が地下通路を往来していたに違いない。その時代が過ぎると、秘密の地下通路は必要なくなった。アン女王の治世、とりわけ一七〇七年のスコットランドとの連合法成立以降は、地下通路に関する記述はまったく見られない。その物語が父を魅了した。父はときどきそれについて話してくれたよ。彼の情熱は古代エジプトに向けられていたが、この故郷にも発見すべきことがたくさんあると信じていたんだ」ブライアンはしばらく黙っていた。「父がここにとどまってさえいたら……」

ふたりとも脚が長くて歩くのが速かった。彼らは跳ね橋を渡って城の入口へ通じる中庭へ入った。

ハンターが中庭の向こうの端に停《と》まっている馬車を指さした。「ぼくはこのまま帰らせてもらう。実のところ、きみがカミールを傷つけようとしていると本当に思ったんだ」彼はそう言ったが、謝っているのではなかった。「ぼくがばかだったのだろう。カミールに会ったとたん……うん、彼女は単に美しいだけではなく、信じられないほど聡明《そうめい》で、自信にあふれていた。少しふざけたりからかいあったりすることはあっても、彼女にはぼくとそれ以上の深い関係になる気はなかった。ぼくは爵位が低いから、自分より身分の高い家柄の女性と結婚しなくちゃだめだと思いこんでいた。ところがそこへきみが現れて婚約発表をした。そのときになって、ぼくはつくづく自分がばかだったと思い知らされたよ。あ、ぼくが夢中だってことをカミールは知っている。だがぼくは、彼女の生まれが生まれだから、結婚しようとは考えなかった。その結果、今では負け犬だ。しかし、これからも彼女を真剣に守るつもりでいる。だからブライアン、本当に結婚する気がないのに婚約発表をしたのなら……どんな形であれカミールを傷つけたりしたら、ぼくはきみの手ごわい敵になるとはっきり言っておく」

ハンターが急に熱っぽい調子で断言したので、ブライアンは驚いた。

「いいかい、頭がおかしくなってこんなことを言うんじゃないよ」ハンターが続けた。「できればぼくはカミールと結婚したい。そして死ぬまで彼女を大事にしたい」

芝居をしているのだろうか、とブライアンは思った。ハンターの行為の多くが芝居だ。おそらく誰もが芝居を演じているのだ。しかし、ハンターは本気で言ったのでは？　それとも疑いを自分からそらそうとして計算ずくの演技をしているのだろうか？

「心配しなくていい、ハンター。ぼくはカミールを傷つけはしないし、誰にも傷つけさせはしない。誰かが彼女を傷つけようとしたら、その場でそいつを殺してやる。たとえ自分が殺人罪で処刑されることになろうと、かまいはしない」

中庭でふたりがにらみあっていると一陣の風が起こった。

「なるほど、それで、我々はこれからどうしたらいいんだろうな？　決闘の心構えはできているようだし、互いに相手に対して根深い疑いを抱いてもいるようだ。さあ、どうする？　どこかに答えが、解決策があるはずだ。サー・ジョンが死んだんだぞ」ハンターは言った。「それに言うまでもなく、大英博物館は立派な施設だ。この狂気の沙汰《さた》から抜けだす道を見つけないと、あの博物館を巻き添えにして崩壊させかねない」

「狂気の沙汰だと？　そうとも言えるし、そうでないとも言える。何者かが国外へ財宝を売っているんだ。狂気の沙汰？　財宝を売って大金を手にできるのだから、そうは言えまい」

「ラクロワス！　きみはラクロワスが財宝を買っていると疑っているんだな……いったい誰から？」

「それがわかれば殺人犯もわかるだろう」ブライアンはじっとハンターを見て答えた。

「断言しておくが、ぼくはきみの母親に危害を加えようなんて気はこれっぽっちも起こさなかった」ハンターはかぶりを振った。

「ぼくも断言しておこう。決して手あたり次第に人を殺したりはしない」ブライアンは言い返した。「たぶん警察は我々全員について取り調べを開始するだろう」

「そして我々の運がよければ、警察は答えを見つけるだろう」

「いいや。警察が答えを見つけて幸運なのは殺人者たちだ。なぜなら、警察よりも先にぼくが真実を見つけたら……ああ、両親の死に方を思いだして、どんな行動に走るかわかったものではないからな。では、おやすみ、ハンター」ブライアンは別れを告げ、疲れた足を引きずるようにして城へ入った。

トリスタンはひどく動揺していて、馬で戻る途中で城を離れようと主張した。

「そんなことはできないわ」カミールは言った。

「なぜだ?」

「答えがここにあるからよ」

「でも、ここにいるのは危険だよ。人が死んでいるんだから」ラルフが言った。

中庭を通って城の正面玄関に着いたので、カミールは馬から滑りおりた。「ラルフ、そんなに心配なら、あなたは家へ帰りなさい」

「そんなこと言われても……」ラルフがきいた。

「カミール、ラルフの言うとおりだ」トリスタンが言った。「アレックスがコブラに噛まれたと思ったら、今度はサー・ジョンが死んだ。わたしは自分やラルフの身を心配しているのではない。我々はもうたっぷり生きたからね。しかしカミール、おまえは……ああ、なんてことだろう。たしかにおまえは伯爵と婚約しているが、おまえの命はどんな称号よりも大切なのだ」

「トリスタン、これは称号とはなんの関係もないわ。今夜、答えがわかりかけたの。もう少しで明らかになるところだったのよ。そんなときに出ていけないわ」カミールはきっぱりと言った。「ええ、わたしは出ていかない。でも、あなたたちふたりは出ていくべきなのかも……」

「おまえを残してか？」トリスタンはさも恐ろしそうに言った。

「あなたたちに怪我《けが》をしてもらいたくないの」カミールは穏やかに言った。

「カミール――」

「ごめんなさい。お風呂へ入りに行くわ」カミールは言った。ふたりをそこへ残して城へ入り、玄関の間をうろうろしていたイーヴリンを無視して階段へ向かおうとした。

「カミール！」イーヴリンがカミールの様子に驚いた。「なにがあったの？　スターリング卿はどこ？　ハンターは？　彼はあなたが城から駆けだして森のなかへ入っていくのを見たと言ったわ」

「ええ、わたしは森のなかへ駆けこんだの。ブライアンたちはもうすぐ戻ってくるでしょう。じゃあ、おやすみなさい。わたしは部屋へ引きとらせてもらうわ」

「カミール！」イーヴリンがとり乱した様子で背後から呼びかけた。

「おやすみなさい」カミールは繰り返した。

二階へあがって部屋に入ったカミールは、ドアに鍵《かぎ》をかけて汚れた服を脱ぎだした。浴槽に水をためながら、下に焚《た》き口のある大きな鉄製の浴槽に感謝した。浴槽は場所によってはやけどをしそうなほど熱くなるので、長時間そのなかに座っていることはできないが、温かい湯でこんなに贅沢《ぜいたく》な気分になれるとは！

ちょうどいい温度になるまでにはもう少し時間が必要だったが、体に土や埃をつけたままにしておくのは一秒たりとも我慢できなかった。カミールはぬるい湯に体を沈めた。きっとブライアンは来るだろうと思っていると、そのとおり彼はやってきた。

彼女はブライアンが部屋へ入ってくる音を聞かなかった。気がついたときには、彼は浴室のドア枠に寄りかかってこちらを見つめていた。

「きみは家へ帰ったんじゃないかと思ったよ。もうとっくに出ていったんじゃないかって」ブライアンが静かに言った。「まだ怒っているんだろうね」

カミールはわざと念入りに肘をこすった。「それは怒っているわ。ものすごく。そしてサー・ジョンのために悲しんでいる。わたしのささやかな世界はめちゃくちゃになってしまった。そしてあなたは怪物よ」

「だが、きみはまだここにいるじゃないか」

カミールは目をあげてブライアンを見た。彼の顔はこわばり、目は暗かった。

「わたしは古代エジプト遺物部の一員なの」カミールは言った。「サー・ジョンが亡くなったことは人ごとじゃないわ。正直なところ、わたしは同じ部署の男性たちと違って大学も出ていなければ、発掘調査の経験もない。でも、自分を学者だと思っているわ。これまでは一度もそんなふうに考えたことはなかったけれど」

「ほう」

カミールは石鹸《せっけん》と布を下に置き、湯を滴らせながら立ちあがってタオルに手をのばした。

そしてブライアンに近づいて目を細めた。「あなたって……どうしようもない人」彼女はそう言って、先ほどしたようにてのひらをばしっと彼の胸にたたきつけた。「あなたの衣装棚の下に秘密の通路があったことを、あなたは知っていたはずよ」

「知らなかった」ブライアンが断言してカミールの手首をつかんだ。「誓ってもいい、今夜まで、ぼくはなにも知らなかったんだ」

おそらく彼の言うとおりだろう。ブライアンの部屋へ出るのに、カミールは崩れそうな壁のなかをやっとの思いで這《は》い進まなければならなかったのだ。彼女は恐怖をたたえた目で彼を見あげた。「地下通路はあそこだけじゃなかったのよ。ほかにもあったんだわ。わたしは偶然にあの通路へ入ってしまっただけで。誰かが外から侵入しようと思えばできるの。そしてここまであがってこられるのよ」

ブライアンが安心させようと首を横に振った。「いいや。もう侵入できない」

「でも――」

「シェルビーとコーウィンが今、地下墓所の通路に煉瓦《れんが》をつめて漆喰《しっくい》で固めている」

カミールはブライアンの目を探って、ため息をついた。「じゃあ……あの音が聞こえたときは、何者かが地下墓所へ侵入していたのね」

「ああ、そうだろう。今夜、侵入していたのは間違いない」ブライアンは厳しい口調で続けた。「きみは今夜あそこでなにをしていたんだ？　愚かというほかはない。パーティーの客が帰りきらないうちに、きみは地下へおりていったのか?」

カミールはつんと顎をあげた。「階段から投げ落とされたのよ」

「なんだって?」

ブライアンはわたしの手首を万力のようにしめつけているけれど、それは今の言葉に驚いたせいなのだろう。

「ささやき声が聞こえたの」

「地下室で? どこから聞こえてきたんだ?」

「いいわ、正直に言うわね。地下室へ行くつもりだったのよ。でも階段で立ち止まったの」カミールは言葉を切り、ブライアンの顔をじっと見た。そして彼を信じた。森で激情に駆られて話しているとき、彼女は彼の目に真実の光が宿っていたのを見たのだ。

一方で、カミールを守ると断言したハンターの情熱的な口調にも真実の響きがこもっていた。

カミールはブライアンに、黄金のコブラが隠されている場所の見当がついたことを話そうと思った。その宝物のために、殺人者は次第に行動をエスカレートさせているのだ。また、ひそひそ話をしていた者たちが彼女の命をねらっているらしいことも伝えようと思った。しかし、その前にブライアンが口を開いた。

「きみをこの城から連れだそうと思う」

「なんですって?」

「明日、誰にも気づかれないように、きみをコテージの姉妹のところへ連れていって、そこに住まわせるつもりだ」

カミールはつかまれていた手をぐいと離した。「住まわせるって……あなたの子供と一緒に?」

ブライアンは顔をしかめて彼女を見た。「ぼくの子供?」

「あの姉妹はあなたの子供を育てているんでしょう? たしかに彼女たちは愛すべき人たちだけど、わたしはあそこで暮らす気はないわ。あの人たちにもうひとつ責任を負わせることになるんですもの」

ブライアンはしばらくカミールをにらんでいたが、やがて向きを変えて自分の部屋のほうへ歩いていった。彼女はためらってから彼のあとを追った。

「わたしたちが出会ってからというもの、あなたのしたことといったら、ゲームをすることと嘘をつくことぐらいだわ!」カミールは大声で言った。

「いいや、きみに嘘をついたことは一度もない」

「本当のことを話そうとしなかったじゃない」

「きみはもうここにいてはいけない」ブライアンが言った。「危険にさらされる」

「いいえ、わたしはここを離れないわ」

ブライアンは振り返ってカミールに歩み寄ると、大きなうめき声とともに手をのばして彼女を抱き寄せた。

「あとひと晩だけ」彼はささやいた。

カミールは顎をあげて、それはどういう意味かと尋ねようとした。だがブライアンにぎゅっと抱きしめられ……激しい情熱的なキスをされ、抗議も拒絶もする余裕がなかった。彼女のなかで吹き荒れていた嵐《あらし》が強さを増し、ブライアンから発散される情熱と溶けあった。カミールはタオルを落として彼の胸に身を寄せ、力いっぱい抱きしめた。ブライアンの手が湿った彼女の髪のなかへ滑りこみ、背中を伝いおりていく。彼はカミールのヒップに手を添えていっそう強く抱き寄せた。やがてブライアンは唇を離して彼女の目をじっと見つめ、なにか言おうとして首を振ってから再びキスをした。

カミールはブライアンから身を離して、真剣な面持ちで彼の上着を脱がせ、白いネクタイの完璧《かんぺき》な結び目をほどき、ベストとシャツの真珠貝でできたボタンを外しにかかった。ブライアンはカミールを放して、じっと彼女の顔を見つめながらシャツを脱ぎ、もう一度彼女を抱き寄せた。カミールはつかのま頭をさげた。この人は知っているのかしら。彼と一緒にいられるなら、彼のかたわらに横たわってたくましい体の温かさと生命力を感じていられるなら、彼の呼吸を感じていられるなら、わたしは進んで命を投げだすつもりでいることを。ブライアンがてのひらをカミールの顎に添えて上を向かせ、炎となって燃えあがる欲望を懸命に抑えつけようとするかのように、今度はそっと唇を重ねてきた。カミールのなかでも欲求が燃え盛っていたが、彼はじらすようにゆっくりと唇にキスをし、彼女の耳たぶを口でもてあそんで、肩に、そして喉に唇を押しあてた。唇でほんの少しふれられただけで、カミールは残っていた意志の強さを奪いとられてしまったような気がした。彼女は背骨に沿ってブライアンを愛撫《あいぶ》したあと、シルクで裏打ちされた上等な黒いズボンのウエストから下へと手を滑らせた。ついに前ボタンを見つけて、その下へ手を這わせていく。

カミールが主導権を握れたのはそこまでで、ブライアンのやさしい動きが情熱的な動作へと変わった。彼はカミールをきつく抱きしめて、体を曲げてキスをしながら靴を蹴《け》って脱ぎ、続いてズボンを脱ぎ捨てた。ブライアンの脈打つ下腹部を押しつけられ、彼女は頭の片隅で、正気でないのはわたしのほうだわと思った。彼に抱きかかえられてベッドへ運ばれ、ほとんど眠ったこともないベッドの上へ一緒に横たわったとき、上掛けや枕《まくら》のことはまったく気にかけなかった。ふたりの口が互いの体に濡《ぬ》れた筋をつけ、再び重なった唇がまた離れる。体がひとつになるのと同時に唇も合わさり、渇望がふたりを固く結びつけた。ブライアンの動きを感じているうちに、カミールは自分がどれほど彼を愛しているか、自分がどんなに愚かだったかに気づいた。ええ、そうよ、ブライアンのためなら、わたしは命を危険にさらしてもいい。彼はわたしの人生の一部になってしまったんだから。

なにが嘘でなにが真実かなんて、どうでもいいわ。今この瞬間にふたりが分かちあっているほどの真実なんて、ほかにありえないんだもの。

だが、今夜のブライアンはいつまでもとどまってはいなかった。

天井が空になり、星々が砕け散ったように思えたとき、そしてこれほど官能的で熱いものは宇宙のどこにも存在しないと思われたとき、彼はカミールのなかにも、彼女のかたわらにもとどまらず、そそくさと起きあがった。

「明日、きみは立ち去るんだ」ブライアンが厳しい声で言った。

そして驚いたことに、彼女を残して自分の部屋へ戻り、ふたりの部屋を隔てている隠し扉を閉めた。

カミールはびっくりして上を見あげた。そこにあるのは普通の天井にすぎなかった。肌はまだ焼けるように火照り、鼓動は激しく打っている……。

やっとカミールは起きあがった。最初の晩にイーヴリン・プライアーから渡されたナイトガウンを見つけて着てから、ネフェルティティの絵をじっと見つめる。彼が必要になったら額縁の左側を引っ張ればいい。ブライアンはそう言った。

カミールはためらってから絵に近づいていき、額縁の左側をつかんで隠し扉を開けた。

ブライアンは寝室ではなく、その隣の正餐室《せいさん》にいた。一族の紋章が縫いとりされたローブを着て机に向かって座り、メモかなにかを調べていたが、カミールの足音を聞いて顔をあげ、招かれざるよそ者を見るような目で彼女を見た。

「わたしは出ていかないわ」カミールは言った。「やっと答えを見つけたんですもの」

「誰も答えを見つけてはいない」ブライアンが冷たく言い放った。「警察は今のところなにが起こっているのかわかっていない。彼らが調べているのは、密売人どもが英国から外国へ売っている古代遺物についてだ。人が何人も殺されたことを知って、それについても捜査を始めたが」

「でも、わたしにはわかった――」

「やめてくれ。きみがわからなくてはいけないのは、自分が危険にさらされているということだ。まったく、きみにはあきれたよ。行くべきではないところへ行かずにはいられないんだから。今夜、殺されていたかもしれないんだぞ。それなのにきみは、暗がりへ、死者が眠っている地下墓所へ行かなければ気がすまないんだからな」

「あなたが一年かかっても発見できなかったものを、わたしは発見したのよ」カミールは憤慨して言い返した。

「本当に？　そういえば、どうやってあの地下墓所にあった通路への入口を発見したんだい？」

「地下室に閉じこめられて、脱出口を探しているうちに見つけたの。あなたの城へこっそり出入りしていた人は、あの石板をきちんと戻しておかなかったのね」

「問題はそこにある。きみが地下室へ閉じこめられたってことに」

「あなたは情報が欲しくてわたしを巻きこんだんじゃないの？　犯人をあぶりだすのにわたしを利用したかったんでしょう？」カミールはきいた。

ブライアンが彼女を見つめた。「ああ、そのとおりだ。そしてきみの役目はもう終わった」

ドアをノックする音がしたので、ふたりは飛びあがった。

ブライアンが眉をつりあげた。カミールは腕組みをして言った。「わたしたち、婚約しているのよ」

「いいや。婚約は破棄する。おいおい、なにを考えていたんだ？　きみは庶民じゃないか」

これほどまでに痛烈な言葉を浴びせられたのははじめてだ。これまでずっと、ブライアンには本気で結婚する気はないのだと自分に言い聞かせてきたけれど、彼と一緒に生活し、毎晩ともに寝て、朝かたわらで目覚めることが、いつしかカミールの夢の一部になっていた。

「まいったな。そんな目でぼくを見ないでくれ。婚約は解消だ。埋めあわせはたっぷりするよ」ブライアンはそっけなく言った。「しかし、きみはもうこの城には住めない」

「ブライアン？」

再びドアをノックする音と彼の名前を呼ぶ声がした。イーヴリン・プライアーだ。「ブライアン、ごめんなさい。エージャックスがわたしの部屋にいたんだけど、なんだか急に狂ったようにドアを引っかきだしたの」

カミールは涙がこぼれそうになるのを見られたくなくて、自分の部屋へ逃げ帰ろうと向きを変えた。だが、その暇がなかった。それともブライアンは本当に冷酷な獣で、そんなことなど気にかけなかったのかもしれない。彼はぱっと立ちあがってドアを開けた。

エージャックスが駆けこんできて、主人に飛びついた。

「お座り、エージャックス」ブライアンはやさしく声をかけて、大型猟犬の耳をかいてやった。

イーヴリンはカミールを見つめていた。カミールも見つめ返す。エージャックスが彼女に飛びついた。不意を突かれたカミールは押し倒されそうになる。

「まあ、ブライアン、ごめんなさいね」イーヴリンが小声で言った。

「かまわないよ、エージャックスはここに置いておく。恐ろしいことが起こったが、今夜は少しでも眠っておこう」ブライアンがじれったそうに言った。

「ええ、そうね。眠りましょう」イーヴリンがつぶやきながら立ち去った。

「どうしてこんなことをするの?」カミールは涙をこらえながら怒って叫んだ。「きっとトリスタンはあなたに決闘を申しこむわ」

「きみが出ていこうとしないからさ」ブライアンが言った。「ぼくはどうしたらよかったんだ？　それに、トリスタンのことは心配しなくていい。ぼくらは暗黒時代に生きているんじゃないんだからね。白い手袋で顔を何度も打たれたとしても、きみの後見人をどうこうする気はないから」

カミールはショックのあまり凍りつき、その場に立ってブライアンを見つめた。やがてわれに返った彼女は、身を翻して部屋へ逃げ帰ろうとした。だが、ブライアンが舌打ちをして歩み寄り、カミールを抱えあげて暖炉の前へ歩いていくと、いつかの晩にしたように、椅子に座って彼女を膝にのせた。彼女の髪を撫で、首を振る。

「きみを隠さなくてはならないんだ。きみの命を危険にさらすわけにはいかないからね」

「それはわたしが好きですること――」

「だめだ！　今度ばかりはきみの好きにはさせない」

「黄金のコブラがどこにあるのか見当がついたのよ」カミールは言った。「少なくともどこを探したらいいのかわかったの」

ブライアンは体をそらして彼女の顔をまじまじと見た。「どこだ？」

「古代エジプトの人々はしばしばミイラと一緒に護符を埋葬したわ。ミイラをくるむ布のなかに入れたのよ」カミールは答えた。

「ああ、もちろんだ」ブライアンが言った。「しかし、その黄金のコブラが、人殺しをしてまで手に入れたいものだとしたら、護符みたいに小さなものではありえないよ」

カミールはかぶりを振った。「黄金のコブラがどんなものなのか、わたしも正確には知らないの。それに、誰かがどうやって黄金のコブラのことを知ったのかもわからない。だって、一度も目録に載せられなかったんですもの。装飾のためとか、ほかの現実的な理由で石棺におさめられていた財宝と一緒に墓から運びだされたとしたら、誰かが黄金のコブラを見たはずだし、目録にだって載せられたはずだわ」

「ぼくには理解できないな。黄金のコブラは護符と同類のものだってわけか。だとしたら……」

「もっと大きなものだけど、ミイラと一緒に埋葬されていたんじゃないかと思うの」

ブライアンがかぶりを振った。「聖職者のミイラは巻き布が解かれていたよ」

「ヘスレのミイラはどう？　それはここにあるの？　それとも博物館にあるの？」カミールは尋ねた。

「どちらにもない」ブライアンが答えた。「とにかく我々の知っている限りでは。ヘスレのミイラは発見されなかった。というより、確認されていないんだ」

「確認されていないのは、それを埋葬した人々が、ヘスレだと知られないよう慎重にとり計らったからではないかしら。黄金のコブラが強い力を持っていたのは、墓泥棒を近寄らせないためだけではなく、人々を守るためでもあったんじゃないかと思うの」

「人々を守るというのは、なにからだい？」

「ヘスレから。古代のエジプト人たちはヘスレの力を恐れていたのかもしれない。そこで彼女だとわからないように埋葬したのよ。ただし、彼女がよみがえってその力で人々に害を及ぼさないように、護符を一緒に埋葬したんだわ」

19

やっと寝入ったあとに訪れた眠りが、そうとう深かったのだろう。ドアをノックする音がかなり続いたあとで、ようやくカミールは目を覚ました。しばらく彼女は横たわって心地よさに浸っていたが、そのうちに音がうるさく感じられだした。そのときになって、ノックされているのが彼女の寝室であること、一方、自分が寝ているのはブライアンの部屋であることに気づいた。当のブライアンの姿は、すでにかたわらになかった。

カミールはベッドを飛びでて自分の部屋へと駆け戻り、隠し扉を閉めてローブをまとってから、今ドアを開けるわ、と大声で言った。

コーウィンだった。

「これからあなたを森のコテージへ連れていく」彼は言った。

「なんですって?」

「あなたを荷物とともに森へ馬車で送ることになっているんだ。あの姉妹のコテージへ」

コーウィンはいくらかじれったそうな口調で説明した。

カミールは無表情を装おうとしたが、胸は落胆でいっぱいだった。心はコーウィンの言葉を否定したがっていた。わたしは……ブライアンがわたしに関心を抱いていると思っていた。そればかりか、わたしを必要としていると。でも、あの人は一度もそれを口にしたことはない。わたしはなんてばかだったのかしら。心のなかを冷たい風が吹きすぎていく。あの人は真実を語ったのだ。あたりまえの真実を。彼は伯爵だ。わたしは庶民にすぎない。たしかに彼はわたしを大切に思っている。でも、彼のような男性の多くが若い庶民の女を慰み者にしてきたのだ。

「あの森へ」コーウィンは懐中時計を出して時刻を調べた。「一時間後でどうだい？」

カミールはうなずきながら考えた。一時間後！　そのときになったら、わたしは荷物と一緒に馬車に乗せられて森へ連れていかれるのだ。まるで……まるで必要とされない子供みたいに。

突然、心に怒りがわきあがった。するとあのカーライル伯爵は、どんな動機からか知らないけれど、わたしを城から追いだそうとしているんだわ。けっこうじゃない。

「一時間後なら大丈夫よ。トリスタンとラルフはどうするの？」

「トリスタンはあなたの行くところへついていくと。たとえどんな場所であろうと一緒に行くそうだ」

「森のコテージはそんなに広くないんじゃないかしら？」

「ああ、だがトリスタンとその従者なら大丈夫だろう。厩舎《きゅうしゃ》のなかに狭いけれど快適な場所があるから」

「家畜と一緒に暮らすの？」

「とんでもない、家畜なんかいないよ。あの姉妹は家畜の世話をする必要なんてないんだ。育てなければならない子供はいるがね」

　家畜もいないし、馬もいない。あのコテージへ行ってしまったら、島流しにされたのも同然だわ。

「アレックスはどうなるのかしら？」カミールは尋ねた。

「彼ならどんどん回復しているよ。明日には自宅へ送り届けてあげられるだろう」

「じゃあ一時間後に。コーウィン、ありがとう」カミールは愛想よく言ってドアを閉めた。頭はめまぐるしく働いていた。与えられた時間は一時間。たったの一時間。ためらったのはほんの一瞬だった。

　カミールは室内を見まわした。もちろんまとめる荷物などなにもない。ここにあるのはすべてあてがわれたものだし、カミールを知っている人なら誰でも、彼女が他人の所有物を持ちださないことくらい知っている。しかし、彼女は荷物をいくつか持っていくのが当然だと思われている。ブライアンが彼女を送り届ける先は自宅ではなく、森のコテージなのだ。

彼女はドアを勢いよく開けた。「コーウィン！」

彼はまだ廊下を半分ほどしか遠ざかっておらず、カミールの呼ぶ声に振り返った。

「わたし……服を何着か持っていかなくてはならないの。悪いけどスーツケースかなにか見つけてきてくれないかしら。服をつめられるものならなんでもいいわ」

コーウィンはほっとした顔をしてうなずいた。「わかった。すぐに持ってくるよ」

彼はすぐに戻ってきて、スーツケースを置いて出ていった。カミールは急いで身支度を整え、スーツケースに身のまわりの品をほうりこみ、メモを走り書きしてベッドの上に置いた。それからドアを細く開ける。彼女は安堵《あんど》の吐息をついた。廊下には誰もいなかった。

ブライアンはドアをノックして待った。しばらくして小さな穴からのぞく目が見え、そのあとでドアが開いた。

「それで?」サー・ジョンが尋ねた。

「噂《うわさ》は広まった。あなたがエジプトコブラに噛《か》まれて亡くなったと、シェルビーがみんなの前で発表したからね。蛇をあなたの住まいに放した犯人は、あなたが死んだものと思いこんだだろう。新聞はあなたの死亡を報じることになっている。このあと我々のすべきことといったら、やつらが次にどんな手を打ってくるかを、じっと待つことぐらいだ。この事件の背後にいる人物は報酬の一部しか受けとっておらず、次第に自暴自棄になってきている。ゆうべのディナーパーティーの際に、やつらは城の地下室にいた。それは不思議でもなんでもない。何者かが侵入していることは以前からわかっていたからね。父が考えていたように、塀の外とつながっている秘密の地下通路があるんだ。しかし、もう入口はふさいだ」ブライアンはいったん言葉を切ってから言い添えた。「ゆうべ、カミールが何者かに階段から投げ落とされた」

サー・ジョンは息をのみ、半ば激高して言った。「カミールが！　なんということだ、まさか彼女は――」

「大丈夫だよ。ぼくはカミールを安全な場所へ移すことにした。そこにいれば、悪事をたくらんでいるやつらも彼女にもう一度手を出そうとは思わないだろう」

「たしかかい？」サー・ジョンは気をもんでいた。「彼女は今そこにいるのかね？」

「もうすぐ行くことになっている。城の門には警官も配備されているしね」

ブライアンはカミールにあれ以上なにも話さないで城を出てきた。コテージ行きの話を蒸し返したら、口論になるに決まっているからだ。ブライアンはコーウィンに彼女を三姉妹のところへ連れていくよう命じておいた。カミールが行くのをいやがったら、縛るなり猿ぐつわを噛ませるなりして、肩に担いででも連れていくように、と。

サー・ジョンがうなずいた。「ラクロワスについては？」

「あなたの死亡の知らせを聞いて、彼は恐怖に駆られたんじゃないかな。だからといって警察に駆けこんだり、ぼくに助けを求めてきたりするほどおびえているかどうかは、わからないが。ラクロワスみたいな人間は必要以上に怖がるものだ。それにもちろん彼は母国でかなりの地位にあるから、無茶な行動はできないだろうしね」

「きみが彼を……脅してみるというのは？」サー・ジョンが期待をこめて言った。

「その手もある。しかし、最初にまずラクロワスを心底震えあがらせてやりたかったんだ。あなたにはこれからも助けてもらえるものと思っている。すでに知っているだろうが、ぼくはすべて真実を語っているんだ。ぼくの両親が殺されたと信じたくない気持ちはわかる。しかし、あの日のことでまだ話していないことがあったら、どんな些細《ささい》なことでもいい、なにか思いだせたら、ぜひとも聞かせてくれないか」

サー・ジョンはため息をつき、身を隠している部屋の椅子を指し示して座ろうと促した。「ドアの外には警官が見張っているのだろうね？」彼はびくびくして尋ねた。「あのときちょうどきみが来たからよかったものの、そうでなければ……。わたしも準備はしていたつもりだが。昔戦争で使った拳銃《けんじゅう》をいつでも使えるように引きだしに入れておいたんだ。しかし、蛇には気づかなかった。きみが撃ち殺さなかったら……」

「もう終わったことだ。ぼくはあなたの話が聞きたい」

「あの日……」サー・ジョンは椅子の背にもたれて首を振った。「うむ、発見がなされたあとの状況はきみも知っているだろう。なにもかもがゆっくりと進行する、退屈になりそうなほどゆっくりとな。それでいて誰もかもが興奮している。しかもあのときは膨大な財宝があった。それらの多くはカイロ博物館へおさめられたが、きみの父上はエジプトから持ちだすつもりの品について、大変な金額を支払われた。普通では考えられないほどの大金を」

「父はどんな取り引きにおいても公正だった」ブライアンは言った。

「ああ、彼は立派な英国貴族だったよ。実にすばらしい人物だった。惜しい人を失ったものだ」

「そう言ってもらえると、ぼくとしてもうれしい。しかし、お願いだから先を続けてくれ」

「いいとも。我々は一生懸命に働いて、ほとんどすべての荷づくりを終えた。それで、その晩はお祝いのディナーをしようということになった。もちろん遅くになってからだよ。一日じゅう働きどおしだったから、風呂に入ったりひと休みしたりする必要があったんだ」

「全員が一緒に発掘現場を離れたのかな?」

サー・ジョンは詳しく思いだそうと眉根を寄せた。「いや、オーブリーが最初に離れた。重労働をして疲れきっていたので、しばらく横になって休みたいと言ってね。次はアレックスだ。彼はもともと体が頑丈でなかった。当時も病気がちで、数週間前からたいした仕事をしていなかったが、その日もずいぶん体調が悪そうで、やはり少し休みたいと現場をあとにした。そのすぐあとに離れたのがハンターだ。ウィンブリー卿《きょう》は……いや、待てよ。最初に離れたのはウィンブリー卿ではなかったかな。そうだ、彼は重要な手紙を出さなければならないと言って、いちばん最初に帰ったんだ。イーヴリンとわたしはきみのご両親やエジプト人の同僚たちと現場に残り、最後の箱が送りだされるのを見届けてから一緒に帰った。別れたのはカイロの中心街だったよ。もちろんイーヴリンはきみのご両親と一緒に行き、わたしはホテルへ戻った。ご両親が宿泊していたのは、そう、我々のような英国からの訪問者用に改築されたあの古い宮殿だ。イーヴリンは管理人小屋に泊まっていた」サー・ジョンは首を振った。「きみはイーヴリンと話をすべきではないのかな。ご両親を発見したのは彼女なんだよ」

「しかし、あなたたちはお祝いのディナーをとるためにレストランで会ったんだろう?」

「ああ、我々職員全員が集まった。それから……それからイーヴリンが数人の大使館員と一緒に到着した。かわいそうに、彼女はすっかり打ちひしがれていたよ」

「ハンターはほとんど最後まであなたと一緒に発掘現場に残っていたのかな?」

「そうだ」

「しかし、やはりあなたよりは先に帰った?」

サー・ジョンは片手をあげた。「ああ。それはもう話したじゃないか」

「レストランへ最初に着いたのは？」

「わたしだ」サー・ジョンは顔をしかめた。「とても空腹で、早く食事にありつきたくてね。もう待ちきれなかったんだ」

「あなたの次は？」

「おいおい、もう一年も前のことだよ」

「頼む、思いだしてくれ」

「わかった。わたしがレストランにいると、次にやってきたのは、ううん……たしかオーブリーではなかったかな。そうそう、オーブリーに間違いない。いや、違う。アレックスだ。はっきり思いだした。わたしはアレックスと博物館における彼の地位について話をしたんだ。そこへオーブリーが到着し、続いてハンターが来て、最後にウィンブリー卿がやってきた」サー・ジョンは首を振った。「こんな話をしたところで、きみにとっていったいなんの役に立つのやら」

「もう一度よく考えて。机に新聞の切り抜きが留められているのを見つけた日、あなたは誰を見かけた？」

　サー・ジョンは不愉快そうに首を振った。「オーブリーがいたのはたしかだが、それ以外の者については確信がない。あの日はきみも博物館にいたはずだ。それと、もちろんカミールも。それにわたしは……」彼は不安そうに話を中断してため息をついた。「誰かがある意図のもとに殺人を犯しているなどとは、とうてい信じられなかった。しかしカミールがカーライル城へ滞在するようになって、きみを信じている様子なのを見てとってから、やっと気づいたんだ、最初からわたしも疑惑を抱いていたということにね」

「誰に疑惑を抱いていたんだ？」

自分も命を奪われかけたにもかかわらず、サー・ジョンは返事をためらった。「その、ひとつふたつ気になることがあったものでな」

「どんな考えでもいい、聞かせてくれないか」

「しかし、わたしの思い違いかもしれないんだよ」

「ええ、それでもあなたの考えを聞かせてもらえたら……」

「ウィンブリー卿は誰かに借金をしていたようだ。莫大《ばくだい》な借金を。とはいえ、もちろんそんなことはばかげている。なにしろ彼はウィンブリー卿なんだから」

「そう、彼には借金がある」ブライアンは同意した。

「しかし、ウィンブリー卿は蛇という蛇を忌み嫌っている」サー・ジョンが言った。「それはたしかだ。わたしが知っているなかでコブラを扱える人間はひとりしかいない」

「オーブリー・サイズモア」

サー・ジョンはうなずいた。

廊下をこっそり歩いて階段をおり、舞踏室を通り抜けていくあいだ、幸運にもカミールは誰にも会わなかった。イーヴリンにばったりでくわすのがいちばん怖かったが、彼女の姿はどこにもなかった。それどころか城全体が空っぽのようだ。

舞踏室から礼拝堂へ入ったカミールは、地下室へと続くドアを開けた。階段は暗かった。ありがたいことにシェルビーとコーウィンは昨夜のうちに通路をふさぐ作業を完了していた。カミールは忘れずにランプを持ってきた用意周到さを誇りに思いながら、明かりをかざして楽々と螺旋《らせん》階段をおりた。地下室へおりると、大急ぎで、しかもできるだけ静かに仕事にとりかかった。いつなんどき誰が来るかわからない。それにしても箱の数の多いこと！

蓋《ふた》をひとつひとつ開けてなかを調べていくしかない。それは少しも難しくなかった。ブライアンはすでにこれらの箱を全部調べたに違いないとカミールは確信した。大きな箱のうち、少なくとも十箱にはミイラが入っていた。これから彼女がしなければならないのは、ひとつひとつのミイラから巻いてある布をはぐことだ。エジプト学者の多くはそんなことを考えただけでおじけづくのではないだろうか。でも、今生きている人間の命のほうが歴史なんかよりも尊いのだわ、とカミールは思った。

彼女は古い埃《ほこり》のせいでくしゃみをしながら布をはいでいった。男のミイラは除外しようと思ったが、それはひとつもなさそうで、そこにあるのはどれも高位の神官の妻妾《さいしょう》たちのミイラのようだった。

カミールはロケット型の時計を掲げて時間を確かめた。与えられた時間はほとんど残っていない。まもなくみんなはカミールを捜し始めるだろう。うまくいけば、ベッドの上に残してきたメモを信じてもらえるかもしれない。

残るミイラはあと三体、それさえ調べ終えることができたら、あとはどうなろうとかまわない。ここになければ、ヘスレのミイラは大英博物館にあるのだ。その場合はなんとかして誰かに話を聞いてもらい、わたしなら黄金のコブラを見つけられる、捜索を終わりにできると説き伏せよう。

カミールはためらった。たとえ黄金のコブラを見つけたところで殺人者の正体が明らかになるわけではない。だが盗難はやむだろうし、おそらくこれ以上人が殺されることもなくなるだろう。


馬車はがたがたと音をたてて通りを走り、やっとウィンブリー卿のタウンハウスに着いた。なにがあろうと絶対ウィンブリー卿に会うのだと決意してやってきたブライアンは、シェルビーを馬車に残して、ドアをどんどんたたいた。

ウィンブリー卿の従者のジャックが出てきた。彼はブライアンを疑わしげに眺めたが、さすがに大ウィンブリー卿の従者だけあって、自分の役目をきちんとわきまえていた。

「申し訳ありませんが、ウィンブリー卿はまだお休みになっておいでです。お約束でもなさっているのですか？」

「いや」

ブライアンはジャックを押しのけてなかへ入った。

「困ります！　今申しあげたとおり、ウィンブリー卿はまだお目覚めになっておりません。今朝はわたしを呼ぶベルを一度も鳴らしていないのです」

ブライアンは一瞬ためらってから階段のほうへ歩きだした。

「スターリング卿！」狼狽《ろうばい》したジャックが大声をあげて追いかけてくる。

「さがっていろ」ブライアンは警告し、ドアをさっと開けた。

恐れていたとおり、ウィンブリー卿は床に倒れていた。ブライアンは足もとに気をつけながら部屋のなかを歩いていった。背後でジャックが甲高い悲鳴をあげた。

「静かに」ブライアンはジャックに命じ、しゃがみこんで脈をとった。だが、ウィンブリー卿の心臓はとっくの昔に打つのをやめていた。目は開いたままで、ジャックを呼ぶのに使おうとしたらしいベルが手から数センチ離れたところに転がっている。

死んでから数時間はたっている。ブライアンは丹念に死体を調べてから立ちあがった。

ジャックが再び叫び声をあげ始めた。「呪《のろ》いだ！　ああ、恐ろしい。エジプトコブラの呪いだ！　ウィンブリー卿はエジプトコブラに噛まれたんだ。ああ、なんてことだ。ここにはコブラがいる。家のなかに蛇がいるんだ。早く逃げないと。すぐに家の外へ逃げないと、わたしも――」

「やめろ」ブライアンは再び命じ、ジャックの肩をつかんで揺さぶった。「ウィンブリー卿はコブラに噛まれて死んだのではない。もしそうだったら、噛まれた跡がついているはずだ。あんなふうに口が大きく開いて体がよじれているところを見ると、どうやら蛇の毒とはまったく異なる毒にやられたらしい。すぐに警察を呼びなさい。おい、聞いているのか? ロンドン警視庁のクランシー刑事にすぐ連絡するんだ。一見、高齢による心臓発作のように見えるかもしれないが、検死を行う必要がある。彼は殺されたんだ」

「殺された! なんてことを! 殺されたなんて。しかし、わたしはずっと家のなかにいたんですよ。ゆうべ、ウィンブリー卿がお戻りになってからずっと。誰も訪ねてきませんでした。誰ひとり。ああ、なんてことだろう! ウィンブリー卿が亡くなった。わたしは……ああ! わたしはここにいた。警察はきっと……ああ、わたしは断じてそんなことはしていない。どうしたらいいのだろう。どう思われるだろう? 警察はどうする? わたしを逮捕するに違いない。呪いだ! ウィンブリー卿はエジプトなんかへ行くべきじゃなかったんだ」

「彼は帰宅する前に毒をのまされていたんだ。自分でそれに気づかなかっただけさ」ブライアンは言った。「警察はきみを逮捕しやしないよ。さてと、ぼくはもう行かなければならない。いいかい、ジャック、さっきぼくが言ったとおりにするんだぞ。さあ、早く」

ブライアンは階段を駆けおりてドアから走りでた。誰がなんの目的で殺人を犯しているのかが、はっきりとわかった。こうなったら迅速に行動しなければならない。


次のミイラから乱暴に布をはぎとる。本物の学者たちがこれを見たら、わたしを二百年の拷問刑に処すべきだと主張するのではないかしら、とカミールは思った。彼女は最後の一体にとりかかった。

そのミイラの布をはぐ前から、カミールはぞくぞくする興奮を覚えた。ほかのものより入念に防腐処置がなされており、巻かれている布や樹脂も質のいいものが用いられているのが見てとれたからだ。顔にかぶせられているのは少年のマスクだが、いくら擬装されていようと、それが男のミイラでないのは明白だった。胸のあたりが何重にも厚く巻かれているのは、おそらく乳房を平たくするためもあろう。だが、カミールの考えでは、布のなかになにかが隠されているのをごまかす目的のほうが大きいはずだった。

彼女は作業に熱中していたので、階段をおりてくる足音が耳に入らなかった。自分がじっと見られていることにまったく気づかなかった。

カミールはミイラに巻きつけられた布に大ばさみをあて、樹脂の硬くなっている部分を慎重に切り裂いた。それから古い布をはがしにかかる。そのとき声がしたので、彼女ははじめて見られていたことを知った。

「なにかを見つけたのかい？」

目をあげたカミールはハンターがいることに驚いた。彼が自分のほうへ歩いてくるのを見て、怖くなった。「いいえ……あの、違うわ。わたしも学者の端くれだから、なにかを見つけられるだろうと思ったの。でも、ほら、ごらんのとおり、めちゃくちゃにしちゃった。まだ古代エジプト遺物部が存続していて、サー・ジョンが生きていたら、きっとわたしは首にされちゃうわね」

ハンターは目を大きく見開いて首を振った。「いいや、きみは正しかった。きみがなにを考えていたのか、ぼくにはわかるよ。ああ、そうとも！　彼女は魔女だった。ヘスレはあがめられると同時に恐れられてもいた魔女だったんだ。そして特別な埋葬のされ方をした。なぜなら人々は、ヘスレの魂を永遠に死者の世界に閉じこめておきたかったからだ」

彼は言葉を切ったあとでつけ加えた。「そしてここに……それがある」

見つけたのはカミールだが、ミイラの胸もとからそれをとりだしたのはハンターだった。気が遠くなるほどの長い年月も、品物のすばらしさをまったく損ねていなかった。その値打ちは使われている金の量ではなくて宝石にあった。頭の付け根を三角形に広げているコブラの彫像。目にはきらきら輝く大きな宝石がはまっている。だが、それよりもっと目を引くのは、コブラの首もとに燦然《さんぜん》と輝くダイヤモンドやサファイアやルビーだ。

ハンターはカミールのすぐ横に立っていた。彼女は今すぐ彼のそばから、地下室から逃げだしたかった。

「カミール」ハンターがささやいた。

彼はカミールを見てはいなかった。見ているのは見事な逸品だ。彼女はハンターから離れたが、彼は気づかないようだった。

「ここへなにをしに来たの？」カミールは尋ねた。

「なんだって？」ようやくハンターは彼女に視線を向けた。「ブライアンに会いに来たんだ。なにが起こっているのかききだそうと思ってね」

「それで……地下へおりてきたの？」

ハンターがにやりとした。カミールはぞっとした。

「どういうわけか城のなかに誰もいないのさ。門の前に警官がいたので、ぼくが用件を話したら、通してくれた」

「上に誰もいないの？」

「二階へはあがらなかったからな」

「じゃあ、まっすぐここへ来たの？」

「そうだが？」

「どうして？」

「どうしてって、それは……」

「おおい！　誰かそこにいるのか？」

階段の上でした声にほっとするあまり、カミールは震えだした。急いでハンターから遠ざかる。

「いるわ、アレックス！」カミールは後ずさりしながら大声で呼び返した。アレックスが階段をおりてきた。仕事用のスーツを着て、鞄《かばん》を持っている。きっと家へ帰るところなんだわ。すっかり元気になったから、わたしたちと一緒に城から追いだされるのよ。

カミールはいつしかふたりの男の中間点に達していた。アレックスは階段の途中に立ち、興味津々といった顔で待っている。彼女はアレックスからハンターへ視線を移した。ハンターはいつのまにか黄金のコブラを背中へ隠していた。

「アレックス」気分が悪くなったカミールは言った。「コーウィンを呼んできてちょうだい。お願い」

ハンターが顔をしかめた。

「アレックス！」彼女はアレックスを押しのけて階段を駆けあがろうとした。だが、アレックスに行く手を阻まれた
「カミール、そいつから離れろ！」ハンターが警告した。

それを聞いてアレックスがにやりとした。「いいぞ！　偉大な冒険家にして探検家、い

つも女にもてもてのサー・ハンター・マクドナルド。おまえがここにいたのはなんとも好都合だぜ」

カミールはぎょっとして、ハンターに言われたとおりアレックスから離れ始めた。

「アレックス、以前からきみがすぐに感情的になるのは知っていたよ。しかし、それほど性根の腐った人間だとは知らなかった」ハンターが言い返した。

「〝性根の腐った〟ときたか、善良で勇敢な騎士さんよ！」アレックスが吐き捨てるように言った。「おれに代わって財宝を見つけてくれたようだな、カミール。ハンター、そいつをこっちへ渡せ」

「アレックス、さっさとそこをどけ」ハンターが警告した。「さもないとおまえの胸から心臓をえぐりだしてやるぞ」

「やってみろよ」

あっというまにアレックスがカミールの髪をつかんでぐいと引き寄せた。同時に彼は鞄を逆さまにして、なかの生き物をぼたぼたと床へ落とした。

十四以上のエジプトコブラがしゅうしゅうと音を出しながらカミールの足もとの床を這《は》いずりだした。アレックスは悲鳴をあげているカミールを引っ張りながら、かがんでコブラを一匹つかみあげ、怒って大口を開けている蛇の牙《きば》を彼女の喉に近づけた。

「その宝はおれがもらうぜ、ハンター」アレックスが言った。「そいつをこっちへほうれ。

そうしたらカミールを放してやる。おまえたちをここへ残していくから、コブラに噛まれないよう、せいぜい奮闘するがいい」

ハンターが宝石をちりばめたコブラをほうった。アレックスは生きているコブラを投げ捨て、つくりもののコブラを受け止めた。カミールをぐいと押す。彼女は悲鳴をあげてコブラの群れのなかへ歩み入った。


ブライアンは馬車を使わず、厩舎からウィンブリー卿の立派な乗馬用の馬を引きだし、シェルビーにいくつか指示を与えた。そして不運な馬をカーライル城まで駆けどおしに駆けさせた。乗っている最中も、祖先たちに悪態をつく。彼らは城壁を築いて門を構え、城の周囲に堀をめぐらせて、攻めこんできた敵の頭上から油を注ぐ仕掛けまでつくった。それでいながらひそかに城内へ侵入できる通路を残しておいたのだ。

門の前でブライアンは馬を止め、当直任務についている警官に話しかけた。

「ぼくの従者とミス・モンゴメリーはもうここから出ていったかい?」

「見ていません。ですが、サー・ハンター・マクドナルドが城内へ入っていきました。あなたは外出していると申しあげたのですが、彼は重要な話があるので、なかでお待ちになるとおっしゃって」

ブライアンは警官との話を切りあげ、息を切らせて汗びっしょりの馬を駆って、森のなかの小道を通り、跳ね橋を渡って城の玄関に到着した。

カミールはよろめきながらもなんとか蛇のあいだを通り抜け、ミイラの箱をまわってハンターの横へ来た。そのとき大声で名前を呼ばれた。

「カミール！」

アレックスが階段の途中で立ち止まり、にやりと笑った。「スターリング卿！」彼は怒鳴った。「助けてくれ！　ハンターは頭がどうかしているんだ。彼がぼくたちを殺そうとしている」

「違うわ！」カミールは叫んだ。「ブライアン、来ちゃだめ……」

手後れだった。階段のてっぺんに姿を現したブライアンが、アレックスを押しのけておりてきた。彼は床をうようよと這いまわっているエジプトコブラを見て、階段の途中で立ち止まった。

「やつを殺せ！　ハンターを殺せ！」アレックスがわめいた。

「ブライアン、危ない！」カミールは叫んだ。

アレックスが後ろからブライアンを突き落とそうとしていた。カミールの叫び声もアレックスを止めることはできなかった。だが、ブライアンは転げ落ちなかった。襲われることを予測していたのだ。アレックスは自分よりも大柄で力の強い男でも、後ろから不意を突けば簡単に突き落とせると考えたに違いない。しかし、そうはいかなかった。ブライアンはアレックスをつかんで床のほうへ投げ落としたが、アレックスはひとりで落ちてはいかなかった。ブライアンの襟をつかみ、自分よりも大柄な男ともども階段を転げ落ちた。

「ああ、どうしよう！　なにか持つのよ！」カミールはハンターに向かって叫んだ。

「なにを？」

彼女は近くの箱に手を入れて、ミイラの膝から先をもぎとった。驚いたことに、蛇は取っ組みあいをしている男たちから遠ざかっていた。あと数秒もしたら、蛇たちは箱のなかや机の下にもぐりこんでしまうだろう……。あるいは攻撃を開始するかもしれない。

アレックスは、力はブライアンより弱いかもしれないが、そのぶん死にもの狂いだった。ブライアンに押さえつけられそうになったので、もがきながらポケットに手を突っこんでナイフを出し、相手の喉もとで振りまわす。ブライアンはアレックスを床へ押さえつけて手首をつかんだ。一匹のコブラがふたりのほうへ這っていって鎌首《かまくび》をもたげた。

「だめ！」カミールは叫び声をあげて駆けていき、ミイラの足でコブラを殴りつけた。

ナイフがアレックスの手を離れて床に落ちた。ブライアンは立ちあがり、アレックスの体を引きずりあげた。ナイフのほうへ駆け寄ろうとするアレックスをブライアンが突き飛ばした。アレックスは壁に激しくぶつかって、へなへなと床に座りこんだ。一匹のコブラのすぐ横へ。そのコブラがしゅうっと音をたてて襲いかかり、彼の首に噛みついた。アレックスはにやりとしかけたが、別のコブラが彼に噛みつき、さらに別のコブラが噛みついた。彼は甲高い悲鳴をあげた。そして静かになった。

カミールはぞっとしながらも見ているほかなかった。

「カミール！」

ハンターが彼女のかたわらへ駆けてきて、脚に噛みつこうとしていたコブラを殴りつけた。

「早くここを出よう！」ブライアンが怒鳴った。彼は銃を抜いて一匹のコブラを撃ち、もう一匹にねらいをつけた。

銃声がとどろいた。通り道ができる。カミールは螺旋階段をあがりだした。すぐ後ろにハンターが続く。最初のカーブを曲がりかけたところでカミールが急に立ち止まったので、ハンターがぶつかった。

「ブライアン！」カミールは叫んだ。

再び銃声がとどろいた。その直後、ブライアンがカミールの背後へ来て、大声で怒鳴りながら彼女を押して階段をあがらせた。

「いつになったらきみはぼくの言うことを聞けるようになるんだ」ブライアンは叫んだ。

「ちゃんと聞いていたわ」カミールは怒鳴り返した。「一時間……コーウィンが一時間くれたの。わたしはその時間を利用しただけよ。そうしたら……ああ、なんてこと！」彼女はブライアンの腕のなかに倒れこんだ。

「ぼくを殺すべきではないということが、どうしてわかったんだ？」ハンターがブライアンにきいた。

「話せば長くなる。それに、城のなかがどうなっているかのほうが気にかかる」ブライアンが心配そうに言った。「ほかのみんなを見つけないと。話はそのあとにしよう」

ブライアンの切羽つまった口調と態度に接して、カミールの胸に新たな恐怖と不安がわきあがった。彼女はハンターを従えて階段を二階へ駆けあがった。

トリスタンの部屋へ近づいていくと、ドアを激しくたたく大きな音が聞こえた。誰かがドアを壊そうとしているのだ。おそらく椅子かなにかをたたきつけているのだろう。トリスタンの怒鳴り声も聞こえたが、今ではすっかりしわがれている。助けを求めたり、イーヴリンをとんでもないあばずれだの裏切り者だのとののしったりしているせいだ。普段のトリスタンが決して口にしない言葉だった。

ハンターがドアに渡してある古い木製のかんぬきを外すと、トリスタンとラルフが転がるように出てきた。トリスタンは破城槌《はじょうつい》代わりに用いていた椅子を振りかぶっていた。

「イーヴリンはどこにいる？　彼女が我々を閉じこめたんだ。彼女の仕業だってことは、わかっているんだ」

「わたしがやったんじゃないわ、おばかさんね」イーヴリン・プライアーが廊下をせかせかと歩いてきながら大声で言った。服も髪も乱れ、いきりたって目をぎらぎらさせている。「この一時間、リネン収納室に閉じこめられていたの。嘘《うそ》じゃないわ」

イーヴリンの後ろから相変わらず心配顔のブライアンがやってきた。「コーウィンがどこにもいない」

「厩舎のなかでは？」ハンターが言った。

ブライアンは暗い顔でうなずき、階段をおりだした。全員があとに続く。ブライアンが駆けだした。厩舎にも外からかんぬきがかけてあった。ブライアンはかんぬきを外してドアを大きく開け、なかへ入って見まわした。うめき声が聞こえた。

「生きているわ！」イーヴリンが安堵の吐息をもらした。彼女はブライアンについて、うめき声のする干し草の山のほうへ駆けていった。

コーウィンが起きあがろうとしていた。彼はブライアンを見て首を振った。肉体的な痛手よりも精神的な苦痛のほうが大きいようだ。「務めを果たせなくてすみません。新しい馬具を用意しようと思って……ここの二階にいたら……アレックスが後ろへ来て……突き落とされたんです。干し草がなかったら、今ごろは死んでいました。ああ、まったくなんてことだ！」彼は叫んで、よろよろと立ちあがろうとした。「務めを果たせなかったから、カミールは……」

コーウィンはしゃべるのをやめてカミールを見つめた。

「あなたは部屋のなかにいなかったんだね」

「彼女は頑固な性格で、人の言うことをちっとも聞かないんだ」ブライアンが言った。

「ええ、だけどそこがいいんだわ。カミールはブライアンにぴったりの女性よ」イーヴリンが言ったので、カミールは驚いて振り返った。イーヴリンがカミールにほほえみかけた。

「あなたならきっとアビゲイルを大好きになったでしょうね。彼女もすごく頑固な性格だったのよ」

カミールは急にやましさを感じた。彼女はイーヴリンにほほえみ返し、ブライアンは本気で庶民と結婚しようなどとは思っていないのだと言おうとした。しかし、今はそんなことを言うべきではない。彼女は首を振った。「わたしはいまだに……理解できないわ。全部アレックスの仕業だったの？　だって、彼もコブラに噛まれたじゃない。死にかけて、ここへ運びこまれたのよ。どこで彼はエジプトコブラを手に入れたのかしら？　どうやって一連の事件を起こしたの？」

「答えをすべて知ることは永久にできないだろうが、いくつかはわかっているよ」ブライアンが言った。「門の前にいる警官をロンドンへやって、クランシー刑事をここへ連れてこさせよう。イーヴリン、コーウィンの頭の手あてをしてやってくれ」

「ぼくが門へ行って伝えてきます」コーウィンが申しでた。

「いや、きみは無理だ」ハンターが言った。「ぼくが伝えに行こう。きみがこうして生きているのは運がよかったんだよ」

「きみだって運がよかったんだ」ブライアンがハンターに言った。しばらく黙っていたあとで続ける。「ありがとう。ここでなにをしていたのかは知らないが、きみが来たおかげで助かったんだ。礼を言うよ」

ハンターはうなずいた。「それじゃあ、警官へ伝えに行こう。ぼくは早く答えが知りたくてうずうずしているんだ」

「ついでにサー・ジョンもここへ連れてくるよう、その警官に頼んでくれないか」ブライアンが頼んだ。

「サー・ジョンは亡くなったじゃないの？」カミールがブライアンに指摘した。「ウィンブリー卿と間違えたんでしょう」

「いや」ブライアンが言った。「ウィンブリー卿は死んだ。サー・ジョンは本当は生きている。あとで全部話すよ。コーウィン、ぼくの肩に寄りかかるといい。家へ行って手あてをしよう」

ブライアンはコーウィンに手を貸して立たせた。一瞬、ブライアンの目がカミールの目と合った。彼は目にやさしさと頼もしさをたたえてほほえんだ。彼女はためらってから手をのばし、仮面の紐《ひも》の結び目を引っ張った。

「もうこんなものは必要ないわ」カミールは言った。「どういうことなのか、いまだにさっぱり理解できないけれど、獣たちにカーライル城を守らせておく必要はもうなくなったんじゃないかしら。きっと呪いは断ち切られたんだわ」

20

「いまだに理解できないわ。どうしてアレックスにあんなことができたのかしら」カミールはイーヴリンがいれたブランデー入りのおいしい紅茶をすすってから言った。広間に集まった事件の関係者たちと一緒に、暖炉の火の暖かさを感じていると安心できる。「それにディナーパーティーのとき、彼は地下で誰とひそひそ話していたのかしら？」

「まだわからないのかね？」サー・ジョンが口もとに皮肉っぽい笑みを浮かべて尋ねた。

「ウィンブリー卿《きょう》？」カミールは問い返した。

「真相をすべて明らかにすることは永久にできないだろうな」ブライアンが言った。彼は暖炉の脇《わき》に立って炉棚に腕をのせていた。「ウィンブリー卿もアレックスも死んでしまったからね。ぼくだって当時の話をいろいろな人から何度となく聞いたのに、今朝サー・ジョンと話をするまでは、実際になにが起こったのかをつかめなかった」

「今朝のわたしの話が役立ったのかね？」

「発掘調査のあいだアレックスが病気がちだったというあなたの話で、ぼくははたと思いあたった。以前にそれと同じことが母の日記に書いてあるのを読んだ覚えがあったんだ」ブライアンが説明した。

「なんのことかさっぱりわからない」サー・ジョンが言った。

カミールは黙ったままうなずいて同意を示した。

「アレックスが病気がちだったのは、おそらくエジプトコブラにはじめて噛《か》まれたあとだったからだろう。それ以降、彼はコブラの毒を自分の体で試し、免疫をつけていたんじゃないかな。だからこそ資金集めのパーティーのとき、大胆にもコブラに噛まれてみせたんだ。あの場には大勢の人がいたから、ひとりくらいは噛まれた箇所を切って毒を吸いだす方法を知っている人間がいるだろうと考えたに違いない。かなり危険な賭《かけ》ではあったが、やってみる値打ちはあった。というのも、彼が勇敢にも自分の命を犠牲にしてみんなを救おうとしたというので、我々の疑いはほかへ向けられたからね」

「だけど、彼は今日どうやってエジプトコブラをここへ持ちこんだの?」カミールは相変わらず腑《ふ》に落ちなくて尋ねた。

「ゆうべのうちに持ちこんでおいたのさ」ブライアンが言った。

「ゆうべのうち、ですって! だって、アレックスはずっとここにいたじゃない」

「そうだろうか? ゆうべは大騒動があったんだよ。きみは森のなかへ逃げこみ、ハンターとぼくは取っ組みあいを始めた」

「アレックスが！　誰に想像できただろう」ハンターがつぶやいた。

「でも、彼が単独でやったんじゃないわ」カミールは言った。「ウィンブリー卿と共謀していたのよ。それにしてもウィンブリー卿ともあろう人が、なぜあなたのご両親を殺害したのかしら？　彼だって貴族なのに」

「貴族だからって莫大《ばくだい》な借金をしないとは限らないさ」トリスタンが口を出した。「彼は賭事にのめりこんでいたんだ。そうですよね、ブライアン？」

ブライアンは刑事のほうへ顔を向けた。「空き地でグリーンが射殺されたあと、クランシー刑事がいろいろな記録を調べて明らかになった」

「グリーンって誰？」カミールは尋ねた。

「根っからの悪党で、名うての常習犯さ」トリスタンが説明した。「あのときは、ラルフとわたしが手伝ったんだ」彼は誇らしそうに言った。

ブライアンは口もとにゆっくりと笑みを浮かべてトリスタンのほうへ首をかしげた。

「そうそう、あなたには世話になった」

「どういうこと？」カミールはトリスタンをにらんで尋ねた。「あなたは具合が悪くて城を出られなかったはずよ。いつのまにそんな危ないことにかかわっていたの？　それにブライアン、よくもトリスタンとラルフを危険な目に――」

「おいおい、カミール」トリスタンが遮った。「わたしはれっきとした大人だし、大英帝国軍の軍人として何度も危難をくぐり抜けてきたんだ。心配しなくたって、ラルフもわたしも自分の身ぐらい守れるよ」

「トリスタンを危険にさらすことになろうとは夢にも思わなかったんだ」ブライアンがカミールを見て言った。肩をすくめてつけ加える。「しかし、彼はきみにそっくりだ。どうしても首を突っこまずにはいられない」

「話をもとに戻そう」オーブリーが咳払《せきばら》いをして言った。「ブライアン、ウィンブリー卿はよくあなたのお父さんと議論していました。もっともそれ自体は特別なことには思えませんでした。我々はどこへなにをおさめるべきか、どのようにして掘りだすべきか、エジプト当局や古物研究家との交渉をどうするか、フランスの影響にどう対処すべきかといった、さまざまな問題についてしょっちゅう議論していましたからね。自然なことだったんです。どんな発掘調査にもそうした議論はつきものなんです」

「ぼくもきみのお父さんと議論したよ」ハンターがブライアンに打ち明けた。「彼はエジプト人のためにエジプトの歴史を保存すべきだと、あまりに強く思いこんでいるように見えたんだ」

「当然のことだわ」カミールはそっけなくつぶやいた。

「きみの父上はウィンブリー卿の借金を何度か肩代わりしてやったんじゃないかな」サー・ジョンが言った。「亡くなる前日、レディ・アビゲイルは壁面に書かれていた文章を読んだらしくて、ずいぶん興奮していた」

「黄金のコブラについて書かれていたんですか？」カミールは尋ねた。

「そのときのわたしには知る由もなかったが、今考えてみれば、そうとしか思えない。彼女がそれを読んだとき、アレックスが一緒だったに違いない。だから彼は黄金のコブラの存在を知ったんだ。それは目録に記載されなかった。必ず見つけだせるという確信があった彼は、ただ根気強く探せばよかった」サー・ジョンは言った。「ほかの者たちは……黄金のコブラの存在を知らなかった」彼は首を振った。「残念ながら我々は壁に書かれた文章を見なかったんだ」

「この一年を通じ、アレックスはなんらかの方法で、ちょっとした古代遺物を手に入れては、それらをムッシュー・ラクロワスに渡してきた」クランシー刑事が一同に説明した。「アレックスはそのうちに途方もなく値打ちのあるものを手に入れると約束したらしい。ウィンブリー卿が早く入手しろとせっついていた。知ってのとおり、ウィンブリー卿には王室関係やいろいろな国際団体につてがあったんだ」

「だけど――」

「きみが言いたいことはわかるよ」クランシー刑事がカミールに言った。「ウィンブリー卿にどうしてそんなことができたのかと言いたいのだろう？　彼が取り引きの手配をし、アレックスが品物を手に入れていたんだ。空き地で撃ち殺されたグリーンは、彼らが連絡役に雇った男だった」

「ちょっと待ってくれ」トリスタンが口を挟んだ。「グリーンを撃ったのは誰だ?」

「ウィンブリー卿本人だ」クランシーが答えた。

「いまだに理解できないわ。ゆうべ、アレックスはどのようにしてここからロンドンへ戻り、あのエジプトコブラを持ってきたのかしら?」カミールは尋ねた。

「わざわざロンドンまで戻る必要はなかったのさ」ブライアンが彼女に言った。「きみもぼくも地下室から外へ通じる通路には入らなかったね。その通路はすごく長くて細いけれど、おそらく一度それを通って慣れてしまえば、二度目からは楽々と這《は》って通れるようになるのだろう。まだ人を送りこんで調べさせてはいないが、いずれどこかの道路へ通じているいることや、道路沿いにコテージがいくつかあることがわかるだろう。アレックス・ミットルマンはそうした小屋のひとつを借りて、基地として使っていたんじゃないかな」彼はしばらく黙っていたあとで言い添えた。「きっと彼はぼくの両親が死ぬ前に情報をききだそうとして拷問したに違いない」

トリスタンがイーヴリンを見た。「じゃあ……きみはアレックスを絞め殺そうとして真夜中に彼の部屋へ行ったんじゃなかったんだ」

「違うわ。よくもそんなふうに考えられるわね」イーヴリンがぴしゃりと否定した。

「正直に打ち明けると、わたしもあなたを疑いだしていたの」カミールがイーヴリンに言った。

「なんといってもスターリング卿夫妻が死んでいるのを発見したのはきみだものね、イーヴリン」ハンターが彼女に言った。

「ええ。それにわたしは秘密をずっと自分の胸にしまってきたの」イーヴリンはそう言って、申し訳なさそうにブライアンを見た。「わたしが見つけたときは、おふたりはまだ息があったんです。ほんのかすかに。でも、わたしにできることはなにもありませんでした。それにとても怖かったんです、まだコブラが近くにいるんじゃないかと思って」

「オーブリー、きみにも疑いがかけられていたんだよ。なにしろきみは博物館でコブラを扱っていたんだから」ブライアンが言った。

オーブリーは舌打ちをした。「あなたはどうなんです？　あなたがアーボックだったなんて、ぼくはちっとも知りませんでしたよ」

イーヴリンがクランシー刑事のほうを向いた。「あのフランス人のラクロワスはどうなるのかしら？　まったく頭にくるわ。彼は自分が買っている品物が不法に入手されたものだということを知っていたはずよ」彼女は憤慨しきっていた。

クランシー刑事はため息をついた。「できればああいうやからは一生を監獄で過ごさせてやりたいものだ。おそらく彼は何人もの命が奪われたことを知っていたに違いない。しかし、わたしにできたことといえば、せいぜい彼に関する詳細な情報が女王陛下とソールズベリー侯に渡るよう手配することぐらいだった。ラクロワスはわが国から退去させられるだろうが、我々にはそれ以上どうすることもできない」

「本当に信じられないわ」イーヴリンが言った。

「驚くべき陰謀だ」クランシー刑事も同意した。「我々は皆、それぞれ別の方角からかかわってきた。スターリング卿、わたしの受けた印象では、女王陛下はあなたのご両親をとても尊敬しておられたようですね。あなたは陛下に謁見したのではありませんか？　というのも、陛下はそのような不法行為をとりしまるよう警察に通達されたんです。そして……その、我々は干し草の山から針を捜していたわけで」

「ぼくは警察の能力に疑問を抱き、真相を突き止められないだろうと思っていたんだ。自分自身もたいして調べがついていなかったにもかかわらずね」ブライアンがすまなそうに言った。

「口出しして申し訳ないけれど」カミールは首を振った。「ウィンブリー卿はどのようないきさつで亡くなったの？」

「ああ……それについてはぼくの親友が検死を行うことになっているが、たぶんアレックスが彼に不信感を抱き始めたのではないかと思う。ウィンブリー卿が利益のほとんどをひとり占めしていたんじゃないかな。アレックスのほうは通常の仕事をこなしながら大英博物館のなかを探ったり、夜には地下通路からこの城へ忍びこんでは箱のなかを調べたりしなくちゃならなかったのに、分け前は少なかったのだろう。ちょっとした古代の工芸品でもかなりの金額で売れたはずだ。今後、徹底的に調査が行われれば、目録に記載されているいろいろな品物が、この城からも博物館からもなくなっていることが明らかになるだろう。しかし黄金のコブラともなれば、それひとつでウィンブリー卿の借金を帳消しにし、アレックスが新しい生活を始められるだけの金が入る。ふたりがそう確信していたのはたしかだ」ブライアンが言った。

「でも、ウィンブリー卿の死因はなんなの？」

「死因はおそらく大量の砒素《ひそ》だろう。ここに一緒にいるあいだに、アレックスがこっそりウィンブリー卿にのませたのだと思う。きっとアレックスは、ウィンブリー卿が重圧に耐えかねて秘密をばらすかもしれないと心配になったんだ。加えて、自分が危険を冒しているのに、不法行為で得た利益の大部分をウィンブリー卿がわがものにしているのが不満だったのだろうな」

カミールはサー・ジョンのほうを向いた。「わたしたち全員にあなたは死んだと思わせるなんて、よくそんなまねができましたね」

サー・ジョンは咳払いをした。「ブライアンの考えだったんだ。責めるなら、彼を責めてくれ。とはいえ、折よく彼が家へ来なかったら、わたしは本当に死んでいただろう。もっとも彼はわたしを糾弾するために来たんだがね」

ブライアンは深みのある青い目でサー・ジョンを見た。「こうしてみんなの無実を信じられるようになれてうれしいよ」

「わたしに教えてくれてもよかったじゃない！」カミールはいきりたってブライアンに言った。

ブライアンは肩をすくめた。「すまない。本当に悪かった。しかし、危険を冒すわけにはいかなかったんだ。サー・ジョンは死んだと人々が信じれば、彼の命がそれ以上ねらわれることはないだろうからね」

「ぼくらはこれからいつまでも今回の件を話の種にし続けるだろうな」ハンターが言った。「だがウィンブリー卿もアレックスも、それからそのグリーンとかいう男も死んでしまったせいで、真相は永久にわからずじまいになる」

イーヴリンが憤然と立ちあがった。「こんなことを言ったらいけないかもしれないけど、アレックスにもスターリング卿夫妻と同じような苦しみを味わわせてやりたかったわ。彼も同じ死に方をしたとはいえ、あまりにあっさり死んでしまったんですもの。あんな人間は、監獄で自分の貪欲《どんよく》さや残虐行為をたっぷり後悔してから縛り首になればよかったのよ」

トリスタンが立ちあがってイーヴリンに歩み寄った。「だが、もう終わったんだ。全部終わった。これで充分だと思うよ」

「充分どころではない。これがすべてなんだ」ブライアンが静かにそう言って、クランシー刑事のほうを向いた。「これから馬車できみと一緒にロンドンへ行くよ。みんなにはもう説明しつくしたと思う。死体は運びだしたのかい？」彼は尋ねた。

「ええ」クランシー刑事が答えた。「哀れな部下たちを責めないでください。彼らはいつコブラに襲われるかとびくびくものだったんです。鼠《ねずみ》が怖くてきゃあきゃあ騒いでいる女たちみたいでした」

「すべての女が鼠を怖がっているわけじゃないわ！」カミールはそう口にしたあとで、まったく同じ言葉をイーヴリン・プライアーが同時に言っていたので驚いた。

ふたりは声を合わせて笑った。彼らは一様にほっとしていたが、人間の貪欲さゆえに尊い命がいくつも失われたことに対する悲しみも感じていた。

「わたしも一緒に行くわ」カミールがブライアンに言った。

ブライアンは何気なく頬の傷跡をさわった。それを見たカミールは、彼は獣ではないけれど、仮面をつけないで生活するのに慣れるには、しばらく時間がかかるのではないかしらと思った。

「その必要はないよ」ブライアンが拒んだ。

「あなたと一緒に行きたいの」カミールは強い口調で申しでた。そしてつけ加える。「お願い、あなたと一緒にいたいのよ」

彼はきっとまた反論するわ、とカミールは思った。なんといってもブライアンは長いあいだ熱意をもって真相究明に努めてきたのだ。両親を失った苦しみと悲しみに耐えながら。今、ついに真相が明らかになった。これでやっと心置きなくカーライル伯爵の地位を継いで社会へ復帰できるだろう。カミールは覚悟していたようにもとの暮らしに戻るのだ。けれどもあと少しだけ、ブライアンと一緒にいたかった。

「ブライアン」カミールはささやいた。

「きみの好きにするといいよ」ブライアンが言った。


ふたりが警察署を出たのは午後も遅かった。カミールもブライアンも、同じ話を何度となく繰り返さなければならなかった。ブライアンとクランシー刑事は共同で記者会見を行う準備をした。それによって呪《のろ》いの噂《うわさ》を一掃し、本来責めを負うべき人間に責めを負わせ、女王と祖国と学問の栄光をたたえることができるだろう。

カーライル城へ戻る馬車のなかで彼らはやっとふたりきりになれた。

「それで、あなたはこれからどうするの？」カミールが尋ねた。

ブライアンが彼女のほうを向いてにっこりした。「まず庭師を雇おうかな。日を決めて城内を一般公開するなんてのはどうだろう？　それとも孤児たちを招いてピクニックやゲームをしようか」

カミールはほほえんだ。「いい考えね。わたしのほうはこれまでどおり仕事を続けられそうよ。サー・ジョンは引き続き古代エジプト遺物部の責任者なんですって。大英博物館の理事会はウィンブリー卿の後任に誰を据えるつもりかしら」

しばらく黙っていたあとでブライアンが言った。「ぼくだ」

思いも寄らない答えだった。「それであなたは……あなたはその地位につきたいの？」

「そうだよ。両親は死んだが、学問や古代世界のすばらしい歴史に対するぼくの情熱まで死んだわけではないからね」

「そう。じゃあ、少なくともわたしは仕事を続けられるのね」カミールはつぶやいた。

「いいや」

「わたしを首にするつもり？」

「ううむ、なんというか、きみがもとの地位にとどまるのは難しいんじゃないかな」

「なぜ？」彼女は困惑のあまりほとんど呼吸ができなかった。まるで心臓が喉から飛びだしそうになって、そのままそこに引っかかってしまったかのようだ。

「ナイル川沿いの調査旅行には何カ月もかかるだろうからね」

「あなたは調査旅行のためにわたしを雇おうと申しでているの？」

「きみを雇うだって？　いいや、違うよ」

たそがれのなかでさえブライアンの目がコバルトブルーに輝くのが見えた。「そう、じゃあ、あなたはいったいなにをほのめかしているの？」

「今回の件で、きみはすぐれたエジプト学者の才能を何度となく見せつけた。しかし、きみを雇うかどうかという話になると、妻を雇って新婚旅行へ連れていくことはまずないと思うな」

カミールの心臓が跳ねあがる。新婚旅行ですって！　しかもナイル川沿いの調査旅行。そんなこと、これまでは夢でしか見たことがなかったわ。

ふいに涙がこぼれそうになり、慌ててブライアンから目をそらした。「からかうなんてひどいわ。庶民と結婚する気はないって、あなたははっきり言ったじゃないの。あなたの知りたかったことは解明されたけれど、わたしが庶民であることに変わりはないのよ。それに今回の大騒動が一段落したら、厚かましい記者たちがわたしの母はイーストエンドの売春婦だったことを暴きだすに違いないし、それに……」

「カミール？」

「なんなの？　わたしが言いたいのは、ただ――」

「やめるんだ」

「やめるって、なにを？　あなたのほうこそ――」

「やれやれ、きみの論争好きにはまいるよ。ぼくはそれに慣れなくちゃいけないようだね。あるいはきみを静かにさせておく方法を見つけるか。そうだ……その方法をひとつだけ知っている」ブライアンはそう言うと、カミールに抗議する暇も身を引く暇も与えずに唇で唇を覆った。

やさしさと情熱のこもったキスが終わったときには、彼女は言うつもりだった言葉を思いだせなかった。

「よしよし、きみは静かになった」ブライアンがからかうような口調で言った。「庶民とは結婚しないなんて本気で言ったんじゃないよ。それにしてもきみがぼくの両親に会わなかったのは、かえすがえすも残念だ。両親は恵まれた身分に生まれたが、階級意識はまったくなかった。母はきっときみを気に入っただろう。きみやきみのお母さんを大いに賞賛したんじゃないかな。なぜって、きみは不幸な生まれでありながら、これほど立派な人間に成長したんだからね。母のアビゲイルはなによりも親としての責任を優先する、すばらしい母親だった。彼女は、きみのお母さんがきみやきみの将来のためにしたことをほめたたえ、大いに共感しただろう」

「でも、そんな理由であなたがわたしと結婚する必要は——」

ブライアンが彼女の唇に指を押しあてた。「黙って。最後まで話させてくれ」口調は厳しかったが、顔には笑みが浮かんでいる。「〝そんな理由〟だけで、きみと結婚するわけじゃないんだ。ああ、カミール！　きみはものすごく聡明《そうめい》でしかも情熱的だが、いくつかの方面にはまったく疎い。そんなきみが大好きだ。頭がおかしくなりそうなほど愛している。

きみの決断力や、頑固なほどの意志の強さ、明晰《めいせき》な頭脳、自分の考えを押しとおす無鉄砲さも好きだ。だが、自分の命を危険にさらすことをやめなければいけない。妻になる人間にそれを求める権利が、ぼくにはあると思う。なあ、きみにはわからないのか？　醜かったのは、ぼくのつけていた仮面だけではなかったんだ。ぼくのなにもかもが醜悪で、苦渋に満ち、呪われていた。そこへ突然きみが登場して、ぼくの仮面と同時に呪いをはぎとった。きみがいなければ、ぼくは再び道を踏み外し、永久に呪われたままでいるかもしれない。きみはそんなふうになってほしくないだろう？」

カミールは口をきくことができなかった。

「さあ、なにか言ってくれよ」

彼女はほほえんだ。そして狭い馬車のなかでブライアンの膝の上に身を投げだし、情熱に駆られるまま奔放なキスをした。

「本気なのね……わたしと結婚したいのね？」カミールは信じられない思いで尋ねた。

「ああ、きみがぼくを愛してさえいるなら」

「なんてことかしら！」

「あさましい獣を愛してくれと女性に頼むのは酷かもしれないね」

「あなたを愛しているわ」カミールは夢中でささやいた。そしてブライアンの首に両腕をまわした。「心から愛しているの。城の敷地を孤児たちに開放して、恵まれない境遇の子供たちを全力で助けてあげましょう。それにナイル。ああ、なんてすてきなの。ナイル川に沿って旅ができるんだわ」突然、彼女は真剣になった。「だけどブライアン、あの子を城へ連れてきて育てなくてはだめよ」

「あの子って？」

「アリーよ。もちろん、あの姉妹は立派な人たちよ。でも、あなたは責任をとらなくては」

カミールが驚いたことに、ブライアンが大声で笑いだした。

「冗談で言っているんじゃないわ」カミールは激しい口調で言った。

「きみが無理やりアリーをぼくのところへ連れてこようとしたら、あの姉妹はきみの両腕をへし折るかもしれないよ」

「だけど――」

「すまない。もっと前に思い違いを正してあげるべきだったが、きみがぼくのことを信じてくれるかどうかわからなかったからね。アリーはぼくの子ではないよ」

「でも――」

「ぼくに子供はいないんだ。もっとも、これからは父親になるためにあらゆる手段を試みようと思っているが。できたらアリーみたいな女の子がいいな」

「じゃあ、誰の……？」

「あの姉妹はぼくの両親と非常に親しかった。父は彼女たちにある程度の年金が渡るように手配した。だから、あの三人はぼくにとっておばみたいな存在なんだ。アリーの両親については心あたりがあるものの、単なる推測にすぎないし、秘密ということになっている。ぼくとしては、ぼくを信じてくれ、そしてぼくとあの子を愛してくれと懇願するしかない。アリーはぼくの子ではないが、ぼくをブライアンおじさんと呼んでいる」彼はためらった。「彼女は父の子でもないよ。おそらく王室とつながりがあるのだろうが、きみは決してそれを口に出してはいけない。あの子の命が危険にさらされるかもしれないからね」

「なんてこと！」カミールは叫んだ。

ブライアンは今度は自分の唇に指をあてた。「それは永久に秘密にしておかなくてはいけないんだ」真剣そのものの声で言う。

「もちろんよ」

彼はほほえんだ。「アリーは実に愛らしい子でね。ぼくの仮面を見ても怖がったことがないんだ」

「あら、わたしだってそうだったわ」カミールは断言した。

「一度もかい？」

「それは、まあ、ほんのちょっとは怖かったけれど」

ブライアンが笑ってカミールにキスをした。

城へ帰り着いたふたりが手をとりあってなかへ入ると、イーヴリンが心配そうな顔をして舞踏室から出てきた。

「あの、ほかの方たちはもうご自宅に戻ったか、事態の収拾にかかっています」イーヴリンは言った。「あなた方はやっとお帰りになったんですね。ラルフはコーウィンとパブへ出かけました。トリスタンとわたしはあなた方がお戻りになってから夕食を始めるつもりでいたのですが、なかなかお戻りにならないので。でも、まだ始めたばかりです」

「すまない、イーヴリン。気にしないで食事を続けてくれ」ブライアンが言った。目が愉快そうにきらめくのを隠しきれず、咳払いをしてカミールを見る。「悪いが、このまま部屋で休ませてもらうよ」

「あらまあ」イーヴリンは眉をひそめてつぶやいた。「カミール……」

「疲れているの。へとへとでもう立っていられないくらい」カミールはそう言って、階段めざして駆けだした。

すぐにブライアンが追いかけてきた。カミールは彼の腕のなかへ身を投げだした。服が脱ぎ捨てられて……彼女は裸の獣のすばらしさを思う存分に味わった。

一階の大きな舞踏室では、イーヴリンがため息をついて椅子に座り、火の前で幸せそうにまどろんでいるエージャックスを見ていた。彼女はトリスタンを見た。

「あの、トリスタン、わたしたちはすぐにでも結婚式の予定を立てたほうがいいんじゃないかしら」

「我々の？」トリスタンがからかった。

「とんでもない！」イーヴリンが抗議した。

「しかし、きみは結婚することになるよ」トリスタンは断言した。

イーヴリンはショックを受けて黙りこんだ。

「おいおい、イーヴリン」トリスタンは立ちあがった。「まいったな。きみがお高くとまってそんなふうに鼻をつんとそらしたら、ほかの男たちはまごつくかもしれない。だが、このわたしは違う」

「とんでもない！」イーヴリンが喉をつまらせたような声で繰り返した。

トリスタンはテーブルをまわっていってイーヴリンの後ろに立った。彼女の肩に両手をそっと置き、耳もとへ唇を寄せてささやく。

「きみはしたくないのかい？」トリスタンは誘うような笑みを浮かべて尋ねた。

「ブライアンたちの結婚式の話をしているのよ」イーヴリンはきっぱりと言った。

「もちろんだ。そのあとで我々もするのさ」トリスタンが言った。

「ふたりでよく話しあわなくては」イーヴリンがとり澄まして応じた。

「ああ、話しあいだけではなくて、もっといろいろなことをしよう」

イーヴリンは再び抗議しようとして振り返ったが、トリスタンにキスで口をふさがれた。最高のキスだ、と彼は思った。あまり図に乗ってはまずいが、しかし……。

やっとトリスタンが唇を離したときには、イーヴリンはしばらく口をきけなかった。

「ふたりで話しあおう」彼は言った。

するとついにイーヴリンは慎み深さをかなぐり捨てた。

「そして、もっといろいろなことをしましょう」彼女がささやいた。それを聞いたトリスタンは、なんとしてももう一度キスをしなければならないと決意した。

訳者あとがき

舞台は一八九〇年代のロンドン。大英博物館に勤めるカミールは自分の後見人であるトリスタンがカーライル城へ泥棒に入ろうとしてつかまったと聞き、急いで助けに行くことにした。トリスタンはみなしごのカミールを引きとって育ててくれた命の恩人だ。一方、カーライル城の主人スターリング卿《きょう》は容貌《ようぼう》も性格も凶悪だという噂《うわさ》の持ち主。城へ駆けつけたカミールを迎えたのは……。

例によって作者のヘザー・グレアムはスピーディーに物語を展開させていく。鮮やかな描写といい、生き生きとした登場人物といい、いつもながら見事な出来栄えで、読者をぐいぐい引っ張っていく。

物語は主として大英博物館とロンドン郊外の古城を舞台に展開する。ヒロインのカミールの仕事は古代エジプトの象形文字、ヒエログリフの解読だ。ヒエログリフを最初に読み解いたのは、誰もが知るように、フランスのシャンポリオンで、彼はロゼッタ・ストーンの写しをもとに一八二二年、解読に成功した。このロゼッタ・ストーンが一七九九年のナポレオンによるエジプト遠征の折に発見されたことや、ナポレオンの軍隊を打ち破った英国軍によってイギリスへ持ち帰られ、大英博物館に収蔵されることになった経緯については、本書に書かれているとおりである。

ここで大英博物館について簡単に説明しておこう。この世界最大の博物館が設立されたのは一七五三年で、一七五九年に一般公開された。エジプト、ギリシア、ローマ、西アジア、東洋の古代美術、ヨーロッパの中世美術、その他コイン、メダル、版画、写本などを収蔵する。特に古代エジプトの遺物は、カイロの博物館に次ぐ収蔵点数を誇る。一八二三年にジョージ四世が三世のコレクションや蔵書を寄贈したのを機に改築工事が開始され、一八四七年に今日見られるような新古典様式の正面玄関を持つ建物が完成した。その後、一八八四年、一九一四年、一九三八年に増築が行われて現在に近い形となった。本書でヒロインが大英博物館は入館料が無料だったので、幼いころに母親と一緒に来ては何時間もここで過ごしたとあるが、現在も入館料は無料である。

二〇〇六年八月

風音さやか

訳者　風音さやか

長野県生まれ。編集業務に携わりながら翻訳学校に通い、翻訳の道に入る。1990年ごろよりハーレクイン社の作品を手がける。主な訳書に、ヘザー・グレアム『眠らない月』『誘いの森』、メアリー・アリス・モンロー『ささやく海辺』（以上、MIRA文庫）などがある。

呪いの城の伯爵

2006年11月15日発行　第1刷

著　　者／ヘザー・グレアム

訳　　者／風音さやか（かざと　さやか）

発 行 人／ベリンダ・ホブス

発 行 所／株式会社 ハーレクイン

東京都千代田区内神田1-14-6

電話／03-3292-8091（営業）

03-3292-8457（読者サービス係）

印刷・製本／凸版印刷株式会社

装 幀 者／岩崎恵美

ISBN4-596-91198-3

眠らない月

ヘザー・グレアム
風音さやか 訳

亡くなった親友に不思議な能力を託されたダーシー。超自然現象の調査員になった彼女は、いわくつきの屋敷、メロディー邸の若き当主マットを訪ねるが…。

誘いの森

ヘザー・グレアム
風音さやか 訳

スコットランドの古城を借り、17世紀の物語を仲間と再現していたアントワネット。ある嵐の晩、物語から抜け出したような、たくましい城主が現れて…。

エターナル・ダンス

ヘザー・グレアム
風音さやか 訳

社交ダンス競技会で演技直後に優勝候補が倒れた。華麗な死に騒然となる中、シャノンの脳裏には数分前に囁かれた言葉が蘇る――「次はおまえだ」

炎の瞳

ヘザー・グレアム
ほんてちえ 訳

伝説のルビーの輝きが、美人ダイバーに危険な愛の訪れを告げていた…。魔のバミューダ海域の孤島で繰り広げられる灼熱のラブ・サスペンス。

花嫁の首飾り

キャット・マーティン
岡 聖子 訳

義父の毒牙が迫るなか家宝を手に逃避行に出た令嬢姉妹。身分を隠し伯爵家の召使いとなった二人に、伝説の首飾りが運ぶのは悲劇か、幸福か――

囚われの旅路

ナーン・ライアン
米崎邦子 訳

わがままな伯母が永遠の若さを謳った〝魔法の水〟を欲しがるなんて…。19世紀、エレンはハンサムだが危険な男、ミスター・コーリーとともに旅に出た。